weltenschmiede

Impressum

www.weltenschmiede-verlag.de

www.gunnarkunz.de
Cover: Weltenschmiede Verlag
Korrektorat: Tobias Keil

Die Originalausgabe erschien erstmals 2013 im Thienemann Verlag.

ISBN 978-3-944504-42-1 (print)
ISBN 978-3-944504-43-8 (ePub)

GUNNAR KUNZ

LAGUNENRAUNER

Weltenschmiede Verlag

Prolog

Eine Handbreit pro Jahr, das scheint auf den ersten Blick nicht viel. Nichts, was sich mit dem bloßen Auge wahrnehmen lässt. Wenn man abends nach Hause kommt, ist immer noch alles genau so, wie man es am Morgen verlassen hat. Die vertraute Silhouette des Gebäudes hat sich nicht verändert, die Fenster liegen in derselben Höhe, niemand stößt sich den Kopf am Türrahmen. Und doch bestimmt diese Spanne den Lebensrhythmus der Stadt: die Schmucklosigkeit der Fassaden, die Bestattungsrituale, das Improvisationstalent der Lagunenbewohner. Ein Venezianer kann sich mit allem arrangieren. Schließlich hat die Lagune ihre eigenen Gesetze, nicht wahr?

Eine Handbreit pro Jahr, das bedeutet: eine Mannslänge in zwanzig Jahren. Es bedeutet, dass jeder Venezianer dreimal in seinem Leben eine Etage aufstocken und in ein höhergelegenes Stockwerk umziehen muss, um im ständigen Wettlauf gegen den trügerischen Boden nicht zu unterliegen. Doch je mehr Stockwerke man aufbaut, desto schwerer werden die Gebäude, desto schneller sinken sie.

Marco zog seine Handschuhe aus und legte seine Hand an jene Stelle der feuchten Backsteinmauer, hinter der das Pflaster der Gasse verlief. Eine Handbreit, das hieß, im vergangenen Jahr hatte das Pflaster in Höhe seines Bauchnabels gelegen. Elf Handbreit tiefer, im Jahr seiner Geburt, war der Fußboden des Raumes ebenerdig verlaufen, parallel zur Gasse. Marco sah zur Decke. In zehn, zwölf Jahren würde das Haus verschwunden sein, vom eigenen Gewicht durch die Lehmschichten der Lagune gedrückt.

Er stellte sich auf die Zehenspitzen und spähte durch die obere Hälfte des Fensters, durch das er hereingekrochen war. Der untere Teil war zugemauert worden, um das Erdreich am

Eindringen zu hindern, aber oben quollen Schmutz und Unrat herein, und Wurzelwerk arbeitete sich ins Zimmer vor. Warum die Bewohner das Haus aufgegeben hatten, wusste er nicht. Vielleicht hatten sie den ewigen Kampf gegen die Lagune satt und waren fortgezogen.

Mit dem Fuß schob Marco zerbrochene Dachschindeln beiseite, die durch ein Loch in der Decke hereingefallen waren, weniger um zu sehen, ob sich etwas Interessantes darunter befand, als vielmehr um den kostbaren Augenblick hinauszuzögern, in dem er mit der Erforschung der unteren Stockwerke begann. Raureif bedeckte den Boden. Eine angefressene Ratte lag in einer Ecke, hart gefroren und daher geruchlos. Vermutlich war das Haus das Revier streunender Katzen, obwohl er sich fragte, wie die wohl hierher gelangten. Ein Kanal trennte das Gebäude und den Platz, auf dem es stand, vom Rest Venedigs. Es gab keine Brücke, und eine Mauer riegelte die Insel hermetisch dorthin ab. Von der Landseite aus war sie daher unzugänglich, nur per Boot, von der offenen Lagune aus über die versteckte Bucht auf der Vorderseite, konnte man hergelangen.

Er nahm die mitgebrachte Laterne und entzündete die Kerze darin. Dann zog er an dem eisernen Ring zu seinen Füßen und öffnete die Falltür, die in das darunterliegende Geschoss führte. Marco leuchtete hinein. Kein Schlamm! Er hatte es gehofft, aber nicht wirklich daran geglaubt. Nur mit Mühe konnte er einen Freudenschrei unterdrücken.

Es gab Bewohner, die ihre Fenster zumauerten, ehe ein Stockwerk versank, um sich auf diese Weise Kellerräume zu sichern. Es wurde nicht gern gesehen, weil dadurch Erdreich verdrängt und in der Lagune hochgedrückt wurde, was bedeutete, dass der Kanal unentwegt von Ablagerungen befreit werden musste. Manche Venezianer machten es trotzdem. Häuser mit Keller waren weniger stabil als jene, deren versunkene Geschosse sich mit Schlamm füllten. Aber wenn die Mauern dick genug waren, konnten sie dem Druck jahrhundertelang standhalten.

Marco schwenkte die Laterne nach rechts und links. Das trübe Licht erhellte Boden und Wände. Bis auf eine verschimmelte Holzbank war der Raum leer. Ein Geruch nach feuchtem Lehm und Algen drang zu ihm herauf. Es hieß, die Lehmschicht der Lagune reiche viele hundert Stockwerke tief. Was darunter lag, darüber gab es zwar Legenden, aber Genaues wusste niemand. Weil noch niemand gewagt hatte, so weit hinabzusteigen. Ohnehin war es unmöglich, dazu müsste es schließlich Häuser geben, bei denen die Fenster sämtlicher Stockwerke seit Anbeginn der Besiedlung Venedigs zugemauert worden waren, ohne dass auch nur eine einzige dieser Mauern eingebrochen wäre. Die Lubriche hausten angeblich dort unten, die Glitschigen. Fischmenschen, die je nach Erzähler in unterirdischen Palästen aus purem Gold lebten oder sich als primitive Ungeheuer im Schlamm suhlten. Immer jedoch waren sie darauf aus, Menschen ins Verderben zu locken. Die Seelenlosen, nannten sie manche.

Marco testete die Stufen der hölzernen Treppe, die nach unten führte; sie hielten. Er stellte die Laterne auf den Boden und machte sich an den Abstieg.

Ein Geräusch ließ ihn innehalten. Es kam von draußen. Soldaten? Hatte ihn jemand dabei beobachtet, wie er am Ufer gelandet und in das Haus eingestiegen war? Marco war sich bewusst, dass er gegen mindestens ein halbes Dutzend Verordnungen des Senats verstieß. Er verhielt sich still und lauschte. In den Balken des Gebäudes knisterte es. Eine Stufe knarrte, als er sein Gewicht verlagerte. Draußen flüsterte die Lagune und brachte seine Haut zum Kribbeln.

So leise er konnte, stieg Marco wieder hinauf. Die obere Hälfte des Fensters, durch das er hereingeklettert war, jene Hälfte, die über dem Pflaster der Gasse lag, war von Unkraut überwuchert, doch die Gewächse zitterten, als schliche jemand dazwischen herum. Hastig blies Marco die Laterne aus.

Da war es wieder! Sand knirschte unter einem Schuh. Marco

zog sich in eine dunkle Ecke zurück, wo er nicht zu sehen war. Geräuschlos hob er einen Ziegel auf. Eine armselige Waffe, aber wenn er das Überraschungsmoment ausnutzte …

Ein Schatten verdunkelte das Fenster, ein Körper schob sich in die Öffnung. »Marco?«

Erleichtert ließ er den Ziegel fallen. »Francesca! Du hast mich erschreckt.«

Seine Schwester kletterte behände durch die Öffnung und ließ sich zu Boden fallen.

Er half ihr auf die Beine. »Was machst du hier?«

»Ich bin dir nachgegangen. Ich will dein Geheimnis sehen.«

»Das ist nichts für dich. Dazu bist du noch zu klein.«

»Ich bin schon sieben.«

»Es ist gefährlich. Du solltest bei Tante Lucia bleiben.«

»Da ist es langweilig. Immer nur Gerede.«

Marco verstand seine Schwester nur zu gut. Er hatte dem Besuch auch nicht gerade mit Begeisterung entgegengesehen und sich heimlich davongestohlen, um mit der Gondel von Onkel Aldo die Gegend zu erkunden. Und dann war er auf die versteckte Bucht mit dem verfallenen Haus gestoßen, auf der anderen Seite des Canale di Cannaregio. Ohne das Boot hätte er die Bucht nie gefunden. Francesca musste ihn gesehen haben, als er zurückgerudert war, um die Laterne zu holen. »Wie bist du überhaupt hergekommen?«, wollte er wissen.

»Ich hab‘ mich in der Gondel versteckt, unter der Plane.«

»Du hättest mich fragen sollen.«

»Dann hättest du mich nicht mitgenommen.«

»Es ist gefährlich«, wiederholte Marco.

»Du bist doch auch hier.«

»Aber ich bin älter als du.«

»Mir passiert schon nichts.« Francesca hängte sich an seinen Arm. »Du passt ja auf mich auf.«

Seine Schwester konnte eine echte Klette sein. Seit dem Tod

ihrer Mutter im vorigen Jahr klebte sie auf Schritt und Tritt an seinen Fersen. Aber Marco brachte es nicht übers Herz, sie zurückzuweisen. Nicht einmal, wenn seine Freunde ihn deswegen verspotteten. Irgendwie fühlte er sich für sie verantwortlich. Manchmal wachte sie immer noch nachts auf und weinte nach ihrer Mama. »Aber nur ein Stockwerk, hörst du?«, sagte er. »Dann gehst du zur Gondel und wartest da.«

Sie nickte eifrig. Ihr Gesicht war rot vor Kälte, doch ihre Augen strahlten, weil ihr großer Bruder sie mitnahm.

Marco musste lächeln. Francescas Anwesenheit verdarb ihm das Abenteuer, aber er konnte ihr einfach nicht böse sein. Er würde mit ihr eines der versunkenen Stockwerke erkunden und sie dann zu Onkel Aldo und Tante Lucia bringen. Anschließend würde er noch einmal zurückkehren. Allein.

Er entzündete die Kerze in der Laterne mit Schwefelhölzchen und Zunderschwamm und machte sich an den Abstieg.

Francesca folgte ihm. »Halt mich fest«, sagte sie.

Er half ihr die Stufen herunter. Jeder Schritt verursachte ein knarrendes Geräusch. Die Treppe war in einem guten Zustand, sicher gelangten sie unten an. Marco hielt die Laterne in die Höhe und sah sich um. Die verschimmelte Holzbank war tatsächlich der einzige Gegenstand im Raum, ansonsten herrschte gähnende Leere. Vielleicht gab es nebenan mehr zu sehen. Er näherte sich dem Durchgang. Eine Tür existierte nicht, aber das war zu erwarten. Holz war kostbar. Jeder Venezianer hängte die Türen aus, sobald ein Stockwerk aufgegeben werden musste, und verwendete sie in der neuen Wohnung.

Auch der Nebenraum war enttäuschend leer: ein Kachelofen, dessen Kacheln zum größten Teil zerbrochen waren, ein vergessener Besen, die Scherben einer Vase. In der gegenüberliegenden Ecke lagen ein paar verschüttete Körner, vermutlich Hirse. Das war alles. Marco durchsuchte sämtliche Räume, ohne etwas von Interesse zu finden. Francesca folgte ihm und hielt sich dabei an seinem Mantel fest.

Marco legte einen Arm um sie. »Hast du Angst?«

Sie schüttelte den Kopf. »Du bist doch bei mir.«

Das Stockwerk erwies sich als komplette Enttäuschung. Außer dem Abfall und Wachsflecken vom Kerzenmachen erinnerte nichts an die ehemaligen Bewohner des Hauses. Marco kehrte mit seiner Schwester in den ersten Raum zurück, in dem sich eine weitere Falltür befand. Bevor sie wieder nach oben gingen, wollte er wenigstens wissen, wie es unten aussah. Er stellte die Laterne ab und zog am Eisenring. Die Falltür klappte zurück.

Francesca drängte sich neben ihn, als er hinunterleuchtete.

Nichts. Alles leer. Nein, nicht ganz. Irgendetwas stand im Durchgang zum Nebenraum und warf seltsame Schatten. »Warte hier, ich bin gleich zurück.«

Sie schüttelte den Kopf und folgte ihm auf die Treppe.

Marco seufzte, ließ ihr aber ihren Willen. Unten angekommen, wandte er sich dem Türrahmen zu. Die Schatten tanzten und gaukelten Bewegungen vor, wo keine waren. Francesca drückte sich enger an ihn. »Du hast doch Angst«, stellte er fest. Seine Stimme hallte im leeren Raum unnatürlich nach und klang dadurch fremd in seinen Ohren.

»Ein bisschen.«

»Dann bringe ich dich wieder hoch«, meinte er halbherzig.

»Ich will bei dir bleiben.«

Marco zuckte die Achseln und näherte sich dem Durchgang. Zu seiner Enttäuschung entpuppte sich der Gegenstand darin als verrosteter Vogelkäfig, der quietschte, wenn man ihn berührte.

Sie gingen daran vorbei nach nebenan. Weiße Wände reflektierten das Licht der Laterne. Zuerst glaubte Marco, jemand habe sie mit Kreide bemalt, ehe er erkannte, dass es sich um Eiskristalle handelte.

»Wie schön«, entfuhr es Francesca.

Zarte Eisblumen zierten das Mauerwerk, exotischen Blüten gleich. Sie schienen sich aus der Wand zu ranken und fächerförmig auszubreiten, manche ähnelten dem Rippenmuster von

Farnen oder Miniaturbäumen. Es verlieh dem Raum etwas Entrücktes, Märchenhaftes. Francesca berührte eine der Blumen. Unter dem Einfluss ihrer Atemwolken bildete sich ein Tropfen auf der Wand.

Erst jetzt merkte Marco, wie kalt es war, viel kälter als oben. »Willst du meine Handschuhe?«

Seine Schwester nickte dankbar.

Er streifte ihr die Fäustlinge über, die viel zu groß für ihre Hände waren. Dann durchsuchte er die restlichen Zimmer, doch viel gab es nicht zu entdecken. In der Küche fand sich ein primitiver Herd, nichts weiter als eine lehmbestrichene Platte auf gemauertem Stein über einer offenen Feuerstelle. Ein Schemel, ein zerrissenes Fischernetz und ein Stück Tau waren die einzigen Gegenstände, die verrieten, dass hier einmal jemand gelebt hatte. Trotzdem: Der Gedanke, dass die Wände dieses Raumes den Atem von Menschen aus der Vergangenheit in sich bewahrten, hatte etwas Aufregendes. Auf diesem Schemel saß einst ein Fischer und knüpfte sein Netz, während die Rialtobrücke einstürzte und die Ca' D'Oro erbaut wurde.

Das Flüstern der Lagune war zu einem undeutlichen Murmeln herabgesunken, dafür wurde ein anderes Raunen mit jedem Stockwerk stärker. Irgendwo unter ihnen musste sich Wasser befinden.

Wieder im ersten Raum angelangt, blieb Marco unschlüssig stehen. »Ein letztes Stockwerk noch«, sagte er, mehr zu sich als zu seiner Schwester, und öffnete die Falltür. Der Schein der Laterne erhellte einen leeren Raum. Marco begann zu befürchten, dass sich das ganze Gebäude als langweilig herausstellen würde. Er testete die Haltbarkeit der Leiter und stieg nach unten. Francesca folgte ihm.

Auch in diesem Stockwerk waren die Wände weiß von Frost. In einer Ecke lag ein verfaulter Fensterladen, daneben gab es einen geflochtenen Korb und Stoffreste. Im Raum nebenan fanden sich ein paar Tonschalen, ramponiertes Holzgeschirr und Spielzeug: eine Puppe ohne Kopf, ein Kreisel, eine grob geschnitzte Gondel. Im dritten Raum stand ein Badezuber. Eingetrocknete Farbreste verteilten sich über den Boden.

Marco kehrte in den ersten Raum zurück und blieb vor der Falltür stehen. Darunter war Wasser, er konnte es träumen hören.

Schweben, wisperte es träge. *Dahingleiten.*

Natürlich waren es nicht wirklich Worte, die er wahrnahm, eher Gefühle. Eine Art Präsenz, die ihn tagtäglich begleitete, meist unbemerkt, so unbemerkt wie das Fließen des Blutes durch seine Adern und nicht minder rhythmisch. Manchmal drängten sich die Träume des Wassers wuchtig in sein Bewusstsein wie eine Flutwelle und brachten Eindrücke mit, die ihn schneller atmen ließen und kribbelig machten. Dann musste er raus, durch die Gassen rennen, über die Märkte streifen oder den Schiffen beim Entladen zusehen, und dabei hielt er es nirgends lange aus. Sein Vater bezeichnete ihn in diesem Zustand immer als »zappeliger als ein Aal«.

Marco ließ zu, dass das Singen des Wassers ihn erfüllte wie süßer Traubensaft.

Schweben. Dahingleiten.

Er fühlte sich auf das Licht der Sonne zutreiben. Schwerelos. Selbstvergessen.

Das Prickeln der Haut und das Wispern begleiteten ihn, solange er denken konnte. Daheim, auf Murano, floss die Lagune direkt unter seinem Zimmer hindurch. Sie erzählte ihm Geschichten, jede Nacht. Von Dingen, die er noch nie gesehen oder gehört hatte, von Bergen, die den Himmel berührten, und dem Gesang der grauen Riesen, von seltsam geformten Schiffen und Tieren mit Beuteln am Bauch.

Sein Vater hatte ihn ausgelacht, als er davon erfuhr, und Angelo, sein großer Bruder, hatte ihm eins hinter die Ohren gegeben und ihn als Angeber beschimpft. Seitdem behielt Marco diese Dinge für sich.

Die Falltür war vereist, es brauchte mehrere Anläufe, bis er sie aufbekam. Krachend schlug die Klappe zurück.

Licht, flüsterte das Wasser.

Marco hielt die Lampe nach unten. Ein Teil des Fußbodens war eingebrochen, aber entlang der Wände gab es noch genug festen Grund. Die Mitte des Raumes wies ein kratergroßes Loch auf, darunter befand sich eine Eisdecke. Jetzt verstand Marco auch, warum die Gedanken der Lagune so schwerfällig waren: Der gefrorene Teil des Wassers machte sie träge.

Er setzte einen Fuß auf die Treppe.

Licht, sang es wieder von unten, diesmal kräftiger, als würde die Helligkeit der Laterne die Lagune aus dem Winterschlaf wecken.

Das Flüstern kam aus ungeheuren Tiefen. Anscheinend waren mehrere Stockwerke eingestürzt. Entweder hatte die Lagune die Wände durchbrochen, oder das Fundament des Hauses war auf eine unterirdische Wasserader gestoßen. Aber hätte der Druck das Wasser nicht bis zum oberen Stockwerk treiben müssen, auf eine Höhe mit dem Meeresspiegel?

Fiebrige Aufregung ergriff von Marco Besitz. Endlich ein Geheimnis, das zu lösen sich lohnte! Seine Füße berührten den Boden des Stockwerks. Er hielt sich an der Leiter fest und testete die Haltbarkeit des Holzes: Es schien in Ordnung. Er ließ die Leiter los, kniete nieder und legte seine Hände auf die Eisdecke.

Warm, wisperte es.

Marco spürte eine Strömung unter dem Eis. Auch wenn das Wasser an der Oberfläche träge schien, darunter war es lebendig. Es leckte hungrig an den Mauern, den Holzbohlen, dem lehmigen Grund der Lagune. Das Kribbeln, das der Gesang regelmäßig bei ihm hervorrief, wurde stärker.

Hinter ihm knarrte es. Francesca war ihm auf die Treppe gefolgt.

»Bleib oben, hier ist es nicht sicher.«

»Halt mich fest«, verlangte sie.

Marco verdrehte die Augen, ergriff aber ihren Arm und half seiner Schwester herunter.

Sie hockte sich neben ihn, nahm einen Handschuh ab, streckte ihren Zeigefinger aus und berührte das Eis. »Warum ist es hier so kalt?«, wollte sie wissen.

»Keine Ahnung.« Marco zog seine Schwester an der Schulter zurück. Es war wohl besser, sich wieder an den Aufstieg zu machen. Er traute dem Boden nicht, auch wenn das Eis ihm zusätzlichen Halt geben mochte.

Sein Blick fiel auf den Durchgang zum Nebenraum. Eine Linie aus verrotteten Algen zog sich über die Reste des Fußbodens, fast wie eine Schleifspur. Dazwischen blinkte etwas.

»Warte«, sagte er zu Francesca und schob sich, immer in der Nähe der Wand bleibend, an die Algen heran. Dort stellte er die Laterne ab und kniete nieder. Schuppen. Was da so metallisch glitzerte, waren Schuppen. Perlmuttfarben, mit grünlichem Schimmer, einige rund und glattrandig, andere rau, mit gezähnten Graten bewehrt. Die rauen überzog eine eingetrocknete Schleimschicht. Alle jedoch waren handballengroß und mit blätterartigen Strukturen versehen. Unwillkürlich sog Marco den Atem ein.

»Was hast du da?« Francesca schaute ihm über die Schulter.

Er hatte gar nicht gemerkt, dass sie ihm gefolgt war. »Ich habe doch gesagt, du sollst warten.«

»Was ist das?«

Auch seine Schwester hielt den Atem an, und Marco erkannte, dass sie dasselbe dachte wie er. Kein Fisch besaß solche Schuppen. Mit dem Blick folgte Marco der Spur aus Algen. Je genauer er sie betrachtete, desto mehr ähnelte sie einer Fährte. Als wären menschenähnliche, algenbehängte Wesen durch diese Räume geschlurft.

»Lass uns gehen«, flüsterte Francesca.

»Gleich. Ich will nur sehen, was nebenan ist.«

»Nicht! Wenn sie dich entdecken, fressen sie dich.«

Sie glaubte es also auch. Lubriche. Fischmenschen. Kinderreime gingen Marco durch den Sinn, Ermahnungen von Generationen venezianischer Mütter: Sei brav, sonst holen dich die Lubriche. »Das sind doch bloß Ammenmärchen«, erwiderte er. Aber sein Herz klopfte bis zum Hals.

»Ich habe Angst.«

»Die Algen sind vertrocknet. Wenn sie hier waren, dann vor langer Zeit.«

»Wirklich?«

»Ja. Schau!« Er hob eine der Algen auf und hielt sie seiner Schwester hin.

Scheu berührte sie die Pflanze und löste damit ein raschelndes Geräusch aus. Francesca warf einen unsicheren Blick zum Durchgang. Dann lächelte sie. »Ich vertraue dir.«

»Pass auf«, sagte Marco, »ich lasse die Laterne hier stehen. Du bleibst bei der Treppe, ich sehe nur schnell nach nebenan.« Er war sich bewusst, dass er leichtsinnig handelte, aber er musste einfach herausfinden, was die Lubriche hier gemacht hatten. Vorsichtig, vor jedem Schritt den Untergrund prüfend, bewegte er sich auf den Nachbarraum zu und lauschte dabei auf jedes verdächtige Knacken im Holz.

Am Türrahmen angelangt schob er seinen Kopf um die Ecke. Das Licht der Laterne hinter ihm wurde von den Eiskristallen an den Wänden reflektiert und erhellte den Raum schwach. Auch hier war ein Teil des Fußbodens weggebrochen, den Rest überzog eine dicke Algenschicht. Möglicherweise hatten sich die Lubriche häufiger in diesem Raum aufgehalten. Es roch irgendwie fischig. Marco reckte sich, um einen besseren Überblick zu bekommen. Wenn man genauer hinsah, erkannte man, dass die Algen nicht ungeordnet auf dem Boden lagen, sondern in einem bestimmten Muster, als hätten ihre Besitzer festgelegte Bewegungen ausgeführt. Konnte das Zufall sein? Nein, die Überreste stammten zweifellos von Fischmenschen, nicht von Tieren. Ob sie hier zusammenkamen, um ihre Rituale abzuhalten?

Wieder weckte etwas Marcos Aufmerksamkeit. Die Algen liefen sternförmig auf ein Zentrum zu, und dort lag eine Muschel. Bauchig, spindelartig gedreht, mit einer seltsamen Maserung auf der geriffelten Kalkschicht und zahnartigen Vertiefungen am unteren Rand. Knotige Verdickungen überzogen die Oberfläche, Auswüchse, die an Hörner erinnerten. Eine solche Muschel hatte Marco noch nie gesehen. Er rutschte um die Ecke, schob sich darauf zu und hob sie auf. Die Schale fühlte sich pelzig an. Kühl. Er ließ seine Finger über die Riffelungen und Höcker gleiten. Der Weg hier runter hatte sich am Ende doch noch gelohnt. Befriedigt verstaute er die Muschel in einer Tasche seines Mantels. Besser, sie machten sich auf den Rückweg.

»Sieh mal, Marco, was ich kann«, lachte Francesca.

Marco schob sich zurück zum ersten Raum und drehte sich um.

Seine Schwester hatte sich auf das Eis gewagt und schlidderte von einer Seite zur anderen.

»Nicht!«, rief Marco. »Du weißt nicht, wie dünn das Eis ist.«

Warm, flüsterte der See.

»Es trägt, guck!« Francesca vollführte eine Drehung und quietschte vor Begeisterung.

Unter dem Eis bewegte sich das Wasser. *Komm! Komm zu mir!*

»Francesca, gib mir deine Hand.« Marco machte einen Schritt nach vorn. Das Holz zu seinen Füßen knirschte. Francesca jauchzte. Das Murmeln des Wassers schwoll zu vielstimmigem Singsang an. Und über allem hörte Marco ein feines, hauchdünnes Knacken, das Knacken von Eis. »Francesca!«

Ein jäher Riss durchzog die Eisfläche.

Tanzendes, Zappelndes. Komm zu mir!

Es krachte, das Eis gab nach. Francescas Jauchzen verwandelte sich in einen Schrei, und von einem Herzschlag auf den anderen war sie verschwunden.

Marco rief ihren Namen, warf sich auf den Bauch und robbte nach vorn. Er konnte die Strömung spüren, die unter dem Eis entlangstrich und seine Schwester erbarmungslos mit sich zog.

Kehre zurück zu deinem Ursprung! Werde ein Teil von mir!

Francesca kam auf ihn zu, er sah, wie sie versuchte, sich in das Eis zu krallen, sah ihre aufgerissenen Augen, ihren aufgerissenen Mund, und spürte zugleich wie sich das Wasser der Lagune in ihre Kehle drängte, gierig, hungrig, tiefer, tiefer.

Gib mir dein Zappeln! Gib mir deine Wärme!

Mit bloßen Fäusten schlug er auf die Eisdecke ein, ungeachtet der Gefahr, in die er sich selbst dadurch brachte, doch Francesca wurde von der Strömung unter ihm vorbeigezogen, in einer Kreisbewegung am Durchgang zum Nebenraum entlang und wieder zurück zur gegenüberliegenden Wand. Marco hörte das Geräusch ihrer Fingernägel unter dem Eis entlangschrammen, das vom Wasser gebremste Hämmern ihrer Fäuste, das schwächer und schwächer wurde, und gab jede Vorsicht auf; er schlug auf die Eisdecke ein, bis die Knochen seiner linken Hand splitterten, und selbst dann hörte er nicht damit auf.

Gib mir die Flamme, die du in dir trägst! Wehr dich nicht!

Er robbte hinter Francesca her, auf den Durchbruch zu. Das Knacken und Bersten wurde lauter, das Wispern des Wassers in seinem Kopf unerträglich. Unter seinem Körper brach der Untergrund, jäh stürzte er in eisige Kälte, die ihm die Luft aus den Lungen trieb. Instinktiv griff er nach dem Eisrand. Weitere Stücke brachen ab, die Strömung zerrte an seinen Beinen und drohte, ihn ebenfalls hinabzuziehen. Er schluckte Wasser, strampelte, kam hoch und krallte sich irgendwo fest. Scharfe Kanten zerschnitten seine Hände, das Eis färbte sich rot und barst. Wieder drohte er zu versinken, Wasser zwängte sich in seine Luftröhre. Er hustete und spuckte, stieß plötzlich mit dem Knie gegen die Reste der alten Treppe und fand Halt. Mit letzter Kraft hielt er sich fest, während er einen Schritt nach oben machte und noch einen, bis die Strömung, die an ihm riss, schwächer wurde. Keuchend kroch er auf festen Untergrund und drehte sich um.

»Francesca!«

Wieder und wieder rief er ihren Namen, ohne die Kälte zu beachten, die ihm die Kraft aus den Knochen saugte. Seine Stimme brach sich an den Wänden, wurde heiser und versagte schließlich. Bis auf das Knirschen von Eisschollen, die aneinanderrieben, war es still. Marco spürte, wie das Wasser zur Ruhe kam.

Etwas Dunkles trieb unter dem Eis hervor, dann gab die Strömung einen Körper frei. Satt und zufrieden räkelte sich die Lagune und schaukelte die leblose Hülle hin und her. Algen hatten sich in Francescas Haaren verfangen. Ihre Augen standen offen und schauten ungläubig nach oben. Warum sagte sie nichts? Warum hustete sie nicht oder weinte oder rief ihm zu: Halt mich fest?

Marco wimmerte und rührte sich nicht. Er saß nur da, zusammengekauert, und starrte auf den hin- und herschaukelnden Körper, bis seine Lippen blau angelaufen und seine Hände taub waren von der Kälte.

Eins

Vier Jahre später

1

»Da braut sich was zusammen«, sagte Vincenzo Marzoli.

Sorgenvoll blickten die Fischer in den Himmel, der sich zusehends verfinsterte. Dicke Wolken zogen heran, schwarz, violett, blutrot, trafen über dem Zentrum von Venedig aufeinander und begannen zu kreisen, einem Maelstrom gleich. Eine solche Wolkenformation hatte Marco noch nie gesehen. Gleichzeitig schien sich die Luft aufzuladen, es knisterte wie getrocknete Blätter, die zusammengeknüllt wurden.

»Wir holen besser die Netze ein und kehren um«, meinte Vincenzo.

Ambrogio Cocchi und Paolo Accorsi, die sich an der Reling zusammengedrängt hatten, beeilten sich, der Aufforderung nachzukommen. Das Unwetter verursachte ihnen allen Unbehagen. Es zog schneller heran als die Bora, der kalte Fallwind aus Nordost, der mit Vorliebe um diese Jahreszeit in Venedig einfiel und verheerende Schäden anrichten konnte, und es sah auch anders aus. Düsterer. Bedrohlicher. Bösartiger.

Vincenzo machte sich am Ruder zu schaffen, Marco half den anderen, das Fischernetz einzuholen. Seine Haut prickelte, und er wusste nur zu genau, was das bedeutete. Er mied den Anblick des Wassers und konzentrierte sich auf das Seil in seinen Händen. Mit aller Kraft verweigerte er sich dem Sehnen aus der Tiefe und hielt die Luft an, bis das Kribbeln abklang.

Im Takt des ein- und auftauchenden Bootes zogen sie das Netz aus dem Wasser und ließen die Maschen innerbords vor ihre Füße fallen. Manchmal musste Marco die Zähne zusammenbeißen, weil seine linke Hand pochte. Die Knochensplitter waren schlecht zusammengewachsen, und wenn er die Hand falsch bewegte oder überanstrengte, fuhren ihm Feuerlanzen den Arm hinauf.

Schon konnte man die ersten Fische sehen, die sich gegen die Einschränkung ihrer Freiheit wehrten, doch es schienen nicht eben viele zu sein. Sobald das Netz längsseits des Schiffes schwamm, hievten sie es mit vereinten Kräften an Bord. Eine Brise drückte das Boot in eine Schräglage, Brecher stürzten aufs Deck. Im Nu waren alle bis auf die Haut durchnässt. Marco zuckte zusammen, als das Wasser ihn traf, und rutschte von der Reling fort zur Mitte des Bootes, das sich wieder aufzurichten begann.

Paolo öffnete den Knoten am offenen Ende des Netzes, und der Inhalt ergoss sich in die wassergefüllten Holzfächer an Deck. Die Beute fiel deprimierend gering aus. Von einer Handvoll Goldbrassen abgesehen, hatte sich kaum etwas in den Maschen verfangen. Sie hätten doch besser in der Lagune bleiben sollen, statt aufs offene Meer hinauszufahren.

Vincenzo ließ sich seine Enttäuschung nicht anmerken. »Falls das Wetter sich beruhigt, fahren wir später noch mal raus«, sagte er. »Jetzt sollten wir zusehen, das Boot in Sicherheit zu bringen.«

Marco kümmerte sich um den Fang, sortierte die Fische, die sich seinen Händen zu entwinden suchten, und warf den Beifang zurück ins Meer, während Paolo und Ambrogio das Netz ausspülten und so an die Bordwand legten, dass es beim nächsten Mal leicht ausgeworfen werden konnte. Viel war nicht zu tun. Die zappelnden Fische füllten die Holzfächer nicht mal zu einem Viertel. Trotz der Schmerzen war Marco im Nu mit seiner Arbeit fertig. Es tat ihm leid, dass Vincenzo mit nahezu leeren Händen heimkehren musste. Vor allem, weil er es hätte ändern können. Früher hatte er manchmal nachgeholfen. Früher … Aber darüber wollte er nicht nachdenken.

Unwillkürlich glitt sein Blick zum Himmel. Die Wolken verhielten sich mehr als seltsam. Obwohl sie in ständiger

Bewegung waren, sich gegeneinander, umeinander, ineinander drehten, blieben sie innerhalb der Grenzen der Lagune und überschritten nirgends die Einfahrten zur Adria. Über dem Meer gab es ebenfalls dunkle Wolken, aber hier sah der Himmel längst nicht so bedrohlich aus wie über Venedig. Nein, das war kein gewöhnlicher Sturm. Marco wusste, wie sich die Bora anfühlte, die kalte, schwere Luft, die über die dalmatinischen und albanischen Küstengebirge floss und wie ein Wasserfall in die Tiefe stürzte. Das hier war anders. Sosehr die Venezianer die Bora auch fürchteten – verglichen mit dem, was da auf sie zukam, war sie nichts als eine sanfte Brise.

Immer öfter flog Gischt über das Deck des Bootes und traf Marco im Gesicht. Er schmeckte etwas Salziges und spuckte aus. Unter sich spürte er Fischschwärme: Goldbrassen, Aale, Makrelen. Sie huschten aufgeregt durcheinander, einige schwebten reglos am Meeresgrund und verhielten sich still, als wollten sie sich verstecken. Ein Teil von ihm wollte sie rufen und in die Netze locken – früher hatte er manchmal mit dem Wasser auch die Fische darin erreicht, sogar Quallen und Algen –, aber er unterdrückte den Impuls. Das ging ihn alles nichts mehr an. Er schnappte sich einen Besen und fing an, das Deck zu schrubben, damit die Besatzung auf den glitschigen Planken nicht ausrutschte.

Schäumen, fliegen, sang etwas in seinem Blut, schwoll an und schlug wie eine Welle über ihm zusammen.

Marco polterte absichtlich und stieß den Besen mit viel Lärm auf. Als das nichts half, als das Wispern in ihm stärker wurde, fing er an zu singen, laut und falsch, während er zornig gegen den Besen trat.

»Du bist der einzige Mensch, den ich kenne, der singt und dabei kein bisschen fröhlich ist«, sagte Vincenzo.

Vielleicht. Aber der Gesang übertönte immerhin die Stimme des Meeres.

Sie näherten sich dem Porto di Lido und hatten Mühe, das

Boot auf Kurs zu halten. In der Einfahrt, im Einflussbereich der Lagune, bockte das Wasser und bäumte sich auf. Unrat strömte ihnen entgegen, achtlos in die Kanäle geworfene Abfälle, die nun aufs offene Meer hinaustrieben. Die Bricole, die Pfähle, die die Fahrtrinnen markierten, waren im Sturm kaum auszumachen. Vincenzo musste all sein Können einsetzen, um zu verhindern, dass das Boot auflief. Die Untiefen um Venedig konnten tückisch sein. Die Flüsse aus den Bergen brachten Sand und Ablagerungen mit sich, die durch Strömungen im Meer zurückgespült wurden, und diese gegenläufigen Bewegungen sorgten dafür, dass sich Rückstände am Boden absetzten und die Durchfahrten verschlammten. So waren einst die Lidi entstanden, Sandbänke, die die Lagune vom Meer trennten.

Doch es war nicht das Wasser, das Marcos Aufmerksamkeit beanspruchte. Mit offenem Mund starrte er nach oben. Der Himmel war in Aufruhr. Die Wolken, schwarz und schwer, hingen über der Lagune, als wollten sie sich jeden Moment auf sie stürzen. Blitze zuckten herab, ohne von Donner begleitet zu werden. Wie ein Raubtier, das erwacht, dachte er.

Ein Warnschrei riss ihn aus der Erstarrung. Von rechts näherte sich der Bucintoro, die Staatsbarke des Dogen, eine prunkvoll ausgestattete Galeere, die eigentlich nur zu zeremoniellen Gelegenheiten benutzt wurde und hier draußen nichts zu suchen hatte. Die Fischer waren so damit beschäftigt gewesen, ein Kentern zu verhindern, dass sie die drohende Gefahr zu spät bemerkten. Denn statt zu warten, bis das Fischerboot den Mund von San Nicoló passiert hatte, hielt der Bucintoro rücksichtslos auf die Einfahrt zu. Vincenzo winkte verzweifelt, doch der Mann am Bug, der seine Leute anbrüllte und die Befehlsgewalt zu haben schien, sah über ihn hinweg, als wäre er nicht vorhanden. Marco erkannte ihn: Giacomo Querini, der Sohn des Dogen.

Unaufhaltsam näherte sich der Bucintoro. In der aufgewühlten Einfahrt gab es kaum Platz zum Manövrieren, jeden Augenblick würden sie gerammt werden. Die Fischer brüllten durcheinander, Marco klammerte sich am Heck des Bootes fest.

Vincenzo riss das Ruder herum und steuerte an einer Bricola vorbei aus der Fahrrinne. Wieder brüllten die Fischer: Unmöglich, zwischen den Sandbänken hindurchzunavigieren, nicht bei diesen haushohen Wellen, die ohne erkennbare Ordnung bald in diese, bald in jene Richtung schlugen. Marco sandte ein Stoßgebet zum Heiligen Markus, dessen Schutzsiegel die Stadt seit Jahrhunderten vor Katastrophen bewahrten.

Die Barke des Dogen schrammte an ihrer Seitenwand entlang, ein Ruck ging durch das Boot. Gischt spritzte über die Reling. Ein knirschendes Geräusch übertönte den Sturm, als sie über Sand schleiften. Marco schrie. Dann – waren sie über die Sandbank hinweg in der Lagune.

Die Fischer stießen Verwünschungen gegen den Bucintoro aus, der sich zügig Richtung San Marco entfernte. Offen die Faust zu schütteln, wagten sie nicht. Vincenzo wischte sich den Schweiß von der Stirn. Die anderen klopften ihm anerkennend auf die Schultern, Erleichterung im Gesicht.

In der Lagune schlugen die Wellen längst nicht so hoch wie an der Stelle, an der die Ausläufer der Wetterfront über Venedig mit den Wolken über der Adria zusammenprallten. Zudem klarte der Himmel auf. Die ersten Wolken begannen, sich aufzulösen. Nur das Wasser war braun und brackig vom aufgewirbelten Schlamm.

Vincenzo steuerte Cannaregio an, nicht durch den Canal Grande, sondern von der offenen Lagune her. Obwohl der Wind schlagartig nachließ, war der Himmel binnen Kurzem wie leer gefegt, als habe es nie auch nur das kleinste Wölkchen gegeben. Die Dächer der Häuser glitzerten in der Sonne.

»Das gefällt mir nicht«, murmelte Ambrogio.

»Ganz und gar nicht«, pflichtete Vincenzo ihm bei.

Auch Marco fühlte, dass etwas nicht stimmte. Eine unnatürliche

Stille hing über der Stadt. Die Luft war bleischwer. Weder Fische noch Katzen noch Vögel ließen sich blicken, und ein Hund, der sich in einem an Land gezogenen Ruderboot versteckte, jaulte zum Gotterbarmen.

»Der Wasserspiegel sinkt«, stellte Ambrogio fest.

Tatsächlich: Die Bricole ragten weiter heraus als üblich.

»Für die Ebbe ist es noch zu früh.«

Das Wasser fiel so schnell, dass man dabei zusehen konnte. Eben noch waren die Spitzen der Bricole unter Wellenbergen kaum zu sehen gewesen, jetzt schimmerte hier und da bereits der Boden der Lagune hindurch.

Vincenzo beeilte sich, sein Boot in den Rio de la Misericordia zu bringen. Ein-, zweimal schürfte es über Grund, dann erreichten sie den Liegeplatz vor dem Haus des Fischers. Auch andere Boote bemühten sich, eine sichere Anlegestelle zu finden. Bunte Gondeln und Sandoli schnellten hierhin und dorthin und konnten einander oft nur mit Mühe ausweichen, Lastkähne mit Baumaterial schaukelten zwischen ihnen. Vincenzo band sein Boot an einer Palina fest, einem mit farbigen Streifen verzierten Pfahl. Marco und die anderen stiegen aus. Ohne sich abgesprochen zu haben, gingen sie die Fondamenta entlang, bis sie freien Blick auf die Lagune hatten. Hunderte anderer taten es ihnen gleich und säumten die Uferränder. Schweigend.

Nach kurzer Zeit schon gab das Wasser schlammigen Grund frei. Marco konnte sich nicht erinnern, je eine so rasch einsetzende Ebbe gesehen zu haben. Nicht einmal, wenn der Maestrale blies. Schon gar nicht bei Windstille.

Einige Boote hatten es nicht geschafft, rechtzeitig einen Ankerplatz zu finden, und waren gestrandet. Hier und da stiegen Seeleute aus, nur um knietief im Schlick zu versinken. Einer der Lastkähne hatte Schlagseite bekommen und war mitsamt seiner Ladung aus Steinen umgekippt. Die Ebbe gab achtlos fortgeworfene Abfälle frei, Essensreste, Eimer mit eingetrockneter Farbe, Putzlumpen. Fische zappelten im Schlamm und verendeten.

Es war ungewöhnlich ruhig. Niemand schimpfte, niemand machte seinen angestauten Gefühlen Luft. Die Stadt hielt den Atem an. Die Leute warteten, ohne zu wissen worauf. Alle schienen von derselben Ahnung ergriffen wie Marco, der Ahnung, dass die leeren Kanäle noch nicht das Ende waren, sondern Vorboten von etwas Schlimmerem.

2

Eine Gasse ist eine Gasse, überall auf der Welt, außer in Venedig. In Venedig ist sie eine Herausforderung, ein Geheimnis, ein Versprechen. Sie lockt, sie kokettiert, sie spielt mit der Erwartung des Ortsunkundigen. Sie zeigt sich mal prächtig und breit, mal unscheinbar und schmal, und bis zum letzten Schritt weiß man nicht, wohin sie einen führt. Prunkvolle Fassaden und großzügige Bauweise halten einen zum Besten und säumen doch nur einen Weg, der nach endlosen Windungen unwiderruflich an einer Mauer endet. Schmucklosigkeit und Enge gaukeln einem eine Sackgasse vor, doch gerade, wenn man denkt: Hier ist die Welt zu Ende, öffnet sich unerwartet ein Durchgang zur Rechten, und man stellt fest, dass die Gasse Teil einer pulsierenden Hauptverbindungsader der Stadt ist.

Verstärkt wird die Verwirrung durch eine unsichtbare Strömung, die von Zeit zu Zeit Gebäude mit sich reißt, um sie in einem anderen Stadtteil wieder an Land zu spülen wie Strandgut. Die meisten Häuser stehen fest an ihrem Platz, aber da, wo die Kraftlinien der Lagune aufeinandertreffen, ist Venedig in ständiger Bewegung. Die Venezianer haben sich daran gewöhnt. Sie finden ihr Ziel instinktiv, indem sie sich von der Strömung führen lassen und nicht gegen den Wirrwarr ankämpfen. Einige befestigen ihre Wohnungen mit magischen Ankern, aber das hilft nur gegen schwache Strudel. Und überhaupt: So ist nun mal das Leben, man kann nichts daran ändern. Die Lagune hat ihre eigenen Gesetze, nicht wahr?

Für Marco war das fließende Stadtbild einer der Gründe, weshalb er Venedig liebte. Nie wurde es ihm langweilig, durch die Gassen zu streifen, immer gab es etwas Neues zu entdecken, jeder Winkel, jede Ecke wartete mit einer Überraschung auf. Seine vielfältigen Arbeiten brachten es mit sich, dass er sich in der Stadt besser auskannte als so mancher Erwachsene. Manchmal musste er im Salzlager an der Punta de la Dogana Säcke schleppen, manchmal ging er den Arbeitern beim Anlanden der Holzflöße zur Hand und half dann hinter der Kirche San Zanipolo beim Lagern. Oder er wurde auf der Werft im Arsenal eingesetzt. Seine Aufgaben führten ihn durch sämtliche Bezirke Venedigs, dadurch kannte er jede Gasse. Und eine dieser Gassen, irgendwo in der Stadt, barg die Lösung für das Rätsel um seinen verschwundenen Vater. Wenn er nur lange genug suchte, würde sie ihm eines Tages ihr Geheimnis offenbaren, er durfte sich nur nicht durch Fehlschläge entmutigen lassen.

Auf dem Campo Ruga, unweit der Isola di San Pietro, war sein Vater zuletzt gesehen worden. Am Brunnen hatte er angehalten, um seinen Mantel wegen der Kälte fester zu schließen und sich zu schnäuzen. Der alte Ambrogio Cocchi, der unter Schlafstörungen litt und deshalb ausgedehnte Nachtwanderungen unternahm, wechselte ein paar Worte mit ihm. Seither war Matteo Manardi spurlos verschwunden.

Marco hockte sich nieder und studierte die schmutzigen Pflastersteine, als könne er ihnen dadurch eine Information abtrotzen, die er bisher übersehen hatte. Doch der Platz blieb stumm, wie jedes Mal. Welchen Weg hatte sein Vater von hier aus eingeschlagen? Am Arsenal entlang zur Fondamenta de la Tana, in der ein entfernter Vetter von Tante Lucia wohnte? Über die Brücke zur Isola di San Pietro? Oder war er nach Sant‘ Elena gegangen?

Marco bahnte sich einen Weg durch die knöcheltiefe Schicht aus Kot und Unrat, die den Boden der Salizada Streta bedeckte, und wünschte sich nicht zum ersten Mal, er trüge Trippen unter seinen Stiefeln, Stelzschuhe, wie die vornehmen Damen sie benutzten. Er betrat die hintere Brücke zur Isola di San Pietro, und blickte auf die Lagune hinaus, die nun wasserlos vor sich hinrottete. Nichts als Sandbänke und langsam trocknender Schlamm, bis zum Horizont. Ein erschreckendes Bild, weil es den Zentralnerv der Stadt freilegte und Venedig in seiner ganzen Verletzlichkeit zeigte. Wasser war seine Lebensader. Ohne Wasser war Venedig ein totes Sumpfloch.

Abfälle und verfaulende Fische verstärkten den Eindruck. Überall lagen gestrandete Boote im Morast. Zwei Möwen staksten über den Schlick auf der Suche nach Wattwürmern, aber sie wandten ständig den Kopf, als befürchteten sie Gefahr. Da vorn, an der dritten Bricola, war die Kappe seines Vaters gefunden worden. Sie trieb im Wasser und hatte sich an einem vorstehenden Nagel des Pfahles verfangen. Tod durch Ertrinken, lautete die offizielle Erklärung. Matteo Manardi war kein guter Schwimmer, das war allgemein bekannt. Und die Strömungen in der Lagune konnten tückisch sein. Anscheinend hatte es ein Handgemenge mit den Soldaten gegeben, die ihn verhaften sollten, dabei war er ins Wasser gestürzt. Der für den Bezirk Castello zuständige Herr der Nacht äußerte sich nicht dazu. Onkel Aldo hatte mehrfach bei ihm vorgesprochen, aber keine Antwort erhalten.

Marco schüttelte den Kopf. Sein Vater war nicht ertrunken. Mochten die anderen glauben, was sie wollten, für ihn stand fest, dass er hier irgendwo in der Stadt und am Leben war. Er musste nur gründlich genug suchen, dann würde er ihn auch finden.

Von den Plänen seines Vaters hatte er keine Ahnung gehabt, bis zuletzt nicht, als es mitten in der Nacht an die Tür klopfte. Draußen standen die Soldaten, um ihn abzuholen. Aber Matteo Manardi war nicht zu Hause gewesen. Was er in jener Nacht in Venedig gewollt hatte – Marco wusste es nicht. Vielleicht Lebensmittel organisieren, das Boot für die Flucht nach London, nach Paris oder Amsterdam vorbereiten. Die Geheimnisse der venezianischen Glasbläserkunst waren begehrt, sie wären überall mit offenen Armen aufgenommen worden. Deshalb hatten der Senat und der Rat der Zehn ein wachsames Auge auf ihre kostbarsten Bürger. Murano, die Glasbläserinsel, war nichts anderes als ein goldener Käfig, daran änderten auch die Privilegien der Glasbläser nichts. Und sein Vater hatte es noch nie ertragen, eingesperrt zu sein. Sicher, er liebte Murano, er liebte die Lagune, und solange Marcos Mutter noch am Leben gewesen war, hatte er nie daran gedacht, seine Heimat zu verlassen. Doch nach ihrem Tod war er rastlos geworden.

Was Marco am meisten schmerzte, war die Tatsache, dass die letzten Worte zwischen ihnen Worte des Zorns gewesen waren. Sein Vater konnte ihm Francescas Tod nicht vergeben. Er hatte sich bemüht, o ja. Er erwähnte sie nie in seiner Gegenwart und behandelte ihn nicht anders als seinen Bruder Angelo. Aber manchmal warf er ihm heimliche Blicke zu, die leicht zu deuten waren. Besser du wärst ertrunken statt deine Schwester, sagten sie. Marco machte ihm daraus keinen Vorwurf. Er wünschte es ja selber. Schon deshalb musste er ihn finden. Um ihm zu sagen, dass er mit Freuden für Francesca gestorben wäre. Das sprach ihn nicht frei von Schuld, aber wenigstens musste sein Vater doch verstehen, wie sehr er bereute, je in das unglückselige Haus hinabgestiegen zu sein.

Marco riss sich vom Anblick des Pfahls los. Angelo nannte ihn besessen. Du musst seinen Tod endlich akzeptieren, sagte er immer. Und Onkel Aldo hatte ihm verboten, weitere Nachforschungen anzustellen, weil er fürchtete, dass die Soldaten sonst die ganze Familie holen würden. Deshalb hängte Marco seine Suche nicht mehr an die große Glocke.

In den Gefängnissen des Senats wurde sein Vater nicht festgehalten, das hatte Onkel Aldo überprüft, damals, als alle noch hofften. Onkel Aldo war Schreiber in der Cancelleria Ducale, der Staatskanzlei, mithin nicht ohne Einfluss. Wie er es angestellt hatte, wusste Marco nicht – vielleicht mit Bestechungen –, jedenfalls war es ihm gelungen, einen Blick in jede Gefängniszelle der Stadt und in die Gefangenenbücher zu werfen. Ohne Ergebnis. Auch auf den Galeeren schien sein Vater nicht zu sein. Wo also dann?

Noch einmal warf Marco einen Blick auf den schlammigen Grund des Kanals. Die Lagune ohne Wasser – so etwas war noch nie vorgekommen. Für ihn war es ein Glücksfall. Die Fischer konnten nicht zum Fischen raus, so hatte er den Nachmittag frei, um seine Suche fortzusetzen. Er kehrte zum Campo Ruga zurück, schloss die Augen und stellte sich vor, es wäre November. Mitternacht. Der Vollmond tauchte die Gassen in bläuliches Licht. Es gluckerte, wenn die Lagune gegen das Ufer schlug. Und da war sein Vater, der sich mit einem Scherz von Ambrogio Cocchi verabschiedete und durch die Calle Ruga ging, um … irgendwas zu tun. Marco öffnete die Augen ein wenig, gerade so viel, dass er sehen konnte, wohin er trat, ohne die Vision zu verlieren.

Castello war der größte Stadtteil Venedigs, geprägt vom Werftkomplex des Arsenals und den planmäßig angelegten Arbeitersiedlungen der Umgebung. Hier wohnten die Schiffszimmerleute und Kalfater, die Seiler und Rudermacher. Marco stellte sich vor, wie Matteo Manardi mit schweren Schritten vor ihm herging und am Campiello Correra in die Calle Tiepolo einbog. Achtlos aus den Fenstern geworfene Abfälle lagen in der Gasse und stanken um die Wette, Katzen stöberten darin herum. Weiter in die Seco Marina. Links eine Bäckerei für Schiffszwieback, deren Eingangstür so tief im Boden versunken war, dass Marco das Dach mit ausgestreckter Hand hätte erreichen können. Höchste Zeit, ein neues Stockwerk aufzusetzen. Gegenüber ein Schuhmacher und eine Drechslerwerkstatt, deren Fassaden tiefe Risse aufwiesen, weil die Gebäude unterschiedlich schnell sanken und die gemeinsame Mauer auseinanderbröckelte.

Seufzend öffnete Marco die Augen. Was hätte sein Vater nach Mitternacht bei einem Bäcker für Schiffszwieback oder einem Schuhmacher gewollt? Es hatte keinen Zweck. Wohl hundertmal war er diesem Weg gefolgt, und der einzige Ort, von dem er sich vorstellen konnte, dass sein Vater dorthin gegangen wäre, war das »La Colombina«. Das Wirtshaus gehörte Pasquino Campo, einem Freund seines Vaters, und wenn Matteo Manardi in Castello war, schaute er immer auf eine Ombretta, ein Gläschen Wein, herein.

Seine Beine trugen Marco von selbst zur Fondamenta Sant‘ Isepo. Das »La Colombina« befand sich auf der gegenüberliegenden Seite direkt am Kanal. Es hatte erst vorletztes Jahr ein neues Stockwerk bekommen. Das alte schaute noch zu einem Drittel aus dem Boden, und man musste eine Holztreppe benutzen, um in die neuen Wirtsräume zu gelangen. Kein Lärm drang aus dem Inneren, was ungewöhnlich war. Normalerweise grölte immer ein Betrunkener vor sich hin, oder ein paar Seeleute sangen aus voller Kehle Sauflieder, egal zu welcher Tageszeit. Ob Pasquino geschlossen hatte?

Marco stieg die Stufen hinauf und betätigte probehalber den Drücker des Riegels: Es war offen. Er betrat die verräucherte Gaststube. Der Raum war voller Menschen, die sich halblaut unterhielten. Es fehlte das übliche Lachen und Prahlen, anscheinend drückte das unerklärliche Verhalten der Lagune auf die Stimmung.

Pasquino Campo stand hinter dem Schanktisch und spülte Gläser und Krüge. Trotz seines Bauches bewegte er sich flink. Als er Marco entdeckte, winkte er ihm zu. »Buon giorno, Marco.«

»Buon giorno, Signor Campo.« Marco ging zu ihm an den Schanktisch. »Habt Ihr etwas Neues von meinem Vater gehört?«

»Du weißt doch, ich würde dich sofort benachrichtigen, wenn ich etwas wüsste.«

»Eine Bemerkung von einem Eurer Gäste vielleicht?«

»Ich habe sie alle gefragt, glaub mir. Doch leider ...« Der Wirt zuckte mit den Schultern. Er schien nicht ärgerlich, dass Marco jede Woche mit den immer gleichen Fragen vorbeikam, sondern stellte ihm unaufgefordert ein Glas verdünnten Wein hin und sagte: »Hier, stärk dich erst mal. Geht aufs Haus.«

»Danke.« Niedergeschlagen setzte sich Marco an einen freistehenden Tisch. Er hatte nicht wirklich damit gerechnet, etwas Neues zu erfahren, das machte die Enttäuschung jedoch nicht erträglicher.

Die Gespräche, die bei seinem Eintreten verstummt waren, setzten wieder ein, ein venezianischer Singsang, angereichert mit griechischen und deutschen, persischen und türkischen Satzfetzen. Die Männer stritten über die Ursache der Ebbe.

»Der Maestrale ist Schuld«, behauptete ein rotgesichtiger Kaufmann, »der macht uns ständig Ärger.«

»Unfug«, widersprach ein Albaner, »das war nie und nimmer ein natürlicher Sturm.«

»Es ist eine Mahnung Gottes. Die Überheblichkeit der Venezianer ist Ihm ein Dorn im Auge.« Der das sagte, war natürlich ein Fremder. Ein Friauler, dem Akzent nach. Er erntete einen Sturm der Entrüstung.

Marco hörte nicht weiter zu. Er sah aus dem Fenster zum Kanal, wo Kinder eine gestrandete Gondel eroberten.

Der Wirt brachte ihm einen Teller Linsen und Brot und zwinkerte ihm zu. »Du siehst halb verhungert aus.« Mit einem feuchten Lappen wischte er über die Tischplatte. »Dein Vater war ein guter Mann«, sagte er, ehe er geschäftig weitereilte.

War. Auch Pasquino Campo glaubte nicht, dass sein Vater noch lebte.

Marco fing langsam an zu essen. Was jetzt? Wo sollte er als Nächstes suchen? Überall war er schon gewesen: im Park, am Canale di San Marco, im Arsenal. Am vielversprechendsten schien ihm die Gegend um den Canale di San Pietro, da, wo die Kappe gefunden wurde. Aber die hatte ihn bisher auch nicht weitergebracht.

Ein merkwürdiges Geräusch riss ihn aus seinen Gedanken. Es musste schon eine Weile an sein Ohr gedrungen sein, ehe es den Weg in sein Gehirn fand. Es kam von draußen und klang, als würde ein Riese verhalten atmen. Dazwischen ächzte und stöhnte es wie auf einer Galeere, wenn der Wind gegen die Masten drückte. Marco beugte sich aus dem Fenster. Die Venezianer, die am Kanalufer standen, schauten nach rechts. Marco folgte ihrem Blick. Was er sah, ließ ihn aufspringen und hinauslaufen.

Dickflüssiger Nebel kroch auf die Stadt zu, nicht gleichmäßig, sondern in Wirbeln, die einem unbegreiflichen Mechanismus zu gehorchen schienen. Er folgte dem Verlauf der Lagune, floss durch die leeren Kanäle und ergoss sich in jeden Seitenarm. Nahezu lautlos überschwemmte er die Ankerplätze, schluckte Schlamm, Bricole, gestrandete Boote, und gewann zusehends an Geschwindigkeit. Wie Wasser strömte er herbei, und im ersten Moment war man versucht zu glauben, das Meer käme zurück, wäre da nicht die unnatürliche Stille gewesen, die das Geschehen begleitete. Der Nebel wand sich durch die Schlingen und Krümmungen der Flussbetten und blieb dabei stets auf Wasserniveau, spülte nur hier und da einen dunklen Schwaden über die Ufer, wie es eine heranrollende Flut getan hätte. Er breitete sich aus wie Wasser, er verhielt sich wie Wasser – aber er war alles andere als das. Wo immer er hinkam, dämpfte er die Geräusche, bis man glaubte zu ertauben. Und er war schwarz, so schwarz wie der Lack von Onkel Aldos Gondel oder der Kadaver eines verrotteten Tieres.

Die anderen Gäste im »La Colombina« waren ebenfalls aus dem Wirtshaus gekommen. Stumm traten sie an den Rand des Ufers und sahen auf die Finsternis hinab, die wie eine ölige Flüssigkeit dahinwogte und nach ihren Füßen leckte.

»Da hol' mich doch der Teufel«, brach der Friauler das Schweigen.

Ein kleiner Junge, nicht älter als vier oder fünf, näherte sich neugierig der Stelle, an der der Nebel immer wieder über das Ufer schwappte, und streckte seine Hand aus.

»Nicht!« Marco packte seinen Arm und riss ihn zurück. »Nicht anfassen!« Er wusste selbst nicht, was ihm solche Angst einjagte, aber sein Herz raste, als wäre er zu schnell gelaufen.

Erschrocken sah ihn der Junge an.

»Das ist einfach nur Nebel«, meinte der rotgesichtige Kaufmann. Doch er wich trotzdem einen Schritt zurück.

»Hast du schon mal so einen Nebel gesehen?«, fragte der Albaner. »Sieht aus, als wäre er der Hölle entwichen.«

»Ihr habt zuviel Fantasie«, brummte Pasquino Campo und stieß mit dem Fuß nach einer Schwade, die über den Uferrand kroch. Der Dunstschleier teilte sich, umströmte den Stiefel des Wirts, floss wieder zusammen. »Was ist das bloß für ein ekliges Zeug?« Pasquino bückte sich.

»Nicht!«, rief Marco wieder.

Aber da war es schon zu spät. Der Wirt griff nach dem feuchtkalten Dunst, tauchte darin ein, rührte darin herum. »Fühlt sich nach gar nichts an«, sagte er. Er betrachtete seine Hände und wischte sie an seinem Leinenhemd ab. »Gehen wir wieder rein, hier gibt's nichts zu sehen.«

Er stieg die Stufen zum Wirtshaus hoch, gefolgt von den anderen Gästen. Aber den ganzen Weg über rieb er seine Hände an Hemd und Beinlingen, als ob etwas daran haftete, das er nicht loswurde.

3

Drei Soldi sieben Piccoli für die Maske für Benedetto Ruggieri, elf Piccoli für die Kindermaske für Filippo Latini, achtzehn Soldi vier Piccoli für die mit Blattgold versehene Maske für Signor Donati, rechnete Chiara. Damit konnte ihr Vater die Schulden beim Kerzenmacher und beim Korbflechter bezahlen, und es blieben sogar noch drei Piccoli übrig. Ein Tropfen auf dem heißen Stein. Übermorgen kam wieder eine Lieferung Safran, und Blattgold brauchten sie ebenfalls. Außerdem mussten die Kosten für das längst überfällige neue Stockwerk bedacht werden. Auch wenn die Arbeiten daran auf der Basis gegenseitiger Nachbarschaftshilfe funktionierte, so waren doch die Baumaterialien zu bezahlen: Holz, Tonziegel, Farbe, dazu das Essen für die Helfer, das Einweihungsfest … Und bei alledem waren die Schulden für die neue Gondel – fünfzehn Dukaten, soviel wie ein Arbeiter im Arsenal im ganzen Jahr verdiente – nicht mal berücksichtigt.

Eine Maske hatte sie noch auszutragen. Meister Uccello war allerdings dafür bekannt, dass er gern anschreiben ließ. Vermutlich würde er sich wieder schwerhörig geben, aber das verfing bei ihr nicht. Ohne Bezahlung würde sie nicht gehen, zumal er auf eine aufwändige Krakelierung und einen Besatz mit Edelsteinimitationen bestanden hatte. Wenn er sie vertrösten wollte, würde sie die Maske wieder mitnehmen. Sie mochte vielleicht erst vierzehn sein, aber dumm war sie deswegen noch lange nicht. Auf dem Rückweg konnte sie auch gleich bei Pietro Mosca vorbeischauen, der ihnen für den letzten Auftrag noch zwölf Soldi schuldete. Ihr Vater war einfach zu gutmütig. Immer wieder ließ er sich mit Ausreden hinhalten.

Chiara überquerte die mit Läden und Marktständen gesäumte Rialtobrücke, die einzige Brücke Venedigs mit Geländer. In der Mitte, wo die beiden schrägen Rampen in einer Zugbrücke zusammenliefen, blieb sie stehen und sog die Atmosphäre in sich auf. Sie mochte das Gewimmel, die unaufgeregte Geschäftigkeit, das bunte Treiben. Hier, bei der ehemaligen Insel Rivo Alto liefen alle wichtigen Verkehrsadern zusammen, Kanäle wie Fußwege. Hier, an der schmalsten Stelle des Canal Grande trafen sich täglich die Kaufleute, tauschten Neuigkeiten über die Preisentwicklung aus und legten den Wechselkurs fest. Großmutter Antonia erzählte oft, wie die Brücke in ihrer Jugend unter dem Gewicht der Menschenmassen eingestürzt war, die den Hochzeitszug des Marchese von Ferrara sehen wollten.

Chiara sprang die Treppenstufen der Brücke herunter und bog in die Mercerie ein, die Geschäftsgassen, die das Handelszentrum Rialto mit dem politischen Zentrum San Marco verbanden. Hier gab es die Tuchhändler und die Pfeilmacher, die Schmiede und die Schwertmacher, die Hersteller von Truhen und Kisten und die Spiegelmacher. Zwei Berittene drängten sich durch die Menge, obwohl das Reiten in diesem Bezirk verboten war. Glöckchen am Zaumzeug ihrer Pferde warnten die Passanten, was allerdings nur dann einen Nutzen gehabt hätte, wenn genug Platz zum Ausweichen vorhanden gewesen wäre.

Die Gerüche der Bäckereien zogen durch die Gassen und machten ihr den Mund wässerig. Wie gern hätte sie etwas Feigen- oder Mandelgebäck gekauft. Aber das kam nicht infrage, sie hatten kein Geld für derartigen Luxus. Obwohl … Ihr Vater hätte sicher nichts dagegen, wenn sie sich für ihre Botengänge einen Krapfen holte. Trotzdem: nein. Wenn sie erwartete, dass ihre Familie sorgfältiger mit Geld umging, musste sie mit gutem Beispiel vorangehen. Chiara ignorierte den verführerischen Geruch nach Honig und Zimt und marschierte zielstrebig über den Campo San Salvador. Wenn sie wieder daheim war, konnte sie eine Scheibe Brot mit Käse und Oliven essen.

Drei Piccoli. Das reichte nicht mal für eine Mahlzeit. Das Gemüse, das Großmutter Antonia ihr beim letzten Besuch mitgegeben hatte, war auch längst aufgebraucht. Chiara blieb auf der Brücke über den Rio di San Salvador stehen und blickte in den Schlamm hinunter. Sie machte sich Sorgen. Wenn das Wasser länger ausblieb ... Großmutter Antonia wurde langsam gebrechlich. Das Bücken fiel ihr schwer, ständig klagte sie über Gliederschmerzen. Erst neulich hatte sie sich verhoben und tagelang das Bett hüten müssen. Und sie lebte ganz allein auf ihrer namenlosen Insel. Wenn sie nun verhungerte? Aber nein, ihre Freunde auf Sant' Erasmo, die sie mit Obst und Gemüse versorgten, würden notfalls durch den Schlick waten, um ihr das Notwendigste zu bringen.

Wie trostlos das leere Kanalbett wirkte! Ohne Wasser glich Venedig einem gestrandeten Wal. Die Lagune war das Herz der Stadt, und wenn das Herz zu schlagen aufhörte, siechte der Rest dahin.

Chiara musste daran denken, wie sie einmal mit Marco in der Dämmerung auf der Fondamente Nove gestanden und ins Wasser geblickt hatte. Es war im Sommer gewesen, sie konnte sich noch an jede Einzelheit erinnern: an die friedliche Stille, den aromatischen Geruch der Rosmarinsträucher, die Feuchtigkeit in der Luft, die ihnen die Kleider an den Leib klebte. Und dann waren Lichter aus der Tiefe aufgetaucht, zwei, drei, immer mehr, bis es Hunderte gewesen sein mussten. Medusen. Sie kamen von der offenen Lagune, Myriaden kleiner Sterne, und brachten das Wasser zum Leuchten: türkis, wo sie sich am dichtesten drängten, allmählich in ultramarin übergehend, bis die Farben mit der Schwärze der Nacht verschmolzen. Auf und ab tanzten die Quallen, knapp unterhalb der Wasseroberfläche, und die Lagune wirkte mit einem Mal so zerbrechlich wie Glas.

Nie zuvor hatte Chiara ein derart ungewöhnliches Verhalten beobachtet. Es lag an Marco, da war sie sicher. Irgendetwas in ihm lockte die Medusen an. Er hatte es halbherzig abgestritten, aber in seinen Augen konnte sie lesen, dass er darum wusste. In seiner Gegenwart geschahen ständig solche Dinge. Fischschwärme, die sich in die Netze der Fischer stürzten, als könnten sie es nicht abwarten, ihr Leben hinzugeben. Wellen, die sich zu Mustern formten. Aber das war vor der Sache mit seiner Schwester gewesen. Jetzt ...

Chiara hob den Kopf. Etwas hatte sie aufgeschreckt, ein Geräusch, kaum mehr als ein Raunen. Zu Füßen der Brücke schlängelte sich etwas Dunkles zwischen Steinen und Schlick hindurch, griff mit substanzlosen Händen nach Pfählen und gestrandeten Booten und reckte sich empor, als wolle es nach ihr schnappen. Unwillkürlich trat Chiara einen Schritt zurück. Wie eine Raubkatze kroch ein kalter Nebel heran, bildete Wirbel und Strömungen und füllte den Kanal unaufhaltsam mit etwas Finsterem. Chiara spürte eine Erschütterung, als der Dunst die Bohlen der Brücke berührte – oder bildete sie sich das ein?

Der Nebel überspülte die Stufen der steinernen Treppe, die von einem Bootsanlegeplatz zu einem Haus hinaufführte. Eine Katze, die sich auf dem Absatz gesonnt hatte, wich fauchend zurück und schlug mit der Pfote nach dem Ungreifbaren, bis sie mit dem Rücken gegen die Tür stieß. In die Ecke gedrängt, entblößte sie ihre Fangzähne.

Menschen liefen am Ufer zusammen, aber niemand tuschelte oder debattierte, niemand kommentierte den Vorfall. Hatten eben noch Gespräche und Zurufe die Gassen dominiert, so herrschte nun eine unnatürliche Stille.

Eine Möwe mit gebrochenem Flügel, die den Schlamm nach Muscheln und anderen Leckerbissen durchstöberte, war vom hereinströmenden Nebel überrascht worden. Mit einem klagenden Schrei hüpfte sie hin und her und bemühte sich, den Wirbeln auszuweichen. Als ihr das nicht gelang, versuchte sie zu fliegen, scheiterte jedoch kläglich und stürzte in den Dunst zurück. Die stummen Zeugen an den Ufern verfolgten, wie sie japste und nach Luft rang, während der Nebel sie einhüllte, mit rauchigen Fingern ihre Kehle streifte und sich in ihren Schnabel drängte. Kreischend taumelte sie auf eine Treppe zu und schleppte sich die Stufen hinauf. Zögernd, beinahe bedauernd ließ der Nebel sie los.

Mit letzter Kraft kroch die Möwe auf die Fondamenta. Und obwohl ihr, soweit man sehen konnte, nichts Schlimmes zugestoßen war, schrie sie ununterbrochen.

4

In Cannaregio, dem nördlichsten Bezirk Venedigs, waren die Fassaden der Häuser vielleicht nicht so prächtig wie am Canal Grande, dafür aber ehrlicher. Kein Goldlack, keine Säulengänge, keine breiten Treppen verstellten Besuchern den Blick auf den Alltag. Wäscheleinen spannten sich von Balkon zu Balkon, verwitterte Fensterläden mit rostigen Riegeln hingen schief in ihren Angeln, hier und da hatte jemand auf Kaminstümpfen oder Ziegelsäulen einen Dachaufbau errichtet, der aussah, als stürze er jeden Augenblick zusammen. Der Geruch nasser Wäsche mischte sich mit dem von gekochtem Kohl und Katzenurin. Wohnen in Cannaregio hatte etwas Behelfsmäßiges. Niemand richtete sich für die Dauer ein, wenn alles, was man sich aufbaute, langsam aber sicher im Erdboden versank.

Für Marco war Cannaregio sein Zuhause. Auf Murano hatte er sich nie wohl gefühlt, unter all den Glasbläsern war er sich immer wie ein Außenseiter vorgekommen. Sein Vater hatte es zu einiger Berühmtheit gebracht wegen seines Crystallo, des farblosen Glases, und sein Bruder Angelo war trotz seiner Jugend bereits Glasbläsermeister. Marco dagegen schien aus der Art geschlagen. Er hatte sich wirklich Mühe gegeben, in ihre Fußstapfen zu treten, aber was immer er anfasste, wurde Pfusch. Angelo zog ihn stets damit auf. Gutmütig, natürlich, er meinte es nie böse. Aber es war trotzdem wie ein Stachel in Marcos Fleisch. Er besaß einfach kein Talent für die Glasbläserei. Feuer flößte ihm Unbehagen ein, und das nicht erst, seit es seine Mutter das Leben gekostet hatte. Schon immer hatte er jede Gelegenheit genutzt, um nach Venedig zu kommen. Die Kinder am Rio de la Misericordia waren ihm näher als die auf Murano, vor allem natürlich Chiara. Inzwischen fühlte er sich auf der Glasbläserinsel wie ein Fremder. Wann immer er die Werkstatt aufsuchte, die sich Angelo mit vier Freunden teilte, hatte er das Gefühl zu stören. Nein, er war vollauf zufrieden, in Cannaregio zu leben. Als sein Onkel ihm nach dem Verschwinden seines Vaters angeboten hatte, für ihn zu arbeiten, war er der Einladung nur zu gern gefolgt.

Genau genommen arbeitete er gar nicht für ihn. Onkel Aldo war Schreiber in der Staatskanzlei, wie hätte er ihm da helfen können? Stattdessen wurde er an Fischer und Kaufleute ausgeliehen, an die Händler auf dem Rialtomarkt, an Zimmermänner und Gerber. Für seinen Onkel war es wohl mehr die Unterstützung eines talentlosen Neffen als ein lohnendes Nebengeschäft, deshalb beschwerte sich Marco auch nie über die harte Arbeit, obwohl er so manchen Tag von Sonnenaufgang bis Sonnenuntergang auf den Beinen war. Wenigstens lernte er eine Menge und war an der frischen Luft.

Onkel Aldo und Tante Lucia bewohnten ein dreistöckiges Haus am Rio de la Misericordia, einem der Kanäle, die den Stadtteil der Länge nach durchzogen. Es besaß einen Anstrich aus Sienaerde, der sich orange zu verfärben begann, und lag mit seinem unteren Stockwerk einen Schritt über dem Gassenpflaster, sodass sie keine Treppe benötigten. Innen gab es Fußbodenfliesen, Öfen in drei Räumen und mehr Teppiche als Platz dafür. Und das Beste: Marco hatte sogar ein Zimmer für sich, mit eigenem Bett.

Onkel Aldo war ganz in Ordnung, auch wenn er ihn auf Trab hielt, Tante Lucia dagegen war oft schlecht gelaunt und hatte ständig etwas an ihm auszusetzen. Mal fegte er ihr den Fußboden zu schlampig, dann ging ihr das Gemüseputzen nicht schnell genug, und überhaupt liefe er ihr ständig vor den Füßen herum und sei überall im Weg. Allerdings musste er ihr zugute halten, dass sie es war, die einen wenig genutzten Raum frei geräumt und ihm somit ein eigenes Zimmer ermöglicht hatte.

Heute Morgen war Tante Lucia noch mürrischer als sonst, vermutlich wegen des Unglücks, das die Stadt heimsuchte. Der Nebel füllte nach wie vor die Kanäle, das Wasser blieb aus. Zweimal hätte die Flut schon kommen müssen, aber sie tat es nicht. Der Handel stockte. Da keine Boote fuhren, konnte man den Nachbarn auf der anderen Seite des Kanals oder den nächsten Kerzenmacher nur durch Umwege erreichen. Das Fehlen von Wassergluckern, der Anblick der schwarzen Schwaden, das Ächzen und Stöhnen schlug allen aufs Gemüt. Sogar die Tiere waren unnatürlich still und verkrochen sich. Dass gestern Vormittag das Haus des Bäckers verschwunden war, hob Tante Lucias Laune auch nicht gerade, denn es bedeutete, dass sie künftig doppelt so weit laufen musste, um frisches Brot zu bekommen. Gerüchteweise war das Haus in Dorsoduro angetrieben worden, am Campo Sant' Agnese, wo es mehr als genug Bäcker gab.

»Sitz gerade!«, herrschte Tante Lucia ihn an, als sie Milch und Brot auf den Frühstückstisch stellte.

Onkel Aldo gesellte sich mit besorgter Miene zu ihnen. Auch er wirkte nervös. »Der Nebel ist dunkler geworden«, sagte er. »Gestern gab es hier und da noch graue Stellen, jetzt ist alles schwarz.«

»Was bedeutet das?«, fragte Marco.

»Ich wünschte, ich wüsste es.«

»Es ist nicht natürlich«, meinte Tante Lucia. »Da hat der Teufel seine Hand im Spiel.«

»Was passiert, wenn das Wasser nicht wiederkommt?«, wollte Marco wissen.

»Daran will ich gar nicht denken.«

»Die Flut hätte längst zurück sein müssen.«

»Die Lagune hat ihre eigenen Gesetze.«

Diesen Satz hörte Marco nicht das erste Mal, es war das Credo der Venezianer. Damit erklärten sie Unwetter, versinkende Häuser und das Ausbleiben von Fischschwärmen ebenso wie schlechte Laune und Magenverstimmungen.

»Es ist nicht natürlich«, beharrte Tante Lucia.

»Der kleine Pippo Latini ist krank«, meinte Onkel Aldo. »Benedetto Ruggieri auch. Und noch ein paar Leute aus der Umgebung.«

»Schnupfen?«

»Soviel ich weiß, haben sie Fieber und Schmerzen am ganzen Körper.«

»Hat es etwas mit dem Auftauchen dieses Nebels zu tun?«

Onkel Aldo zuckte die Achseln. »Pippo hat auf den Stufen zum Kanal gespielt. Und Benedetto hat versucht, sein Boot an Land zu ziehen. Ich glaube, es ist besser, den Schwaden nicht zu nahe zu kommen.«

Marco dachte an Pasquino Campo. Der Wirt hatte den Nebel berührt. Ob auch er krank geworden war?

»Iss«, forderte sein Onkel ihn auf, »das wird heute ein anstrengender Tag.«

Stimmt, das hätte Marco beinahe vergessen. Heute würden sie Familie Amorese helfen, ein neues Stockwerk auf ihr Haus zu setzen. Wenigstens eine Arbeit, die nicht so langweilig war wie die Wohnung zu fegen und nicht so stank wie das Gerben von Leder.

»Du musst allein gehen«, sagte Onkel Aldo. »Ich werde im Palazzo Ducale gebraucht.« Er verfiel wieder ins Grübeln. »Zwieback«, murmelte er, »ich darf den Zwieback nicht vergessen.«

Nachdenklich sah Marco ihn an. Nachbarschaftliche Hilfe beim Bau eines neuen Stockwerks war von höchster Stelle erwünscht. Es hatte Tradition, Untergebenen für den Kampf gegen das Absinken der Häuser frei zu geben. Dass Onkel Aldos Freistellung widerrufen wurde, gab ihm zu denken. Anscheinend machte der Senat sich Sorgen. Und wenn der Senat sich

Sorgen machte, sollte er es vielleicht auch.

Nach dem Frühstück verließ Marco das Haus. Der Nebel floss gleichmäßig in den Kanalbetten dahin und bildete erkennbare Strömungen, auf dieser Seite Richtung Süden, am gegenüberliegenden Ufer nach Norden. Fast hätte man meinen können, es handele sich um Wasser. Die Menschen nahmen die Veränderung erstaunlich gleichmütig hin. Obwohl einige von ihnen fluchten, weil sie zu Fuß erledigen mussten, was sie normalerweise mit dem Boot taten, fehlten doch nicht die üblichen Sprüche und Neckereien. Die Venezianer wussten sich eben in jeder Katastrophe einzurichten.

Das Haus von Familie Amorese war das letzte in der Calle Calergi, nach hinten raus zum Rio de la Sensa gelegen. Giuseppe Amorese und seine beiden Söhne hatten Tische und Bänke bereitgestellt, an denen die eingetroffenen Helfer saßen und sich unterhielten. Auffällig waren die vielen Fischer unter ihnen. Solange sie nicht in die Lagune oder aufs Meer hinausfahren konnten, hatten sie viel freie Zeit, auch wenn einige von ihnen als Kalfater im Arsenal aushalfen.

Chiara Amorese stellte Wasser, Wein, Brot und Käse auf die Tische. Sie trug einen hochgebundenen Rock, darüber einen ärmellosen Mantel. Ihr Haar hatte sie zu einem Kranz geflochten, damit es sie nicht behinderte. Marco kam nicht umhin, die Anmut zu bewundern, mit der sie selbst so profane Dinge tat wie Wein ausschenken oder einen Stuhl gerade rücken. Sie lächelte ihm zu, als sie ihn entdeckte. Er nickte zurück.

Alessandro und Tommaso, Chiaras Brüder, standen im ersten Stock und deckten das Dach ab, Giuseppe nahm die Terrakottaschindeln in Empfang und schichtete sie an der Hauswand auf. Schadhafte oder zerbrochene Ziegel wurden durch neue, aus dem Lehm der Lagune gestochene, ersetzt. Zu beiden Seiten der Gasse stapelten sich Holzbohlen, Dielenbretter und Ziegelsteine. Die Werkstatt und der Maskenladen im Erdgeschoss waren ausgeräumt worden: Gips und Farbeimer, Tonmodelle und Masken in allen Stadien der Fertigung lagerten neben der Haustür, von der nur noch die Hälfte aus dem Boden ragte, so tief war das Haus bereits in den Erdboden gesunken. Daneben lehnte das Schild, das bisher über dem Eingang gehangen hatte: *Giuseppes Masken.* Möbel und sonstiger Hausrat standen ebenfalls herum und waren mit Leinentüchern bedeckt.

»Woll'n hoffen, dass das Wetter anhält«, sagte Giuseppe.

»Bis heute Abend sind wir so weit, dass ihr eure Möbel wieder reinholen könnt«, beruhigte ihn Leon Ruggieri, ein Glockengießer aus der Calle del Forno.

»Es lohnt den ganzen Aufwand nicht«, maulte Ambrogio Cocchi, »wir müssen die Stadt sowieso aufgeben. Gott hat uns verflucht.«

»Hör mit diesem lästerlichen Gerede auf«, fuhr Vincenzo Marzoli ihn an.

»Ich sage nur, was offensichtlich ist. Seit gestern sind die Schiffe ausgeblieben. Was glaubst du wohl, wie lange die Vorräte reichen?«

»Das Ganze ist eine vorübergehende Erscheinung, weiter nichts.«

»Wir hätten schon zweimal Flut haben müssen, und nichts hat sich geändert. Sieh dir doch die Kanäle an: alles schwarz.«

»Der Nebel ist von allein gekommen, er wird auch von allein verschwinden. Die Lagune hat ihre eigenen Gesetze.«

»Wir werden schon nicht verhungern«, mischte sich Alessandro ein. »Der Senat hat bereits Maßnahmen ergriffen, um die Versorgung sicherzustellen, bis die Lagune wieder schiffbar ist.«

»Der Senat!«, spottete Tommaso. »Der Senat besteht aus lauter geldgierigen Säcken, die nur ihre Schäfchen ins Trockene bringen wollen.«

»Das ist mal wieder typisch für dich. Bringst selbst nichts zustande, aber kritisierst Männer, die ihr Leben in den Dienst der Stadt stellen.«

»Genug jetzt.« Ihrem Vater war der Streit sichtlich peinlich. »Wir sind zusammengekommen, um am Haus zu bauen, nicht um zu politisieren.«

Tommaso schnaubte und ging ins Haus, wo er vor sich hin schwadronierte. Alessandro ignorierte das Gepolter seines Bruders.

Während die Helfer sich stärkten, wurde über die zu erledigende Arbeit gefachsimpelt. Familie Amorese hatte vom Senat das Recht erhalten, ihre Wohnfläche zu vergrößern, daher würde das neue Stockwerk über das alte hinausragen. Bianca, Chiaras Mutter, lief aufgeregt zwischen den Möbeln hin und her und stand mehr im Weg, als dass sie eine Hilfe war, aber die gute Laune, die sie verbreitete, ließ einen die Auseinandersetzung zwischen ihren Söhnen schnell vergessen.

Schließlich waren sämtliche Helfer eingetroffen, und die Männer und Frauen machten sich ans Werk. Nach dem Abbau des Dachstuhls wurden zur Stabilisierung Balken auf die Steinkonsolen der Mauern im ersten Stock gelegt, die Barbacani, die Hundsbärte, darüber kamen Deckenträger. Giuseppe balancierte auf den Steinen, maß die Länge der benötigten Holzbohlen und gab das Ergebnis nach unten weiter. In der Gasse wurde gesägt und gehämmert, das Resultat anschließend hinaufgereicht. Die kräftigsten Männer wuchteten die Träger über die Schmalseite des Hauses, die anderen passten sie ins Mauerwerk ein, wobei die Balken über die unteren Wände hinausragten und es somit erlaubten, das neue Stockwerk größer zu bauen.

Marco war zum Zurechtsägen der Dielen eingeteilt worden, die später auf die Deckenträger gelegt werden sollten. Schon bald geriet er ins Schwitzen, zudem bereitete ihm seine linke Hand Probleme, trotzdem gefiel ihm die Arbeit. Er mochte den Geruch von frischem Holz. Chiaras Brüder halfen beim Einpassen der Deckenträger, stritten in einem fort und beschuldigten sich gegenseitig, nicht aufzupassen. Vincenzo Marzoli, der eine schöne Stimme hatte, fing an zu singen, der eine oder andere fiel ein, so ging ihnen die Arbeit leichter von der Hand.

Bis zum Mittag war die Zwischendecke fertig, und die Helfer legten eine Pause ein. Chiara war wieder zur Stelle und verteilte einen Eintopf aus Lauch, Kohl und Rüben. Heißhungrig griff Marco zu.

»Ich habe gehört, ihr wäret gestern beinahe gekentert«, sagte Chiara.

»War harmloser, als es klingt«, meinte Marco und sah ihr nach, als sie mit ihrer Suppe weiterging. Sie verschüttete keinen Tropfen aus dem schweren Kessel, trotzdem wirkten ihre Bewegungen leicht und mühelos. Wenn jemand sie ansprach, lächelte sie und strich sich dabei eine herabgerutschte Strähne aus dem Gesicht. Sie ging auch anders als früher. Geschmeidiger. Weicher. Seltsam, wie Mädchen sich veränderten, wenn sie älter wurden.

Ambrogio Cocchi war mit einem Kanten Brot zum Eingang der Calle Calergi gewandert und sah in den Kanal. »Es ist schlimmer geworden«, rief er.

Seine Bemerkung veranlasste die Anwesenden, ihm zu folgen. Der Nebel sah dicker und schwärzer aus als noch am Morgen, beinahe, als besäße er Substanz. Und das schien tatsächlich der Fall zu sein, denn inmitten der Dunstschichten trieben tote Fische mit dem Bauch nach oben.

»Wie ist so was möglich?«, wunderte sich Bianca.

»Wir sind verflucht«, wiederholte Ambrogio.

Kinder machten sich einen Spaß daraus, Korken in die Strömung zu werfen, die nicht untergingen. Ein Boot, das im Kanalbett gelegen hatte, dümpelte auf der Oberfläche des Nebels und zerrte an dem Strick, mit dem es festgebunden war. Verblüfft betrachteten die Zuschauer das seltsame Schauspiel.

»Da soll mich doch …«, rief Vincenzo Marzoli aus.

Paolo Accorsi versuchte, einen Scherz zu machen. »Wenn das so weitergeht, können wir bald auf dem Nebel hinausfahren, um zu fischen.«

»Ohne mich, da bringt mich keiner rauf.«

Alessandro nahm ein Ruder aus einer der vertäuten Gondeln, kniete sich an den Uferrand und stocherte in der dunklen Brühe herum. Der Nebel teilte sich, umfloss das Holz und schloss sich dahinter wieder zusammen. »Kein Widerstand. Ich spüre nichts.«

»Das ist gegen jede Logik. Wie kann etwas genug Substanz besitzen, um ein Boot zu tragen, aber nicht auf ein Ruder reagieren?«

Kopfschüttelnd kehrten die Männer zu den Bänken zurück und diskutierten das seltsame Phänomen.

Marco beteiligte sich nicht an den Gesprächen. Was er wahrnahm, unterschied sich von den Beobachtungen der anderen. Er erkannte jetzt, was ihm gestern solche Angst eingejagt hatte: Das Flüstern der Lagune war verschwunden. An seine Stelle war ein nagendes Gefühl getreten, als befände sich im Inneren seines Bauches ein Loch, das immer größer wurde.

Die Männer, die im letzten Krieg gegen Mailand gekämpft und dabei eine Hand, einen Arm oder ein Bein verloren hatten, erzählten manchmal, dass sie die fehlenden Gliedmaßen immer noch spürten, dass die Hand juckte, der Fuß schmerzte. Bei ihm war es umgekehrt: Trotz körperlicher Unversehrtheit hatte er das Gefühl, dass ihm etwas fehlte, ein Stück von seinem Bauch, seiner Lunge, seinem Herzen. Ein bisschen war es so wie Hunger oder Durst. Nein, schlimmer: Er fühlte die Präsenz von Leere.

»Vielleicht schaffen wir heute noch die Außenwände«, sagte Giuseppe in dem Versuch, die trübselige Stimmung aufzuheitern. »Wenigstens die hintere.«

»Sinnlose Beschäftigung«, murmelte Ambrogio, aber er sagte es leise, und die anderen zogen es vor, so zu tun, als hätten sie ihn nicht gehört.

Chiara kam mit einem neuen Kessel Eintopf aus dem Haus und stellte ihn vor Marco auf den Tisch. »Gibt's was Neues von deinem Vater?«, fragte sie.

Er schüttelte den Kopf. »Nein«, gab er leise zurück. Sie berührte seinen Arm, er entzog ihn ihr und mied dabei ihren Blick. »Ich, äh, muss weitermachen«, sagte er und stakste zu Vincenzo und zwei anderen Männern, die im Begriff standen, Steine für den Aufbau der Außenwände zum Haus zu schleppen.

Die Arbeit ging gut voran. Die Mauern wurden mit Hilfe eines Holzgerüstes gebaut, das mit istrischem Kalkstein, Kies und Ziegeln gefüllt und anschließend verputzt wurde. Von Zeit zu Zeit ließen die Männer waagerechte Kanthölzer in die Wände ein, um die Belastung der Deckenbalken gleichmäßig zu verteilen, eine Erkenntnis, die die Venezianer dem Schiffbau verdankten. Außerdem achteten sie auf große Lücken für die Fenster, damit immer genug Licht in die Wohnung fiel, während das Haus langsam im Erdboden versank. Häuserbau in Venedig war ein ständiger Spagat zwischen dem Zwang, leicht bauen zu müssen, und der Notwendigkeit, die Mauern so stabil zu errichten, dass sie auch nach dem Versinken dem Druck des Lagunenbodens standhielten.

Am Spätnachmittag erhielten die Arbeitenden unangemeldeten Besuch. In Begleitung einiger Soldaten schauten die beiden Nobili vorbei, die als Capi di Contrata für die Gemeinde Sant' Alvise verantwortlich waren. Die Capi sorgten dafür, dass Brücken und Wege instand gehalten und Kanäle ausgeschachtet wurden, schlossen morgens beim Läuten der Glocke die Brunnen auf und verwahrten die Schlüssel der Brunnendeckel. Als Vertrauensleute für Steuerschätzungen waren sie der verlängerte Arm der Regierung. Bei ihnen befand sich Lorenzo Malespina, der für die Sicherheit von Cannaregio zuständige Herr der Nacht. Vermutlich wollten sich die Männer angesichts des Verschwindens der Lagune ein Bild von der Stimmung in ihrem Bezirk machen.

Zusammen mit diesem Pulk von Leuten stolzierte auch Giacomo Querini, der neunzehnjährige Sohn des Dogen, herbei. Die Männer und Frauen in der Gasse verneigten sich und bezeugten ihm ihre Achtung. Nur Vincenzos Gesicht wurde dunkel bei seinem Anblick.

Ambrogio legte ihm die Hand auf den Arm. »Ruhig.«

»Der Kerl hätte fast mein Schiff auf den Grund der Lagune geschickt.«

»Mach keinen Aufstand. Er ist der Sohn des Dogen.«

»Ein verwöhntes Balg ist er, sonst gar nichts.«

Einer der Capi legte den Kopf schief, um die bisher geleistete Arbeit am Haus zu begutachten, und meinte: »Buon giorno, Meister Giuseppe. Wie ich sehe, lasst Ihr Euch von den kleinen Unannehmlichkeiten nicht daran hindern zu tun, was nötig ist. Brav, sehr brav.«

»Kleine Unannehmlichkeiten! Der Bootsverkehr ist zum Erliegen gekommen, wir sitzen hier fest, die Lebensmittel werden knapp, und er faselt von kleinen Unannehmlichkeiten«, sagte Tommaso halblaut. »Statt dumm herumzustehen und überflüssige Bemerkungen zu machen, sollten die Faulpelze lieber mit anpacken.«

Alessandro stieß ihm den Ellenbogen in die Seite. »Etwas mehr Respekt«, zischte er.

Zur Erleichterung des alten Amorese hatten die Nobili den Wortwechsel nicht mitbekommen. »Was nützt es zu jammern und zu klagen?«, erwiderte er. »Die Lagune macht, was sie will.«

»Die Lagune hat ihre eigenen Gesetze«, nickte der Herr der Nacht.

»Jedenfalls sind der Senat und unser vielgeliebter Doge«, bei diesen Worten verbeugte sich Signor Malespina Richtung Giacomo Querini, »dabei, Vorsorge zu treffen, um die Unannehmlichkeiten zu beseitigen, die sich aus der veränderten Situation ergeben.«

»Hohles Gefasel«, flüsterte Tommaso.

Sein Vater brachte ihn mit einem Blick zum Schweigen.

»Die Speicher der Stadt sind voll, die Versorgung mit Lebensmitteln ist gewährleistet.«

»Um zu den Speichern zu kommen, muss man allerdings die

Kanäle überqueren«, wandte Ambrogio ein. »Das bedeutet Umwege.«

Marco fragte sich, wie der Dogensohn vom Markusplatz hierher gelangt war. Etwa zu Fuß? Das sah ihm gar nicht ähnlich.

Als hätte er seine Gedanken gelesen, ergriff nun Giacomo Querini das Wort. »Wir haben bereits damit begonnen, zusätzliche Brücken zu errichten, um die Wege zu verkürzen.« Er sagte es, als habe er selbst die Bretter zurechtgezimmert.

Chiara und ihre Mutter kamen mit Erfrischungen heraus.

»Sieh an«, meinte der Sohn des Dogen, während er eine Ombretta entgegennahm, »was für Rosen doch in den schäbigsten Gassen blühen.« Und dabei betrachtete er Chiara auf eine Weise, die Marco wütend machte.

Chiara wurde rot und wusste nichts zu erwidern.

»Unsere Gassen mögen nicht mit dem Palazzo Ducale zu vergleichen sein, aber sie werden von ehrlichen Menschen mit ehrlicher Arbeit instand gehalten«, erwiderte Tommaso hitzig.

Giacomo Querini lachte. »Habe ich Euren Stolz verletzt? Nun, das ist das Vorrecht der Mächtigen.« Er trank, ohne Chiara aus den Augen zu lassen.

Als sie ihm den leeren Becher abnehmen wollte, hielt er ihre Hand fest. »Verratet Ihr mir Euren Namen?«

»Chiara Amorese.« Sie errötete noch mehr, falls das überhaupt möglich war.

Marco stand plötzlich vor dem Sohn des Dogen, ohne recht zu wissen, wie er dorthin gekommen war. »Ich nehme Euch den Becher ab«, sagte er und drängte sich zwischen die beiden.

Wohl oder übel musste Giacomo die Hand des Mädchens loslassen.

Chiara machte einen hastigen Schritt zurück.

»Wo hast du das Tablett?«, fragte Marco, obwohl es auf einem der Tische lag und kaum zu übersehen war.

»Äh …« Sie sah sich verwirrt um. »Da.« Sie nahm es auf, und

als sie sich wieder umdrehte, hatte sie sich so weit gefangen, dass sie die anderen Becher einsammeln konnte. Dennoch warf sie dem Sohn des Dogen einen scheuen Blick zu, den der lächelnd erwiderte.

Wie albern sie sich benahm! Marco entriss ihr das Tablett. »Lass mich dir helfen.«

Als er am Sohn des Dogen vorbeiging, machte der einen unerwarteten Schritt nach vorn. Der Zusammenstoß brachte Marco aus dem Gleichgewicht. Er ging zu Boden, Tablett und Becher polterten über das Pflaster. Die Soldaten lachten.

»Oh, tut mir leid«, sagte Giacomo Querini und trat auf Marcos linke Hand.

»Das habt Ihr absichtlich gemacht«, keuchte Marco. Die schlecht zusammengewachsenen Knochen fühlten sich an, als durchbohre sie jemand mit einem Messer.

Der Sohn des Dogen verstärkte den Druck. »Du hättest eben schneller ausweichen müssen.«

»Wie die Boote, die Euch im Weg sind, ja?«, presste Marco zwischen den Zähnen hervor.

»Boote? Was für Boote?«

Chiara trat vor. »Ich bitte Euch, Herr, lasst ihn gehen. Er hat's nicht so gemeint.«

Giacomo sah ihr lange in die Augen. »Da Ihr so reizend bittet, will ich Gnade vor Recht ergehen lassen und die Beleidigung dieses Burschen vergessen.« Er wartete noch zwei Atemzüge, dann nahm er seinen Fuß fort.

Marco sprang auf, hielt sich die schmerzende Hand und sah niemanden an. Die Soldaten lachten immer noch.

Eilfertig sprang der Herr der Nacht dem Sohn des Dogen zu Hilfe. »Soll ich ihn einsperren?«

»Lasst nur, es lohnt die Aufmerksamkeit nicht. Wir müssen weiter.« Er wandte sich zu Chiara um. »Ich wünsche Euch alles Gute für das neue Heim.«

Verlegen erwiderte sie sein Lächeln.

Mit einer Kopfbewegung gab Giacomo Querini den Befehl zum Aufbruch. Mit ihm an der Spitze setzten sich die Soldaten und die Capi di Contrata in Bewegung, und nach einem warnenden Blick in die Runde folgte ihnen der Herr der Nacht. Die Zurückgebliebenen atmeten hörbar auf, sobald der Trupp hinter der Ecke verschwand.

Ambrogio Cocchi klopfte Marco den Schmutz von der Schulter. »Das war dumm und überflüssig«, sagte er. »Er hätte dem Mädchen schon nichts getan. Es ist gefährlich, sich die Mächtigen zum Feind zu machen.«

Marco kniff die Lippen zusammen und sagte nichts. Er wusste ja selbst nicht, was ihn dazu bewogen hatte, sich so aufzuführen.

Chiara kam zu ihm und berührte ihn am Arm. »Alles in Ordnung?«

»Lass mich!« Er riss sich los und schnappte sich das nächstbeste Brett, um es Tommaso hinaufzureichen. Wenn Chiara unbedingt mit dem Sohn des Dogen albernes Gekicher austauschen wollte, sollte sie doch! Von ihm aus konnte sie sich weiter nach Herzenslust lächerlich machen, das kümmerte ihn überhaupt nicht. Zornig fing er an, wieder Bretter zuzusägen. Die Hitze in seiner linken Hand klang allmählich ab, aber die Demütigung brannte noch lange.

5

Es gab gute und schlechte Nachrichten. Die gute erfuhr Marco, während er mit seinem Onkel und seiner Tante frühstückte. Sie waren spät aufgestanden, noch übermüdet vom gestrigen Einweihungsfest bei Familie Amorese. Trotz der Versorgungsengpässe hatte es Makrelen gegeben, der Wein war reichlich geflossen und Bianca hatte einen Himbeerkuchen gebacken. Dazu wurde musiziert und getanzt, sodass man für eine Weile den Nebel vergessen konnte. Erst in den frühen Morgenstunden waren sie nach Hause gekommen.

»Signor Donati war mit deiner Arbeit im vergangenen Monat sehr zufrieden«, sagte Onkel Aldo gerade. »Du scheinst ein Talent für Zahlen zu haben. Es wird allmählich Zeit, dass du dich für einen Beruf entscheidest, immerhin bist du in ein paar Wochen sechzehn. Vielleicht könnte ich dich bei mir in der Kanzlei unterbringen, würde dir das gefallen?«

Würde es? Marco dachte darüber nach, während er nach Tante Lucias köstlicher Brombeermarmelade griff. Signor Donati forderte ihn oft bei seinem Onkel an, weil er nicht nur ausdauernd schleppen und geschickt stapeln, sondern auch lesen, schreiben und rechnen konnte. Sein Vater hatte darauf bestanden, dass er diese Dinge lernte. »Wer etwas kann, dem steht die Welt offen«, pflegte er zu sagen. »Du könntest Notar werden, Kaufmann oder Schreiber, wie dein Onkel.« Alles, nur kein Glasbläser, dazu fehlt dir das Talent.

In diesem Moment tauchte Chiara vor dem Fenster auf und rief: »Ein Schiff kommt. Mit Fleisch und Gemüse.«

Onkel Aldo ließ sein Messer fallen und sprang auf. »Ein Schiff?

Wie? Wo? Am Markusplatz?« Aber er wartete die Antwort gar nicht ab, sondern rannte schon nach draußen, Marco dichtauf. Tante Lucia rief ihnen etwas nach, das niemand beachtete.

Chiara begrüßte Marco mit einem verlegenen Lächeln, das er ebenso verlegen beantwortete. Sie trabten nebeneinander her und nutzten die behelfsmäßig errichteten Brücken, um über den Rio de la Misericordia zu gelangen. Bemannte Gondeln trieben durch die Kanäle, doch nur vereinzelt. Die meisten Venezianer wollten sich nicht den Launen eines Nebels anvertrauen, der Rudern keinen Widerstand bot und somit nicht zu beherrschen war. An einigen Ufern waren Baukräne mit Rollenzügen damit beschäftigt, Brücken zu errichten. Soldaten schwitzten an den Winden, andere sägten Bretter zurecht. Um die kleineren Kanäle herum hatten Anwohner zur Selbsthilfe gegriffen und Stege gelegt.

Die Gerüchte hatten wie immer übertrieben: Das Schiff entpuppte sich als heruntergekommene Handelsgaleere mit nur einem Deck, das ohne Steuermöglichkeit in der Nebelströmung dahintrieb und sich bald wie betrunken um sich selbst drehte, bald an den Ufern entlangschrammte. Marco und Chiara entdeckten es zwischen zwei Häusern auf dem Canal Grande, als sie gerade den Rio del Fontego überquerten, und eilten zur Rialtobrücke. Hier wurden sie Zeugen, wie sich das Schiff mit dem hinteren Mast an der Brücke verfing und zu kentern drohte. Hektisch versuchten die Matrosen zu lavieren und das Lateinersegel von einem Bug auf den anderen zu wechseln, wobei die Rahe beinahe einen der Matrosen in den Kanal stieß, als sie um den Mast herumschwang.

Zwei Soldaten kamen den Bedrohten zu Hilfe und beeilten sich, die Zugbrücke hochzuziehen. Die entstehende Öffnung war auf die Größe der Staatsbarke zugeschnitten, also etwa acht Schritte breit, und erlaubte somit auch größeren Handelsschiffen die Durchfahrt. Inzwischen hatte sich die Galeere allerdings gefährlich auf die Seite gelegt und wirbelte zwischen Strömung und Gegenströmung herum. Eines der Lateinersegel riss, doch dann befreite sich das Schiff, schlingerte durch die Öffnung und setzte seine Fahrt fort.

Marco und Chiara eilten weiter und erreichten noch vor ihm den Markusplatz, der voller Menschen war. Keiner wollte sich den Anblick der Galeere entgehen lassen, deren Erscheinen den Albdruck der letzten Tage von der Stadt nahm. Es gab wieder Hoffnung. Marco hielt Ausschau nach Onkel Aldo, konnte ihn aber nirgends entdecken. Sicher wurde er in der Dogenkanzlei gebraucht.

Sobald das Schiff in Sicht kam, applaudierten die Venezianer, einige fingen an zu tanzen. Zunächst sah es aus, als würde die Galeere direkt auf die Landepfähle zusteuern, doch dann trieb die Strömung sie wieder davon. Schweigen senkte sich über die Menge. Chiara ergriff aufgeregt Marcos Hand. Er versteifte sich, tat aber nichts, um sich aus ihrem Griff zu befreien.

Am Rand des Hafens stand Salvatore Falier, ein Mitglied des Senats, in seiner purpurnen Robe. Er gehörte keiner der mächtigen Familien an, aber er hatte sich oft als besonnener Kopf gezeigt und besaß daher einigen Respekt in der Stadt. Auf seine Anweisungen hin verteilten sich Matrosen entlang des Ufers und warteten darauf, dass die Strömung das Schiff auf sie zuführte. Gespannt verfolgte Marco das improvisierte Anlegemanöver. Als das Schiff die größtmögliche Nähe zum Land erreichte, bellte der Kapitän Order, und Taue flogen auf das Ufer zu. Einige fielen zu kurz und versanken lautlos im Dunst, andere wurden von den Matrosen am Kai aufgefangen und eilig an Winden befestigt. Die Strömung zerrte am Schiff, wollte es fortreißen und in die offene Lagune entführen, doch jetzt befahl Salvatore Falier, die Winden zu drehen. Die Männer legten sich mächtig ins Zeug, und unter den begeisterten Zurufen der Menge wurde das Schiff ans Ufer gezogen und vertäut.

Marco atmete auf. Bis zuletzt hatte er gefürchtet, dass das Manöver fehlschlagen würde. Auch Chiaras Anspannung löste sich; mit rotem Kopf gab sie seine Hand frei.

Unter begeistertem Klatschen und Pfeifen wurde ein Fallreep herabgelassen, der Kapitän und einige Matrosen sprangen an Land. Auch zwei Acquaroli, Wasserträger vom Festland, befanden sich in ihrer Gesellschaft und waren sofort von durstigen Venezianern umringt.

Der Senator schüttelte dem Kapitän die Hand und erklomm zwei Strohballen, um zu den Menschen zu sprechen. »Bürger«, rief er, »der Bann ist gebrochen. Das Schiff, das hier gelandet ist – das erste von vielen, die noch kommen werden –, hat Weizen und Trinkwasser geladen.«

Also nicht Fleisch und Gemüse, wie die Gerüchteküche verbreitete. Aber wen kümmerte das, solange Nahrung ankam?

»Es wird, äh, keine Engpässe in der Versorgung geben, das garantiere ich.«

Die Menge jubelte. Ein großer Redner war der Senator nicht, aber das musste er auch nicht sein, die Tatsachen sprachen für sich.

Er kratzte sich am Arm. »Wir, äh, wir Venezianer sind schon mit ganz anderen Dingen fertig geworden. Weder die Mailänder haben uns in die Knie gezwungen noch die Türken«, rief er, was ihm Applaus einbrachte. Dann erläuterte er umständlich, dass sich die Strömung des Nebels in den letzten Tagen stabilisiert habe und der Senat dabei sei, dessen Gesetzmäßigkeiten zu erforschen. Anscheinend floss die Hauptströmung durch den Canal Grande, um Giudecca herum und schlängelte sich zwischen den Inseln im Osten hindurch, bis sie in einem großen Bogen zurückkehrte und dabei die Landzunge streifte, die die Lagune vom Meer trennte. Schiffe konnten sich die Strömung zunutze machen und dort Waren aufnehmen.

Wie alle schlechten Redner fand Salvatore Falier kein Ende.

Zudem fing plötzlich die Glocke des Dogenpalastes an zu läuten – sie berief den Senat zu einer Sondersitzung ein –, was ihn so aus dem Konzept brachte, dass er sich wieder am Arm kratzte und zu stottern anfing.

Marco hatte genug gehört. »Ich muss noch mal weg«, sagte er zu Chiara.

Sie warf ihm einen mitleidigen Blick zu. »Viel Glück.«

Er mochte es nicht, wenn ihn jemand auf diese Weise ansah. So, als würde er halsstarrig an etwas festhalten, das der Rest der Welt als sinnlos erkannt hatte. Mit zusammengekniffenen Lippen bahnte er sich einen Weg durch die Menge und suchte das »La Colombina« auf, um wieder einmal nach seinem Vater zu fragen. Und hier ereilte ihn die schlechte Nachricht.

Vor der Tür, auf den Stufen der Schenke, saßen zwei fremdländisch aussehende Kaufleute, die vermutlich der Nebel in Venedig festhielt. Sie debattierten erregt und wurden erst auf ihn aufmerksam, als er im Begriff stand, an ihnen vorbeizugehen.

»Du solltest da besser nicht rein, Junge«, sagte einer von ihnen.

»Warum? Was ist los?«

»Den Wirt hat's erwischt. Kein schöner Anblick. Der Dottore ist gerade da und untersucht die Leiche.«

»Tot?«, hauchte Marco. »Woran ist er gestorben?«

»Eine unbekannte Krankheit, wie es scheint.«

Marco sah erst den einen Kaufmann an, dann den anderen – und stürzte an ihnen vorbei nach drinnen.

Die Fensterläden waren angelehnt, sodass der Schankraum im Halbdunkeln lag. Nebenan rumorte der Arzt, den Geräuschen nach säuberte er sein medizinisches Besteck. Auf einem Tisch aufgebahrt lag Pasquino Campo, bis zur Hüfte mit einem Laken bedeckt. Furchtsam näherte sich Marco dem Leichnam.

Das erste, was er bemerkte, war, wie klein der Wirt aussah. Welk und hutzlig, regelrecht geschrumpft. Kopf und Rumpf sahen aus, als hätte jemand ein zu großes Tuch über eine Handvoll

Knochen gezogen. Überall standen Faltenberge aufrecht und verliehen dem Toten ein bizarres Aussehen. Die Haut glitzerte an einigen Stellen, als sei sie kristallisiert. Seine Fingerspitzen waren schwarz wie der Nebel, mit dem er unlängst in Berührung gekommen war, schwarz und angefault. Marco erinnerte sich daran, wie Pasquino Campo immerzu seine Hände an Hemd und Hose abgewischt hatte, als müsse er etwas loswerden, das unsichtbar daran klebte.

»Von innen heraus vertrocknet«, sagte eine Stimme.

Marco machte einen Satz; er hatte niemanden hereinkommen gehört.

»Kein schöner Tod«, fuhr der Arzt fort, während er seine Hände an einem Geschirrtuch abwischte, »am Schluss hat er geschrien vor Schmerzen. Bist du ein Anverwandter?«

»Nein, ich … ich wollte ihn nur etwas fragen.«

»Der kann dir keine Auskunft mehr geben.« Der Dottore schlug das Laken über das Gesicht des Toten und deckte ihn zu.

Marco hatte genug Antworten. Mehr als genug. Das Bild der schwarzen Fingerspitzen und der kristallisierten Haut verfolgte ihn bis nach Cannaregio.

Zwei

6

Wie jede Stadt hat auch Venedig eine Persönlichkeit. Prunksucht und derbe Sinnlichkeit, Lust am Morbiden und die Aura des Geheimnisvollen – all das ist Teil davon, beschreibt diese Stadt aber nur unzulänglich. Ihr wahres Ich liegt nicht in der Enge der Gassen, der Pracht der Fassaden oder dem allgegenwärtigen Wasser, sondern in den Zwischenräumen. In den Rissen der Fensterläden, den Mauerstellen, an denen der Putz abbröckelt, dem Grenzbereich zwischen der Dunkelheit der Gassen und den lichtdurchtränkten Campi, da, wo Zwielicht herrscht, das die Augen narrt und einem Dinge vorgaukelt, die weder Wahrheit noch Lüge sind, sondern Möglichkeit.

Ähnlich die Lagune: Sie ist nicht Meer, nicht Teich, nicht Fluss – und doch alles zugleich. Als fühle die Stadt sich am wohlsten, wo sie die Dinge in der Schwebe lassen kann, um sich bei Bedarf für das eine oder andere zu entscheiden. Selbst jetzt, da seit beinahe vier Wochen Nebel anstelle von Wasser durch die Lagune strömte, bewahrte Venedig seine Persönlichkeit und verbreitete eine Magie, die niemanden kalt ließ. Das galt erst recht für die Häuser am Canal Grande. Von allen Arbeiten, die sein Onkel ihn verrichten ließ, waren Marco die Tätigkeiten für die hier ansässigen Kaufleute die liebsten. Hier gab es immer etwas zu bestaunen: Menschen jeder Statur und Hautfarbe, nie gehörte Sprachen, den Geruch von Zimt und Ingwer, Nelken und Muskat, kurz: die Verheißung aller Wunder, die die Welt bereithielt. Was für ein Glück, dass wieder Schiffe fuhren und die Kaufleute belieferten!

Den Vormittag über arbeitete Marco für Luciano Donati in

dessen Haus unweit der Rialtobrücke. Wie so viele Paläste war auch dieser mit Marmor und Porphyr besetzt und mit Fresken, Bodenmosaiken und goldgeschmückten Friesen am Gesims verziert. Konnte es ein eindeutigeres Zeichen von Wohlstand geben, als ein versinkendes Haus mit derartigen Kostbarkeiten auszustatten?

Luciano Donati nahm es nicht so genau, er handelte mit allem, was Gewinn versprach: Zucker und Leinen aus Zypern, Getreide aus Süditalien, Sandelholz aus Timor, Porzellan, Schmuck, Parfüm, Gewürze und Arzneien. Wenn man seine Lagerräume betrat, glaubte man sich in Aladins Schatzhöhle versetzt oder in das verschollene Haus von Marco Polo, das kurz nach dessen Tod davongetrieben war, randvoll mit Gold und Edelsteinen aus Cathay, wie es hieß. Wer es entdeckte, konnte auf einen Schlag reich werden.

Nachdem Marco seinen Lohn erhalten hatte, wusste er nicht, was er mit dem Rest des Tages anfangen sollte. Im ersten Moment wollte er sich wieder auf die Suche nach seinem Vater machen, aber die Sonne lockte, so gab er dem Impuls nach und schlenderte ziellos durch San Marco, beobachtete die Tauben und genoss den Tag, ungeachtet der Passanten, die sich darüber ausließen, dass die ankommenden Schiffe nicht ausreichten, um eine Bevölkerung von hundertfünfzigtausend Menschen zu ernähren, ganz zu schweigen von der katastrophalen Versorgungslage auf den äußeren Inseln. Und dass sich die Krankheitsfälle häuften. Jeder kannte jemanden, der an einer qualvollen Austrocknung gestorben war. Mors exsiccandi, wie die Gelehrten sagten, um ihre Unwissenheit zu bemänteln. Das einfache Volk nannte es schlicht: Schwarzer Tod. Es ging das Gerücht, das Lazzaretto Vecchio, eine der Inseln vor dem Lido, solle wieder zur Quarantäneinsel gemacht werden. Angeblich waren bereits Betroffene dorthin abtransportiert worden. Marco kümmerte sich nicht um die Gerüchte und machte einen Bogen um Menschenansammlungen.

Auf der Riva degli Schiavoni entdeckte er einen Mann, der seine Aufmerksamkeit erregte. Er trug einen rosafarbenen Umhang, der ihm nur bis zu den Knien reichte, ein Wams, das zahllose mit farbigem Futter unterlegte Schlitze aufwies, bunt gescheckte Beinlinge und als Krönung des Ganzen ein Flohpelzchen, wie es die Damen trugen, einen Marderpelz mit vergoldeten Klauen, der an einer Kette über seiner Schulter hing. Seine Haare waren mit einem Brenneisen in Locken gelegt, der von weißen Strähnen durchzogene Bart wurde anscheinend sorgfältig gekämmt.

Zu seinen Füßen hatte er einen Haufen Kieselsteine liegen, von denen er immer wieder einen nahm und mit unterschiedlichen Bewegungen in unterschiedlichen Geschwindigkeiten und unterschiedlichen Flugbahnen in den Nebel warf, wie man für gewöhnlich Steine über das Wasser hüpfen lässt. Nur dass eben kein Wasser vorhanden war. Sodann hielt er sich ein sonderbares Gerät vor die Augen, das aus lauter Linsen und Spiegeln bestand und nach einem nicht erkennbaren Prinzip mit Klammern zusammengehalten wurde, hüpfte gestikulierend auf und ab und trug etwas in ein abgegriffenes Heft ein, wobei er unverständliche Worte murmelte und seine buschigen Augenbrauen zu einem Stirnrunzeln zusammenzog.

Marco konnte nicht anders, er musste lachen. Was für ein sonderbarer Kauz! Wieder bückte sich der Mann und warf zwei Kieselsteine mit beiden Händen zugleich in den Kanal, diesmal wäre er beinahe hinterhergefallen.

Keine zehn Schritte von ihm entfernt stand ein hagerer Jüngling im Schatten eines Durchgangs und beobachtete den Mann, nicht amüsiert oder neugierig, eher verstohlen. Marco sah genauer hin. Ja, der Bursche benahm sich eindeutig verdächtig. Wann immer sich der seltsame Kauz in seine Richtung drehte, zog er sich tiefer in den Schatten zurück, um wieder hervorzukommen, sobald er sich unbeobachtet glaubte. Und plötzlich, schneller als man reagieren konnte, stürzte er aus der Gasse hervor, schnappte sich einen Gegenstand vom Boden – eine Geldbörse, erkannte Marco – und rannte davon, direkt auf ihn zu. Geistsgegenwärtig streckte Marco sein Bein aus. Der Jüngling stürzte, die Börse fiel ihm aus der Hand und schlidderte zwei Schritte weiter. Marco hob das Ledersäckchen auf und machte vorsichtshalber ein paar Schritte rückwärts.

Mordlust blitzte in den Augen des Diebes, als er sich erhob. Mit einer raschen Bewegung zog er ein Messer aus seinem Hosenbund und schlich geduckt auf Marco zu. Doch weil der Bestohlene schimpfend herangeschlurft kam, entschied er sich nach kurzem Zögern, den Rückzug anzutreten. »Das zahle ich dir heim«, zischte er, ehe er verschwand.

Marco überreichte die Geldbörse ihrem rechtmäßigen Besitzer. »Bitte.«

»Hab Dank, Junge, hab Dank«, erwiderte der Kauz mit toskanischem Akzent. »Dieses Diebesgesindel wird immer frecher. Zu nichts nütze, außer um Latrinen vollzumachen.« Er schlurfte zurück und traf Anstalten, das Ledersäckchen wie zuvor zu seinen Füßen niederzulegen.

Marco konnte nicht an sich halten. »Das ist ja geradezu eine Einladung an alle Diebe!«, rief er aus. »Warum legt Ihr Eure Geldbörse in aller Offenheit aufs Pflaster?«

»Weil sie mich bei meiner Untersuchung stört, natürlich. Oder kannst du mir sagen, wie ich wissenschaftliche Genauigkeit erhalten soll, wenn mir ständig ein Beutel am Gürtel baumelt und die Flugbahn verändert?«

Marco unterdrückte ein Lachen. »Was untersucht Ihr denn?«, fragte er.

»Ich studiere die Natur des Nebels, der eure Lagune heimsucht.«

»Indem Ihr Steine hineinwerft?«

»Allerdings, du neunmalkluger Dummbart. Jede Erkenntnis beginnt mit den Sinnen. Wusstest du, dass zwei Steine, die man ein Stück voneinander entfernt in unbewegtes Wasser wirft, Wellenbewegungen in Form von konzentrischen Kreisen hervorrufen, die, wenn sie aufeinandertreffen, miteinander verschmelzen, ohne sich zu brechen? Nein, das wusstest du natürlich nicht. Und warum ist das so?«

Marco zuckte mit den Achseln.

»Weil sich das Wasser, das sich scheinbar bewegt, in Wirklichkeit eben nicht bewegt. Weil es hin und her zittert und lediglich dieses Zittern von Tropfen zu Tropfen weitergibt, sonst nichts. Und dabei wird jeder von einer Welle getroffene Punkt zum Ursprung einer neuen konzentrischen Störung, und erst die Zusammenwirkung und Schichtung dieser Störungen bestimmen die Form der Wellen. Wusstest du, dass die Steine, die ich in den Nebel werfe, inverse Kreise hervorrufen, Ringe aus Löchern, die ebenfalls miteinander verschmelzen, ohne sich zu brechen? Nein, auch das wusstest du nicht. Weil du blind bist.«

»Ich bin nicht blind«, protestierte Marco.

»Wer seine Augen aufmacht und trotzdem nichts sieht, ist blind.« Der Mann setzte sich auf die Treppenstufen eines Hauses, das kürzlich ein neues Stockwerk erhalten hatte, nahm einen Silberstift und zeichnete wieder in sein Heft.

Neugierig blickte ihm Marco über die Schulter. Zwischen den Berechnungen eines Tetraeders, der Beschreibung eines Vogelflügels und Skizzen von spielenden Katzen zeichnete der Mann mit wenigen Strichen ein Abbild der konzentrischen Kreise, die er beobachtet hatte. Auf der gegenüberliegenden Seite des Heftes befanden sich weitere Zeichnungen, offenbar die Strömungsverhältnisse des Nebels, mit seltenem Realismus wiedergegeben.

»Er ist widernatürlich«, entfuhr es Marco. »Böse.«

»Wer?«

»Der Nebel.«

»Böse, so. Das ist nun allerdings keine sonderlich wissenschaftliche Beschreibung. Um böse zu sein, muss man ein Bewusstsein besitzen.«

»Lacht nur über mich, aber ich weiß, was ich weiß. Der Nebel ist das leibhaftige Nichts. Ich fühle es.«

Der Toskaner unterbrach seine Arbeit. »Du fühlst es?«

»Es ist wie … wie ein Loch im Bauch. Als fehle ein Stück der Welt. Wie … ach, ich weiß auch nicht. Wie das Nichts, eben.«

»Interessant.« Der sonderbare Kauz sah ihn nachdenklich an, nickte und notierte sich etwas in sein Arbeitsheft.

Erst jetzt fiel Marco auf, dass der Mann Linkshänder war und wie viele Linkshänder in Spiegelschrift von rechts nach links schrieb. »Warum tut Ihr das?«, wollte er wissen.

»Was?«

»Den Nebel untersuchen.«

»Weil der Senat mich darum gebeten hat. Weil ich froh bin, Mailand den Rücken zu kehren. Weil es ein überaus interessantes Phänomen darstellt.«

»Glaubt Ihr, Ihr könnt den Nebel vertreiben?«

»Erst einmal muss ich ihn studieren. Seinen Magnetismus erforschen. Der Magnetismus der Lagune unterscheidet sich von dem des Meeres, wusstest du das?«

Marco schmunzelte. Das war vermutlich die gelehrte Version der Redensart, dass die Lagune ihre eigenen Gesetze besaß.

Der Mann erwartete wohl keine Antwort, denn er fuhr fort: »Wenn wir diesen Magnetismus verstehen, können wir herausfinden, weshalb er aus dem Gleichgewicht geraten ist. Ich werde Strömungskarten und Gezeitentabellen erstellen und darüber nachdenken, warum die Zahl Phi nicht durch vernünftige Zahlen zu bestimmen oder durch eine rationale Größe auszudrücken ist, wie Fra Pacioli meint, der – halt!« Er packte Marco bei den Schultern und zog ihn näher zu sich heran. »Dieses Braun in deinen Augen, gebrannte Umbra, mit einer Spur gelber Ocker … genau die richtige Farbe.«

»Wovon sprecht Ihr?«

»Vom Hintergrund des Porträts, an dem ich gerade male.« Er ließ ihn wieder los. »Wie heißt du überhaupt?«

»Marco. Marco Stefano Manardi.«

»Aha. Buon giorno, Marco.«

»Und wer seid Ihr?«

»Leonardo da Vinci.«

»Der Maler der Sforza? Der das riesige Reiterstandbild macht?«

»Eben der.« Es schien ihn zu freuen, dass Marco wusste, wer er war, denn er lächelte, während er anfing, seine Sachen zusammenzupacken.

»Was ist das?«, fragte Marco schüchtern und deutete auf die Spiegel und Linsen.

»Damit beobachte ich das Licht. Wusstest du – nein, wie könntest du! Nun, Tatsache ist, sobald ich einen Stein in den Nebel werfe, ändert sich das Licht und aus dem entstehenden Loch strahlt ein violetter Schimmer.«

»Was bedeutet das?«

»Ich weiß es nicht. Aber ich hoffe, es herauszufinden. Ein interessantes Phänomen, dieser Nebel. Und dem Wasser so ähnlich. Ah, es gibt nichts Faszinierenderes als Wasser.« Er sah, wie Marco das Gesicht verzog, und meinte streng: »Es ist mehr am Wasser, als ein Dummbart wie du sich vorzustellen vermag. Warum gibt es Wolken? Warum regnet es? Warum existieren Ebbe und Flut? Warum verlässt eine Strömung den geraden Verlauf und bildet Wellen in einem konstanten Winkel zur Strömung?« Er verstaute die Utensilien seines seltsamen Gerätes in einer Segeltuchtasche und ein Paar Augengläser in einem Futteral am Gürtel. »Die Linsen taugen nichts. Alles voller Einschlüsse und Unreinheiten. Ich bräuchte ein paar neue. Vermutlich bin ich da in Venedig gerade richtig. Kennst du einen guten Glasbläser?«

»Meinen Bruder. Er versteht sich besonders auf farbloses Glas.«

»Deinen Bruder, ah! Du bist ein erstaunlicher Junge. – Wo steckt Salai schon wieder, dieser Nichtsnutz?«

»Wer?«

»Mein Diener. Mein Lehrling. Mein letzter Sargnagel.« Leonardo seufzte, verstaute seine Aufzeichnungen im Inneren des

Wamses und befestigte seine Geldbörse am Gürtel. »Bleibt mir wieder nichts übrig, als alles allein zu schleppen. Hier, nimm du das!« Er hängte Marco die Tasche mit den darin verstauten Utensilien seines seltsamen Gerätes um. »Aber sei vorsichtig, dass du nichts zerbrichst. Junge Leute sind immer so ungeschickt.«

»Ähm … eigentlich war ich gerade auf dem Weg nach Hause.«

»Ein bisschen Arbeit hat noch niemandem geschadet. Also komm, und trödel' nicht!«

Marco fügte sich, insgeheim amüsiert über Signor da Vincis verschrobene Art. »Wo wohnt Ihr?«

»Am Campo San Giacomo da L'Orio.«

In Santa Croce also. Ein gutes Stück Weg. Aber Marco hatte den Eindruck, dass es trotzdem höchst kurzweilig werden würde, den Toskaner dorthin zu begleiten.

7

Der Mund war das Entscheidende. Die großen Augen trugen zur Wirkung bei und sogar die keck hervorstehende Nase, aber der Mund war das Entscheidende, als würde sich sein Besitzer jeden Moment ausschütten vor Lachen, dabei an den Winkeln leicht gekräuselt, was dem Gesicht zugleich etwas Verblüfftes verlieh. Eindeutig Arlecchino, der keinem Scherz widerstehen konnte, und doch anders als gewohnt, weicher, hintergründiger. Unschuldiger.

Der Mund war Chiaras eigener Beitrag zum Charakter des Spaßmachers. Der Tag, an dem sie zum ersten Mal einen Delfin gesehen hatte, lag darin, und ihr Staunen, als sie entdeckte, dass die Augen der Statuen auf dem Campo dei Mori ihr überallhin zu folgen schienen. Deshalb waren ihre Masken so beliebt: weil sie eine Geschichte erzählten und eine Ahnung von gelebtem Leben hinter der Oberfläche vermittelten. Es widersprach völlig dem plakativen Prinzip der Figuren, dem Prinzip von Masken überhaupt. Trotzdem verfehlte es seine Wirkung auf die Käufer nicht.

Chiaras Finger arbeiteten von allein, glätteten die Wangen, veränderten die Mundwinkel und machten den Gesichtsausdruck damit naiver. Sie liebte diese Arbeit. In den Masken verlieh sie ihren Gefühlen Ausdruck, auf eine Weise, wie sie es im wirklichen Leben nie vermochte. Ihr Pantalone war nicht nur der geizige Schürzenjäger, in seinen Gesichtszügen lag dieselbe Traurigkeit, die sie beim letzten Geburtstag ihrer Mutter verspürt hatte, als sie vom Maskenaustragen zurückkam und niemand daran gedacht hatte, ihr ein Stück Kuchen aufzuheben.

Und in Capitano, den Aufschneider und Maulhelden, legte sie die Angst, die sie empfunden hatte, als sie einmal in finsterer Nacht während eines Gewitters auf der Brücke über den Rio di Santa Fosca ins Leere getreten und in den Kanal gefallen war.

»Deine Figuren leben«, sagte Großmutter Antonia immer. »Ich weiß nicht, wie du das machst, aber sie leben.«

Chiara hielt in ihrer Arbeit inne. Noch immer gab es keine Nachricht von ihrer Großmutter, schon seit Wochen nicht. Zwar konnte man mittlerweile den Nebel befahren, und soviel sie gehört hatte, trug einen die Strömung auch zu den äußeren Inseln im Osten der Lagune, weil man jedoch keine Ruder benutzen und die Fahrt nicht beeinflussen konnte, dauerte eine solche Reise einen vollen Tag, vielleicht länger. Soviel Zeit hatte niemand aus ihrer Familie, schließlich gab es einen Laden zu führen, Masken herzustellen, fünf Personen zu versorgen. Aber Großmutter Antonia war nicht mehr die Jüngste. Wie oft hatte Chiara sie schon zu überreden versucht, zu ihnen nach Venedig zu ziehen! Die namenlose Insel, auf der sie lebte, versank regelmäßig bei Hochwasser, sodass kaum noch das Haus aus den Fluten schaute. Doch Großmutter Antonia war eigensinnig. Ihr verstorbener Mann hatte das Haus erbaut, hier wollte sie leben, hier wollte sie sterben. Chiara musste unbedingt nach ihr sehen. Vielleicht konnte sie die Gondel ihres Vaters benutzen. Heimlich. Sie schauderte, wenn sie an den schwarzen Dunst dachte. Wollte sie sich wirklich dem Nebel anvertrauen? Nicht gern. Aber für ihre Großmutter würde sie es tun. Hatte sie sich nicht geschworen, sich nie wieder von ihrer Angst besiegen zu lassen?

Sie schüttelte den Kopf. Alles zu seiner Zeit. Erst einmal musste sie sich auf ihre Arbeit konzentrieren, sonst konnte sie die Tonfigur gleich zum Abfall werfen. Chiara rührte flüssigen Gips an und ließ ihn auf den Ton tropfen, wobei sie darauf achtete, dass sich keine Blasen bildeten. Dann stellte sie das Modell zum Trocknen in die Sonne und wischte sich die Hände an einem Tuch sauber. Wasser benutzte sie nicht, dazu war es zu kostbar. Schlimm genug, dass der Gips so viel davon benötigte. Als nächstes ging sie daran, die Grundmasse für die eigentliche Maske herzustellen. Ihr Vater verwendete langfaserige Pflanzen – meist Schilf – und Filz. Papier war natürlich besser, aber auch teurer. Chiara zerstampfte alles mit einem Stößel und weichte die Überreste ein.

Wie angenehm hell es war! Die neuen hohen Fenster ließen die Sonne herein, und wenn man im Laden stand und nach draußen sah, blickte man nicht auf Füße, sondern auf Menschen in voller Lebensgröße. Chiara ging zum Schrank, um einen Topf mit Bienenwachs zu holen und damit den Pflanzenbrei zu verkleben. Neben dem Schrank, auf einem Stuhl lag das Schnürleibchen, das ihre Mutter ihr gekauft hatte. Chiara verzog das Gesicht. Sie brauchte kein neues Leibchen. Das alte tat es noch eine ganze Weile. Zwei neue Stühle gab es ebenfalls, und auf dem Tisch lag eine Decke aus buranesischer Spitze. Ihre Mutter kaufte munter ein, als hätten sie keine Geldsorgen. Und musste es unbedingt die teure einheimische Seife sein? Natürlich, auch sie liebte den Duft der festen weißen Seife aus Venedig, die mit Olivenöl aus Apulien und der Asche syrischer Sträucher hergestellt und anschließend parfümiert wurde. Aber wenn man jeden Piccoli zweimal umdrehen musste, tat es auch gewöhnliche Seife, selbst wenn sie weich war und dunkel und nach dem Schaffett roch, aus dem sie bestand.

Ihr Vater steckte den Kopf in die Werkstatt. »Chiara, gib auf den Laden Acht, ich muss Leinöl besorgen.« Er wartete ihre Bestätigung nicht ab, sondern verschwand nach draußen.

Chiara nahm Bienenwachs und Pflanzenbrei mit in den Laden, um dort weiterzuarbeiten, und schnupperte. Überall roch es nach frischem Holz. Sie mochte das. Das neue Stockwerk gefiel ihr. Es war schön, in einem Haus zu wohnen, in das so viele Menschen ihre Kraft und guten Wünsche gegeben hatten, Nachbarn, Verwandte, Freunde …

Und der Sohn des Dogen. Er hatte ihre Hand festgehalten, als sei sie etwas Besonderes. Selbst bei der Erinnerung daran wurde sie noch rot. Giacomo Querini war ein ansehnlicher Mann. Ihr gefiel seine Selbstsicherheit. Vor allem aber beeindruckten sie die gesunden Zähne, die er bei seinem unwiderstehlichen Lächeln sehen ließ. Weit und breit gab es niemanden mit so weißen Zähnen. Und seine Stimme war tief und männlich, ganz anders als die der meisten jungen Männer, die sie kannte. Na schön, er war ein bisschen überheblich, gewiss, aber dieses Lächeln ... Marco hätte sich nun wirklich nicht so anstellen müssen. Als sei sie in Gefahr gewesen. Obwohl, irgendwie war es schon rührend, wie er sie verteidigte. Aber sein rüpelhaftes Verhalten hinterher ...

Er hatte sich verändert. Seit dem Unglück mit seiner Schwester war er verschlossen und abweisend geworden und ließ niemanden mehr an sich heran. Früher hatte er alles mit ihr geteilt. Zum Beispiel die Ca' Eternità. Chiara lachte laut auf, als sie daran dachte. Die Ca' Eternità war ein aufgegebenes Patrizierhaus an der Ostspitze von Giudecca. Es hieß, an dieser Stelle würden uralte Kraftlinien zusammenlaufen. Ob das nun Seemannsgarn war oder nicht, fest stand, dass das Haus nicht versank. Selbst in Dorsoduro, dem »harten Rücken« von Venedig, sanken die Häuser, langsamer zwar wegen des felsigen Untergrundes, so langsam, dass seine Bewohner die Gebäude nur einmal in jeder Generation aufstocken mussten, aber sie sanken. Dieses hier nicht. Keinen Fingerbreit, nicht in all den Jahrhunderten, die es existierte.

Es gehörte den Romagnoli, einer Familie von Nobili, die im zehnten Jahrhundert aus der Lombardei eingewandert war und sich zur Zeit der Kreuzzüge große Verdienste um die Stadt erworben hatte. Angeblich war sie auch an der Verschwörung gegen den Dogen Pietro Gradenigo beteiligt gewesen. Wie auch immer, die Romagnoli wurden jedenfalls in der Ca' Eternità nicht glücklich. Einige sahen Dinge, die nicht existierten, andere hörten Heulen und Klagen oder fühlten sich von unsichtbaren Händen berührt. Vor etwa hundert Jahren waren mehrere Teilnehmer einer Festgesellschaft von Geistern fortgetragen worden, so wurde jedenfalls gemunkelt. Generationen von Romagnoli litten unter Schlaflosigkeit und Albdrücken. Nicht wenige Mitglieder der Familie wurden schwermütig oder verrückt. Es war, als läge ein Fluch auf der Ca‘ Eternità. Und so hatten die Romagnoli das Haus aufgegeben und waren fortgezogen. Seither stand es leer.

Eines Tages – Chiara und Marco hatten auf den Stufen von San Giorgio Maggiore gesessen und die am Markusplatz anlandenden Schiffe aus Spanien und die herumstolzierenden Würdenträger beobachtet – war Marco plötzlich aufgestanden und hatte sie bei der Hand genommen.

»Komm mit«, sagte er, »ich muss dir etwas zeigen.«

Er ruderte mit ihr nach Giudecca hinüber und führte sie zur Ca‘ Eternità.

»Wir dürfen da nicht rein«, sträubte sich Chiara, »das Haus ist verflucht.«

»Vertrau mir!«

Sein Grinsen war so ansteckend, dass sie ihre Furcht niederzwang und ihm folgte.

Wie so viele Häuser der Nobili lag auch dieses inmitten eines märchenhaften Gartens, der allerdings verwildert war. Es gab einen Eingang von der Wasserseite und einen vom Land, durch diesen betraten sie den Besitz der Romagnoli. Das Gebäude glich einem Palast mit seinen Ecktürmen, Säulenhallen und Laubengängen, von der aufwändigen Fassadengestaltung ganz abgesehen. Die Tür war natürlich verschlossen, aber der Sturm hatte einen Fensterladen aus den Angeln gerissen, und da das Haus keine Glasscheiben besaß, konnten sie problemlos einsteigen.

Innen war es still. Verblichene Wandgemälde und verschwenderische Deckenverzierungen zeugten von ehemaligem Reichtum, doch Marco beachtete die Kunstwerke nicht, sondern schritt durch den Eingangsbereich in einen langgezogenen Raum, der früher einmal als Warenlager gedient hatte. »Jetzt pass gut auf«, sagte er und machte sich an den Riegeln des ersten Fensterladens zu schaffen. »Eins.« Er stieß die hölzernen Flügel nach außen auf. Schlagartig wich das Halbdunkel des Zimmers dem Tageslicht. Marco ging zum nächsten Fenster und öffnete auch dieses. »Zwei.« Mehr Licht strömte herein und erhellte nun auch die Ecken. Das nächste Fenster ließ er aus. Sein Grinsen verriet, dass er damit eine bestimmte Absicht verfolgte. »Vier.« Auf diese Weise öffnete er nach und nach alle Fenster, nur das dritte und fünfte blieben geschlossen.

Chiara konnte nicht länger an sich halten. »Warum lässt du die beiden zu?«

»Ich verändere den Energiefluss im Haus.« Er grinste wieder. »Warte hier.«

»Wo willst du hin?«

»In die Küche.«

»Geh nicht! Es ist … unheimlich.«

»Bin gleich wieder da.«

Doch Chiara wollte nicht allein bleiben, lieber schloss sie sich ihm an.

In der Küche marschierte Marco schnurstracks zum Ofen und öffnete die Ofenklappe.

Ein Luftzug fuhr durch Chiaras Haar. »Was ist das?«

»Wart's ab.« Er begab sich zur Hoftür und öffnete sie, und wieder blieb Chiara nichts anderes übrig, als ihm zu folgen.

Draußen erwartete sie ein herrlicher Innenhof. Efeu überwucherte die Wände, Kaskaden von Glyzinien hingen am Mauerwerk herunter und hüllten alles in das zauberhafteste Violett.

In der Mitte des Hofes befand sich ein Brunnen, darauf steuerte Marco zu. »Ist ein bisschen eingerostet«, sagte er, »aber das Schloss muss schon vor langer Zeit kaputtgegangen sein.« Er packte den Griff und zog mit aller Kraft daran. Mit einem unangenehmen Quietschen klappte der eiserne Deckel auf

Chiara spürte einen Sog, der sie ins Haus ziehen wollte.

»Du wirst gleich verstehen«, kam Marco einer Bemerkung von ihr zuvor.

Gemeinsam kehrten sie ins Haus zurück, beinahe ohne jede Anstrengung. Die Luftströmung saugte sie nach vorn, Chiara konnte sich sogar zurücklehnen, ohne dass sie umfiel.

»Gut, was?«, meinte Marco.

Sie nickte. Die Sache fing an, ihr Spaß zu machen.

Die sonderbare Kraft zog sie förmlich nach oben, in den ersten Stock des Hauses. Hier betraten sie einen Bankettsaal.

»Bleib da stehen«, sagte Marco und holte eine armgroße Skulptur aus einer Nische. Vermutlich stellte sie einen Heiligen dar, zu erkennen war sie nicht mehr. Der Zahn der Zeit hatte das Gesicht abgeschliffen und die Züge unkenntlich gemacht. Marco näherte sich einer bestimmten Stelle des Raumes und hielt inne. Er wirkte konzentriert.

Seine Spannung übertrug sich auf Chiara. Irgendetwas würde gleich geschehen, das spürte sie.

Marco holte tief Atem und stellte die Skulptur auf den Boden. Ein Wirbel bildete sich, ein Wirbel aus Staubflocken und trockenen Platanenblättern, die der Wind vor Urzeiten hereingeweht haben musste.

»Eins«, zählte Marco laut, während er auf eine Tür an der Stirnseite des Raumes zuschritt.

»Zwei.« Der Wirbel verlagerte sich, die Blätter strömten durch das Zimmer wie ein Fluss, der sich ein neues Bett sucht.

»Drei.« Der Sog ließ nach, die Blätter sanken zu Boden.

»Vier.« Marco öffnete die Tür.

Offenbar lag ein Arbeitszimmer dahinter; Chiara erkannte einen Tisch mit einem umgekippten Tintenfass.

»Fünf.« Marco ging hinein und schloss die Tür hinter sich.

»He, warte auf mich!« Chiara eilte ihm nach, machte die Tür auf – und sah sich der Küche aus dem Erdgeschoss gegenüber. Die Ofenklappe stand noch immer offen. Marco war nirgends zu sehen. »Aber …«, hauchte sie, und in ihrer Brust kämpften Entsetzen und Faszination miteinander.

»Wahnsinn, was?«, sagte eine atemlose Stimme hinter ihr.

Chiara schrie auf und wirbelte herum. »Marco, verdammt! Du … du hast mich erschreckt. Wo kommst du her?«

»Von unten natürlich.«

Sie sah verständnislos von ihm zur Treppe, von der Treppe zur Küche. »Wie hast du das gemacht?«

Er grinste über beide Ohren. »Ich glaube, ich habe das Gleichgewicht der Kräfte gestört«, sagte er. »Es ist der Sog, verstehst du? Er hat Arbeitszimmer und Küche vertauscht, genau wie die Strömung der Lagune manchmal Häuser erfasst und irgendwo anders wieder anspült. Es muss damit zusammenhängen, dass das Haus auf alten Kraftlinien errichtet wurde.«

»Ich habe noch nie gehört, dass einzelne Räume davongespült wurden. Häuser, ja, aber Räume innerhalb eines Hauses … Kein Wunder, dass die Bewohner glaubten, hier spukt's.«

»Ich hab's durch Zufall herausgefunden und dann so lange herumexperimentiert, bis ich wusste, was den Effekt auslöst.« Er ging zur Skulptur. »Komm hier rüber! Spürst du das?«

»Der Sog wird schwächer.«

»Ich glaube, es ist etwas anderes. Pass auf!«

Er nahm sie zwei Schritte mit nach rechts, und Chiara fühlte sich vom Sog zum Fenster gezogen. Er führte sie nach links, und jetzt fühlte sie sich zur Türseite gezogen. Doch in der Mitte, da, wo die Skulptur stand, war der Sog kaum mehr als ein Prickeln auf der Haut.

»Ich glaube, die Kraftlinien kreuzen sich an dieser Stelle und heben sich gegenseitig auf. Wie im Auge eines Sturms, verstehst du?

Deshalb genügt eine Kleinigkeit, um den Energiefluss umzuleiten und das Gefüge aus dem Gleichgewicht zu bringen. Eine Kleinigkeit wie das hier.« Er deutete auf die Skulptur. »Probier es auch mal.«

Chiara holte tief Luft, nahm die Skulptur fort und stellte sie an ihren alten Platz.

»Eins«, zählte Marco laut. »Zwei.«

Chiara rannte zur Tür. Hinter sich hörte sie Blätterrascheln.

»Drei. Du kannst dir Zeit lassen.«

Sie hatte die Tür zum Nebenzimmer schon geöffnet, hielt jetzt aber inne und drehte sich um. Blätter sanken zu Boden.

»Vier.«

Chiara betrat die Küche und schloss die Tür hinter sich.

Gedämpft drang Marcos Stimme hindurch: »Fünf.«

Im Geist zählte sie mit. Bei Sieben spürte sie, wie ihre Nackenhaare sich aufrichteten und ein Lufthauch über ihre Haut hinwegstrich. Mit einem Mal sackte ihr Magen in die Tiefe, als stürze sie mit einer Gondel in ein Wellental, ihre Ohren standen unter Druck, Luft wurde aus ihren Lungen gepresst. Es dauerte nur einen Atemzug, dann war alles vorbei. Nur ihre Glieder kribbelten. Zögernd ging sie zur Tür und öffnete sie. Sie befand sich im Erdgeschoss. Wenige Schritte von ihr entfernt führte die Treppe nach oben.

Marco saß auf der obersten Stufe und grinste sie an. »Na?«

»Unglaublich.« Nirgendwo sonst in der Lagune konnte man eine Verschiebung direkt beeinflussen, außer hier. Chiara war wie berauscht.

Den restlichen Tag spielten sie Fangen in der Ca' Eternità, und einmal hatte sie Marco sogar erwischt, weil es ihr gelang, die Skulptur wegzunehmen, ehe die Strömung das Zimmer verschieben konnte …

Geschrei holte Chiara unsanft aus ihrer Erinnerung in die Gegenwart zurück. Draußen wurde gebrüllt, als ginge die Welt unter.

Sie lief aus dem Laden. Der Lärm kam von der Fondamenta dei Ormesini. Sie rannte dorthin und begriff im ersten Moment nicht, was ihre Augen ihr erzählten. Menschen standen herum und sahen zu, wie Soldaten die Familie Ruggieri aus ihrer Wohnung zerrten. Einer hielt den strampelnden fünfjährigen Sohn auf dem Arm, ein weiterer zerrte die Ehefrau mit sich, zwei von ihnen schleiften ein in ein Tuch gewickeltes Bündel auf den Kai, das sich als Benedetto Ruggieri entpuppte. Er war nicht tot, eine Hand hing aus dem Tuch und krümmte sich, dabei röchelte er vor Schmerzen.

Seine Frau wehrte sich aus Leibeskräften und kreischte. »Lasst mich los! Wir sind gesund, er ist nur matt von der Arbeit. Er war schon immer so dünn.«

Die Soldaten kümmerten sich nicht um ihre Einwände. Gewaltsam schafften sie die Familie in ein Boot, das gefährlich auf dem Nebel hin und her schaukelte. Benedetto Ruggieri wurde achtlos auf die Planken geworfen. Lorenzo Malespina, der Herr der Nacht, leitete die Maßnahme.

Chiara entdeckte Oretta Mosca unter den Schaulustigen und ging zu ihr. »Was ist los?«

»Sie haben den Schwarzen Tod und es nicht gemeldet.«

Einer der Umstehenden, ein Grieche, schnaubte leise. »Jemand hat die Löwen gefüttert.«

Chiara wusste natürlich, was gemeint war. »Die Löwen füttern« bedeutete nichts anderes, als dass jemand eine Denunziation ins Maul eines der löwenartigen Gipsköpfe gesteckt hatte, die an verschiedenen Orten der Stadt angebracht waren, Briefkästen für Meldungen an den Rat der Zehn. »Um die Ordnung aufrechtzuerhalten«, wie es im offiziellen Sprachgebrauch hieß.

»Wo bringen sie die Familie Ruggieri hin?«

»Zur Quarantäneinsel.«

Chiara erbleichte. Wer auf die Quarantäneinsel kam, kehrte nicht mehr zurück, hieß es. Signora Ruggieri wusste das auch, deshalb wehrte sie sich aus Leibeskräften gegen die Übermacht.

Soldaten drängten die Menschen beiseite. »Verschwindet, es gibt nichts zu sehen!«, befahl Lorenzo Malespina.

Niemand verließ den Kai.

Der Herr der Nacht beachtete die Menge nicht weiter, sondern erteilte seinen Untergebenen Befehle und sprang dann zu den Verhafteten ins Boot. Einer der Soldaten vernagelte die Tür der Familie Ruggieri. Es war die Endgültigkeit dieser Handlung, die Chiara das Ausmaß des Geschehens zu Bewusstsein brachte. Sie musste sich abwenden.

»Rausgeschleift wie ein Stück Vieh«, brach der Grieche das Schweigen.

»Die haben es nicht besser verdient, die hätten uns alle angesteckt.«

»Der Rat der Zehn sollte uns Ärzte schicken, statt unbescholtene Leute zu verhaften.«

»Die Ärzte sind doch selber hilflos.«

»Oder kümmern sich nur um die Reichen.«

»Einige von denen haben sich mit den Versorgungsschiffen abgesetzt, habe ich gehört.«

»Senatoren?«

»Na klar.«

»Die feinen Herrschaften sitzen sicher in ihren Villen auf dem Land, und wir gehen hier vor die Hunde.«

Chiara kehrte in den Laden zurück. Wie ein kalter Klumpen lag etwas in ihrem Magen. Ein Echo aus ferner Vergangenheit hallte in ihr wider. *Warum hast du mir nicht geholfen?* Erinnerungen vermischten sich mit dem, was sie eben mitansehen musste. Signora Ruggieri hatte gekämpft, nicht wahr? Sie hatte versucht, ihren kranken Mann zu schützen, statt ihn an die Behörden auszuliefern. Sie hatte etwas *riskiert*! Chiaras Hände krampften sich über ihrem Magen zusammen. Signora Ruggieri war nicht feige wie sie. Signora Ruggieri hätte niemals … – nein, nein, sie wollte nicht daran denken! Es war vorbei, vorbei und vergessen.

Ruhelos lief Chiara im Maskenladen umher. Sie wünschte, ihre Mutter oder ihr Vater wären da. Sie musste mit jemandem reden. Sogar ihre nichtsnutzigen Brüder wären ihr jetzt willkommen. Um sich abzulenken, zerstampfte sie wieder Schilf und weichte es ein. Arbeit war gut gegen Sorgen. Arbeit war gut gegen unerwünschte Erinnerungen. Sie griff nach einer halbfertigen Maske, glättete die Oberfläche mit Sand und säuberte sie anschließend. Eben wollte sie den Pinsel in ein Näpfchen Bleiweiß tunken, um mit der Bemalung zu beginnen, als jemand den Laden betrat.

»Ah, die Rose von Cannaregio.«

Hastig stand Chiara auf und verbeugte sich vor dem Sohn des Dogen. »Herr, mein Vater ist im Augenblick nicht da.«

»Umso besser. Ich rede ohnehin viel lieber mit Euch.«

Da war es wieder, dieses Lächeln, das ihr weiche Knie machte. »Was … wünscht Ihr?«

Er saugte sie mit seinen Augen an wie die Strömung in der Ca' Eternità sie ins Haus gesogen hatte. »Was ich wünsche?« Er beugte sich vor und atmete geräuschvoll den Geruch ihres Haares ein. Dann trat er einen Schritt zurück. »Masken«, sagte er. »Viele Masken, für den kommenden Karneval. Achtzehn für Herren und zehn für Damen. Die Ausführung überlasse ich Euch, aber einzigartig sollen sie sein, und kostbar. Mit Gold und Schmuck behängt.«

Chiara überschlug das Gehörte in Gedanken. Ein solcher Auftrag könnte ihre Rettung bedeuten. Wenn er bezahlt wurde. Aber das Beiwerk … Gold, selbst wenn man Blattgold nahm … dazu müsste man die Masken erst krakelieren … »Wir brauchen eine Anzahlung«, hörte sie sich sagen und erschrak selbst über ihren Mut.

»Eine Anzahlung, so.«

»Ja. Für … für das teure Material.«

Giacomo Querini lachte. »Genügt das?« Er warf ihr einen Beutel Münzen zu.

Chiara traute sich nicht hineinzusehen, er hätte es als Zweifel an seiner Ehrlichkeit auslegen können. Also nickte sie.

»Dann ist ja gut.« Er machte wieder einen Schritt auf sie zu. »Ich wünsche, dass Ihr mir die Masken persönlich in den Palazzo Ducale bringt.«

Sie verbeugte sich, weil ihr nichts anderes einfiel.

Er lachte wieder, berührte ihre Wange und verließ den Laden.

In einem Sturm widerstreitender Gefühle musste Chiara sich erst einmal setzen. Er sah wirklich gut aus. Und, ja, seine Selbstsicherheit warf einen um. Sie öffnete den Beutel, den er ihr zugeworfen hatte. Großzügig war er auch noch. Das musste sie auf der immer länger werdenden Liste seiner positiven Eigenschaften ergänzen. Komm, red dir nichts ein, schalt sie sich. Er ist der Sohn des Dogen. Im Übrigen war er wirklich ein bisschen überheblich. Seine Blicke deuteten an, dass er alles bekam, was er wollte. Aber da war dieses Lächeln …

8

Ein Venezianer ohne Boot ist wie ein Fisch ohne Flossen. Selbst jetzt, nachdem der Senat zahllose Behelfsbrücken errichtet hatte, gab es genügend Orte, die man ohne Boot nicht erreichen konnte. Aus diesem Grunde sah Marco jeden Abend nach der Gondel seines Onkels und kontrollierte den Knoten, mit dem sie an die Palina vor dem Haus gebunden war. Und jeden Morgen, noch vor dem Frühstück, lief er vor die Tür, um einen Blick auf den Nebel zu werfen und sich davon zu überzeugen, dass sich das Boot an seinem Platz befand. So auch heute.

Wie immer, wenn er die Haustür öffnete, hoffte er, das Wasser sei zurückgekehrt, und wie immer wurde er enttäuscht. Schwarz und lautlos schlängelten sich die Schwaden dahin, führten Abfall und verendete Tauben mit sich und beherrschten die Kanäle. Der Nebel kannte weder Ebbe noch Flut. Marco hatte eine Markierung am Kai angebracht; der Stand blieb immer der gleiche. Auch die Strömung änderte sich nicht. Der Senat hatte einen Strömungsplan verteilt, auf dem sämtliche Fließrichtungen und Strudel in der Lagune eingezeichnet waren. Mit Hilfe dieses Planes wagten sich mehr und mehr Venezianer in ihren Booten auf die Kanäle, auch wenn sie ihre Besorgungen auf das Notwendigste beschränkten. Niemandem war es geheuer, sich einem derart flüchtigen Medium anzuvertrauen.

Gähnend überprüfte Marco das Boot auf Schäden. Bis auf die alte Schramme am Bug war alles in Ordnung. Was immer der Nebel der Gesundheit der Menschen antat, auf Gegenstände wirkte er nicht anders als Wasser. Noch rasch einen Blick auf die Leine, und dann –

Jemand hatte sich an der Gondel zu schaffen gemacht.

Im ersten Moment glaubte er, er habe sich vertan, und sah ein zweites Mal hin, aber es bestand kein Zweifel: Der Knoten war anders. Marco verwendete einen Ankerstek mit ergänzendem Halbstek. Der Halbstek fehlte, dafür war ein zusätzlicher Stopperknoten hineingebunden worden. Genau wie gestern, doch da hatte er noch an ein Versehen geglaubt. Wenn man müde war, wurde man manchmal nachlässig. Aber zweimal? Unmöglich.

Irgendjemand hatte vergangene Nacht die Gondel benutzt. Und die Nacht davor. Aber wer? Und wozu? Ein Nachbar? Mitten in der Nacht? Und warum sollte er das heimlich tun? Er hätte einfach fragen können. Nein, je länger Marco darüber nachdachte, desto verdächtiger kam ihm die Sache vor.

Im ersten Moment wollte er seinem Onkel davon erzählen, doch dann besann er sich. Onkel Aldo würde ihn wieder für überspannt halten. »Du hast zuviel Fantasie«, sagte er oft. Besser, er fand erst mal heraus, wer das Boot benutzte. Wer immer sich vorgestern und gestern die Gondel ausgeliehen hatte, würde das mit hoher Wahrscheinlichkeit auch heute wieder tun. Doch heute Nacht würde sich Marco auf die Lauer legen. Heute Nacht würde er herausfinden, was sich hier abspielte.

Der Tag wollte und wollte nicht enden. So lange es hell war, arbeitete er im Arsenal, da ging es noch. Aber beim Abendessen rutschte er so unruhig auf seinem Stuhl hin und her, dass Tante Lucia ihn fragte, ob er Durchfall habe. Danach musste er Bohnen schälen, während sie Beinlinge stopfte und Onkel Aldo eine Truhe ausbesserte. Zu allem Überfluss machten sie es sich anschließend am Fenster gemütlich und erzählten sich gegenseitig, wen sie am Tage alles getroffen hatten, und dann unterhielten sie sich über den Kopfputz von Signora Amorese und wie sich Meister Uccello davor gedrückt hatte, einen Lastträger zu bezahlen. Es trieb Marco schier in den Wahnsinn.

Als endlich Schlafenszeit war, zog er sich in seine Kammer zurück und legte sich angezogen unter die Bettdecke für den unwahrscheinlichen Fall, dass seine Tante oder sein Onkel noch einmal nach ihm sehen würden. Dabei lauschte er den Geräuschen, dem Klappern von Geschirr, der gemurmelten Unterhaltung und schließlich dem Schlurfen von Schuhen, das anzeigte, dass die beiden sich zur Nachtruhe begaben.

Leise erhob sich Marco, schlich zur Tür und legte sein Ohr dagegen. Alles war ruhig. Behutsam öffnete er die Tür und betrat den Flur. Unverständliche Stimmen waren aus der Schlafkammer zu vernehmen, Tante Lucia und Onkel Aldo sprachen miteinander. Gut, so waren sie beschäftigt und würden nicht auf etwaige Geräusche achten. Auf Zehenspitzen ging Marco die Treppe hinunter zur Eingangstür und huschte nach draußen.

Ein dreiviertel voller Mond erhellte Kai und Häuser mit silbrigem Glanz, dazwischen lag wie ein schwarzer Abgrund der Kanal. Marco trat an den Rand der Kaimauer und überzeugte sich, dass die Gondel noch da war. In ihrem schwarzen Lack konnte man sie kaum vom Nebel unterscheiden. Onkel Aldo war einer der wenigen, die bunte Gondeln als Zeichen von Prunksucht ablehnten, sehr zum Missfallen von Tante Lucia.

Was nun? Unschlüssig sah Marco sich um. Sollte er sich im Schatten einer Seitengasse verstecken? Aber wenn er Pech hatte, erkannte er dann nicht einmal das Gesicht des Diebes. Ganz zu schweigen davon, dass er den Grund für den Diebstahl herausfinden wollte.

Der Anblick der Gondel brachte eine unerwünschte Erinnerung an die Oberfläche, die Erinnerung daran, wie seine Schwester sich damals darauf versteckt hatte, als er … Ohne lange zu überlegen, eilte er die drei Stufen zum Anlegeplatz hinunter und schlug die Plane zurück, die die Sitze vor Tau und Regen schützte. Unbehaglich betrachtete Marco die Finsternis im Kanalbecken. Sollte er wirklich? Es wäre das erste Mal, dass er sich dem Nebel anvertraute. Bis jetzt hatte er lieber Umwege in Kauf genommen, als ein Boot zu benutzen. Viele Venezianer hielten es so. Andererseits gab es eine Reihe Wagemutiger, die sich benahmen, als sei alles wie immer, und mit ihren Booten Waren holten oder Verwandte besuchten.

Wer nicht wagt, gewinnt auch nicht. Marco setzte einen Fuß in die Gondel und hielt den Atem an, als das Boot im Nebel einsank. Er schluckte den Kloß in seinem Hals hinunter und zog den zweiten Fuß nach, sorgfältig das Gleichgewicht ausbalancierend. Es war überhaupt nicht, als besteige man eine Gondel im Wasser, eher so, als schreite man über einen Abgrund. In einem Augenblick fühlte man noch festen Boden unter den Füßen, im nächsten stürzte man bereits nach unten. Marco keuchte und klammerte sich am Bootsrand fest. Er konnte keinerlei Widerstand unter dem Kiel spüren. Dafür drängte sich das Gefühl von Leere verstärkt in sein Bewusstsein, die Gegenwart von … von Abwesenheit.

Er schloss die Augen und zwang sich, gleichmäßig zu atmen. Als sich sein Herzschlag beruhigte, wagte er es, den Bootsrand loszulassen. Vorsichtig kroch er zum hinteren Ende der Gondel, legte sich auf die Planken und zog die Plane über sich. Er versuchte, nicht daran zu denken, dass ihn nur eine dünne Schicht Holz vom Nebel trennte, und konzentrierte sich stattdessen auf das Gefühl stabiler Bretter in seinem Rücken. So wartete er auf das, was kommen würde.

Mit der Zeit fing er an zu frieren. Er hätte sich etwas Wärmeres anziehen sollen, nachts wurde es bereits empfindlich kalt. Am meisten störte ihn die Stille. Er vermisste das beruhigende Geräusch von Wellen, die gegen den Kai klatschten. Er versuchte, sich einzureden, dass er Wasser in jeder Form hasste, aber angesichts der stummen Drohung, die von der substanzlosen Finsternis unter ihm ausging, fiel ihm das schwer. Seine Gedanken kreisten. Um Francesca. Um seinen Vater. Um die Lagune. Um tausend Dinge und nichts zugleich. Und obwohl die meisten dieser Gedanken weder schön noch tröstlich waren, fielen ihm die Augen zu.

Er schrak erst aus dem Halbschlaf, als ein Gewicht das Boot tiefer in den Nebel drückte. Beinahe hätte er aufgeschrien, als sein Magen unerwartet nach unten sackte, er konnte sich gerade noch auf die Zunge beißen. Jemand machte sich im vorderen Teil der Gondel zu schaffen. Marco riskierte es und schuf eine Öffnung in der Plane, konnte aber nur einen Schatten erkennen, der Taue, Regenjacken und einen Eimer beiseite räumte.

Schritte näherten sich. Der Schatten drehte sich um. »Da bist du ja endlich«, flüsterte er.

Onkel Aldo! Marco erweiterte das Sichtfenster in der Plane. Tatsächlich. Was wollte sein Onkel mitten in der Nacht mit dem Boot?

»Ging nicht eher«, sagte der Neuankömmling und stieg in die Gondel.

Wieder stürzte Marcos Magen in die Tiefe. Dann erkannte er in dem anderen Leon Ruggieri, den Bruder von Benedetto, den der Herr der Nacht abgeholt und auf die Quarantäneinsel verfrachtet hatte. Es hieß, Benedetto sei heute Vormittag dort gestorben.

Aldo entzündete eine Laterne und befestigte sie am Bug. »Dann los«, sagte er, löste die Leine und stieß die Gondel vom Ufer ab.

Die Strömung ergriff das Boot und zog es mit sich. Marco war völlig durcheinander. Sollte er sich zu erkennen geben? Aber vielleicht wurde sein Onkel ärgerlich, weil er das Gefühl hatte, dass man ihm nachspionierte. Und überhaupt, die Frage blieb: Warum diese Heimlichkeiten?

Die Männer duckten sich, als sie unter einer der Behelfsbrücken hindurchglitten. Die Strömung des Nebels trieb sie den Rio de la Misericordia hinunter. An dessen Ende stieß Onkel

Aldo sich geschickt mit dem Ruder von der Mauer ab, um das Boot in die richtige Strömung zu bringen. Für einen Augenblick wirkten zwei gegensätzliche Kräfte auf die Gondel ein, zogen sie sowohl in die eine wie die andere Richtung. Das Boot drehte sich, dann war der kritische Punkt überwunden, und sie trieben durch den Rio de la Misericordia in die offene Lagune hinaus.

Was mochte sein Onkel bloß dort wollen? Marco hatte erwartet, dass sie vielleicht zum Markusplatz fahren würden, zum Rialto oder zu einer von Tante Lucias griesgrämigen Schwestern. Aber außerhalb Venedigs?

Die Laterne warf zuckende Schatten über die Plane. Die beiden Männer schwiegen die meiste Zeit, als gebe es nichts zu sagen. Marco richtete sich auf eine lange Wartezeit ein. Vielleicht wollte sein Onkel nach Murano, um mit Angelo zu reden, auch wenn er sich nicht vorstellen konnte, worüber oder warum das heimlich geschehen musste. Doch dann erkannte er anhand der Schatten hoher Zypressen, die sich schwach vor dem Nachthimmel abhoben, dass sie auf San Michele zusteuerten. Das machte die Sache nur noch mysteriöser. Was wollte Onkel Aldo auf der Friedhofsinsel?

Ein Ruck, das Boot stieß gegen das Ufer. Geschickt warf Onkel Aldo die Leine, während Leon Ruggieri sich am Anleger entlanghangelte. Gemeinsam schafften sie es, das Boot aus der Strömung zu bringen. Sie sprangen aus der Gondel und zogen sie mit vereinten Kräften an Land.

»Verdammt schwer, das Ding«, brummte Onkel Aldo.

Marco wurde heiß unter der Plane. Ob sein Gewicht einen spürbaren Unterschied machte? Zum Glück dachten die beiden Männer nicht weiter darüber nach, sondern nahmen die Laterne, ließen das Boot zurück und stapften dem Friedhof zu.

Marco wartete zehn Herzschläge, ehe er die Plane beiseite schob und über den Bootsrand spähte. Niemand zu sehen. Nur die gezackten Bugeisen einer stattlichen Anzahl Gondeln schaukelten neben ihm hin und her, dazwischen ein halbes Dutzend Sandoli. Er schob die Plane vollends zurück, richtete sich auf und sprang nach draußen. In einiger Entfernung bewegte sich schwacher Lichtschein durch die Bäume, das mussten Onkel Aldo und Signor Ruggieri sein. Marco folgte ihnen, so leise er vermochte, blieb dabei jedoch immer weiter zurück, weil er gezwungen war, auf den Boden zu achten, um nicht über eine Wurzel zu stolpern. Einmal wäre er beinahe gegen einen Grabstein gelaufen, der mit dem Schatten einer Zypresse verschwamm.

Der Cimitero war die letzte Ruhestätte der Nobili. Gewöhnliche Menschen begruben ihre Toten, indem sie sie in einem der versinkenden Stockwerke ihres Hauses beisetzten. Das hatte nicht nur praktische oder finanzielle Gründe, vielmehr blieben die Seelen der Ahnen auf diese Weise mit dem Haus verbunden und schützten dessen Bewohner vor Not und Unglück.

Gräber waren anscheinend nicht das Ziel der Männer, die Marco verfolgte, denn sie gingen achtlos daran vorüber und strebten einem Abschnitt am anderen Ende der Insel zu, einem aufgegebenen Teil des Friedhofs. Umgestürzte Grabmale lagen dort herum, Schaufeln und anderes Arbeitswerkzeug der Totengräber. Zahllose Lichter umtanzten den Ort, meist Laternen, aber auch ein paar Fackeln. Mindestens vierzig oder fünfzig Menschen hatten sich hier versammelt, Männer und Frauen jeden Alters. Einige von ihnen kannte Marco vom Sehen. Die Angelegenheit wurde immer mysteriöser. Er schlich so nahe heran, wie er sich traute, und verbarg sich im Schatten eines Grabsteins, der in gefährlicher Schräglage aus der Erde ragte.

»Sind alle da?«, fragte eine Stimme.

»Ich glaube, ja.«

»Dann lasst uns anfangen.« Der Wortführer stieg auf einen umgestürzten Grabstein, um auch die weiter hinten Stehenden im Blick zu haben. Marco kannte den Mann vom Sehen, kam aber nicht auf seinen Namen. Ein Gerber aus Giudecca, soviel er wusste. »Zunächst einmal das Wichtigste: Leon, was ist mit den Waffen?«

»Ich habe jemanden an der Hand, der uns genug Degen besorgen kann, um eine ganze Armee auszurüsten.«

»Gut. Wie geht's mit der Rekrutierung in den Stadtteilen voran?«

Einige der Versammelten traten vor.

»Dorsoduro ist bereit. Wir können auf etwà zweihundert zu allem entschlossene Männer und Frauen zählen.«

»Santa Croce bringt achtzig auf die Beine.«

»In Castello sind es zweihundertsiebzig.«

»Ich kann für zweihundertzwanzig Leute aus Cannaregio garantieren.«

Das war Onkel Aldo. Marco schob sich weiter nach vorn, um nur ja kein Wort zu verpassen. Onkel Aldo gehörte einer Gruppe Verschwörer an! Noch größer war seine Überraschung, als sich nach den Sprechern der anderen Stadtteile die Vertreter der größeren Inseln zu Wort meldeten und ein blondgelockter Jüngling vortrat. Angelo! Sein Bruder Angelo war auch hier!

»Die Glasbläser von Murano stehen geschlossen hinter dir, Jacopo.«

Richtig, Jacopo hieß der Wortführer, Jacopo Villani, jetzt fiel es Marco wieder ein.

»Wirklich alle?«

»So gut wie. Wir sind uns wohl bewusst, dass wir nichts anderes sind als Sklaven des Senats.«

»Verdammt gut bezahlte Sklaven«, höhnte ein dicker Mann. »Wenn ich eure Privilegien hätte, wäre ich auch gern Sklave.«

»Auch ein goldener Käfig bleibt ein Käfig«, fuhr Angelo ihn an. »*Du* kannst gehen, wohin du willst, und bist dein eigener Herr. Mein Vater wurde umgebracht, weil er fort wollte, schon vergessen?«

Der Dicke verstummte. Natürlich, es war allgemein bekannt,

dass Venedig seine Vormachtstellung in der Glasindustrie mit allen Mitteln schützte. Wenn es sein musste, schickte der Rat der Zehn auch schon mal Meuchelmörder aus, um die zu töten, die ihm durch die Finger geschlüpft waren. In Amsterdam hatte man einen entflohenen Glasbläser eines Morgens mit durchschnittener Kehle auf der Straße gefunden.

Marco war stolz auf seinen Bruder, stolz darauf, wie er für ihren Vater eintrat. Gleichzeitig verspürte er heißen Zorn. Warum war Angelo in die Verschwörung eingeweiht, und er nicht? Warum machten die zwei Jahre, die sie voneinander trennten, immer wieder solchen Unterschied? Er konnte ein Geheimnis genauso gut bewahren wie sein Bruder, wenn es darauf ankam.

»Hat jemand etwas über die Männer vom Rat der Zehn herausgefunden?«, fragte Jacopo Villani.

Schweigen.

»Selbst bei ihren geheimen Zusammenkünften tragen sie Masken«, gab jemand zu bedenken. »Nicht einmal die Soldaten, die ihre Sitzungen bewachen, kennen ihre Gesichter. Nur der Doge weiß, wer dem Zehnerrat angehört.«

»Dann müssen wir eben ihn fragen. Freundlich … oder nicht so freundlich.«

Einige der Anwesenden hielten den Atem an. Den Dogen zu bedrohen, das war nun doch etwas anderes, als sich gegen die Tyrannei des Zehnerrates zu wehren.

»An den kommen wir nicht heran«, gab ein Glatzkopf zu bedenken, »dazu wird er zu gut bewacht.«

»Aber es sind welche von uns, die die persönliche Leibgarde stellen, oder? Arsenalotti. Werftarbeiter.«

»Die werden sich nie zu so etwas hergeben. Dazu sind sie viel zu stolz darauf, Lakaien im Zentrum der Macht zu sein, die Dummköpfe, die.«

Jacopo Villani verschaffte sich Gehör. »Der Doge ist nur eine Marionette«, sagte er. »Der Doge interessiert uns nicht. Uns interessiert der Rat der Zehn, den müssen wir beseitigen.«

»Aber wenn wir doch nicht wissen, wer dazugehört!«

»Dann müssen wir eben sichergehen, dass wir alle erwischen.«

»Wie meinst du das?«

»Dafür sorgen, dass sie auf jeden Fall unter denen sind, die wir in unsere Gewalt bringen.«

»Wie soll das gehen? Wir wissen nichts über sie. Die sind so ungreifbar wie Gespenster.«

»Falsch. Wir wissen, dass sie sich aus Mitgliedern des Senats zusammensetzen.«

Ungläubige Stille breitete sich aus. Dann fingen die Versammelten gleichzeitig an zu reden.

»Willst du etwa Krieg gegen den Senat führen? Das sind dreihundert Mann.«

»Wenn du den Senat angreifst, hast du sämtliche Nobili der Stadt gegen dich.«

»Die Soldaten nicht zu vergessen.«

»Die sind in der Überzahl.«

»Was soll das Gejammer?«, mischte sich eine Frau ein. »Sie haben den Kerker und Schlimmeres verdient, allesamt. Jeden Tag holt der Schwarze Tod mehr Menschen, und was unternimmt der Senat? Nichts. Die ersten Feiglinge sind bereits aufs Festland geflohen, die anderen verschanzen sich in ihren Palästen und lassen uns verrecken.«

»Für einige mag das zutreffen, aber es gibt andere, die tun, was in ihren Kräften steht, um die Ausbreitung des Schwarzen Todes zu verhindern und die Versorgung der Stadt sicherzustellen.«

»Augenwischerei! Letzten Endes denken die da oben alle bloß an sich. Jeder einzelne hat seine Finger in irgendwelchen schmutzigen Geschäften. Keiner von denen ist unschuldig. Und wer mit den Wölfen heult, muss sich nicht wundern, wenn er wie einer gejagt wird.«

»Hört mit dem Gequatsche auf!«, rief Leon Ruggieri hitzig. »Wann schlagen wir endlich los, will ich wissen. Ich will ihnen heimzahlen, was sie meinem Bruder und seiner Familie angetan haben.«

Wieder war es Jacopo Villani, der sich Gehör verschaffte. »Ich teile deine Wut, Leon. Aber ich sage euch: Wenn wir den verhassten Zehnerrat angreifen, ohne zu wissen, wer ihm überhaupt angehört, können wir uns gleich selbst den Kopf abschlagen. Der einzige Ort, an dem wir die Zehn sicher antreffen, ist der Palazzo Ducale, und der ist zu gut bewacht, da kommen wir nie rein. Andererseits wissen wir, wer im Senat sitzt. Wenn wir zu einem bestimmten Zeitpunkt gleichzeitig losschlagen und die Brut in ihrem eigenen Nest zur Strecke bringen, könnte es gelingen.«

Widerstreitende Stimmen wurden laut.

Jacopo unterbrach sie. »Wir können hier noch bis nächstes Jahr sitzen und palavern, damit spielen wir denen da oben nur in die Hände.« Sein Gesicht verzerrte sich vor Wut. »Wollt ihr euch weiter ducken und ausbeuten lassen, oder seid ihr bereit, für eure Freiheit einzustehen? Seid ihr Hunde oder Menschen?« Seine Stimme überschlug sich. »Begnügt ihr euch mit Knochen von ihrem Tisch, oder jagen wir das ganze verfluchte Gesindel zum Teufel?«

Tumult brach los. Die meisten der Anwesenden applaudierten und brüllten Jacopos Namen, die wenigen Stimmen, die zur Besonnenheit mahnten, gingen in dem Geschrei unter.

Aufgewühlt rutschte Marco hinter dem Grabstein hin und her. Jacopo hatte recht: Die eiserne Hand des Rates lag wie ein Albdruck über der Stadt. Denunziationen vergifteten die Atmosphäre, kaum jemand traute sich zu sagen, was er dachte. Und es stimmte: Etliche Mitglieder des Senats hatten es vorgezogen, mit einem der Versorgungsschiffe aufs Festland zu fliehen, um in der Behaglichkeit ihrer Sommerresidenzen abzuwarten, bis der tödliche Nebel verschwand. Aber es gab auch Leute wie Salvatore Falier, die sich für Venedig einsetzten.

Wieder gelang es Jacopo, das Wort an sich zu reißen. »Es ist also beschlossene Sache: alles oder nichts. Dazu brauchen wir Waffen, das ist zunächst einmal das Entscheidende. Mit den Waffen steht oder fällt unsere Revolution. Und wir brauchen mehr Menschen, die bereit sind, für die Freiheit ihr Leben zu riskieren. Währenddessen kann es nicht schaden, wenn wir versuchen, mehr über den Zehnerrat herauszufinden. Ich schlage vor, wir treffen uns von nun an seltener, damit unsere Zusammenkünfte nicht auffallen. Einmal die Woche, würde ich sagen, bis wir alles beisammen haben. Und sobald wir bereit sind, schütteln wir die Tyrannei ab.«

Einhellige Zustimmung beendete das Treffen. Die Versammlung löste sich auf. Marco sah sich hektisch um. Die ersten Laternen wanderten bereits in seine Richtung, er musste hier weg. Wenn sie entdeckten, dass er ihre Verschwörung belauschte … So schnell er konnte, zog er sich von dem Grabstein, der ihm als Schutz gedient hatte, zurück und kroch hinter eine Zypresse. Hier wagte er, sich aufzurichten, und lief über den Friedhof auf die Stelle zu, wo die Boote lagen. Mehrmals strauchelte er, weil sein Fuß sich irgendwo verfing, aber irgendwie schaffte er es, vor den anderen am Anleger zu sein. Mit klopfendem Herzen sprang er in die Gondel seines Onkels und versteckte sich unter der Plane.

Nach und nach trafen die Verschwörer am Kai ein. Um die Strömung zu nutzen, die sie nach Venedig zurückführte, mussten sie ihre Gondeln und Sandoli am anderen Ende der Friedhofsinsel zu Wasser lassen, andernfalls wären sie gezwungen, eine Ewigkeit durch die Lagune zu treiben. Fluchend halfen die Männer und Frauen einander, die Boote über Land zu schleppen. Marco machte sich so klein wie möglich und hoffte, niemand würde das zusätzliche Gewicht bemerken.

Als die Gondel mit ihm, seinem Onkel und Leon Ruggieri schließlich gen Venedig trieb, zermarterte er sich das Hirn, was er jetzt tun sollte. Sollte er zu erkennen geben, dass er von der Verschwörung wusste? Seine Hilfe anbieten? Oder lieber schweigen, beobachten, zuhören … und sich bereithalten für den Tag, an dem es los ging? Aber wollte er überhaupt, dass es zu einem Bürgerkrieg kam? Denn das war es, worauf das Ganze hinauslief, das begriff selbst er mit seinen fünfzehn Jahren. Die gewalttätige Stimmung der Zusammenkunft war nur ein Vorgeschmack dessen, was geschehen würde. Natürlich stand er auf der Seite von Angelo und seinem Onkel, das war er allein schon seinem Vater schuldig. Aber …

Ja, immer blieb zuletzt ein Aber.

9

Zu sagen, Venedigs Gassen sind ein Labyrinth, ist ein Klischee und wie jedes Klischee von so einleuchtender Wahrheit, dass es das Wesentliche überdeckt. Wer sich in diesen Gassen verläuft, stößt dabei vielleicht auf einen versteckten Garten mit Efeu, Rosen, Glyzinien und vergisst, vom Duft der Sträucher überwältigt, dass er eigentlich zum Schuhmacher wollte. Wer eine falsche Abzweigung wählt und unerwartet einen Hort der Stille in Form eines menschenleeren Campo oder eines unscheinbaren Seitenkanals findet, wird keine Veranlassung sehen, unverzüglich zur Hektik der Hauptwege zurück zu eilen. Wer die Orientierung verliert, weil es zwischen den engen Häuserwänden unmöglich ist, eine Himmelsrichtung auszumachen, wird feststellen, dass er sich genau da befindet, wo er sein sollte. Die Täuschungen der Stadt sind eine beständige Aufforderung zur inneren Einkehr. In Venedig findet man sich, indem man sich verliert.

Eben noch war Marco auf den Spuren seines Vaters die Calle Ruga entlanggegangen, und plötzlich stand er auf einem Platz, den er nie zuvor gesehen hatte. Verblüfft verhielt er mitten im Schritt. Eigentlich hätte sich hier die Calle Crosera anschließen müssen. Oder war er in Gedanken bereits weiter gelaufen als gedacht? Er blickte zurück. Wenige Schritte hinter ihm lag immer noch der Campo Ruga. Er sah wieder nach vorn. Eine vom Wind gebeugte, drei Mannslängen große Pinie dominierte den Platz, ihre Äste griffen nach den Fenstern des einzigen Hauses, ein dreistöckiges Gebäude mit Balkonen und einer verwitterten Heiligenstatue in einer Mauernische. Die schimmeligen

Fensterläden waren geschlossen, nur oben links war ein Stück herausgebrochen, dadurch konnte man sehen, dass es dahinter keine Glasscheiben gab.

Unweit der Pinie befand sich ein Brunnen, der Marcos Aufmerksamkeit erregte. Er war mit einem ungewöhnlichen Kirschblütenmuster und seltsamen Schriftzeichen verziert. Marco ging näher heran. Weit und breit keine Wachtposten. Wo waren die Acquaroli, die dafür zu sorgen hatten, dass niemand die Brunnen verschmutzte?

Die Pinie warf komplizierte Schattenmuster auf den Lehmboden. Marco berührte den Stamm. Die Borke fühlte sich alt an. Wieder ließ er seinen Blick an der Fassade des Hauses entlangwandern und suchte nach einem Schild, das ihm den Namen des Platzes verriet, aber es gab keins. Der Campo musste erst kürzlich angeschwemmt worden sein. Seltsam. Dass einzelne Häuser fortgerissen und woanders wieder an Land gespült wurden, daran hatte er sich gewöhnt, aber ein ganzer Platz … Dort hinten, wo sich die Gasse zur Calle Salamon öffnete, musste sich die Stadt aufgefaltet haben. Neben der Tür des angeschwemmten Hauses gab es einen Durchgang, und am anderen Ende setzte sich die Calle Crosera fort, die sich eigentlich an die Calle Ruga hätte anschließen müssen.

Zögernd näherte sich Marco dem Haus. Die Frontseite war verwittert, was bedeutete, dass sie jahrzehnte-, wenn nicht jahrhundertelang Feuchtigkeit und salzhaltiger Luft ausgesetzt gewesen sein musste. Was wiederum hieß, dass das Gebäude nicht versank. Und das war unmöglich. Nicht hier. Stünde es in Dorsoduro, hätte er es vielleicht geglaubt. Aber nicht in Castello. Nein, von wo auch immer der Platz angeschwemmt worden war, er musste dort auf festem Grund stehen. Andererseits berührten die untersten Fenster fast den Boden, irgendwann war das Haus also durchaus gesunken.

Marco stutzte, als ihm die goldenen Verzierungen an der

Tür auffielen, Schriftzeichen, genau wie auf dem Brunnen. So schrieb man in Cathay, nicht wahr? Konnte das … Er hielt den Atem an. Konnte das »Il milione« sein, das verschollene Haus von Marco Polo? Scheu berührte er die Wand. Farbe blätterte ab und zerkrümelte unter seinen Händen.

Er wollte eben um das Haus herumgehen, um es näher zu untersuchen, als die Tür aufgerissen wurde und jemand herausstürzte. Marco hatte keine Gelegenheit, den Unbekannten in Augenschein zu nehmen, denn der prallte mit ihm zusammen, schrie auf und rammte ihm versehentlich den Ellbogen in den Hals. Beide gingen zu Boden. Marco schnappte nach Luft, und seine schlecht verheilte Hand pochte wie wild. Dem Mann schien es noch übler zu gehen, denn er stöhnte, wälzte sich auf der Erde und hielt sich dabei den Bauch mit seinen knochigen Händen.

Sobald Marco wieder zu Atem gekommen war, stand er auf und half dem Unbekannten auf die Beine. Die Kleidung des Fremden war zerschlissen, schmutzig und voller Löcher, der Körper, der darunter zum Vorschein kam, ausgemergelt. Ein säuerlicher Geruch mangelnder Hygiene ging von ihm aus. Die Augen lagen tief in den Höhlen. Der Mann hustete. »Weg … muss weg …«, keuchte er. Aber er war völlig entkräftet.

Marco führte ihn zum Brunnen und setzte ihn auf dessen Rand. Widerstandslos ließ es der Unbekannte mit sich geschehen.

»Wer seid Ihr?«, erkundigte sich Marco.

»Piranesi«, röchelte der Angesprochene, »Giovanni Battista Piranesi.« Er versuchte, wieder auf die Beine zu kommen. »Muss weg, sie dürfen mich nicht finden.«

»Wer – sie?«

»Die Soldaten.« Er machte drei Schritte, knickte ein und fing sich im letzten Moment an der Pinie ab.

»Ihr seid nicht in der Verfassung zu gehen.«

»Muss … sonst fangen sie mich wieder ein.«
»Warum? Was habt Ihr getan?«
»Das Haus … wir sind wieder in Venedig, nicht wahr?«
»Ja.«
»Angespült, ich wusste es. Es ist ihnen entgangen. Aber ich, ich habe es gemerkt. Die Wände haben gezittert.« Er richtete sich auf. »Wo sind wir gestrandet?«
»In Castello. Nicht weit vom Arsenal.«
»Castello.« Giovanni Piranesi schien verwirrt.
Marco führte ihn wieder zum Brunnen. »Wenn Ihr mir erzählt, was vorgefallen ist, kann ich Euch vielleicht helfen. Das Haus … ist das ›Il milione‹, das Haus von Marco Polo?«
Signor Piranesi nickte schwach.
Marco atmete tief ein. Es stimmte also. Die Legenden waren wahr!
»Sie lassen uns graben, unten, in den versunkenen Stockwerken.«
»Wer?«
»Der Rat der Zehn.«
»Graben? Etwa nach dem Schatz aus Cathay?«
»Kerker, gigantische Kerker …« Piranesi verdrehte die Augen, dass nur noch das Weiße zu sehen war, und bäumte sich auf. »Lasst mich! Ich will nicht!« Übergangslos brach er in Gelächter aus. »Heulen und Zähneklappern«, lachte er, »Heulen und Zähneklappern.«
Hilflos versuchte Marco, ihn zu beruhigen. War der Mann verrückt? »Was meint Ihr mit Kerkern? Da unten?«
Der Zerlumpte wimmerte und barg sein Gesicht in den Händen. »Muss weg …«
Marco rüttelte ihn an der Schulter. »Signor Piranesi, kommt zu Euch! Ihr habt gesagt, sie zwingen euch zur Suche nach dem Schatz … heißt das, da unten werden noch mehr Menschen gefangen gehalten?«

»Hallen mit Zahnrädern und Flaschenzügen … Widerhaken … ein Ort der Verdammnis.«

»Mein Vater, habt Ihr meinen Vater gesehen? Matteo Manardi.«

»Vergitterte Käfige … Treppenschluchten … Man kann ihnen nicht entkommen.« Wieder lachte er, wobei sein Lachen eher einem Heulen glich.

Marco ließ den Bedauernswerten los. Wenn sein Vater da unten gefangen gehalten wurde … es würde erklären, warum man nie eine Spur von ihm gefunden hatte. »Wartet hier auf mich«, sagte er. Er musste sich mit eigenen Augen überzeugen. Nur einen Blick hineinwerfen und feststellen, ob Signor Piranesi die Wahrheit sprach oder halluzinierte. Wenn sein Vater wirklich da unten war …

Er kehrte zum Haus zurück und spähte durch die offen stehende Tür. Abgestandene Luft schlug ihm entgegen. Marco setzte erst einen Fuß in das Gebäude, dann den anderen. Er erwartete leere Räume wie in allen aufgegebenen Stockwerken Venedigs, doch hier gab es Reste einer Einrichtung: angefaulte Tische und Bänke, Reisschüsseln aus Holz, daneben Essstäbchen und zerbrochene Teeschalen. Auf dem Boden lag ein halb verwester Fächer aus Papier, an einer Stelle konnte man einen aufgemalten Drachen und eine Kalligraphie erkennen. Der Schrank an der Stirnseite enthielt einen Tuscheblock und zwei Pinsel. In einer Ecke des Zimmers entdeckte Marco einen Briefbeschwerer, geformt wie eine Dschunke, und Bambusstäbe. Vier Räume gab es in diesem Stockwerk, der erste voll zerbrochener Einrichtungsgegenstände, die anderen mit Erdreich gefüllt.

Marco horchte. Geräusche, weit entfernt. Sie kamen von unten. Seine Augen suchten den Eingang zu den tiefer gelegenen Ebenen und fanden ihn schließlich unter der Treppe zum ersten Stock. Die Falltür war zurückgeklappt, vermutlich von Signor Piranesi. Leise kroch Marco durch das Loch und stieg die Stufen hinunter.

Auch im nächsten Stock gab es vier Räume, die den oberen aufs Haar glichen, drei davon zum Abladen von Erde genutzt. An Wandhaken hingen Laternen, deren Licht ihm das Vordringen erleichterte. Kerker konnte Marco nirgends entdecken, schon gar keine gigantischen, dazu waren die Raumverhältnisse viel zu beengt. Nein, die Hallen und Käfige musste sich der alte Mann zusammenfantasiert haben. Bedeutete das, dass auch alles andere erfunden war?

Marco machte sich daran, weiter hinabzusteigen. Erinnerungen überfielen ihn, Erinnerungen an die Erkundung der Keller eines anderen Hauses, aber er schob sie beiseite. Je tiefer er gelangte, desto deutlicher wurden die Geräusche. Hacken und Schaufeln, Ächzen und Stöhnen. Menschen, die gruben.

Plötzlich wurden Stiefelschritte laut, Soldaten kamen die Treppe herauf. Mit einem Satz verschwand Marco im Nebenraum zwischen zwei Haufen Erdreich. Hoffentlich wollten die Männer nicht ausgerechnet hierher!

»Welcher ist es?«, hörte er einen von ihnen fragen.

»Der Spinner. Der immer von den Kerkern faselt.«

»Na klar, wer auch sonst. Ist ja nicht das erste Mal, was?«

»Legt mal einen Zahn zu.«

»Immer mit der Ruhe, wo soll der Kerl schon hin?«

»Und wenn das Haus nun wieder angetrieben wurde, hä?«

»Verflucht!«

Die Schritte beschleunigten sich, eilten an Marcos Versteck vorüber und verloren sich weiter oben. Sie meinten Piranesi, kein Zweifel. Unschlüssig stand Marco im Durchgang. Ein Teil von ihm wollte dem alten Mann helfen, ihn vor den Schergen des Rates bewahren, der andere wollte weiter nach unten, seinen Vater suchen. Und keins von beiden konnte er tun. Um Piranesi zu warnen, war es zu spät. Und sobald die Soldaten den Flüchtigen ergriffen hatten, würden sie den Ausgang sichern, dann käme er hier nicht mehr raus. So schwer es ihm fiel, er musste darauf verzichten, nach seinem Vater zu sehen, und Hilfe holen.

Eilig stürmte er die Treppenstufen hinauf, bemüht, so wenig Lärm wie möglich zu machen. Die Tür stand offen. Marco spähte hinaus. Die Soldaten – es waren drei – hatten Signor Piranesi am Ende des Platzes gestellt, doch der alte Mann wehrte sich mit erstaunlicher Kraft und schrie dabei wie am Spieß. Marco nutzte die Ablenkung, huschte aus der Tür und verbarg sich im Durchgang zur Calle Crosera. Im Schatten war er praktisch unsichtbar.

Trotz seiner Gegenwehr hatten die Soldaten den bedauernswerten Piranesi bald überwältigt. Einer der Männer sah sich sichernd nach allen Seiten um, und als er keinen Zeugen entdecken konnte, half er den anderen, den Gefangenen zurück zum Haus zu schleppen.

»Wartet mal, nicht so schnell«, sagte der Soldat, der als Letzter ging. »Es ist lange her, dass ich frische Luft geschmeckt habe.«

»Ja«, stimmte der Mann in der Mitte zu, »ich hab's auch nicht eilig, wieder ins Nirgendwo zu verschwinden. Und den Fraß habe ich auch satt.«

Der Soldat hinten blieb stehen. »Wir könnten uns einfach verdrücken. Bis jemand was merkt, sind wir über alle Berge.«

»Und arm wie die Ratten«, entgegnete der Mann vorne. »Ohne mich. Habt ihr die Belohnung vergessen? Für einen Sack voll Dukaten kann man schon mal ein paar Wochen Schiffszwieback ertragen.«

»Wer sagt denn, dass wir uns mit leeren Taschen davonmachen? Wir könnten uns schnappen, was das Gesindel bis jetzt ausgegraben hat.«

»Bist du verrückt? Der Rat wird uns jagen wie die Hasen. Ich hab' keine Lust zu enden wie der Glasbläser in Amsterdam.«

»Schon recht, schon recht. War ja nur so eine Idee.«

»Du und deine Ideen! Los, weiter, bevor uns noch wer sieht.«

Giovanni Piranesi hatte die ganze Zeit über reglos in ihren Armen gehangen. Nun stießen ihn die Soldaten grob ins Haus.

Der alte Mann wimmerte herzerweichend. Krachend schlug die Tür hinter ihm zu, Riegel wurden vorgeschoben.

Haltet durch, dachte Marco, ich hole Hilfe! Er verließ sein Versteck und rannte los, so schnell er konnte. Wo fand er Unterstützung? Sein Onkel arbeitete um diese Zeit im Palazzo Ducale, dorthin konnte er nicht. Aber die Nachbarn, Familie Amorese, Leon Ruggieri und Vincenzo, den Fischer, die konnte er zusammentrommeln.

Marco jagte durch die Gassen ohne Rücksicht auf entgegenkommende Menschen und fluchte über jeden Umweg, den er wegen der Kanäle zu machen gezwungen war. Warum hatte er nicht das Boot genommen! Er brauchte Ewigkeiten, um nach Cannaregio zu gelangen, und weitere Ewigkeiten zum Rio de la Misericordia.

Vincenzo saß am Kai und besserte Netze aus. Mit dem Fuß spannte er die Maschen, mit Netznadel und Faden flickte er die Löcher. Seine Hände waren rissig und rau, von Salz ausgetrocknet, von Feuchtigkeit angegriffen, von Netzen eingeschnitten: die typischen Hände eines Fischers.

»Ihr müsst mitkommen«, keuchte Marco ohne Begrüßung, »es geht um meinen Vater.«

»Deinen Vater?«

»Er wird gefangen gehalten. Alle werden sie gefangen gehalten, Signor Piranesi und alle. In Marco Polos Haus.«

»Was erzählst du da für einen Unsinn?«

»Es ist wahr, ich habe es selbst gesehen. Es ist aufgetaucht, in Castello.«

»Das Haus von Marco Polo? Und du hast deinen Vater gesehen?«

»Ihn selbst nicht, aber Signor Piranesi konnte entkommen und hat mir alles erzählt.«

»Wo ist dieser Signor Piranesi?«

»Sie haben ihn wieder eingefangen.«

»Wer?«

»Soldaten vom Rat.«

»Klingt ziemlich wirr, was du da erzählst. Aber, sei's drum, ich werde mir die Sache mal ansehen.«

Marcos »Danke!« verwehte der Wind, denn er war schon weitergelaufen und hämmerte an die nächste Tür.

Binnen Kurzem hatte er eine stattliche Anzahl Leute zusammen. Man sah ihnen an, dass sie seine Geschichte mit Skepsis betrachteten – das legendäre Haus von Marco Polo galt seit über einem Jahrhundert als verschollen –, aber um seines Vaters willen waren sie bereit mitzukommen, und das war alles, was zählte.

Sie nahmen Boote, die sie dreimal so schnell ans Ziel brachten, auch wenn Marco lieber gelaufen wäre, als passiv herumzusitzen. Er musste an sich halten, um die Barke nicht durch seine Unruhe zum Kentern zu bringen.

Endlich erreichten sie das Arsenal. Marco sprang an Land und wartete ungeduldig, bis die Männer ihre Boote vertäut hatten. »Hier lang«, rief er und rannte voraus.

Am Ende der Calle Ruga blieb er stehen. Die Gasse ging nahtlos in die Calle Crosera über. Suchend drehte er sich um seine eigene Achse. Wo war der Platz geblieben? Er rannte die Calle Crosera entlang bis zur Fondamenta Sant' Ana. Nichts. Er lief zurück zum Arsenal. Nichts.

Die Männer, die ihn begleiteten, sahen seinem Treiben reglos zu.

Vincenzo räusperte sich schließlich. »Wo ist das Haus?«

»Es war hier«, rief Marco verzweifelt. »Da vorn begann der Campo, und da war ein Brunnen und eine Pinie und das Haus mit Schriftzeichen aus Cathay.«

»Ein ganzer Campo ist aufgetaucht?«

Wieder rannte Marco wie besessen durch die Gassen, zur Salizada Streta, zum Arsenal, zum Ponte de Quintavale. Als er sich endlich eingestand, dass der Platz verschwunden war und mit ihm das Haus von Marco Polo und jede Chance, seinen Vater zu befreien, sackte er zusammen. »Ich habe es mit eigenen Augen gesehen«, flüsterte er. »Ihr glaubt mir doch?«

Die Männer sahen ihn mitleidig an. »Der arme Junge«, hörte er jemanden sagen.

Drei

10

Dicke Schneeflocken trieben durch die Kanäle von Cannaregio, bedeckten die Dächer der Kirchen und überzogen Häuser, Brücken und Gondeln mit einer weißen Schicht. Wind peitschte Eiskristalle durch die Gassen und sorgte dafür, dass die Menschen, die gezwungen waren, nach draußen zu gehen, ihre Mäntel enger um den Leib wickelten und einen Schritt zulegten. Der Winter hielt Einzug in Venedig.

Schnee und Eis hatten eine seltsame Wirkung auf den Nebel. Jede Flocke, die darauffiel, riss ein Loch hinein, sinkende Temperaturen ließen den Luftstrom zäher dahinfließen und schließlich zum Erliegen kommen. Je stärker es fror, desto tiefer sank der Pegel in den Kanälen, was zur Folge hatte, dass erneut keine Handelsschiffe mehr fuhren.

Seit der Nebel die Stadt im Würgegriff hielt, hatte es kaum geregnet. Als Schreiber der Dogenkanzlei bekam Onkel Aldo großzügige Sonderrationen für Lebensmittel zugeteilt, aber Trinkwasser war ein Problem. Die Brunnen der Stadt gaben kaum noch etwas her, die Zisternen leerten sich mit rasender Geschwindigkeit. Wasserträger vom Festland verkauften ihre Ware von Tag zu Tag teurer, was den Unmut der Bevölkerung bis zum Siedepunkt steigerte. Den Gerüchten nach steckten die Acquaroli mit den Fischmenschen im Bunde, die ihnen die gewinnbringende Wasserknappheit gegen Blut für ihre heidnischen Rituale beschert hatten. Der einsetzende Schneefall brachte die Leute nun dazu, Töpfe und Schalen, Eimer und Truhen, ja, sogar Hüte nach draußen zu stellen, um das Geschenk des Himmels darin aufzufangen und zu schmelzen. Kinder fegten mit den Händen Schnee von Fensterbrettern und Gondeln und stopften ihn sich in den Mund.

Die dramatischste Veränderung betraf jedoch den Anstieg der Zahl der Kranken und Toten. Nicht selten stieß man unvermittelt an einer Ecke auf den Leichnam eines Menschen, der seinen Zustand erfolgreich verheimlicht hatte, dann aber an den Folgen des Schwarzen Todes auf offener Gasse verendet war. Seit jeher liefen Venezianer auch außerhalb des Karnevals in Kostüm und Maske umher; dass deren Zahl zunahm, lag daran, dass sich auf diese Weise die Anzeichen der Krankheit verbergen ließen. Der Senat dachte über ein Verkleidungsverbot nach, hatte allerdings mit zuviel anderen Schwierigkeiten zu kämpfen, um diesem Problem sonderliche Aufmerksamkeit zu schenken. Mit das Dringlichste war: Etliche Senatoren, Kaufleute, Beamte und Ärzte, eben alle, die es sich leisten konnten, waren mit den letzten Versorgungsschiffen aufs Festland, die Terra Ferma, geflüchtet. Die Ordnung stand kurz davor zusammenzubrechen. Es gab bereits erste Plünderungen. Aufständische versuchten, die Kornspeicher der Stadt an sich zu bringen, oder griffen Regierungsgebäude an. Aufrufe ergingen, um die Soldaten, die ihre fliehenden Herren begleiteten, zu ersetzen. Wer immer einen Degen zu führen verstand, sollte sich bei den neu eingerichteten Rekrutierungsstellen der Pfarrbezirke melden.

Onkel Aldo war immer seltener zu Haus, weil er die Arbeiten der geflohenen Schreiber mit erledigen musste. Bei den seltenen Gelegenheiten, bei denen Marco ihn zu Gesicht bekam, wirkte er angespannt. Die Lage musste wirklich ernst sein. Ein-, zweimal wollte Marco mit ihm über das, was er auf der Friedhofsinsel belauscht hatte, reden, doch am Ende verließ ihn immer der Mut. Er war nicht sicher, wie Onkel Aldo es aufnehmen würde, dass sein Geheimnis keines mehr war. Der vergebliche Versuch, die Gefangenen aus dem Haus von Marco Polo zu befreien, hatte ihn jedenfalls in Rage gebracht. »Hör auf, Hirngespinsten nachzulaufen«, hatte er gebrüllt. »Akzeptiere endlich den Tod deines Vaters.« Vermutlich befürchtete er Ärger in der Kanzlei. Oder Schlimmeres. Der Rat der Zehn mochte sich daran erinnern, dass Onkel Aldo der Bruder eines abtrünnigen Glasbläsers war.

Der Schneesturm nahm zu. Der Wind heulte mit ungebremster Wucht, bauschte Umhänge, wehte Barette davon und jagte den Schnee in dichten Wirbeln vor sich her, dass man kaum das Ende der Gassen erkennen konnte. Die eigenen Füße verschwanden im Schneetreiben. Überall rutschten Menschen auf den Pflastern aus und stürzten. Ein Pferd schlidderte über eine Eisbahn und wieherte erschrocken; der Reiter hatte Mühe, sich im Sattel zu halten. Einer adligen Dame glitten die Stelzschuhe weg, ehe ihr Begleiter sie festhalten konnte. Knochenbrüche gehörten noch zu den harmlosesten Folgen dieses unerwartet heftigen Wintereinbruchs. Auf den Brücken war es besonders schlimm. Wer nicht Acht gab, dem konnte es geschehen, dass er in den Kanal und damit in den tückischen Nebel geblasen wurde.

Marco beeilte sich, die schützende Mauer der Chiesa di San Marziale zu erreichen. Die kümmerliche Ration Bohnen und Weizen, die er erhalten hatte, war es nicht wert gewesen, sich diesem Unwetter auszusetzen.

Zwei schwarz gekleidete Gestalten schälten sich aus dem weißen Vorhang: schwarzer Hut, schwarze Handschuhe, schwarzer Mantel. Das Gesicht wurde von kristallenen Brillen und einer schnabelartigen Maske verdeckt, die den Männern das Aussehen von Raben verlieh. Geier wäre ein treffenderer Vergleich. Auch wenn Marco natürlich wusste, dass es sich lediglich um Ärzte in ihrer Schutzkleidung handelte. Die Maske diente dazu, die giftigen Ausdünstungen der Kranken fernzuhalten. Der süßliche Geruch der Substanzen, die die Ärzte vor Ansteckung bewahren sollten, drang darunter hervor und verfolgte Marco noch zwei Gassen weiter.

Auf der Fondamenta de la Misericordia begegnete er Oretta Mosca. Sie sah verhärmt aus. Ihr Mann lag auf der Quarantäneinsel im Sterben. Sie selbst hatte dafür gesorgt, dass er von Soldaten abgeholt und dorthin gebracht wurde, munkelte man. Marco wusste nicht, wie er sich ihr gegenüber verhalten sollte, deshalb grüßte er mit einem Kopfnicken, ohne in seinem Schritt innezuhalten. Sie reagierte nicht darauf. Vielleicht hatte sie ihn nicht einmal bemerkt.

Durchgefroren kam er zu Hause an. Im Eingang schüttelte er den Schnee von Mantel und Beinlingen, ging in die Küche und packte die Lebensmittelration aus.

»Warum hat das so lange gedauert?«, wollte Tante Lucia wissen.

»Draußen schneit es wie verrückt.«

»Das sehe ich selbst.«

Warum fragst du dann?, hätte Marco am liebsten geantwortet, aber er beherrschte sich.

Während seine Tante die mitgebrachten Bohnen begutachtete und an der Qualität herummäkelte, rubbelte sich Marco die nassen Haare mit einem Handtuch trocken. Auf dem Küchentisch entdeckte er die Tonschale, die ihnen Bianca Amorese neulich voll Wasser im Tausch gegen eine Handvoll Bohnen überlassen hatte. Überhaupt gingen die Bewohner Venedigs mehr und mehr dazu über, Tauschhandel zu betreiben. Der Schwarzmarkt blühte, unter der Hand wurde Diebesgut aus geplünderten Häusern verkauft, und wer Hunger hatte, fragte nicht, woher die Ware kam.

»Ich bringe die Schüssel zurück«, erbot sich Marco.

»Wozu willst du noch mal in das Unwetter hinaus? Warte, bis sich der Schneesturm gelegt hat.«

»Vielleicht brauchen sie die dringend.«

»Wenn du dich unbedingt erkälten willst.«

Marco schnappte sich die Schüssel und ging nach draußen. Das Schneetreiben war dichter geworden. Er versuchte, sich an den Hauswänden entlangzudrücken, aber der Schnee kam von allen Seiten, so gab er schließlich auf und rannte. Vor der Tür des Maskenladens wäre er beinahe ausgeglitten; eine Eisschicht hatte sich auf der Schwelle gebildet. Rutschend stieß er die Tür auf.

Innen war es leidlich warm. Der Ofen brannte, um die Trocknung der Ton- und Gipsformen zu beschleunigen. Giuseppe Amorese arbeitete im Laden, aber wie Marco gehofft hatte, schickte er ihn nach hinten zu Chiara in die Werkstatt.

»Buon giorno, Chiara.«

»Buon giorno, Marco. Du bist ganz außer Atem.«

»Ich bin gerannt. Der Schnee wird immer schlimmer.« Er hielt ihr die Schüssel hin. »Hier.«

»Danke. Du hättest aber auch warten können, bis das Wetter besser wird.«

»Ich dachte, vielleicht, äh, braucht ihr die Schüssel.« Chiaras Mund war voll und rund wie eine Kirsche, das war Marco früher nie aufgefallen. »Tja, also … ich gehe dann mal wieder.«

»Du bist ganz nass. Stell dich an den Ofen, da kannst du dich wärmen, ich bringe nur kurz die Schüssel aufs Dach.«

Sie eilte davon. Marco hörte sie die Treppe hinaufsteigen und stellte sich an den Ofen. Erst jetzt merkte er, wie durchweicht jeder Fingerbreit Stoff war, den er am Leibe trug. Beinlinge, Leinenhemd, Wams – alles klebte an seiner Haut.

Auf dem Werktisch, an dem Chiara gearbeitet hatte, lag eine halb fertige Schnabelmaske. »Für die Ärzte?«, fragte er, als sie zurückkam.

Sie blieb in der Tür stehen und nickte. »Man muss nehmen, was kommt.«

»Wie, äh, wie geht's deiner Großmutter?«

»Sie lässt sich nicht dazu bewegen, ihre Insel zu verlassen. Halsstarrig, wie immer. Aber es geht ihr gut. Letzte Woche habe ich sie besucht.« Chiara scharrte mit den Füßen. »Und dein Vater? Hast du etwas Neues über das Haus von Marco Polo gehört?«

»Ich habe es gesehen, es war da!«, sagte er, lauter als beabsichtigt.

»Ich weiß. Ich frage jeden Kunden danach.«

Sie schwiegen.

Marco versuchte, seine Hände irgendwo zu lassen, wo sie nicht im Weg waren, und als er keinen geeigneten Ort fand, steckte er sie in die Taschen seines Mantels. Ob der Sohn des Dogen wohl wieder hier gewesen war? Er sah sich um, konnte jedoch keinen Hinweis darauf entdecken.

Chiara machte einen Schritt auf ihn zu. »Willst du dich nicht setzen?«

Hastig raffte Marco seinen Mantel zusammen. »Danke, ich, äh, muss gehen. Ich habe noch was vor.«

»Schade.«

»Tja, also, danke.«

»Wofür?«

»Für … für … das Feuer. Die Wärme, meine ich. Also, dass ich … na, du weißt schon. Ciao.« Mit steifen Schritten strebte er dem Ausgang zu.

»Ciao.«

Er verließ Werkstatt und Laden, ohne sich umzusehen.

Hinter ihm wurde die Tür aufgerissen. Chiara guckte heraus und rief ihm nach: »Danke dass du, na ja, die Schüssel zurückgebracht hast, Marco!«

11

Dass er noch etwas vorhatte, war nicht gelogen. Seinen Vater wieder zu verlieren, als er gerade dabei gewesen war, ihn zu finden, traf Marco tiefer, als er nach außen hin zeigte. Dass Matteo Manardi im Haus von Marco Polo gefangen gehalten wurde, stand für ihn außer Zweifel. Es erklärte alles: warum niemand ihn gesehen hatte, warum es keinen Hinweis auf ihn gab, nicht einmal in den Gefängnissen, warum andererseits seine Leiche nie aufgetaucht war. So knapp hatte Marco davorgestanden, seinen Vater zu befreien, so knapp! Er musste herausfinden, wo und wann »Il milione« wieder auftauchte. Oder ob man etwas tun konnte, um das Auftauchen zu beschleunigen. Er brauchte Antworten auf eine ganze Reihe von Fragen. Und er kannte jemanden, der ihm diese Antworten geben konnte. Vielleicht.

Der Schneesturm hatte nachgelassen. Marco rieb sich die Hände warm und überquerte die Rialtobrücke nach San Polo. In der letzten Stunde war der Pegel in den Kanälen weiter gesunken und gab den Grund der Lagune frei. Schlamm wurde sichtbar, mit einer dünnen weißen Schicht überzogen. Bedeutete das, dass die Katastrophe vorüber war? Dass das Meer zurückkommen würde? Marco gestattete sich einen Anflug von Hoffnung. Wenn wenigstens der Schwarze Tod verschwand …

Unterwegs kam er an mehreren aufgebrochenen Türen vorbei, hinter denen sich ausgeraubte Wohnungen befanden. Hineingewirbelter Schnee lag fingerdick auf den Dielen. Menschen stritten miteinander oder schrien sich von Fenster zu Fenster an. Gewalttätige Auseinandersetzungen hatten zugenommen. Nachbarn beschuldigten sich gegenseitig, den Schwarzen Tod in die Gemeinde getragen zu haben, alte Feindschaften flammten wieder auf. Die Leute suchten nach Schuldigen. Die traditionelle Rivalität zwischen den Menschen diesseits und jenseits des Canal Grande, den Nicolotti, den Fischern aus der Pfarrgemeinde San Nicolò dei Mendicoli, und den Castellani, den Werftarbeitern aus dem Castello, erreichte einen neuen Höhepunkt, so mancher blutige Schädel musste behandelt werden.

Drei Männer und zwei Frauen kamen Marco entgegen, sie zogen einen Lastkarren mit Truhen und Spiegeln, Werkzeug und Keramik und sahen ihn finster an. Vermutlich Plünderer. Die Stadt hatte nicht mehr genug Soldaten, um ihnen Einhalt zu gebieten. Marco senkte den Blick, um ihnen keinen Grund für Handgreiflichkeiten zu liefern, und beeilte sich, nach Santa Croce zu gelangen.

Der Campo San Giacomo da L'Orio sah im Schnee beinahe friedlich aus, als gäbe es keine Toten zu beklagen, als sei nicht auch hier geplündert worden. Ob Signor da Vinci ihn empfangen würde? Er musste einfach. Der Toskaner war der Einzige, der ihm helfen konnte. Hoffentlich war er überhaupt zu Hause.

Auf sein Klopfen hin öffnete sich die Tür ein Stück, der Lockenkopf eines jungen Mannes schob sich durch den Spalt. »Ja?«, fragte er ungnädig.

»Ist Signor da Vinci da?«

»Hast du eine Verabredung?«

»Es ist dringend. Er kennt mich. Marco. Marco Manardi.«

»Wir befinden uns in einer wichtigen Arbeit. Der Meister darf unter keinen Umständen gestört werden.«

Eine Hand schob ihn sanft beiseite und öffnete die Tür. »Lass die Albernheiten, Salai! Wen haben wir denn da? Ach, den jungen Mann von der Riva degli Schiavoni. Komm herein!«

Verärgert machte Salai Platz.

Marco trat ein und glaubte sich in eine Wunderwelt versetzt. Als er dem Toskaner vor etlichen Wochen geholfen hatte, seine

Utensilien nach Hause zu tragen, war er nicht hereingebeten worden, daher sah er die Inneneinrichtung nun zum ersten Mal. Das Zimmer glich mehr einem Warenlager, in dem ein Sturm gewütet hatte, als einer Wohnung. Da gab es eine angefangene Tonskulptur, ein zur Hälfte bemaltes Wappenschild und Teile einer Ritterrüstung. Überall lagen Werkzeuge, Skizzen, Pläne und Modelle herum, dazwischen war ein Gerät aus Spiegeln, flachen Glasscheiben und Linsen aufgebaut, das vermutlich einem obskuren Experiment diente.

Im Zentrum des Zimmers stand eine Truhe, darauf ein begonnenes Gemälde. Die Truhe war mit einer merkwürdigen Anordnung von Flaschenzügen und Gegengewichten versehen, deren Sinn sich Marco nicht erschloss. Zwei Schritte davon entfernt befand sich ein Tonmodell, über das ein mit Wasser getränkter und mit Erde bestrichener Stoff drapiert worden war. Ein Vergleich mit dem Gemälde zeigte, dass der Toskaner im Begriff stand, den Faltenwurf peinlich genau auf das Bild zu übertragen.

»Einen Augenblick noch«, sagte Leonardo, betätigte die Flaschenzüge und hob dadurch Truhe und Gemälde an, sodass er bequemer an einer Falte am Fuß der Figur arbeiten konnte. »Hast du gewusst, dass es in den Schatten der Dinge weitere Schatten gibt?«, fragte er. »Natürlich hast du das nicht gewusst.«

Marco zuckte die Achseln. Er verstand nicht, wovon der Maler sprach, aber es spielte wohl auch keine Rolle. Signor da Vinci unterhielt sich mit sich selbst und erwartete keine Antwort. Der Meister trug heute keinen rosa Umhang, dafür aber ein Wams mit verschiedenfarbigen, lose herabhängenden Zierärmeln und eine Kniehose mit obszön betontem Hosenlatz, alles aus kostbaren Stoffen, von denen die Elle sicher gut und gerne vierzig Dukaten kostete.

Ein aufgeschlagenes Arbeitsheft weckte Marcos Interesse. Es zeigte Skizzen von aufgeschnittenen Leichen und die Lage der Organe in ihren Körpern. In einer Mischung aus Faszination und Schrecken beugte sich Marco darüber. Er hatte noch nie das Innere von Toten gesehen. So sah ein Mensch unter dem Fleisch aus?

»Fass das nicht an!«, rief Salai, obwohl Marco gar nicht die Absicht hatte.

Leonardo schnaufte unzufrieden, schüttelte den Kopf und warf seinen Pinsel in ein Glas mit einer klaren Flüssigkeit. »Ich muss eine neue Ölfarbe finden«, murmelte er. »Vielleicht, wenn ich Nussöl als Bindemittel nehme … aber die Nüsse müssten gut geschält sein, damit das Öl das Bild nicht hässlich einfärbt.« Er öffnete verschiedene Keramikbehälter und roch daran.

»Was ist denn mit Eurer alten Farbe?«, erkundigte sich Marco.

»Zu bunt, zu zäh, zu krümelig. Ich brauche eine, die flüssig genug ist, dass sie sich leicht vermalen lässt, dabei aber schnell trocknet. Und überhaupt: Die Farben gefallen mir nicht. Das Gelb hier, das Blau, das Rot … mhm … ich könnte es mit zerstoßenen Senfkörnern probieren. Wenn ich die mit Leinöl vermische und in die Weinpresse gebe … Hast du Erfahrung mit Wacholderbeeren? Nein, natürlich nicht. Destilliert sollten sie zu gebrauchen sein, oder? Wenn ich Wacholderharz darin auflöse …«

Marco räusperte sich ungeduldig.

»Gleich, gleich«, sagte Leonardo geistesabwesend. Dann schüttelte er noch einmal den Kopf, gab seinem Lehrling die Pinsel zur Reinigung und säuberte anschließend mit pedantischer Gründlichkeit seine Hände.

Salai stellte sich vor das Gemälde und legte den Kopf schief. »Lasst mich den Löwen im Hintergrund malen, Meister«, sagte er.

»Solange du nicht mal die Herstellung der Farben richtig beherrschst, lasse ich dich gar nichts malen. Färb das Pergament da braun ein, sei ein guter Junge.«

Salai schnappte sich ein zerschrumpeltes Stück Ziegenleder und verschwand schmollend nebenan.

Leonardo trocknete sich die Hände ab und deutete auf seine Versuchsanordnung. »Die Linsen deines Bruders sind ausgezeichnet. Ich habe einige erstaunliche Dinge über den Nebel herausgefunden. Über seine Substanz, seine Verhaltensweisen …«

»Versteht Ihr den Magnetismus der Lagune?«, unterbrach ihn Marco. »Ich meine: wie und wo und warum Gebäude davondriften und woanders angeschwemmt werden?«

»Ich bin dabei, mein Junge, ich bin dabei.«

»Erklärt es mir!«

»Nun, einfach ausgedrückt, ist es so, dass in der Lagune ein empfindliches Gleichgewicht an Strömungen herrscht. Wobei das Wasser – oder, wie im Augenblick, der Nebel – nur der sichtbare Teil dieser Strömungen ist. Auch im unsichtbaren Teil gibt es Strudel, Untiefen, Abzweigungen. Wenn du ein Stück Holz ins Wasser wirfst, kannst du seinen Weg im Prinzip voraussagen, allerdings müsstest du dabei jede Störung berücksichtigen. Den Maestrale und den Scirocco, Fischschwärme unter der Wasseroberfläche, eine landende Ente, ein Krebs, der ans Ufer kriecht – alles verändert den Lauf der Dinge. Auch das, was die Menschen tun. *Vor allem*, was die Menschen tun. Die umgeleiteten Flüsse, wo gefischt wird, ein gekentertes Boot. Sogar, ob die Venezianer zum Karneval auf den Straßen tanzen oder nicht, macht einen Unterschied.«

»Aber –«

»Die Strömung in der Lagune wirkt wie ein Hebel. Stellen wir uns das Gleichgewicht wie eine Waage vor. Waagen haben reale und potenzielle Arme. Reale Arme sind solche aus Holz und Eisen. Potenzielle Arme treten dort auf, wo stoffliche Substanzen fehlen, wo die Linie der Kraft des Gewichts sich dem Drehpunkt der Waage annähert. Das ist die Stelle, an der die Veränderungen ihren Ausgang nehmen. Sie folgen einem erkennbaren Muster. Verstehst du?«

»Nein.«

»Macht nichts.«

»Heißt das, Ihr könnt die Verschiebungen berechnen?«

»Im Prinzip ja. Aber es gibt etliche Unwägbarkeiten.«

»Wusstet Ihr, dass das Haus von Marco Polo angetrieben wurde?«

»Tatsächlich? Nein, das wusste ich nicht. Interessant.«

»Ich habe es mit eigenen Augen gesehen. Aber es … es ist wieder verschwunden. Genau wie der Campo, auf dem es stand.« Marco erzählte von seinem Erlebnis mit Giovanni Piranesi.

Aufgeregt fing Leonardo an, auf und ab zu gehen. »Es ist tatsächlich zurück, das Haus von Marco Polo«, wiederholte er ein ums andere Mal.

»Es sah aus, als wäre es Jahrhunderte alt«, wandte Marco ein.

»Was erwartest du? Es *ist* Jahrhunderte alt.«

»Ich meine, es schien überhaupt nicht gesunken zu sein.«

»Da, wo es sich zuletzt befand, stand es vermutlich auf festem Grund. Aber ich versichere dir: Sobald es in Venedig auftaucht, sinkt es wie alle anderen Häuser auch.«

»Könnt Ihr vorhersagen, wann und wo es das nächste Mal angeschwemmt wird?«

Leonardo hatte sich bereits den Silberstift genommen, mit dem er für gewöhnlich seine Beobachtungen skizzierte, und fing an, Berechnungen in seinem Arbeitsheft anzustellen. »Wie gesagt, es gibt eine ganze Reihe Unwägbarkeiten«, murmelte er. »Die Menschen verhalten sich nun mal nicht vorhersagbar. Welche Abzweigung die Strömung nimmt, kann man immer erst kurz vor Eintritt des Ereignisses bestimmen. Wenn doch nur Fra Luca hier wäre!«

»Wer?«

»Fra Luca Pacioli. Mein Lehrmeister in diesen Dingen. Er könnte mir verraten …« Der Rest des Satzes verlor sich in unverständlichem Gemurmel. Leonardo strich sich ein paarmal über den Bart, erhob sich und wanderte auf und ab. »Hebelprinzip«, murmelte er und »das Problem der Reibung«. Er verstellte die beweglichen Blenden am Fenster, die den Einfall des Tageslichts regulierten, sah nach draußen, schnappte sich plötzlich einen Pinsel und trug auf dem Gemälde zwei, drei Farbstriche auf, die den Schatten einer Falte vertieften, legte den Pinsel beiseite und kritzelte etwas in sein Heft. »Einen Wassermeister ausfindig machen und mich bei ihm über die Kosten der Palisaden erkundigen«, sprach er dabei zu sich. Er hielt inne und fixierte einen Fleck an der Zimmerdecke. »Fortbewegung unter Wasser? Das wäre eine Idee …«

Wieder kritzelte er, bis Marco es nicht mehr aushielt und sich erneut räusperte.

Leonardo strafte ihn mit einem tadelnden Blick. »Ungeduld ist die Mutter der Dummheit«, sagte er.

»›Il milione‹ …«, soufflierte Marco.

»Ja, ja, ›Il milione‹, ich weiß. Natürlich kann ich sein Auftauchen vorhersagen, unter bestimmten Bedingungen. Was ich bräuchte, wären Informationen über das frühere Auftauchen des Hauses. Soviel ich gehört habe, gibt es Aufzeichnungen darüber im Archiv des Palazzo Ducale. Ein Buch, von Marco Polos eigener Hand, in dem er die Bewegungen seines Hauses in der Strömung der Lagune dokumentiert hat. Aber das wird man mir nicht überlassen, fürchte ich.«

Marco überlegte. Onkel Aldo war Schreiber im Palazzo. Könnte er vielleicht …? Nein, das würde er niemals tun. Seine Pflichten gegenüber dem venezianischen Staat waren ihm heilig. Onkel Aldo nahm ja nicht mal einen Bogen Papier für private Zwecke mit nach Hause. »Und dieses Buch würde Euch helfen, das Auftauchen von ›Il milione‹ vorauszusagen?«

»Natürlich. Jede Bewegung strebt nach ihrer Erhaltung, das heißt: Jeder bewegte Körper bewegt sich stetig, wobei die Kraft, die ihn in Bewegung gesetzt hat, sich in ihm erhält.« Marco sah ihn derart verständnislos an, dass Leonardo da Vinci sich genötigt sah hinzuzufügen: »Mit dem Buch könnte ich das zurückliegende Muster bestimmen und damit die Strömung, innerhalb derer sich das Haus bewegt. Alles, was dann noch zu tun bliebe, wäre, die Abweichungen festzustellen, also die seit dem letzten Auftauchen hervorgerufenen Irritationen im Magnetismus der Lagune.«

Marco kam ein Gedanke. Ein Gedanke, den er selbst abscheulich fand, so abscheulich, dass er eine ganze Weile mit sich haderte. »Ich glaube, ich weiß einen Weg«, sagte er langsam.

12

Sollte sie, oder sollte sie nicht?

Chiara hielt inne und betrachtete die Maske in ihrer Hand. Die Mischung aus Wachs und Teer, die sie mit dem Pinsel darauf gestoßen und anschließend verwischt hatte, ließ das Gesicht wie eine antike Statue erscheinen. Die Nase könnte etwas heller ausfallen, die Vertiefungen um die Augen brauchten ein bisschen mehr Patina. Sie polierte Nase und Wangen mit einem Baumwolltuch und drückte Paste in die Schattenpartien an den Augen. Schon besser. Chiara hielt das fertige Werk auf Armeslänge von sich, nickte zufrieden und legte es beiseite.

Dann stand sie auf und ging an den Tisch, auf dem die fertiggestellten Masken für den Sohn des Dogen lagen. Krakeliert, mit kostbaren Stoffen umwirkt und auf geradezu ungehörige Weise mit Blattgold und Schmuck verziert. Ihr Geschmack war es nicht, aber darauf kam es ja zum Glück nicht an. Sie nahm sie einzeln in die Hand, überprüfte zum tausendsten Mal die Farben und legte die Masken unschlüssig wieder auf den Tisch.

Sollte sie, oder sollte sie nicht? Giacomo Querinis Einladung war unmissverständlich gewesen. Er wollte, dass *sie* die Masken lieferte, nicht ihr Vater oder einer ihrer Brüder. Die Frage war: Wollte sie das auch? Irgendwie war er ja anziehend, trotz seines prahlerischen Gehabes. Andererseits würde er ihr wieder weiche Knie machen und dafür sorgen, dass sie sich dumm und unbeholfen vorkam. Sie seufzte. Warum war es nur so schwer, Entscheidungen zu treffen?

Unentschlossen wandte sie sich dem Ständer zu, auf dem ein Arlecchino hing, auf den sie besonders stolz war. Sie hatte der

Maske einen mit Bändern geschmückten Kopfputz aufgesetzt, dazu gab es einen Überwurf für die Schultern aus bunten Flicken. Es war ihr Geschenk für Tommasos Geburtstag nächste Woche. Alessandro hatte dafür Modell gestanden.

Ihre Brüder besaßen eine ähnliche Statur, aber damit endete auch schon jede Gemeinsamkeit. Alessandro glaubte an Ordnung und Gesetz, Tommaso an Freiheit und Unabhängigkeit. Erst heute Morgen hatten sie sich wieder wegen irgendeiner Entscheidung des Senats auf das Erbittertste befehdet. Sie war die ewigen Streitereien leid. Wie konnten so grundverschiedene Menschen nur Brüder sein? Tommaso war launisch wie der Maestrale, Alessandro vorhersagbar wie Ebbe und Flut.

Tommaso brachte sich dauernd in Schwierigkeiten, weil er Ungerechtigkeiten nicht ertrug, und schimpfte fortwährend über die Willkür der Magistratsbeamten und die vielen Eingriffe, die ein Venezianer in sein Privatleben zu erdulden hatte. Der Senat kontrollierte alles: die Maschengröße der Fischernetze, ob jemand Röhricht ausriss, sogar wer an den Molen Austern sammelte. »Wie soll die Regierung sonst dafür sorgen, dass die Lagune nicht durch pure Selbstsucht verschlammt?«, verteidigte Alessandro den Beschluss. »Das Gemeinwohl steht über allem.«

Ebenso typisch war ihr Verhalten, wenn es zu Hause Ärger gab: Während Tommaso wetterte oder schmeichelte, nahm Alessandro schweigend seine Strafe hin. Er bestand auch darauf, seine Eltern respektvoll »Vater« und »Mutter« zu nennen statt »Papa« und »Mama«. Chiara hatte den Verdacht, dass ihre Eltern es leichter fanden, mit Tommasos Ungestüm umzugehen als mit Alessandros Respekt. Es war unzweifelhaft einfacher, Tommaso zu lieben, trotz seiner aufbrausenden Art.

Andererseits war es ungerecht, Alessandro Kälte vorzuwerfen, wie Tommaso es manchmal tat. Auch wenn er nie weinte, nicht einmal damals, als seine Katze vom Dach eines vierstöckigen Gebäudes gestürzt und mit gebrochenem Rückgrat nach Hause gekrochen war. Alessandro hatte sie ohne ein Zeichen von Trauer getötet, woraufhin ihn Tommaso beschuldigte, kein Mitgefühl zu haben. »Wenn das der Beweis für Mitgefühl ist, dass man ein Tier unnötig leiden lässt, verzichte ich darauf«, hatte Alessandro erwidert.

Aus dem Laden drang Gemurmel herüber, sie hörte, wie ihr Vater jemanden zu ihr in die Werkstatt schickte. Es klopfte, die Tür wurde geöffnet. Chiara Gesicht hellte sich auf. »Buon giorno, Marco. Komm herein! Willst du etwas trinken?«

»Buon giorno, Chiara. Nein, danke, ich habe nicht viel Zeit.«

Sie wartete darauf, dass er ihr den Grund seines Besuchs verriet, aber plötzlich hatte er es nicht mehr eilig, sondern schüttelte umständlich Schnee von seinen Beinlingen und begutachtete die auf alt gemachte Maske auf dem Tisch, als habe er noch nie eines ihrer Werke gesehen. »Schön«, sagte er.

»Willst du dich nicht setzen?«

»Nein, ich … nein.« Verspätet fügte er ein »Danke« hinzu und betrachtete nun einen Napf mit Farbe.

Chiara runzelte die Stirn. Warum verhielt er sich ihr gegenüber immer so komisch? Warum konnte er nicht einfach irgendwas Nettes sagen oder mit ihr scherzen wie früher?

»Ich habe gehört, dass du Masken für den Sohn des Dogen machst«, meinte er.

»Stimmt.«

»Also doch! Er war wieder hier, nicht wahr?« Zornig sah er sie an.

»Natürlich. Er hat uns schließlich den Auftrag erteilt.«

»Dazu hätte er sich nicht selbst herbemühen müssen, das hätte auch einer seiner Diener tun können.«

»Er wollte eben sicher gehen, dass seine Anweisungen befolgt werden.« Chiara wusste selbst nicht, warum sie das sagte, und merkte zu ihrem Ärger, wie sie rot wurde. »Was geht dich das überhaupt an? Bist du bloß gekommen, um mit mir zu streiten?«

»Ich … ich …« Unter ihrem Blick senkte er die Lider. »Nein«, sagte er. »Ich wollte dich um einen Gefallen bitten.«

»Und da fängst du erst mal Streit mit mir an, ja? Tolle Taktik.«

»Ich wollte nicht … es tut mir leid.«

Wie er da unglücklich vor ihr stand, hätte sie ihn am liebsten in den Arm genommen wie früher, aber das ließ er schon lange nicht mehr zu, daher stemmte sie die Fäuste in die Hüften wie ihre Mutter, wenn sie jemandem die Leviten lesen wollte, und meinte: »Also, was willst du?«

»Wirst du die Masken in den Palazzo Ducale bringen? Ich frage nicht wegen *ihm*, sondern … es geht um den Gefallen, von dem ich sprach.«

»Ich weiß noch nicht. Vermutlich. Sie sind fertig, und außer meinem Vater und mir ist niemand da.«

»Gut«, sagte er, aber er sah keineswegs froh dabei aus.

»Erzählst du mir jetzt endlich, was das Ganze soll?«

»Es ist wegen meinem Vater. Signor da Vinci, der Maler … er ist in Venedig, weißt du …«

»Ich habe davon gehört. Er soll den Nebel untersuchen, heißt es.«

»Er sagt, er kann herausfinden, wann und wo das Haus von Marco Polo wieder angetrieben wird.«

»Wieso interessiert sich ein Mann wie Signor da Vinci für deinen Vater?«

»Ich habe ihm einen Gefallen getan. Außerdem beschäftigt er sich mit dem Magnetismus der Lagune, da interessiert ihn natürlich auch ›Il milione‹. Also, im Archiv im Palazzo Ducale gibt es ein Buch mit Aufzeichnungen über das Haus und den Magnetismus. Damit könnte er seine Berechnungen machen.«

»Du willst das Buch stehlen«, begriff Chiara.

»Äh …«

»Bist du vollkommen übergeschnappt? Weißt du, was geschieht, wenn sie dich erwischen?«

»Deswegen wollte ich dich ja fragen, ob … ob … also, ob du

mich mitnimmst. Als deinen Gehilfen, sozusagen. Wenn ich erst im Palazzo bin, verschwinde ich, und keinem wird etwas auffallen.«

»Spätestens, wenn sie das verschwundene Buch vermissen, werden sie eins und eins zusammenzählen.«

»Ich leihe es mir ja nur kurz aus. Ich bringe es wieder zurück. Mit etwas Glück merken sie gar nichts.«

»Manchmal bist du noch dümmer, als du aussiehst, Marco Stefano Manardi.«

»Bitte, Chiara! Ohne dich komme ich da nicht rein. Und ohne das Buch …«

Da war er wieder, der kalte Klumpen in ihrem Magen, und machte ihr eine Todesangst. Am liebsten hätte sie Marco geschüttelt, bis er endlich den Mund hielt. Und doch … Du hast dir geschworen, nie wieder jemanden im Stich zu lassen, mahnte sie sich.

»Bitte«, wiederholte er.

Jetzt sah er sie an, beinahe wie Cecilia damals. Wer konnte diesem hilflosen Blick widerstehen? Wer konnte vor diesem Appell an ihr Mitgefühl die Ohren verschließen? Chiara seufzte. Es sah so aus, als wäre ihr die Entscheidung abgenommen worden.

13

Je näher sie dem Dogenpalast kamen, desto mehr bereute Marco, Chiara in die Sache hineingezogen zu haben. Das Verschwinden seines Vaters ging sie schließlich nichts an, sie hatte genug eigene Probleme. Außerdem war sein Plan auch für sie gefährlich. Wenn er entdeckt wurde … Und selbst, wenn alles gut ging – da war immer noch Giacomo Querini. Marco wollte nicht, dass sie ihn aufsuchte. »Warte!«, sagte er und blieb stehen. »Ich … ich könnte die Masken allein abgeben. Und mich auf dem Rückweg um das Buch kümmern.«

Chiara verdrehte die Augen.

»Was hast du? Das ist doch eine gute Idee.«

»Glaubst du, du kommst da einfach so rein, unangemeldet? Außerdem – weißt du, was die Herstellung dieser Masken gekostet hat? Die lasse ich keinen Moment aus den Augen, das schwör ich dir. Zumal ich zusehen muss, dass wir den restlichen Lohn erhalten. Hohe Herrschaften vergessen gern zu bezahlen. Und jetzt rede nicht weiter solchen Blödsinn, sondern komm! Je eher wir das Ganze hinter uns gebracht haben, desto besser.«

Sie steuerte zwischen der Markuskirche und dem Campanile des Markusplatzes hindurch auf die Porta de la Carta zu, dem Hauptportal des Palazzo Ducale.

Marco blieb nichts anderes übrig, als ihr zu folgen. Unwillkürlich sah er zum Glockenturm hinauf und dachte an die Maleficio, die Glocke des schlimmen Omens, bei deren Klang Verbrecher hingerichtet wurden, dort drüben, auf der Piazetta, zwischen der Säule mit dem Markuslöwen und der mit dem Heiligen Theodor. Hüte dich vor dem Platz zwischen den

Säulen!, sagte ein venezianisches Sprichwort. »Wenn ich nun – «

»Sch! Die Soldaten könnten uns hören.«

In der Tat waren sie der Porta bereits so nahe, dass es besser schien, niemanden auf sich aufmerksam zu machen.

Forsch ging Chiara auf einen wachhabenden Soldaten zu und erläuterte ihr Anliegen. Anscheinend hatte der Mann Instruktionen erhalten, denn noch ehe sie endete, gab er einem anderen Posten ein Zeichen, die Wache für ihn zu übernehmen, und führte die beiden unter der Skulptur des Markuslöwen hindurch ins Innere des Palazzo.

Darauf war Marco nicht gefasst gewesen. Er hatte geglaubt, die Masken würden als Passierschein genügen. Er hatte angenommen, man würde sie nach Waffen durchsuchen und dann durchwinken. Aber das war wohl naiv gewesen. Natürlich ließ man nicht einfach irgendwelche Leute im Palazzo herumspazieren, schon gar nicht, wenn es in der Bevölkerung gärte.

Stumm folgten die beiden dem Soldaten, der sie durch den Eingangsflur mit dem Kreuzgewölbe lotste. Sie überholten zwei Bittsteller und eine Gruppe ausländischer Gesandter. Uniformierte kamen ihnen entgegen, die Leibgarde des Dogen. Rechter Hand lag der Innenhof, den ein einsamer Bedienter von Schnee frei fegte. Marco registrierte es, ohne den Mann wirklich wahrzunehmen. Fieberhaft suchte er nach einem Plan, wie er dem Wachtposten entwischen konnte, doch ihm wollte nichts einfallen.

Eine marmorne Prachttreppe führte sie in das Palastgebäude. Die beiden Statuen am oberen Ende, Mars und Neptun, schüchterten Marco ein. Rechts ging es zur Dogenkanzlei. Hoffentlich kam sein Onkel nicht ausgerechnet jetzt aus der Tür! Neben der Kanzlei standen drei Männer vor der Magistratur der Milizia da Mar, um sich als Marinesoldaten anwerben zu lassen.

Schon waren Männer und Kanzlei hinter der Ecke verschwunden, und weiter ging es, eine Treppe zu den oberen Geschossen hinauf. Ihre Schritte hallten von den Wänden wider. Verzweifelt sah Marco sich um. Hier hätte er abbiegen müssen, um zum Archiv zu gelangen. Das zumindest hatte Onkel Aldo gesagt, als er ihn heute Morgen, Interesse an seinem Beruf vorgebend, nach den Örtlichkeiten im Palazzo ausfragte. Marco versuchte, unbemerkt ein Stück zurückzubleiben, doch der Soldat forderte ihn mit einer Kopfbewegung auf, nicht zu trödeln. Die Abzweigung zum Archiv entschwand in unerreichbare Ferne. Chiara sah Marco fragend an. Er bemühte sich, ein zuversichtliches Gesicht zu machen, was ihm jedoch gründlich misslang.

Jetzt hatten sie den zweiten Stock erreicht. Unerbittlich führte der Wachtposten sie weiter zum Ostflügel, in dem sich das Arbeitszimmer des Dogen befand. Marco schaute nach rechts und links – kein Ausweg in Sicht. Ihr Führer ließ sie keinen Moment aus den Augen, jeder Versuch, sich abzusetzen, würde sofort entdeckt werden. Marco fing an zu schwitzen. Wenn sie erst beim Sohn des Dogen waren, konnte er sein Vorhaben vergessen. Es musste ihm etwas einfallen. Es musste einfach!

Wieder sah Chiara ihn an, eindringlich, als wolle sie ihn davor warnen, eine Dummheit zu begehen. Er versuchte, ihr mit den Augen zu signalisieren, dass sie sich keine Sorgen machen sollte. Und dann war es zu spät, sie standen vor dem Arbeitszimmer des Dogen und wurden unverzüglich hineingeführt.

Sergio Querini war nicht zugegen, doch sein Sohn Giacomo saß über einen Brief gebeugt und tat beschäftigt. Sein Gesicht hellte sich auf, als Chiara eintrat, und verzog sich, sobald er Marco erblickte. Er hatte sich jedoch gleich wieder in der Gewalt und setzte eine liebenswürdige Miene auf. Mit einer Handbewegung gab er dem Wachtposten zu verstehen, dass er entlassen war, und kam auf Chiara zu. »Ich freue mich, Euch zu sehen«, meinte er und griff nach ihrer Hand.

»Die Masken sind fertig«, sagte sie hastig und breitete die Ware auf dem Tisch aus.

»Ihr seid nicht allein gekommen, wie ich sehe. Braucht Ihr einen Beschützer?«

»Marco hat mir tragen geholfen.«

»So. Nun, seine Arbeit ist getan, er darf sich entfernen.« Die letzten Worte waren an Marco gerichtet.

Unschlüssig blieb dieser stehen. Das war die Gelegenheit, auf die er gewartet hatte. Doch wenn er jetzt ging, war Chiara allein mit dem Sohn des Dogen. Er sah zu ihr hinüber.

Geh!, sagten ihre Augen.

»Nun?« Eine Silbe nur, aber sie enthielt eine unmissverständliche Drohung. Giacomo Querini machte einen Schritt auf ihn zu.

Marco verbeugte sich hastig, murmelte eine Verabschiedung und zog sich zurück. Hinter ihm fiel die Tür ins Schloss. Er sah nach rechts, er sah nach links: Niemand da. Er war sicher gewesen, vor dem Arbeitszimmer den Wachtposten vorzufinden, aber der Gang war leer. Entweder hatte der Mann ein dringendes Bedürfnis verspürt, oder er war auf seinen Posten zurückgekehrt. Jetzt galt es, keine Zeit zu verlieren. Zum Archiv!, sagte sein Verstand. Doch seine Beine gehorchten nicht und drehten sich zur Tür zurück. Marco sah wieder nach rechts und links, und als er niemanden entdeckte, legte er sein Ohr an das Holz.

Nichts. Kein Laut, nicht einmal das Scharren von Möbeln. Was sollte er tun? Mit einer Ausrede hereinplatzen und Giacomo Querinis Zorn riskieren? Aber was würde das ändern? Er war bloß der Sohn eines Glasbläsers, noch dazu eines eingekerkerten. Was konnte er gegen den Sohn des Dogen ausrichten? Je länger er herumstand und Zeit vertrödelte, desto wahrscheinlicher wurde es, dass jemand vorbeikam. Wenn er nicht sofort etwas unternahm, war Chiaras Opfer umsonst. Aber war es denn überhaupt ein Opfer?, fragte eine bösartige Stimme in seinem Kopf. Marco brachte sie zum Schweigen und traf eine Entscheidung. Schweren Herzens entfernte er sich von der Tür und huschte in den dritten Stock. Jetzt zahlte es sich aus, dass er Onkel Aldo mit Fragen gelöchert hatte, er wusste, wie man am geschicktesten von hier zum Archiv gelangte.

Stiefelschritte näherten sich, nah, viel zu nah! Panisch sah sich Marco um. Wohin? Kein Seitengang in Sicht, nicht einmal eine Nische, in der er sich verstecken konnte. Zurück zur letzten Treppe? Das schaffte er nie. Nur noch wenige Herzschläge, dann würden die Besitzer der Stiefel um die Ecke biegen. Soldaten, dem harten Tritt nach zu urteilen. Er könnte so tun, als habe er sich verlaufen, aber dann würden sie ihn im besten Fall aus dem Palazzo werfen. Wenn sie ihm überhaupt glaubten. Den Bruchteil eines Augenblicks dachte er daran, ein Fenster zu öffnen und auf den Sims hinauszuklettern, doch ihm war klar, dass er auch das in der kurzen Zeit, die ihm blieb, unmöglich schaffen konnte. Nicht, ohne abzustürzen. Rechts von ihm befand sich eine Tür. Ohne nachzudenken betätigte Marco den Drücker des Riegels – offen, gelobt sei Gott! – und schlüpfte hinein. Er konnte hören, wie die Schritte um die Ecke bogen, noch ehe er die Tür ganz geschlossen hatte.

Nach Atem ringend blieb er stehen und lauschte. Zunächst vernahm er gar nichts, so laut hämmerte ihm das Echo seines Herzschlags in den Ohren. Dann waren da Stimmen, durch dickes Holz gedämpft. Die Stiefelschritte verhielten, direkt vor der Tür. Hatten die Soldaten etwas bemerkt?

Wie festgenagelt stand Marco da und starrte den Riegel an. Wenn sie ihn hier erwischten, hatte er nicht einmal eine Ausrede. Wenn sie ihn hier erwischten, ging es ohne Umschweife in den Kerker, zu den Foltermeistern. Der Riegel rührte sich nicht. Wieder legte Marco das Ohr ans Holz. Kein Laut. Die Soldaten kamen nicht herein, aber sie gingen auch nicht fort. Wahrscheinlich hatten sie Order, die Tür zu bewachen. Das bedeutete, er kam hier nicht mehr raus. Oder?

Marco drehte sich um. Erst jetzt sah er, dass er sich in einem

Ratssaal befand. Es gab eine gerundete Tribüne mit Bänken an der Wand, außerdem zwei Pulte für die Schreiber, die das Protokoll aufnahmen. Eine weitere Tür führte in einen Nebenraum, hinter der Stimmen lauter wurden.

Wenn Soldaten den Saal bewachten, konnte das nur bedeuten, dass sich hier gleich etwas ereignen sollte. Eine Sitzung, möglicherweise. Marcos Augen durchkämmten den Saal und suchten nach einem Versteck. Es gab keins. Bis auf die Pulte war der Raum leer. Heraus konnte er auch nicht mehr; hinter der einen Tür warteten die Soldaten, hinter der anderen diejenigen, die hier tagen wollten und jeden Augenblick hereinzukommen drohten. Wohin? Wenn er Glück hatte und nur *ein* Schreiber protokollierte … und wenn er erriet, welches der beiden Pulte der Mann benutzen würde … Marco setzte auf die Bequemlichkeit des Unbekannten und verkroch sich unter dem Pult, das am weitesten von der Tür zum Nebenraum entfernt lag.

Keinen Augenblick zu früh. Die Tür wurde aufgestoßen, Menschen kamen herein. Soldaten waren es nicht, dazu traten sie zu leise und unregelmäßig auf. Marco riskierte einen Blick und erschrak. Die Eintretenden trugen eine Bauta, die traditionelle weiße Maske, samt Dreispitzhut und dazugehörigem Tabarro, den bodenlangen Umhang mit Kapuze aus schwarzer Seide, der ihre Gestalt bis zur Unkenntlichkeit verhüllte. Es waren zehn. Er musste nicht fragen, wen er vor sich hatte. Sein Atem beschleunigte sich. Den Rat der Zehn zu belauschen, kam Hochverrat gleich. Sollten sie ihn jetzt erwischen, würde er schneller unter dem Beil des Henkers enden, als er ein Vaterunser sprechen konnte.

Im ersten Moment war Marco versucht, aus seinem Versteck zu stürzen, sich zu Boden zu werfen und um Gnade zu flehen. Noch hatte er nichts gesehen oder gehört, was er nicht hätte hören oder sehen dürfen. Aber vielleicht sahen die Räte das anders. Außerdem war da immer noch sein Vater. Wenn er das Buch mit den Aufzeichnungen über das Haus von Marco Polo nicht besorgte, gab es für Matteo Manardi kein Entrinnen.

Die zehn Männer setzten sich auf das Halbrund der Bänke. Ein Schreiber war nicht dabei. Sollte Marco nach all dem Pech während der letzten Stunde wenigstens in dieser Hinsicht Glück haben?

Der Vermummte in der Mitte, der wohl den Vorsitz innehatte, bestätigte es: »Dies ist eine geheime Sitzung, sie wird nicht protokolliert.«

»Warm hier«, meinte einer der Männer und hob die Kapuze an, um sich Luft zuzufächeln.

Der Vorsitzende ging nicht darauf ein. »Es gibt viel zu besprechen, also fangen wir gleich an, ohne lange Formalitäten.«

»Warten wir nicht auf den Dogen?«

»Er wird über das Ergebnis der Beratung informiert.«

Die Stimmen waren kaum voneinander zu unterscheiden. Der Stoff der Masken dämpfte jeden Laut, außerdem flüsterten die Männer, vermutlich eine Vorsichtsmaßnahme, die ihnen in Fleisch und Blut übergegangen war. Die größte Macht des Zehnerrates lag in der Anonymität seiner Mitglieder.

»Was steht als Erstes an?«

»Lasst mich, wie üblich, zunächst die Anschuldigungen verlesen, die während der vergangenen Nacht in die Löwenmäuler gesteckt wurden, bevor wir zum eigentlichen Grund unserer Zusammenkunft kommen«, meinte der Vorsitzende. Er holte eine Handvoll zerknitterter Papiere hervor und las: »*Der Metzger vom Campo Santa Maria Formosa betrügt beim Abwiegen.* Ich schlage vor, die Angelegenheit dem Herrn der Nacht von Castello zu übergeben. Ist jemand anderer Ansicht?«

Kopfschütteln.

Der Vorsitzende vermerkte eine Notiz auf dem Papier, legte es beiseite und verlas die nächste Denunziation: »*Der Schwarze Tod hat die jüngste Tochter der Familie Bottaro gezeichnet, aber sie verstecken sie. Fondamenta Nani, Dorsoduro.* Das geht zur Überprüfung an den Herrn der Nacht von Dorsoduro.«

Zustimmendes Nicken, vereinzeltes Füßescharren. Offenbar hatten die Ratsmitglieder es eilig, die alltäglichen Angelegenheiten abzuhaken, um zu wichtigeren Dingen zu kommen.

Doch der Vorsitzende ließ sich nicht hetzen. Gewissenhaft notierte er etwas auf dem Papier und wandte sich der nächsten Nachricht zu: »*Ich habe gehört, wie welche darüber geredet haben, Waffen zusammenzutragen, um den Senat zu stürzen. Einer von denen heißt Leon Ruggieri aus der Calle del Forno, Glockengießer von Beruf.*«

»Wissen wir doch längst«, maulte einer der Räte. »War's das jetzt?«

»Ich habe alle Anschuldigungen verlesen. Kommen wir zu den Problemen, die uns auf den Nägeln brennen. Zunächst einmal: Die Lebensmittel werden knapp. Vorschläge?«

»Ich möchte den Antrag einbringen, dass wir uns Zugang zu den Häusern der geflohenen Nobili verschaffen. Wir brauchen das Trinkwasser aus ihren Brunnen.« Der das gesagt hatte, war von den anderen dadurch zu unterscheiden, dass an der linken Wange seiner Maske die weiße Farbe abplatzte und die raue Struktur des Untergrundes freigab.

»Die Häuser von Adligen aufbrechen?«, entrüstete sich ein Ratsmitglied, dessen Leibesfülle auch der Umhang kaum verdecken konnte. »Warum nicht gleich gemeinsame Sache mit den Aufrührern machen?«

»Wir wissen nicht, wie lange wir noch vom Festland abgeschnitten sind. Wenn wir den Menschen kein Wasser geben, werden sie umso bereitwilliger den Einflüsterungen der Aufrührer erliegen.«

»Ich habe gehört, es gibt da einen Jacopo Villani, der die Arsenalotti aufhetzt und aufrührerische Reden hält«, sagte einer, der unter seiner Maske ständig schniefte. Anscheinend war er erkältet.

»Zu den Aufrührern kommen wir noch«, meinte der Vorsitzende. »Lasst uns erst ein Thema beenden, ehe wir ein neues anfangen.«

Der Beleibte ergriff wieder das Wort. »Was werden die Nobili sagen, wenn sie zurückkehren und ihre Häuser aufgebrochen finden?«

»Wer die Heimat in Zeiten der Gefahr verlässt, hat das Recht verwirkt, auf seine Privilegien zu pochen.«

Zustimmendes Gemurmel machte sich breit. Auch wenn es vielen nicht passte, die Argumente des Mannes mit der lädierten Maske waren einleuchtend.

»Also gut«, sagte der Vorsitzende, »stimmen wir darüber ab. Wer ist für den Vorschlag, uns Zutritt zu den verlassenen Häusern zu verschaffen und über das Trinkwasser zu verfügen?«

Sieben Arme gingen in die Höhe, zögernd folgte ein achter.

»Gut, das hätten wir. Nun zum eigentlichen Grund unseres heutigen Treffens: die Aufrührer.«

»Gestern hätten sie beinahe das Schatzamt in der Zecca in Brand gesteckt. Denen muss endlich das Handwerk gelegt werden.«

»Was ist mit diesem Jacopo Villani? Weiß jemand, wer er ist?«

Neun maskierte Gesichter wandten sich dem letzten Ratsmitglied zu, das halb mit dem Rücken zu Marco saß. An der rechten Schulter war der Umhang des Mannes weiß von Kalk, vermutlich hatte er sich gegen eine Wand gelehnt. »Es handelt sich um einen Gerber aus der Gemeinde San Gerardo Sagredo«, erwiderte er. »Sehr beliebt bei seinen Anhängern.«

»Wir müssen ihn unschädlich machen.«

»Nicht nur ihn. Die Revolte kann jeden Tag losgehen.«

»Habt Ihr endlich alle Namen beisammen?«

»Ja. Und wir müssen handeln, sofort. Auf der gestrigen Zusammenkunft der Verschwörer hat sich herausgestellt, dass die Degen eingetroffen sind.«

In seinem Versteck hielt Marco den Atem an. Der Rat wusste alles! Er kannte die Namen der Rebellen, ihre Pläne, ihren Treffpunkt – alles! Woher waren diese Männer nur so gut informiert? Es musste einen Verräter geben, das war die einzige Erklärung.

»So früh?«, fragte der Schwitzende. »Ich dachte, die Degen werden erst in ein paar Wochen erwartet?«

»Das glaubte ich auch.«

»Was tun wir? Wir haben nicht genug Soldaten für eine offene Straßenschlacht.«

Wieder setzte eine hitzige Debatte ein.

»Lasst die Rädelsführer gefangen nehmen. Eine Schlange ohne Kopf ist keine Gefahr.«

»Vielleicht kann man mit ihnen verhandeln?«

»Zumindest könnte man sie mit Verhandlungen hinhalten.«

»Wir machen keine Zugeständnisse an Aufrührer.«

Der Vorsitzende brachte die Räte zum Schweigen und wandte sich dem Mann mit der kalkigen Schulter zu. »Ihr habt Euch noch nicht geäußert. Habt Ihr einen Plan?«

»Ja.« Er sah die Ratsmitglieder an, einen nach dem anderen. »Wir schlagen sie mit ihren eigenen Waffen. Wir wissen, wo sie wohnen. Noch heute Nacht schicken wir Soldaten aus und bringen die Brut in ihrem Nest zur Strecke.«

Wieder redeten alle durcheinander. Der Dicke verschaffte sich Gehör. »Damit kriegen wir nur die Verräter innerhalb der Stadt. Was ist mit denen auf Murano oder Torcello?«

Der Mann mit dem Kalkfleck lehnte sich zurück. Man konnte ahnen, wie er unter seiner Maske schmunzelte. »Wir kriegen sie alle, glaubt mir. Und dann sind wir mit einem Schlag die Unzufriedenen los.«

Die Männer um den Tisch waren begeistert. Nur das Ratsmitglied, bei dessen Maske die Farbe abblätterte, wiegte nachdenklich den Kopf und kratzte sich am Arm. »Das gibt böses Blut«, gab er zu bedenken. »Vielleicht schaffen wir mit einem solchen

Überfall eine schlimmere Situation als die, die wir verhindern wollen.«

»Sollen wir abwarten, bis sie uns im Schlaf ermorden?«

»Natürlich nicht. Ich sage nur: Wir sollten uns gut überlegen, was wir tun.«

»Ihr wart schon immer ein Zauderer.«

»Ich halte es nicht für schimpflich, den Verstand zu gebrauchen.«

»Stimmen wir ab«, sagte der Vorsitzende. »Wer ist für den Vorschlag, die Aufrührer heute Nacht in ihren Wohnungen zu überraschen?«

Neun Männer hoben die Hand. Einzig der Mann mit der schadhaften Maske stimmte dagegen.

Marco atmete gepresst. Er musste hier raus und seinen Bruder warnen. Und Onkel Aldo. Alle waren sie in Gefahr. Aber dazu musste er das Ende der Sitzung abwarten. Noch nie war es ihm so schwer gefallen, sich still zu verhalten.

»Wenn möglich, sollten wir sie lebend in die Hände bekommen«, sagte der Vorsitzende. »Wir brauchen dringend neue Arbeiter für die Grabungen in Marco Polos Haus.«

Zustimmendes Nicken.

»Wie ist denn der Stand der Dinge dort?«, erkundigte sich das Ratsmitglied auf dem äußersten rechten Platz.

»Das wissen wir nicht. Das Haus ist immer noch verschwunden. Unsere Gelehrten arbeiten daran herauszufinden, wann und wo es wieder angetrieben wird.«

»Wenn sie versagen wie beim letzten Mal …«

Der Schwitzende wischte sich unter der Kapuze Schweiß von der Stirn. »Es ist eine komplizierte Berechnung«, sagte er. »Fehler sind unvermeidlich. Aber ich habe den Verantwortlichen deutlich gemacht, dass wir unzufrieden sind. Und dass es nicht ratsam ist, unsere Geduld auf eine allzu harte Probe zu stellen.«

»Wir sind ja noch rechtzeitig gekommen. Immerhin wissen

wir jetzt, dass wir kurz vor dem Ziel stehen.« Der Vorsitzende stellte einen faustgroßen Kranich aus Jade auf den Tisch.

Für einen Augenblick hielten alle im Saal den Atem an, auch Marco. Wie unter Zwang nahm ein Ratsmitglied nach dem anderen das Schmuckstück in die Hände, als müsse er sich durch Berührung von seiner Existenz überzeugen.

»Und wenn die Soldaten den Schatz bereits gehoben haben?«, gab das korpulente Ratsmitglied zu bedenken. »Und sich damit davonmachen?«

»Wenn das Haus das nächste Mal angeschwemmt wird, werden wir rechtzeitig zur Stelle sein. Sie haben keine Möglichkeit zur Flucht. Außerdem befinden sich zwei unserer vertrauenswürdigsten Männer unter ihnen.«

Der Erkältete nieste zweimal. »Ich glaube nicht, dass jemand dumm genug ist, so etwas zu riskieren«, sagte er mit näselnder Stimme. »Unser Arm reicht weit, und jeder weiß das.«

»Viel entscheidender ist die Frage, ob die Lebensmittel genügen. Vergesst nicht, das Haus war schon wieder fort, bevor die letzte Lieferung Schiffszwieback eintraf.«

»Die Gelehrten haben mir versichert, dass das Haus immer schneller zurückkehrt.«

»Wollen's hoffen, sonst war alles, was wir riskiert haben, sinnlos«, meinte das Ratsmitglied am äußersten linken Ende der Tribüne. »Lange können wir nicht mehr den Deckel draufhalten. Die Leute machen sich Gedanken über die Ursache für das Auftauchen des Nebels und den Schwarzen Tod.«

»Sollen sie. So lange sie nichts wissen …«

»Gerüchte können gefährlich werden. Manches von dem, was auf der Straße erzählt wird, kommt der Wahrheit recht nahe.«

»Dann müssen wir das Gerede steuern. Einen Sündenbock finden, dem wir das Ganze anhängen.«

»Wir können von Glück sagen, dass das Haus beim ersten Mal im Garten eines Senators aufgetaucht ist, sonst hätten wir die

Sache unmöglich so lange geheim halten können.«

Der Mann mit der ramponierten Maske hatte den Jadekranich in den Händen gedreht, ohne sich an der Auseinandersetzung zu beteiligen. Jetzt sagte er bedächtig: »Vielleicht sollten wir alles zu einem Ende bringen.«

Schlagartig war es still. Jeder im Raum schnappte nach Luft.

Das Ratsmitglied mit dem Kalkfleck fasste sich als Erster. »Seid Ihr verrückt? Wisst Ihr, was für unermessliche Werte da unten liegen?«

»Der Schwarze Tod greift um sich. Wasser und Nahrung werden knapp. Die Stadt ist ein Pulverfass. Was muss noch geschehen, ehe Ihr etwas unternehmen wollt?«

»Spielt Euch nicht als Moralapostel auf. Ihr wart es doch, der uns überhaupt erst auf die Möglichkeit aufmerksam gemacht hat, Marco Polos Haus zurückzuholen und den Schatz zu heben.« Der Verschnupfte hatte sich in Rage geredet und bekam prompt einen Hustenanfall.

»Da ahnte ich ja auch nicht, welche Katastrophe wir auslösen, wenn wir das Siegel in der Ca' Eternità brechen. Niemals hätten wir uns daran zu schaffen machen dürfen. Wir haben eine Magie freigesetzt, die wir nicht beherrschen.«

»Hätten wir etwa ein weiteres Jahrhundert warten sollen, bis das Haus von selbst wieder angeschwemmt wird?«

Marco biss sich auf die Lippen. Der Rat der Zehn war Schuld an der Katastrophe! Am Verschwinden des Wassers, am Auftauchen des Nebels, am Schwarzen Tod! Nein, wenn sie ihn hier entdeckten, würde ihm nicht etwas so Harmloses widerfahren wie ein Aufenthalt im Kerker. Sie würden ihn enthaupten, verbrennen, auspeitschen, die Hand abhacken, die Zunge abschneiden und die Augen ausstechen, alles auf einmal! Wahrscheinlich würden sie ihm noch hier im Saal die Kehle durchschneiden.

»Was soll das Hin und Her?«, rief der Vorsitzende unwirsch. »Dass wir das Siegel brechen konnten, heißt noch lange nicht, dass wir es auch erneuern können. Tatsächlich können wir nichts dergleichen, das haben uns die Gelehrten bereits mitgeteilt.«

»Wir machen uns ja nicht mal Gedanken darüber. Wir grübeln, wie wir den Schatz noch schneller bergen können, wie die Kranken zu isolieren sind, woher wir Lebensmittel bekommen, statt all unsere Kräfte einzusetzen, um das Übel bei der Wurzel auszurotten.«

Die Männer waren immer lauter geworden. Ein-, zweimal kam Marco ein bestimmter Tonfall bekannt vor, aber um die Identität desjenigen herauszufinden, reichte es denn doch nicht. Dreihundert Männer zählte der Senat, aus deren Mitte sich der Rat der Zehn rekrutierte, und er hatte nur die wenigsten von ihnen je reden gehört.

Während die anderen Räte mit vorgebeugtem Oberkörper dasaßen und wild gestikulierten, lehnte sich der Mann mit dem Kalkfleck gelassen zurück. »Ihr regt Euch unnötig auf. Sobald das Haus wieder da ist, holen wir uns den Schatz, anschließend konzentrieren wir uns darauf, das Siegel zu erneuern.«

Sein Flüstern erinnerte die anderen daran, dass sie ihre übliche Vorsicht vergessen hatten.

»Und wenn es nun länger dauert?«, beharrte der Mann mit der beschädigten Maske. »Die Kellerwände ab dem siebten Stockwerk sind eingebrochen, der gesamte Schlamm muss entsorgt werden. Wenn das Haus noch einmal davontreibt, ehe wir den Schatz bergen können, verhungern die Männer da drin. Sie brauchen dringend Schiffszwieback und Pökelfleisch, und wir können ja nicht mal die Stadt ernähren, so lange die Versorgungsschiffe ausbleiben.«

»Ihr malt die Situation zu schwarz«, meinte der Dicke. »Dass so viele Nobili auf die Terra Ferma geflohen sind, hat doch auch sein Gutes. Weniger Mäuler zu stopfen, bedeutet, dass wir länger durchhalten können. Vor allem, da es die verschwenderischsten Mäuler sind, die sich davongemacht haben.«

»Ich bereue jedenfalls nichts«, erklärte der Schwitzende. »Das Brechen des Siegels hat uns den Zugang zum Schatz ermöglicht. Dass dabei Opfer zu beklagen sind, nun, das gehört zum Leben. Ohne Risiko gewinnt man nichts.«

»Solange das Risiko jemand anderes trägt.«

»Schluss mit dem Geschwätz«, sagte der Vorsitzende. »Geschehen ist geschehen und nicht mehr rückgängig zu machen. Sobald die Gelehrten herausgefunden haben, wann und wo das Haus von Marco Polo angetrieben wird, sind wir zur Stelle. Mit Bewaffneten, um den Schatz zu bewachen, und Lebensmitteln, falls es wider Erwarten länger dauern sollte. Anschließend werden wir versuchen, das Siegel zu erneuern. In der Zwischenzeit müssen wir vor allen Dingen die Versorgungslage in den Griff bekommen. Vorschläge?«

»Wenn man genug Bohlen über den Schlick legt, bis zur Terra Ferma, meine ich, könnte man alles Notwendige auf Karren heranschleppen.«

»Dafür sind Unmengen an Holz nötig. Bis die Arbeit fertig ist, sind wir alle verhungert. Nein, die Händler vom Festland müssen zu Fuß herüberkommen, mit Kiepen.«

»Wer wird ein solches Risiko auf sich nehmen? Jeder wird fürchten, vom Schwarzen Tod geholt zu werden, wenn er die Lagune betritt.«

»Für einen entsprechenden Gewinn wird manch einer dazu bereit sein.«

»Ich glaube nicht, dass die Ebbe lange anhält. Der Nebel wird zurückkehren. Der Nebel – oder sogar das Meer.«

»Mit Hoffen und Wünschen ist uns nicht geholfen.«

Eine Weile wogte das Gespräch noch hin und her, es war jedoch abzusehen, dass niemand eine Lösung anzubieten hatte. Deshalb beendete der Vorsitzende schließlich die Sitzung mit den Worten: »Gehen wir ein Problem nach dem anderen an. Wir treffen uns morgen wieder, bis dahin sollte sich jeder Gedanken machen, wie wir das Versorgungsproblem in den Griff bekommen. Vordinglich sind jetzt erst einmal die Aufrührer. Jeder von uns mobilisiert die Soldaten in seinem Stadtteil. Zur Mitternachtsstunde schlagen wir gleichzeitig los, sodass niemand gewarnt ist. Ihr«, er wandte sich an den Mann mit dem Kalkfleck, dem es gelungen war, die Aufständischen zu unterwandern, »verteilt die Liste mit den Namen. Ich kümmere mich um die Inseln.«

Die Vermummten erhoben sich, nahmen die Papiere entgegen, die ihnen der Mann mit dem Kalkfleck gab, und nickten einander zu. Schweigend verließen sie den Saal.

Marcos Muskeln schrien, als er endlich wagte, sich zu bewegen. Was er gehört hatte, war so unglaublich, dass er es kaum fassen konnte. Die Katastrophe in der Lagune, vom Rat der Zehn ausgelöst. Ein Verräter unter den Rebellen. Ein Überfall, heute Nacht. Sollte er versuchen, Onkel Aldo im Palazzo aufzusuchen? Nein, er würde nie ungesehen an ihn herankommen, und dann würde man ihm Fragen stellen, weil er ohne Aufsicht herumlief. Es half alles nichts, er musste darauf vertrauen, dass sie seinen Onkel nach Hause gehen ließen, um ihren Plan nicht zu gefährden.

Einen Herzschlag lang spielte Marco mit dem Gedanken, alles stehen und liegen zu lassen und die Rebellen zu warnen. Außerdem würde Chiara mittlerweile außer sich sein vor Sorge, weil er nicht zurückkehrte. Aber er hatte nur diese eine Gelegenheit, an das Buch heranzukommen. Jetzt war er hier, ein zweites Mal würde es ihm nicht gelingen, unbewacht den Palazzo zu durchstreifen, schon gar nicht als Neffe eines Aufständischen. Wenn er jetzt nicht das Buch stahl, das seinen Vater retten konnte, dann nie.

So leise wie möglich schlich Marco zur Tür und legte sein Ohr dagegen. Alles war ruhig. Lautlos hob er den Riegel und spähte durch den entstehenden Spalt. Die Soldaten waren verschwunden. Eilig schlüpfte er hinaus, schloss die Tür hinter sich und begab sich auf schnellstem Wege zum Archiv. Zu seiner eigenen Überraschung begegnete er unterwegs keinem Menschen. Unbemerkt erreichte er sein Ziel. Anscheinend hatte er eine Glückssträhne, denn die Tür war unverschlossen, und vom Archivar keine Spur.

Drinnen roch es nach altem Papier. Marco sah sich um. Regal reihte sich an Regal, jedes einzelne gefüllt mit schweren, ledergebundenen Folianten, Papyrusrollen und Pergamenten. Entmutigt schritt er die Regale ab. Wie sollte er hier nur das richtige Buch finden?

Dann kam ihm ein Gedanke, der noch schrecklicher war: Die Gelehrten des Senats bemühten sich ebenfalls darum herauszufinden, wann Marco Polos Haus wieder angetrieben werden würde; bedeutete das nicht, dass das Buch gar nicht hier war? Dass sie es mit nach Hause genommen hatten? Andererseits – wenn mehrere Menschen zugleich an dem Problem arbeiteten, musste es doch an einem zentralen Ort liegen, an dem es von jedem eingesehen werden konnte, oder? Hier, im Archiv, wo alle Unterlagen zur Verfügung standen.

An diesen Gedanken klammerte sich Marco, als er zu suchen begann. Er fing aufs Geratewohl mit dem ersten Regal an, hoffte auf irgendeine ihm verständliche Systematik und wurde enttäuscht. Da stand *Über den richtigen Gebrauch des Degens* neben Handelsbilanzen und Bauplänen für Brücken und Wohnhäuser.

Ratlos trat Marco einen Schritt zurück. Um sämtliche Regale zu durchforsten, brauchte er Tage, wenn nicht Wochen. Ohne eine klare Vorstellung, wo er suchen musste, konnte er gleich aufgeben. Halt – vielleicht gab es so etwas wie ein Verzeichnis? Irgendetwas, das dem Archivar half, Ordnung zu halten?

Er eilte zum Tisch neben dem Eingang und suchte unter Feder und Tinte, Schreibtafel und Griffel nach entsprechenden Listen. Außer der beiläufigen Notiz, ein morsches Regalbrett zu ersetzen, fand er nichts. Er öffnete Schubladen und Schachteln, sah in die hinter dem Tisch aufgestapelten Kisten und kroch sogar auf dem Boden herum in der Hoffnung, ein geheimes Fach zu entdecken. Vergeblich.

Enttäuscht stand er auf, wischte sich den Staub vom Wams, setzte sich auf den Stuhl des Archivars und sah sich ratlos um. Der Magnetismus der Lagune. Wenn es überhaupt eine Ordnung gab, musste sich das Buch in einem Bereich befinden, in dem es um das Meer und die Lagune ging. Vielleicht, wenn er in jedem Regal nur das vorderste Buch ansah, bis er eines fand, das vom Wasser handelte …

Er wandte sich dem Regal zu, das ihm am nächsten stand, und schlug das erstbeste Buch auf. *Erbauliche Verse zur gottgefälligen Lebensführung*. Er legte es wieder zurück und untersuchte das Fach darüber. *Was beim Gemüseanbau zu beachten ist*. Systematisch durchkämmte er die erste Reihe, ohne fündig zu werden. Mit jedem Fehlschlag sank sein Mut. Vielleicht war es dumm gewesen zu erwarten, er bräuchte nur hereinspazieren, und das Buch würde ihm von selbst in die Hände springen.

Er wollte schon aufgeben, als er die Karte entdeckte. Sie hing an einem Nagel an der Wand und zeigte die Strömungen und Sandbänke der Lagune. Mit banger Hoffnung lief Marco hinüber und durchwühlte das Regal daneben. *Die Fische der Lagune*. Dies musste der richtige Ort sein. Immer erregter schlug er ein Buch nach dem anderen auf.

Und dann fand er es. Es handelte sich um einen in Rindsleder gebundenen schmalen Band mit dem Titel: *Abhandlung über das Haus des Marco Polo, mit Theoremen und Gezeitentabellen, aufgezeichnet von eigener Hand*. Er schlug es auf, um jeden Irrtum auszuschließen. Jetzt war er froh, dass sein Vater darauf bestanden hatte, dass er Lesen lernte. *Der Einfluss der Lagune*, lautete das erste Kapitel.

Marco klappte das Buch zu. Er hatte, was er wollte. Jetzt raus hier, so schnell es ging. Er eilte zur Tür, öffnete sie einen Spalt, und als er sah, dass die Luft rein war, schlüpfte er hinaus.

Und hier endete seine Glückssträhne.

Aufgeregt, wie er war, musste er wohl die Schritte überhört haben. In dem Moment, in dem er die Tür hinter sich zuzog, überraschte ihn ein Mönch, der eben um die Ecke bog. Bei seinem Anblick stockte der Mann und rief: »Was hast du da zu suchen, Bursche?« Dann entdeckte er das Buch in Marcos Hand. »Wo willst du damit hin? Stehen bleiben! Wachen! Wachen! Haltet den Dieb!«

Hinter dem Mönch wurden Stiefelschritte laut.

Marco wartete nicht, bis die Soldaten um die Ecke bogen, sondern rannte in die entgegengesetzte Richtung. Der Mönch zeterte hinter ihm her, sein Geschrei hallte im ganzen Palazzo wieder. Marco presste das Buch an sich und rannte, bis seine Lungen zu platzen schienen. Auf dem kürzesten Weg nach draußen! Das Geschrei fiel hinter ihm zurück, nicht weit, aber genug, dass er einen Vorsprung besaß, als er sich dem Außentor näherte.

Die Wachen hatten die Aufgabe, Feinde daran zu hindern, den Palazzo zu betreten. Jemanden beim Verlassen aufzuhalten, war in ihrem Verhaltensmuster nicht vorgesehen. Als das Geschrei an ihre Ohren drang, drehten sie sich um, sahen verständnislos dem Jungen entgegen, der auf sie zustürzte, und ehe sie begriffen, was los war, huschte Marco schon an ihnen vorüber und drängte sich durch die Menschenmenge auf dem Markusplatz. »Haltet ihn!«, schrie jemand. Wer es hörte, reckte den Kopf, doch bis er reagierte, war Marco längst woanders.

Ohne sich zu besinnen, stürzte er in die nächstbeste Gasse, zwei, vier, fünf Soldaten auf den Fersen. Er quetschte sich an dicken Händlern vorbei, umlief Karren voll Ziegel oder Brennholz und sprang über eine Katze, die sich vor Schreck unter die Treppe eines frisch aufgestockten Hauses flüchtete. Auf geraden Wegen waren die Soldaten mit ihren langen Beinen im Vorteil, deshalb benutzte Marco so viele Abzweigungen, wie er nur konnte. Dabei musste er Acht geben, dass er sich nicht in eine Sackgasse manövrierte oder den Männern ermöglichte, ihn einzukreisen.

Er schoss zwischen zwei Häusern hervor, stand plötzlich an einem Kanal und stoppte im letzten Moment. Dann wandte er sich nach rechts, am Kai entlang zur nächsten Brücke, überquerte das Flussbett und lief auf der anderen Seite wieder zurück. Die Häscher preschten ebenfalls zwischen den Häusern hervor, nur der schmale Kanal trennte sie von ihm. Einer der Soldaten beschleunigte und setzte zu einem Sprung an. Marco sah ihn auf sich zufliegen, wild funkelnde Augen und gefletschte Zähne, sein Herz setzte einen Schlag lang aus – dann prallte der Mann gegen die Kaimauer und stürzte mit einem Schrei in den Morast. Seine Kameraden brüllten vor Wut.

Mit zitternden Knien rannte Marco weiter. Das war knapp gewesen. Hinter sich hörte er nur noch zwei Verfolger, die anderen halfen vermutlich dem Gestürzten aus dem Schlamm. Die steinernen Pflaster trugen den Hall der Schritte weit, aber man konnte sie nur schwer orten. Das Geräusch der Stiefel schien von überallher zu kommen. Er musste die Soldaten dringend abhängen, ehe er einen Fehler beging und ihnen in die Arme lief.

Marco rannte bis zu einem Punkt, an dem sich der Weg in drei mögliche Richtungen gabelte. Rechts belud ein Mann einen Karren mit Stoffballen und wandte ihm dabei den Rücken zu. Die Tür seines halb versunkenen Hauses stand offen. Auf Zehenspitzen huschte Marco dorthin. Der Mann schnaufte bei der Arbeit wie ein Walross und bemerkte ihn nicht. Wie der Blitz kletterte Marco die Leiter hinunter und verbarg sich hinter einem Stützbalken.

Er hörte, wie die Verfolger auftauchten, stoppten und sich lautstark berieten. Es waren wirklich nur zwei, wie erhofft. Sie trennten sich, der eine rannte nach links, der andere kam in seine Richtung. »Heda«, rief er den Arbeiter an, »habt Ihr einen jungen Burschen vorbeilaufen sehen?«

»Nee«, schnaufte der Mann, »nicht, seit ich angefangen habe, die Karre zu beladen.«

Zögernd machte der Soldat ein paar Schritte zur nächsten Ecke. Als er niemanden in der Ferne davonlaufen sah, kehrte er um und spähte halbherzig in die Hauseingänge. Auch in die offen stehende Tür zur Wohnung des Arbeiters warf er einen Blick, konnte aber in dem dort herrschenden Halbdunkel nichts erkennen. Schließlich kam er wohl zu dem Schluss, den falschen Weg gewählt zu haben, und kehrte missgestimmt um.

Marco war ihnen entkommen.

14

Seine Füße trugen ihn von selbst dem heimatlichen Stadtteil zu. Erst am Rialto hielt Marco an, um wieder zu Atem zu kommen. Ein Blick zurück überzeugte ihn davon, dass ihn niemand mehr verfolgte. Gut. Er stützte sich an einer Hauswand ab, bis sein Herz gleichmäßig schlug.

Auf der Brücke standen Kaufleute, feilschten miteinander und machten sich Gedanken, was aus ihren Geschäften werden sollte, wenn die Ebbe weiter anhielt. Marco sah zur anderen Seite des Canal Grande, nach San Polo hinüber. Das Buch in seiner Hand wog schwer. Er musste seine Tante warnen und seinen Bruder. Andererseits … bis zum Haus von Signor da Vinci war es nicht weit. Fünfzig Vaterunser hin und fünfzig zurück, wenn er rannte. Bis die Glocken Mittag läuteten, konnte er wieder am Rialto sein. Und je eher der Toskaner das Buch in den Händen hielt, desto eher waren die Berechnungen abgeschlossen, die seinem Vater die Freiheit bringen würden. Marco entschied sich, den Umweg in Kauf zu nehmen. Der Rat wollte erst nachts zuschlagen, bis dahin blieb genug Zeit, um die Verschwörer zu warnen. Er hastete die Brücke hinauf, vorbei an den debattierenden Kaufleuten, und auf der anderen Seite wieder hinab.

Während er durch die Gassen von San Polo trabte, kam er zum ersten Mal dazu, die ungeheuerlichen Dinge, die er im Verlauf des Vormittags erfahren hatte, zu ordnen. Der Nebel war weder ein natürliches Phänomen noch eine Strafe Gottes. Der Rat hatte ihn herbeigerufen, unabsichtlich, aber dennoch mit eigener Hand. Konnte diese Geißel dann nicht auch durch

Menschenhand wieder gebannt werden? Damit kannst du dich ein andermal beschäftigen, mahnte sich Marco, während er die Grenze zu Santa Croce erreichte und einem Acquarolo auswich. Wichtiger war die Frage, was er in welcher Reihenfolge tun sollte. Zu viele Dinge waren zu erledigen, alle gleichermaßen wichtig. Signor da Vinci. Onkel Aldo. Angelo. Chiara. Die Rebellen der anderen Stadtteile.

Zunächst das Buch. Dann zu Tante Lucia. Nein, vorher kurz bei Chiara reinschauen und sich davon überzeugen, dass es ihr gut ging. Und wenn sie nun nicht daheim war? Wenn man sie festhielt, als Komplizin? Sicher war es nicht schwierig, eins und eins zusammenzuzählen und herauszufinden, wer sich da ohne Begleitung eines Soldaten durch den Palazzo geschlichen hatte. Aber bestimmt war sie zu dem Zeitpunkt bereits auf dem Rückweg gewesen, er hatte schließlich ziemlich lange im Ratssaal ausharren müssen. Andererseits … hatte sie es vielleicht gar nicht eilig gehabt, den Sohn des Dogen zu verlassen.

Marco schüttelte die Gedanken ab. Statt sich mit Wenns und Abers aufzuhalten, sollte er sich lieber mit dem Notwendigen beschäftigen. Was konnte er Onkel Aldo und den anderen Rebellen über den Rat der Zehn berichten? Was hatte er über die Identität dieser geheimnisvollen Männer herausgefunden? Wenn er ehrlich war: nichts, was sie weiterbrachte. Na schön, einer von ihnen war übermäßig dick, aber da kamen mindestens achtzig der dreihundert Mitglieder des Senats in Frage. Einer hatte einen Schnupfen, den konnte man möglicherweise ausfindig machen, sofern es gelang, sämtliche Ratsmitglieder noch heute zu überprüfen. Doch das war wohl ein Ding der Unmöglichkeit. Und die anderen? Eine beschädigte Maske, ein Kalkfleck. Nein, letzten Endes konnte er gar nichts über die Männer sagen. Selbst ihre Stimmen waren durch ihr Flüstern und die Masken zu sehr verändert gewesen, als dass er sie hätte identifizieren können. Eine enttäuschende Bilanz. Dabei hatte sich Marco schon ausgemalt, wie Angelo ihn für seine Hinweise bewundern würde.

Unterdessen erreichte er den Campo San Giacomo da L'Orio. Sein Atem ging rasselnd, als er die Stufen zur Wohnung von Leonardo da Vinci hinaufrannte und klopfte. Und wenn Signor da Vinci nun fort war? Daran hatte er gar nicht gedacht. Was sollte er tun, wenn er den Toskaner nicht antraf?

Zu seiner Erleichterung hörte er Schritte. Doch es war der Lehrling – Salai –, der die Tür öffnete. »Du schon wieder«, sagte er abfällig. »Der Meister ist nicht da.«

Marcos Herz plumpste eine Etage tiefer. »Wirklich nicht?« Er spähte an dem Lehrling vorbei, konnte aber nirgends eine Bewegung ausmachen.

»Ja, wirklich nicht«, gab Salai schnippisch zurück und wollte die Tür schließen.

»Warte! Wann kommt er heim? Ich habe etwas für ihn. Es ist dringend.«

»Du kannst es mir geben.« Salai sah an Marco herab. »Das Buch da?« Er streckte die Hand aus.

Marco presste seinen kostbaren Schatz an sich. »Das geht nicht. Ich kann es nur ihm selbst geben.«

»Dann musst du dich auf eine lange Wartezeit einstellen. Es wird vermutlich Stunden dauern, bis er zurückkommt.«

Verzweifelt biss sich Marco auf die Lippen. Was sollte er tun? Er konnte nicht den halben Nachmittag auf Signor da Vinci warten. Andererseits wusste er nicht, wann er Zeit fand wiederzukommen. Alles Mögliche mochte geschehen, wenn er die Rebellen warnte. Und vielleicht wussten die Schergen des Rates auch schon, wer er war, und suchten nach ihm. Zögernd lockerte er seinen Griff. Sollte er?

»Nun gib schon her! Ich bin die rechte Hand meines Meisters.«

Marco traute dem Lehrling nicht. Salai hatte etwas Verschlagenes an sich, dass ihm nicht gefiel, deshalb schüttelte er den Kopf. »Ich komme ein andermal wieder.«

»Idiot!«, sagte Salai verärgert und schlug ihm die Tür vor der Nase zu.

Marco kämpfte mit den Tränen, als er die Treppe hinunter und auf den Campo ging. Was sollte er jetzt tun? Er hätte Salai fragen sollen, wo Signor da Vinci hin wollte. Aber wie er den Lehrling einschätzte, hätte der ihm eine falsche Auskunft gegeben, aus purer Bosheit. Erschöpft ließ sich Marco auf einer Treppenstufe nieder, die in das neu errichtete Stockwerk eines halb versunkenen Gebäudes führte. Er musste zu Tante Lucia, auf dem schnellsten Wege. Aber er brachte es einfach nicht über sich loszulaufen. Von hier fortzugehen hieß, einen Fehlschlag einzugestehen. Es bedeutete, seinen Vater vorerst seinem Schicksal zu überlassen. Wenn er jedoch hierblieb, verurteilte er Angelo und Onkel Aldo und all die anderen zum gleichen Schicksal, wenn nicht gar zu einem Tod in den Folterkellern.

In Augenblicken wie diesen sehnte er sich nach seiner Mutter. Sie hatte immer ein Wort des Trostes für ihn gehabt, sogar als offensichtlich wurde, dass er nie ein Glasbläser werden würde. Oder als der Pfarrer von San Pietro Martire ihm das Lesen beizubringen versuchte und Marco am schieren Umfang der Bibel verzweifelte, nachdem er sich tagelang durch einen einzigen Absatz gequält hatte. »So viele Wörter – das schaffe ich nie«, hatte er ausgerufen. »Sei nicht so ungeduldig«, hatte ihn seine Mutter ermahnt. »Brätst du etwa den Fisch, während du ihn ausnimmst? Einen Schritt nach dem anderen. Erst lernst du laufen, dann lernst du schwimmen. Und eines Tages vielleicht fliegen.« Sie behielt recht, inzwischen flog er über die Zeilen und verschlang alles, was ihm unter die Finger kam. In der Bibel gefielen ihm vor allen die Geschichten vom Meer: die Sintflut und die Arche, Jona im Wal, das Wasser, das sich teilte. Ob Moses auch mit dem Meer träumen konnte? Ob auch er das Flüstern hörte und das Singen?

Seine Mutter verstand es, einem Mut zu machen, wenn man mit seiner Weisheit am Ende war. Sie wüsste auch jetzt Rat. Aber sie war verbrannt, als eine Glasbläserwerkstatt Feuer fing, und die halbe Gemeinde mit ihr. Der Herr der Nacht von Murano hatte das Unglück zwar entdeckt und die Glocken läuten lassen, aber zu dem Zeitpunkt schlugen die Flammen schon in den Himmel und waren bis nach Venedig zu sehen, wo Marco mit Angelo und seinem Vater Onkel Aldos Geburtstag feierte. Seine Mutter war nicht mitgekommen, sondern mit Bauchgrimmen daheim geblieben. Die Männer, die den Brand am anderen Morgen endlich löschen konnten, fanden ihren verkohlten Körper im Bett. Damals war Marco zehn gewesen.

»Du machst ein Gesicht wie Salai, wenn er die Stube fegen soll«, sagte eine Stimme.

Marco fuhr hoch, als sei er mit einer Nesselqualle in Berührung gekommen. »Signor da Vinci!«, brach es aus ihm heraus, und diesmal fing er wirklich an zu schluchzen, so erleichtert war er.

Der Toskaner legte die Utensilien ab, die er mit sich herumschleppte: einen Eimer voller Kerzenstummel, einen Trichter, eine mit Wasser gefüllte Glaskugel und das unvermeidliche Arbeitsheft. »Dass meine Anwesenheit eine solche Freude hervorruft, ist schmeichelhaft, bedarf aber einer Erklärung.«

»Ich habe das Buch«, brachte Marco heraus.

»Buch?«

»Über Marco Polos Haus.« Er reichte es ihm.

Mit der gebotenen Behutsamkeit nahm Leonardo den kostbaren Band in Empfang. »Erwähnte ich schon, dass du ein erstaunlicher junger Mann bist?« Er schlug die erste Seite auf und berührte die Buchstaben, als würde er sie streicheln. »Ich darf wohl vermuten, dass der Senat dir dieses Werk nicht freiwillig überlassen hat? Nein, sag nichts, ich will es gar nicht wissen.« Er strich sich über den Bart. »Wenn ich es mir genau überlege, will ich es doch wissen. Und zwar jede Einzelheit. Komm!« Er machte Anstalten, ins Haus zu gehen.

»Ich habe keine Zeit. Ich habe wichtige Dinge erfahren, die … also, ich … ich komme ein andermal wieder. Sagt mir nur, wie lange Ihr brauchen werdet, bis Ihr wisst, wann und wo das Haus wieder angetrieben wird.«

»Das lässt sich nicht voraussehen. Tage, Wochen, Monate. Vielleicht nie.«

»Aber Ihr habt doch gesagt …«

»Nun, nun, nicht gleich die Flügel hängen lassen. Ich werde tun, was in meinen Kräften steht, und, bei aller Bescheidenheit, das ist eine ganze Menge. Sei also zuversichtlich, junger Freund, ich bin es auch.«

Mit diesen Worten ließ Leonardo ihn stehen und ging ins Haus, in die Lektüre des Buches vertieft. Dass er dabei mit dem Kopf gegen den Vorsprung eines aufgesetzten Stockwerks stieß, registrierte er kaum.

»Eure Gerätschaften!«, rief Marco ihm nach.

»Ach ja, richtig!« Signor da Vinci kam zurück und warf einen flüchtigen Blick auf Trichter und Kerzenstummel. »Unfug«, sagte er, »Salai soll das Zeug heraufholen.« Und wieder vertiefte er sich in das Buch, während er die Treppe nach oben stieg.

Marco traute ihm zu, dass er über der Lektüre vergaß, seinem Lehrling Bescheid zu geben, deshalb raffte er die Gegenstände zusammen und trug sie in den Hausflur. Dort stellte er sie ab und rannte den Weg zurück, den er gekommen war, um eine große Last leichter. Er hatte getan, was er konnte, jetzt war es an Signor da Vinci, die Lösung zu finden. Es könne Monate dauern, hatte er gesagt. Oder vergebens sein. Nein, Marco vertraute ihm. Schließlich waren sogar die Gelehrten des Senats zuversichtlich, Ort und Zeitpunkt bestimmen zu können, an denen »Il milione« von der unsichtbaren Strömung der Lagune wieder angetrieben wurde. Er musste Vertrauen haben.

Die erzwungene Verschnaufpause hatte ihm Kraft gegeben. Mit doppeltem Tempo rannte er zur Rialtobrücke zurück und weiter Richtung Cannaregio und versuchte dabei, die Verzögerung durch größere Schritte wett zu machen, was ihm allerdings außer blauen Flecken wenig einbrachte. Irgendwie schienen heute mehr Leute auf den Straßen als sonst, überall stand ihm jemand im Weg. Als er die Calle Calergi erreichte, hatte er das Gefühl, auch das letzte Quäntchen Luft verbraucht zu haben.

Im Laden entdeckte er zunächst nur Chiaras Vater, und seine Kehle zog sich vor Angst zu. »Ist Chiara noch nicht zurück?«, fragte er.

»Buon giorno, Marco«, erwiderte Giuseppe Amorese. »Der Rat hat –«

Weiter kam er nicht, denn in diesem Moment wurde die Tür zur Werkstatt aufgerissen. »Marco Stefano Manardi«, fauchte eine Stimme, »wo, zum Teufel, hast du gesteckt?«

»Chiara!« Vor Erleichterung hätte er beinahe geschluchzt. »Geht es dir gut?«

»Nein, mir geht es nicht gut. Ich habe mir Sorgen gemacht.«

Wie sie so vor ihm stand, mit geballten Fäusten und wutfunkelnden Augen, fühlte er sich von widerstreitenden Gefühlen überschwemmt. Er wollte zurückschimpfen, sich verteidigen, und am allermeisten wollte er sie einfach nur festhalten und sich davon überzeugen, dass sie wirklich heil und in einem Stück war. »Es tut mir leid, ich konnte nicht früher.«

Der alte Amorese ließ seine Arbeit ruhen und folgte dem Wortwechsel mit zunehmender Belustigung.

»Sie haben mich festgehalten und nach dir ausgefragt«, schimpfte Chiara. »Ich habe die Unwissende gespielt, aber es war nicht leicht, sie zu überzeugen. Wenn sich der Sohn des Dogen nicht für mich eingesetzt hätte …«

»Der Sohn des Dogen, ah!« Marcos Miene verschloss sich. »Ich hatte gehofft, du wärest schon fort, als … als die Aufregung begann.«

»Ich konnte schlecht gehen, bevor er das Gespräch beendete. Außerdem musste ich auf die Bezahlung warten. Was ist mit dir? Wo warst du? Was ist passiert?«

»Ich kann jetzt nicht darüber reden. Ich habe wichtige Dinge erfahren, die ich sofort weitergeben muss. Ich … ich komme wieder und erzähle dir alles, versprochen.« Mit diesen Worten ging er rückwärts Richtung Ausgang.

»Marco Stefano Manardi«, setzte Chiara zornig an, doch mit einem bedauernden Schulterzucken drehte er sich um und eilte nach draußen.

Chiara war nichts geschehen, das war das Wichtigste. Alles andere musste warten. Marco lief nach Hause. Wenige Schritte vor der Tür wurde er plötzlich langsamer. Der Rat wusste, wer er war. Ob die Soldaten ihm bereits auflauerten? Marco blieb stehen. Er war gerannt, so schnell er konnte, aber er hatte viel Zeit mit dem Umweg zum Campo San Giacomo da L'Orio verloren. Es wäre dumm, die Ereignisse des Tages unbeschadet überstanden zu haben, nur um jetzt den Häschern in die Arme zu laufen, bevor er seinen Onkel und seinen Bruder warnen konnte.

Vorsichtig schlich er zu den Fenstern und spähte ins Haus. Niemand zu sehen. In der Küche stapelten sich Töpfe und Kessel, als sei seine Tante eben dabei gewesen sauberzumachen und mittendrin unterbrochen worden. Er legte sein Ohr an die Tür. Alles still.

So leise er konnte, hob er den Riegel an und blickte nach drinnen, jederzeit zur Flucht bereit. Seine Tante kehrte in die Küche zurück, er sah gerade noch ihren Rücken um die Ecke verschwinden, dann klapperte Kochgeschirr. Auf Zehenspitzen folgte er ihr und guckte dabei in jeden Raum, an dem er vorbeikam, aber es schien tatsächlich niemand auf ihn zu lauern.

Er riskierte einen Blick in die Küche. Die Venezianer waren dazu übergegangen, Hausrat mit Sand zu reinigen, um Wasser zu sparen, und seine Tante schmirgelte Schüsseln und Schalen ab und machte ihr übliches sauertöpfisches Gesicht. Wenn wirklich Soldaten im Haus wären, würde sie wohl eher wütend oder verängstigt aussehen. Marco wagte es und zeigte sich. »Tante Lucia!«, rief er.

Sie schrie auf und ließ beinahe einen Teller fallen. »Marco, du dummer Junge! Du hast mich erschreckt.«

»Ist Onkel Aldo da?«

»Was soll die alberne Frage? Natürlich nicht. Dazu ist es noch zu früh. Wo bist du so lange gewesen? Ich habe Arbeit für dich.«

»Jetzt nicht«, erwiderte Marco, »ich muss gleich wieder weg.«

»Ich höre wohl nicht recht. Wenn du glaubst, du kannst hier –«

»Pass auf, Tante Lucia, es ist wichtig! Ihr seid in Gefahr. Wenn Onkel Aldo nach Hause kommt, sag ihm, der Rat weiß von den Aufständischen. Er kennt alle Namen. Heute Nacht wird jeder, der an den Umsturzplänen beteiligt ist, zu Hause festgenommen. Er muss sich verstecken. Ich komme wieder, sobald ich kann.«

»Was? Aber – Marco, warte! Marco!«

Er beachtete ihre Rufe nicht und war schon auf dem Weg zum Nordostufer Venedigs. Tante Lucia war sicher wütend auf ihn, aber sie würde schon verstehen, wenn sie erst die Tragweite seiner Entdeckung begriff.

Das Buch hatte er weitergegeben, sich von Chiaras Unversehrtheit überzeugt und Onkel Aldo gewarnt, so gut das eben ging. Ein Problem jedoch hatte er die ganze Zeit vor sich hergeschoben: Wie sollte er nach Murano gelangen? Selbst der Nebel wäre besser als diese unheimliche Ebbe, dann hätte er zumindest eine Gondel benutzen können. Aber so? Er hoffte, ihm würde etwas einfallen, bis er den Kai erreichte, doch dann stand er am Ufer, starrte auf den wasserlosen Grund und war zum ersten Mal an diesem Tage ratlos.

Nicht weit hinter der Friedhofsinsel konnte er die Silhouette seines Ziels erkennen. Dort drüben lag Murano, zum Greifen nahe und doch unerreichbar. Dazwischen erstreckte sich endloser Schlamm, in dem vereinzelt Boote feststeckten, von einer dünnen Eisschicht überzogen. Keinen Krebs, keinen Wurm, keinen Fisch gab es mehr im Bett der Lagune, nur abgestorbenes Moos, Fischkadaver und Algen im Zersetzungsprozess. Der Nebel hatte jegliches Leben getötet. Es stank, nicht zuletzt wegen der zunehmenden Abfallhaufen der Stadt, die sich entlang der Ufer türmten, weil kein Boot kam, um sie zu beseitigen. Katzen schnüffelten dazwischen herum, auf der Suche nach Nahrung. Zwei Fischer saßen auf den Stufen zum Schlick und bliesen Trübsal.

Marco tigerte am Ufer entlang und zermarterte sich das Hirn über eine Lösung. Es ging kein Schiff, keine Gondel, kein Sandolo. Aber er musste Angelo warnen. Er konnte doch nicht Däumchen drehen und darauf hoffen, dass der Nebel rechtzeitig zurückkehrte, um ihn nach drüben zu bringen!

Eine adlige Dame, die sich Trippen unter ihre Schuhe geschnallt hatte und mit unsicheren Schritten über das Pflaster stöckelte, brachte ihn auf eine Idee. Es fuhr zwar kein Schiff mehr, aber er konnte laufen, nicht wahr? Marco sah zur Südspitze Muranos hinüber, dann auf den Schlamm am Boden der Lagune. Ob der wohl sein Gewicht trug? Bestimmt war die Oberfläche hart gefroren. Doch was, wenn der Nebel zurückkam und ihn überraschte, während er sich mitten in der Lagune befand? Aber wenn er das Wagnis nicht einging, kostete es seinen Bruder die Freiheit. Dann ereilte ihn dasselbe Schicksal wie seinen Vater. Nein, das würde er nicht zulassen! Er würde nicht zulassen, dass er noch jemanden verlor, den er liebte. Seiner Mutter hatte er nicht helfen können, Francesca hatte er den Tod gebracht, bei seinem Vater hatte er versagt, aber Angelo würde er retten, und wenn es ihn das eigene Leben kostete. Marco verbiss sich eine Träne, kroch zwischen den Abfallhaufen umher und verscheuchte die Katzen, die fauchend den Rückzug antraten und ihn aus sicherer Entfernung beobachteten.

Endlich hatte er gefunden, wonach er suchte: zwei leichte Bretter, zwei Stöcke und ein paar Schnurreste. Er band sich die Bretter unter seine Füße und probierte aus, wie es war, damit zu gehen. Es brauchte etwas Übung, aber es war möglich. Auf diese Weise verteilte er sein Gewicht auf eine größere Fläche, das würde die Gefahr mindern, im Schlamm einzusinken. Die Stöcke nutzte er, um sich abzustützen, außerdem konnte er damit die Tragfähigkeit des Weges prüfen.

Auf seinen merkwürdigen Gehwerkzeugen stakste er die steinerne Treppe zum Bett der Lagune hinunter. Unten hielt er an und ließ seinen Blick misstrauisch über den verkrusteten Morast wandern. Verbargen sich Reste des Nebels darin? Schwaden, die hervorquellen würden, sobald man den Boden belastete? Gab es Ausdünstungen, die ihm schaden konnten? Ganz geheuer war ihm nicht. Überall zwischen Schnee und Eis lagen feine schwarze Körner, kristallisierter Nebel. Ob auch die Kristalle den Schwarzen Tod verbreiteten?

Marco verdrängte den Gedanken an mögliche Gefahren und setzte seinen Fuß auf den Schlamm. Der Untergrund schien zu tragen. Marco begann zu gehen, einen Schritt nach dem anderen. Zuerst bewegte er sich unsicher, doch bald hatte er den richtigen Rhythmus gefunden und schritt zügig aus. Der Lehm war beinahe so fest wie eine gepflasterte Gasse. Marco wollte dennoch nicht auf die Bretter unter seinen Füßen verzichten, auch wenn er sich damit unbeholfen vorkam.

Der Himmel hatte sich verdunkelt, obwohl die Glocken eben erst Mittag schlugen, und zeigte sich in einem unnatürlichen Schwarz. Am Horizont waren seltsame Lichtphänomene zu beobachten, ein Leuchten, das häufig die Farbe wechselte.

Die dünne Schneeschicht am Boden der Lagune wurde hin und her geweht, mit ihr pulverisierter Nebel. Marco versuchte, so flach wie möglich zu atmen, und malte sich aus, wie die schwarzen Körner in seine Lunge drangen und sich in seinem Körper ausbreiteten. Er hielt an, nahm sein Halstuch ab und band es sich vor die Nase. Jetzt atmete er nur noch gefilterte Luft. Hoffentlich reichte das als Schutz.

Achselzuckend setzte Marco seinen Weg fort. Das Gesicht vermummt, das Ziel fest im Auge, so stapfte er auf seinen Holzbrettern der größer werdenden Glasbläserinsel zu.

15

Zu Fuß durch das Bett des Rio dei Vetrai zu gehen und zu den Glasbläserwerkstätten zu beiden Seiten aufzuschauen, hatte etwas Bizarres. Altgewohntes wirkte plötzlich fremd und bedrohlich. Aber vielleicht war es auch nur die Stimmung, in der sich Marco befand, die ihn alles mit anderen Augen sehen ließ.

Die Menschen auf dem Kai, die offenen Mundes dem Fußgänger entgegenblickten, der durch die Lagune auf ihre Insel zugestapft kam, grinsten, als sie ihn erkannten. »Buon giorno, Marco«, riefen sie. »Willst du dir die Beine vertreten?« Und dann lachten sie, als gäbe es keine Nahrungsmittelknappheit und keinen Schwarzen Tod und als hinge nicht der Beschluss des Zehnerrates wie ein Schwert über ihren Köpfen.

Marco erwiderte ihren Gruß und nutzte die erste Steintreppe, um auf den Kai zu klettern. Er war heilfroh, die lästigen Bretter an den Füßen loszuwerden. Zuerst wollte er sie für den Rückweg mitnehmen, nach einiger Überlegung ließ er sie jedoch im Kanal. Kristallisierter Nebel hatte sich in den Rissen festgesetzt, wer konnte schon sagen, ob nicht der Keim des Schwarzen Todes darin verborgen lag? Wenn er erst wieder zu Hause war, sollte er besser auch seine Schuhe fortwerfen.

Im Vergleich zu Venedig war Murano eine schmucklose Insel. Die Häuser glichen sich weitgehend, ihre Fassaden wiesen kaum Verzierungen auf, überall waren beschädigte Teile von Türen und Fensterläden durch angenagelte Holzstücke ersetzt worden. Dafür prahlten die Muranesen mit ihrem Glas. Nicht nur besaß jedes einzelne Haus aufwändige Fenster und eine Laterne über der Tür, nein, auch Türknäufe und sogar vereinzelte Heiligenskulpturen bestanden aus Glas. Die Einwohner von Murano waren stolz auf ihre Kunst, und sie zeigten es.

Die Werkstatt der Familie Manardi lag nicht am Rio dei Vetrai. Nach dem Brand, der Marcos Mutter das Leben kostete, hatte sein Vater sie an den Canale di San Donato verlegt, gegenüber der Basilica dei Santi Maria e Donato. Seit seinem Verschwinden leitete Angelo den Betrieb.

Hitze schlug Marco entgegen, als er die Werkstatt betrat. Aus allen Öffnungen des riesigen Brennofens loderten die Flammen. Die Padroni di Fornace hielten das Feuer in Gang, das jedem im Raum die Haut von den Knochen sengte. Gesellen und Lehrlinge schleppten Rohglasblöcke zu den Öfen und bereiteten Glaspaste zu oder halfen beim Ziehen der Glasrohre. Einer der Maestri stellte einen Spiegel mit Quecksilberverspiegelung her, nach einem neuen Verfahren, das die früheren, mit metallenem Blei belegten Spiegel überflüssig machte. Ein anderer formte ein springendes Pferd, zog, spreizte, begradigte und drehte dabei immerfort das Blasrohr, um zu verhindern, das das Gewicht der entstehenden Figur die weiche Glasmasse nach unten zog und verformte. Der Mann neben ihm blies Glaszylinder für Fensterscheiben, die ein vierter mit einer rot glühenden Eisenspitze aufschnitt und mit dem Schnitt nach oben in den Ofen schob. Gesellen halfen mit Stangen beim Ausbreiten des Glases. Emsige Geschäftigkeit überall. Marco wusste, dass hier schichtweise Tag und Nacht gearbeitet wurde.

Angelo stand am Ofen und holte mit seiner eisernen Pfeife zähflüssige Glasmasse aus einer der Öffnungen. Er stellte einen Kelch her, seine Spezialität, blies in das Mundstück und rotierte dabei die am unteren Ende austretende Substanz auf einer Marmorplatte, während er die entstehende Rundung unterstützte, indem er das glühende Glas mit einem Flacheisen bestrich. Seine Bewegungen hatten etwas Spielerisches, als sei nicht das geringste Können vonnöten, dabei unterhielt er sich mit Giotto Portinari, dem Mann, der das Pferd formte. Marco hatte seinem Bruder schon oft bei der Arbeit zugesehen, und auch wenn er selbst kein Talent für das Handwerk seiner Familie besaß, faszinierte ihn der Anblick doch jedes Mal. Glas, dieser seltsame Stoff, weder Flüssigkeit noch Gestein! Der bei großer Hitze zerfloss und formbar war wie Wasser, dabei in kaltem Zustand hart wie Marmor! Der jedem Abrieb widerstand und keinen Geruch annahm! Glas war pure Magie.

Vor allem das berühmte Crystallo wurde in Matteo Manardis Werkstatt produziert, farbloses Glas, hergestellt mit Soda aus Alexandria und Quarzsand aus dem Flussbett des Ticino, wobei das beste Rohmaterial allerdings aus der Etsche bei Verona stammte. Aber auch Calcedonio gab es, Achatglas, das seine Marmorierung durch ständiges Kneten und wiederholtes Erhitzen erhielt. Marco kannte ein paar der Geheimnisse, die venezianischem Glas seine besondere Qualität verliehen und für deren Weitergabe ihn andere Länder mit Gold aufgewogen hätten. Er wusste um die Bedeutung der richtigen Zutaten, Quarzsand aus dem Tessin etwa oder Asche aus Seetang oder einer Parilla genannten Schilfpflanze, und dass man besondere Stabilität durch Zugabe bestimmter Substanzen erhielt, weil sich andernfalls das Glas unter der Einwirkung von Wasser und Luftfeuchtigkeit langsam auflöste.

Draußen war es beißend kalt gewesen, aber hier drinnen hielt Marco es vor Hitze kaum aus. Er wunderte sich immer, dass die Lehmziegel der Glasöfen bei diesen Temperaturen nicht schmolzen. Angelo schien die Hitze nichts auszumachen. Mit der Zange formte er den Fuß des Kelches, schnitt das überflüssige Ende mit einer Schere ab und ließ es in einen Eimer plumpsen. Wenn ihm das Rohr zu heiß wurde, legte er es kurz in eine eiserne Rille, die von kaltem Wasser umspült wurde, das die Lehrlinge ständig erneuerten. Anscheinend war das kostbare

Nass auf Murano längst nicht so knapp wie in Venedig. Oder die Glasbläser konnten den Acquaroli mehr zahlen.

Jetzt entdeckte Angelo seinen Bruder. »Marco!«, rief er überrascht. »Wie kommst du denn her?«

»Zu Fuß.«

»Bist du verrückt geworden? Das ist gefährlich! Du gehst auf keinen Fall zurück. Du bleibst hier, bis wieder Schiffe fahren.«

»Ich muss mit dir reden.«

»Geh nach oben, nimm dir etwas zu essen. Wenn die Glocke die volle Stunde schlägt, mache ich Schluss.«

»Jetzt. Es ist wichtig.«

»Dann raus mit der Sprache. Was hast du auf dem Herzen?«

»Nicht hier. Ich muss dich allein sprechen.«

Eine Falte tauchte zwischen Angelos Augenbrauen auf. »Die Arbeit muss bis morgen fertig sein.«

»Morgen ist alles zu spät.«

Die Falte vertiefte sich. »Also schön, du Quälgeist. Lass mich nur noch diesen Kelch fertigstellen.«

Marco nickte und setzte sich auf einen Hocker. Am liebsten hätte er alles herausgesprudelt, was er heute erfahren hatte: den Verrat, die Schuld des Rats, den Schatz, alles. Dann wäre er die Last los, und sein Bruder konnte entscheiden, was zu tun war. Die Glasbläser von Murano stünden geschlossen hinter den Aufständischen, hatte Angelo beim geheimen Treffen auf dem Friedhof gesagt. Aber dann hatte er doch zugeben müssen, dass es eben nicht alle waren. Vielleicht gehörten die anderen Arbeiter der Manardi'schen Werkstatt zu den Rebellen, bestimmt sogar, doch sicher konnte Marco nicht sein, und es wäre zu dumm, wenn der Rat frühzeitig Wind davon bekäme, dass die Aufständischen gewarnt wurden, nur weil er jetzt seine Ungeduld nicht bezähmen konnte. Also hielt Marco den Mund und sah seinem Bruder zu, wie er dem Kelch den letzten Schliff gab und das fertige Werkstück in den Kühlofen schob.

Endlich stellte Angelo das Blasrohr beiseite. »Ich gehe kurz nach oben, bin gleich wieder da«, rief er den anderen zu und stieg mit Marco die Treppe zu den Privaträumen hinauf. Sie gingen in die Küche, wo Angelo sich und ihm eine verdünnte Ombretta eingoss. »Also, was ist los?«, fragte er.

Marco rang mit sich. Wo sollte er beginnen? Was er zu sagen hatte, war so ungeheuerlich … Er musste es richtig anfangen, damit Angelo ihm glaubte. Sein Bruder wurde schnell ungeduldig, und wenn er sich erst ein Urteil gebildet hatte, hörte er für gewöhnlich nicht mehr zu. Früher, bei ihren Spielen, hatte er auch nie auf ihn gewartet, nicht mal, als der Pfarrer von San Pietro Martire vergessen hatte, die Tür abzuschließen und sie auf den Campanile geklettert waren, um von oben Kirschkerne auf die Leute im Kirchhof zu spucken. »Ich weiß, dass du zu den Aufständischen gehörst«, sagte Marco.

Angelos Miene wurde verschlossen. »Wovon sprichst du?«

»Ihr wollt den Rat der Zehn stürzen.«

»Was sind das wieder für Hirngespinste? Ich habe nicht die geringste Ahnung, wovon du redest.«

»Gib dir keine Mühe, ich habe euch bei eurem Treffen auf der Friedhofsinsel belauscht, dich und Onkel Aldo und die anderen.«

»Du hast – was?«

»Unwichtig. Viel wichtiger ist –«

Angelo packte ihn beim Kragen und zog ihn zu sich heran. »Hast du überhaupt eine Ahnung, was du da getan hast? Musst du deine Nase immer in Dinge stecken, die dich nichts angehen?«

Marco wurde wütend. »Sie gehen mich sehr wohl etwas an. Der Rat hat Papa versklavt. Warum habt ihr mir nie von euren Plänen erzählt? Ich hätte mitgemacht.«

Sein Bruder atmete aus und ließ ihn los. »Du bist zu jung dazu. Es ist gefährlich.«

»Für euch ist es auch gefährlich.«

»Das ist etwas anderes. Wir sind erwachsen. Du hast ja keine

Ahnung, worauf du dich einlässt. Wem hast du davon erzählt?«

»Niemandem.«

»Gut. Von nun an hältst du dich aus der Sache raus, hast du verstanden?«

»Dafür ist es zu spät.«

»Was willst du damit sagen?«

»Ihr seid verraten worden, deshalb bin ich hergekommen. Sei froh, dass ich von eurer Verschwörung weiß, sonst gäbe es nämlich keinen, der euch warnen könnte.«

»Was fantasierst du dir da zusammen?«

»Es ist wahr! Sie wollen euch holen, heute Nacht. Wenn ihr schlaft.«

»Wer?«

»Die Soldaten des Rates.« Marco erzählte, was er im Sitzungssaal belauscht hatte. War das wirklich erst heute gewesen? Es kam ihm vor, als habe er an diesem Tag ein ganzes Leben gelebt.

Als er endete, schüttelte Angelo den Kopf.

»Glaubst du mir etwa nicht?«

»Doch, natürlich glaube ich dir. Ich finde es nur unfassbar.«

»Was machen wir jetzt?«, fragte Marco schüchtern. Bis hierher hatte er einfach getan, was nötig war. Jetzt lag es an seinem Bruder, die weiteren Schritte zu planen.

»Hast du Onkel Aldo gewarnt?«, wollte Angelo wissen.

»Das ging nicht. Er war ja noch im Palazzo. Ich habe es Tante Lucia erzählt.«

Angelo machte ein nachdenkliches Gesicht, nickte dann aber. »In Ordnung. Mehr konntest du nicht tun.« Er legte ihm die Hand auf die Schulter. »Das hast du gut gemacht, kleiner Bruder.«

Das Lob erfüllte Marco mit Stolz. »Was machen wir jetzt? Müssen wir fliehen?«

»Nein. Wir verkriechen uns nicht. Der Kampf beginnt eben früher als angenommen, das ist alles. Jacopo muss davon erfahren.«

»Aber wenn die Soldaten kommen …«

»Vor der nächsten Flut kaum. Wie sollen sie ohne Schiffe hergelangen? Zu Fuß, wie du? Hast du unterwegs welche gesehen?«

»Nein«, gab Marco zu.

»Na, also. Es gibt natürlich Soldaten auf Murano, aber die müssten erst mal informiert werden, dass sie uns verhaften sollen, nicht wahr?« Angelo lachte. »Keine Schiffe – keine Gefahr.«

Das sah Marco ein. Dennoch hatte er ein unbehagliches Gefühl.

»Wir müssen uns organisieren. Heimlich, ohne dass die Soldaten etwas mitbekommen. Dann überfallen wir die Garnison und nehmen sie gefangen. Wenn Murano erst in unserer Hand ist – was ist das?«

Aus der Werkstatt drang Lärm herauf, Schreie, Flüche, das Geräusch eines Degens, der auf Metall schlug. Angelo öffnete die Tür und schlich die Treppe hinunter. Marco folgte ihm.

Die Werkstatt war voll bewaffneter Soldaten. Die Glasarbeiter widersetzten sich einer Gefangennahme: Giotto Portinari schwang ein Blasrohr und drosch damit auf Köpfe und Schultern ein, einer der Arbeiter wälzte sich in seinem Blut, während ein Soldat in Flammen stand und schreiend nach draußen rannte.

Angelo packte seinen Bruder und schob ihn die Treppe hinauf.

»Wir müssen ihnen helfen«, rief Marco.

»*Ich* muss ihnen helfen. *Du* verschwindest.«

»Ich lasse euch nicht im Stich.«

»Hör zu!« Angelo beugte sich zu ihm nieder und fasste ihn bei den Schultern. »Ich weiß, dass du Mut hast. Aber du bist der Einzige, der ihnen entwischen kann. Sie haben keine Ahnung, dass du auf der Insel bist. Frei nützt du uns mehr als gefangen.«

»Du hast gesagt, sie wissen nicht, dass sie euch gefangen nehmen sollen.« Marco war den Tränen nahe. Er hatte alles getan, was in seinen Kräften stand, sogar den gefährlichen Fußweg durch die

Lagune auf sich genommen, und jetzt war alles umsonst!

»Ich habe mich geirrt. Keine Ahnung, woher …« Angelo schlug sich vor den Kopf. »Ich Idiot!«, stöhnte er. »Brieftauben! Natürlich! Es hätte mir klar sein müssen, dass …« Er schüttelte sich. »Egal. Hör mir zu, kleiner Bruder: Nur du kannst uns noch retten. Versteck dich. Wenn sie alle auf ihrer Liste haben, werden sie nicht weiter suchen. Geh zurück nach Venedig und sprich mit Onkel Aldo. Ihm wird schon etwas einfallen, wie er uns da rausholen kann. Verstehst du?«

Marco nickte langsam.

»Du kletterst jetzt aus dem Fenster. Ich glaube nicht, dass draußen noch Wachen stehen, und wenn, dann sind sie durch den Kampf abgelenkt. Vermutlich eilen sie ihren Kameraden zu Hilfe. Du versteckst dich im Schilf und wartest, bis sie weg sind. Halte dich von den Häusern fern! Verstanden?«

Marco packte das Handgelenk seines Bruders. »Du darfst nicht sterben, Angelo! Versprich es mir. Nicht auch noch du.«

Angelo umarmte ihn. »Ich verspreche es. Und … es tut mir leid, wenn ich dich manchmal aufgezogen habe, ja? Und jetzt verschwinde!« Grob machte er sich von Marco los und schnappte sich ein eisernes Blasrohr, das in der Ecke stand. »Ich vertraue auf dich, hörst du?«

Marcos Nicken bekam er schon nicht mehr mit. Da war er bereits die Treppe hinuntergelaufen und stürzte sich mit einem wütenden Schrei in den Kampf.

Tränen liefen Marco über das Gesicht, während er das Fenster öffnete. Draußen war kein Mensch zu sehen. Er ließ sich auf das Dach der Werkstatt fallen. Unter ihm tobte eine wilde Schlacht. Alles in ihm drängte danach, umzukehren und seinem Bruder beizustehen, aber Angelo zählte auf ihn, also kroch er über die Schindeln bis zum Rand und ließ sich in den Hof plumpsen. Er versagte sich, einen Blick durch die Hintertür zu werfen, und öffnete stattdessen das Hoftor. Menschen hasteten an ihm vorüber, Glasarbeiter riefen einander etwas zu und stürmten in die Werkstatt, um sich an der Auseinandersetzung zu beteiligen. Die Schlacht stand im Begriff, in einen Krieg auszuarten.

Schluchzend schlug Marco die entgegengesetzte Richtung ein und rannte, bis er jenseits der Gemeindegrenzen unbebautes Gelände erreichte. Er robbte zwischen das dicht wachsende Schilf, wo er für einen etwaigen Beobachter unsichtbar war, und selbst dann kroch er noch weiter. Erst, als er zwischen den Wurzeln und Strunken nicht mehr vorankam, hielt er an. Hier endlich vergrub er den Kopf in den Händen und weinte.

16

Der Spuk dauerte nicht länger als eine Stunde, dann war alles vorbei. Die Soldaten waren gut organisiert, die Aufständischen unvorbereitet. Die Überlebenden wurden in Fesseln abgeführt und in die Garnison verschleppt. Marco wusste nicht, ob sein Bruder unter ihnen war, er wagte auch nicht, zur Werkstatt zurückzukehren und die Toten zu identifizieren. Sicher hatten sie eine Wache zurückgelassen, möglicherweise sogar mehrere, um das Haus auf den Kopf zu stellen und nach Beweisen zu suchen.

Nachdem die Soldaten abgezogen waren, wurde es wieder ruhig. Der einzige Laut, der von Zeit zu Zeit die Stille durchbrach, war das Kreischen einer Möwe. Marco richtete sich auf und spähte über das Schilfrohr, doch die Umgebung blieb menschenleer.

Er setzte sich wieder und stützte den Kopf auf die Hände. Was sollte er jetzt tun? Er hatte nie weiter gedacht als bis zu dem Punkt, an dem er Angelo und die anderen Aufständischen warnen konnte. Bisher war es immer so gewesen, dass sein Bruder als der Ältere für ihn mit entschied. Schon als sie noch Kinder waren, hatte immer er bestimmt, was gespielt wurde. Angelo war der Anführer der Jungen von San Pietro, Marco nur ein Anhängsel. Manchmal war das sogar angenehm. Damals, als sie Krieg gegen Genua spielten, zum Beispiel, und ihnen dabei das Fass entglitt und auf den Sandolo von Ambrogio Cocchi krachte. Der Schaden am Lack des Bootes war unübersehbar gewesen. Marco wäre am liebsten davongelaufen, denn der alte Fischer war für seinen Jähzorn bekannt. Das war natürlich, bevor er seinen Herzanfall bekam, der ihn zu einem schweigsamen Mann machte und dazu brachte, fortan für Vincenzo Marzoli zu arbeiten. Jedenfalls hatte Angelo ihm alles gestanden und sich zum Ausgleich bereit erklärt, eine Woche lang ohne Lohn mit ihm zum Fischen in die Lagune hinauszufahren. Seit der Zeit hatte die Familie Manardi beim alten Ambrogio Cocchi einen Stein im Brett.

Geh zurück nach Venedig und sprich mit Onkel Aldo. Angelo hatte recht. Onkel Aldo besaß Einfluss und kannte Gott und die Welt, er würde wissen, was zu tun war. Marco erhob sich schwerfällig. Sollte er zum Rio dei Vetrai, Bretter und Schnüre suchen? Keine Zeit, außerdem war es viel zu gefährlich, umherstreifende Soldaten konnten ihn dabei entdecken. Der Lagunenboden trug, das hatte er ja auf dem Hinweg festgestellt, also konnte er auf Hilfsmittel verzichten.

Marco kroch zum Ufer, ließ sich an dessen Rand hinab und plumpste auf den vereisten Schlamm. Ein paarmal stampfte er mit dem Fuß auf, um die Tragfähigkeit des Untergrunds zu testen, dann machte er sich auf den beschwerlichen Heimweg.

Während der ersten halben Stunde sah er sich immer wieder um, ob die Soldaten nicht etwa seine Flucht bemerkten und ihn verfolgten, aber er war weit und breit der einzige Fußgänger.

Das änderte sich, je näher er Venedig kam. Auch andere Einwohner hatten die Möglichkeit entdeckt, sich ohne Boot von Insel zu Insel zu bewegen, etliche von ihnen trugen Körbe oder Truhen oder hielten Bündel in der Hand und schienen fest entschlossen, zum Festland zu fliehen. Es waren nicht viele, ein paar Dutzend Menschen vielleicht. Die meisten fürchteten sich immer noch vor der Lagune, nur die, die verzweifelt genug waren oder nichts zu verlieren hatten, riskierten es, darunter Familien mit kleinen Kindern, die ständig ermahnt werden mussten, vorsichtig zu gehen und nichts anzufassen.

Während des größten Teils des Weges sah Marco zu Boden,

um nicht zu stolpern und womöglich in die Überreste des schwarzen Nebels zu stürzen, deshalb merkte er erst, dass etwas nicht stimmte, als er kaum noch die Hand vor Augen erkennen konnte. Alarmiert blickte er auf. Der Himmel hatte sich verfinstert, schwarze, violette, blutrote Wolken breiteten sich wie eine Decke über Venedig aus, begannen zu kreisen und Strudel zu bilden. Es knisterte und knackte, die Luft lud sich magnetisch auf.

Genau wie vor ein paar Monaten, dachte Marco. Vor ein paar Monaten – als der schwarze Nebel kam. Jetzt spürte er auch wieder die Gegenwart von Leere, mächtiger als je zuvor. Als sei die Welt um ihn herum ausgelöscht, als wären der Geruch der Lagune, die Luft zum Atmen und der Boden unter seinen Füßen verschwunden. Als stürze er durch das ewige Nichts.

Er fing an zu laufen. Die Wolken senkten sich tiefer und tiefer, lautlose Blitze zuckten über Cannaregio und Castello. Marco missachtete Stolperfallen und Unebenheiten und rannte, so schnell er konnte. Dabei gestikulierte er wild mit den Armen, je näher er den Familien mit ihren Kindern kam. »Weg hier«, schrie er, »lauft!«

Die Fußgänger hatten bereits bemerkt, was vor sich ging, einige kehrten um, andere standen unschlüssig herum und konnten sich nicht entscheiden, ob sie ihnen folgen oder versuchen sollten, das Festland zu erreichen. Verängstigte Kinder weinten. »Zurück!«, schrie Marco noch einmal.

Der Wind ließ nach, der Himmel klarte auf. Bleierne Luft hing über der Lagune. Ein Druck lastete auf der Stadt wie im Hochsommer, wenn der Scirocco kam, und erschwerte das Luftholen. Gänsehaut überlief Marcos Körper. Genau so hatte alles angefangen. Genau so hatte der Himmel reagiert, nur wenige Augenblicke bevor …

Jetzt hatte es auch der Letzte begriffen. Panisch rannten die Menschen auf das rettende Ufer zu. Ein mit Körben und Decken bepackter Mann stürzte auf den vereisten Boden, eine Frau schrie entsetzt.

Und dann kam das Geräusch. Ein Knirschen und Knacken, wie Glas, das zermahlen wurde. Es näherte sich von links, von der Adria her. Marco warf einen Blick dorthin, ohne seinen Schritt zu verlangsamen. Etwas wälzte sich auf die Stadt zu, etwas Schwarzes, aus dem es hier und da aufblitzte. Das Geräusch schwoll zu einem ohrenbetäubenden Lärm an, prasselnd, krachend, als zerstoße jemand mit einem Stößel gläserne Gefäße in einem Mörser. Mit doppeltem Tempo jagte Marco über die Ebene, obwohl er Stiche in der Seite spürte und seine Lungen schier platzen wollten, die Angst verlieh ihm Flügel. Was immer es war, das da aus dem Nichts auftauchte, es war ihm dicht auf den Fersen.

Nur mit knappem Vorsprung erreichte er das rettende Ufer. Mit einem Satz war er auf der ersten Stufe einer Steintreppe, dann auf der dritten, der fünften, und noch im Laufen hechtete er auf das Pflaster des Kais, während hinter ihm etwas Dumpfes gegen die Mauern schlug. Mit hämmerndem Herzen richtete Marco sich auf. Zu seinen Füßen scheuerte eine zähe Masse an den Rändern der Stadt entlang, fließender Frost, schwarz wie der Nebel, dabei scharfkantig splitternd. Überall knallte es wie berstendes Glas.

Nicht alle Flüchtlinge schafften es. Mit Grauen mussten die Überlebenden mitansehen, wie die Woge eine gestürzte Frau und ihre beiden kleinen Kinder überrollte, die sich aneinander klammerten. Ein Mann rannte über einen Teil des Lagunenbodens, den die Welle noch nicht erreicht hatte, ein kleines Mädchen auf dem Arm. Hände streckten sich ihm entgegen, doch es war abzusehen, dass er es nicht schaffen würde. Als ihm das klar wurde, versuchte er, sein Kind aufs Ufer zu werfen, doch die Kleine wollte ihren Vater nicht loslassen, und als es ihm endlich gelang, ihre Finger zu lösen, war es zu spät. Stöhnend und ächzend glitt der fließende Frost über sie hinweg und schluckte ihre Schreie.

17

Auf der Brücke über den Rio de la Sensa musste sich Marco übergeben. Zu viel Schreckliches hatte er heute gesehen und gehört, zu viel Leid miterlebt. Die Schreie der Kinder, die vom fließenden Frost verschlungen wurden, gellten noch immer in seinen Ohren. Kraftlos wankte er weiter und betete, sein Onkel möge zu Hause sein, um ihm die Last der Verantwortung abzunehmen. Es dämmerte, mit etwas Glück war Onkel Aldo von der Arbeit zurück, aber noch nicht geflohen. Sicher würde er zunächst seine Mitverschworenen warnen. Aber vielleicht hatte das auch schon Tante Lucia getan, sofern sie eingeweiht war.

Marco blieb stehen. Und wenn sie nun nicht eingeweiht war? Weil sie zum Beispiel treu zum Rat stand? Wenn sie Marcos Informationen vor ihrem Mann verheimlichte? Oder gar die Soldaten herbeirief? Der Gedanke war ihm vorher überhaupt nicht gekommen. In seiner Vorstellung gehörten Onkel Aldo und Tante Lucia zusammen wie Venedig und die Lagune. Konnte es möglich sein, dass sie ihren eigenen Mann verriet so wie Oretta Mosca den ihren, als der vom Schwarzen Tod gezeichnet war? Hatte er einen Fehler gemacht, als er ihr leichtfertig das Geheimnis ausplauderte, hinter das er gekommen war? Aber welche andere Möglichkeit hatte er gehabt? Er musste doch nach Murano, um Angelo zu warnen! Genützt hatte es allerdings nichts, nicht wahr? Ihm hatte er auch nicht helfen können. Er wusste nicht einmal, ob Angelo noch lebte. Vielleicht hatten sie allesamt recht, Onkel Aldo, Angelo, sein Vater, und er war nur ein dummer Junge, zu jung, um Geheimnisse für sich zu behalten, zu jung, um etwas richtig zu machen, eine Gefahr für andere. Ein Taugenichts, der den Tod seiner Schwester auf dem Gewissen hatte.

Vielleicht … vielleicht konnte er noch etwas retten. Vielleicht war Onkel Aldo noch nicht zurück, und er konnte ihn warnen, falls er in eine Falle lief. Wieder einmal rannte Marco durch die Gassen zur Fondamenta de la Misericordia und sah sich dabei sorgfältig um, konnte aber nichts Verdächtiges feststellen. Keine Soldaten lauerten in den Ecken, keine Müßiggänger trieben sich auffällig herum. Er durfte nicht vergessen, dass sie auch nach ihm suchten, es war also doppelte Vorsicht geboten. Marco spähte durch die Fenster und war mehr als erleichtert, als er seinen Onkel erblickte, der an einem Tisch im Arbeitszimmer saß und schrieb. Briefe, vielleicht Warnungen an die Mitverschwörer, egal. Er hatte nicht versagt. Er trug nicht auch noch diese Schuld mit sich herum. Im Stillen bat er Tante Lucia um Entschuldigung für seine ungerechtfertigte Verdächtigung und beeilte sich, nach drinnen zu kommen.

»Onkel Aldo«, rief er, »sie haben Angelo und die anderen verhaftet! Einige sind tot. Wir müssen ihnen helfen.«

Sein Onkel rührte sich nicht. Warum sah er ihn so seltsam an?

»Bitte, dir muss etwas einfallen! Wir müssen hier weg, bevor die Soldaten kommen.«

»Du dummer Junge«, sagte Aldo, während er sich langsam erhob, und dabei sah er so zornig aus, wie Marco ihn noch nie erlebt hatte. »Du dummer Junge.«

Marco spürte, dass er seine Tränen kaum noch zurückhalten konnte. Hatte er wieder etwas falsch gemacht? Etwas nicht bedacht, etwas missverstanden? Jemandem unabsichtlich Schaden zugefügt?

Onkel Aldo kam hinter dem Tisch hervor auf ihn zu, und seine Kiefer mahlten.

Welchen Fehler hatte er begangen? Durch seinen Diebstahl die Aufmerksamkeit des Rates auf seinen Onkel gelenkt?

Die Rettung der Aufständischen erschwert, weil er zuerst zu Leonardo da Vinci gelaufen war? Was, was hatte er getan? Er würde es wiedergutmachen, wenn Onkel Aldo ihn nur ließ, alles würde er wiedergutmachen!

Vor ihm blieb sein Onkel stehen und sah auf ihn herab. »Du dummer, dummer Junge.«

Marco duckte sich, weil er erwartete, geschlagen zu werden, stattdessen drehte ihm Onkel Aldo zu seiner Verblüffung die Hände auf den Rücken und fesselte ihn mit einem vorbereiteten Strick. So unerwartet kam das, dass Marco alles willenlos mit sich geschehen ließ. Was hatte das zu bedeuten? Eine Strafe? Verhindern, dass er noch mehr Unheil anrichtete?

Tante Lucia kam die Treppe herunter. »Verfluchter Rotzlöffel«, keifte sie, »der Teufel soll dich holen!«

Dass seine Tante, die sich immer gewählt ausdrückte, mit einem Mal fluchte wie ein Fischerweib, schockierte Marco mehr als alles andere.

»Ich habe dir gleich gesagt, du sollst die ganze Brut auslöschen«, fuhr sie ihren Mann an. »Jetzt haben wir die Bescherung.«

»Er war immerhin mein Bruder. Ich dachte, die Jungen könnte man formen. Ich dachte, wenn wir sie auseinanderreißen …«

»Dachtest du. Und deswegen haben wir jetzt diesen Ärger. Was für ein Schlamassel!«

Marco begriff gar nichts. Wovon sprachen die beiden? »Ich verstehe nicht …«

»Das glaube ich gern.« Tante Lucia stieß ihn auf einen Stuhl und band seine Füße zusammen. »Beinahe hättest du alles kaputt gemacht. Du warst schon immer ein missratenes Balg, das seine Nase überall reinstecken musste. Du hättest ihm seinen Vorwitz mit dem Stock ausprügeln müssen.« Die letzten Worte waren an ihren Mann gerichtet.

Onkel Aldo überhörte die Vorwürfe. »Du dummer, dummer Junge«, wiederholte er. »Ich habe euch eine Zukunft geboten, aber ihr habt sie zurückgewiesen. Angelo mit seinem revolutionären

Geschwätz und du mit deiner ewigen Sucherei nach deinem Vater. Wahrlich, ihr kommt ganz nach ihm.«

Marco fühlte sich, als habe ihn jemand vor den Kopf geschlagen. Sein Körper war wie taub. »Was ... hat das alles mit Papa zu tun?«

»Der selbstsüchtige Narr! Glaubte, er könne den Rat hintergehen und irgendwo fröhlich ein neues Leben beginnen. Dabei wusste er ganz genau, dass niemand der Rache des Rates entkommt.«

»Und wir hätten es ausbaden müssen«, fiel Tante Lucia ein. »An uns hätte sich der Rat zuerst gerächt. Aber dein Vater hat ja nur an sich gedacht.«

»Ihr habt ihn verraten«, flüsterte Marco. Alles drehte sich um ihn.

»Ich habe dafür gesorgt, dass er nicht getötet wird«, widersprach Onkel Aldo. »Im Grunde habe ich ihm das Leben gerettet.«

»Du hast mich belogen. Du hast gesagt, er ist kein Gefangener.«

»Und wenn du es dabei hättest bewenden lassen wie Angelo, statt immer und immer wieder nachzubohren und Fragen zu stellen und die Leute damit verrückt zu machen, sodass sie Matteo nicht vergessen können, wäre alles gut gewesen. Wie konntest du nur in den Palazzo eindringen!«

Marco war zu keiner Reaktion in der Lage. Er brauchte seine ganze Kraft, um das Gehörte zu verdauen. »Du warst doch auch auf der Friedhofsinsel«, sagte er. Aber dann begriff er, noch bevor sein Onkel antworten konnte. »*Du* bist der Spitzel. *Du* hast sie an den Rat der Zehn verkauft.«

»Gemeingefährliche Verrückte und irregeleitete Narren. Sie hätten Venedig ins Chaos gestürzt.«

»In wenigen Stunden ist alles vorüber und die Gefahr gebannt«, warf Tante Lucia ein. »Dann können sie sich wenigstens nützlich machen.« Sie wandte sich an ihren Mann. »Schaff ihn in den Keller, bis der Herr der Nacht kommt.«

Aldo nickte und verschnürte Marco mit weiteren Stricken, bis der sich nicht mehr regen konnte. »Wo ist das Buch?«, fragte er.

»Welches Buch?« erwiderte Marco gepresst.

»Das du gestohlen hast.«

»Ich … weiß nicht, wovon du sprichst.«

»Wie du willst. Soll sich der Herr der Nacht darum kümmern.« Aldo überprüfte die Fesseln. »Wir müssen dafür sorgen, dass alles ruhig bleibt«, sagte er zu seiner Frau. »Uns normal verhalten. Ich treffe mich in der ›lachenden Koralle‹ mit ein paar von den Verschwörern. Falls jemand Verdacht schöpft, werde ich ihn zerstreuen.«

»Ich höre mich in der Nachbarschaft um, ob irgendwelche Gerüchte über die Verhaftungen auf den Inseln herübergedrungen sind.«

Marco hatte das Gespräch reglos verfolgt. In ihm war alles wie abgestorben. Die Leere, die sich in seinem Herzen ausbreitete, war tiefer und schwärzer als alles, was der Nebel bewirken konnte. Er folgte seinem Onkel mit Blicken, als der die Falltür zum Keller öffnete. »Welchen Judaslohn hast du dafür bekommen, dass du deinen eigenen Bruder ans Messer lieferst?«

Tante Lucia schlug ihm ins Gesicht, und in ihrer knochigen Hand lag eine ungeheure Kraft. »Vorlauter Bengel! Wir haben dir ein neues Heim gegeben, und das ist der Dank.«

Onkel Aldo kam zu ihm und sah auf ihn herab. »Ich habe jetzt eine Vertrauensstellung im Palazzo«, sagte er. »Der Rat ist großzügig. Hätte dein Vater das nur ebenso gesehen, könnte es uns allen gut gehen.«

Er lud sich Marco auf die Schultern und trug ihn die Stufen hinunter in das aufgegebene Stockwerk. Marco wurde abgesetzt und gegen die Wand gelehnt. Sein Onkel überzeugte sich davon, dass er bequem saß, und stieg die Treppe wieder nach oben.

Ehe er den Keller verließ, drehte er sich noch einmal um und sah ihn an. In seinem Gesicht kämpften Bedauern und Wut miteinander. »Du dummer, dummer Junge«, flüsterte er.

Dann schlug die Falltür zu.

Vier

18

Marco hatte geglaubt, dass es nicht mehr schlimmer kommen konnte, doch das war ein Irrtum. Es gibt immer eine Steigerung. Deine Mutter stirbt, deine Schwester, dein Vater verschwindet, das Schicksal deines Bruders ist ungewiss, du verlierst deine ganze Familie? Ah, aber du hast ja noch einen Onkel und eine Tante, die sich gegen dich stellen könnten. Alles, was du riskierst, ist vergeblich, deine Warnungen kommen zu spät, die du schützen wolltest, werden verhaftet? Ah, aber du hast ja noch deine eigene Freiheit zu verlieren.

Die Nacht hatte Marco allein ohne Licht und Nahrung im Keller seines Onkels zugebracht, und sie war ihm wie eine Ewigkeit erschienen. Dass niemand kam, um ihn abzuholen, bedeutete keinen Trost, vermutlich war jeder verfügbare Soldat damit beschäftigt, die Aufständischen im Schlaf zu überwältigen. Marco hatte sich gesorgt, um die Rebellen, um Angelo, um seinen Vater, um sich, er hatte gezweifelt, geweint und mit der Welt gehadert.

War dies derselbe Onkel, der mit seinem Vater in betrunkenem Zustand gewettet hatte, er könne über den Canale di San Donato springen? Der stolz darauf war, wie gut Marco mit einer Gondel umging? War dies dieselbe Tante, die ihn einmal mit nach Rom genommen hatte? Er erkannte die beiden nicht wieder. Wie konnten sie ihre Familie nur so schändlich verraten? Und er war ihnen blind in die Falle getappt. Mit dem, was er im Ratssaal belauscht hatte, hätte er den nächtlichen Schlag gegen die Rebellen vereiteln können, wenn er nicht den falschen Menschen vertraut hätte. Wieder einmal versagt.

Und dann, im Morgengrauen, war der übernächtigte Lorenzo Malespina in den Keller heruntergekommen, um ihm zu beweisen, dass es für alles Leid eine Steigerung gab.

Im Arbeitsheft von Signor da Vinci hatte Marco neulich eine Zeichnung der Knochen und Rippen eines Menschen gesehen, und er spürte jeden einzelnen davon. Der Herr der Nacht von Cannaregio verstand sein Handwerk. Er folterte ohne Vergnügen, aber mit grausamer Präzision. Die Zeit drängte, deshalb musste er improvisieren. Eine Angelrute, Schraubzwingen, Meißel, Messer – mit allem ließ sich Schmerz erzeugen.

Onkel Aldo war nicht dabei, er arbeitete wie jeden Morgen im Palazzo Ducale, als sei nichts vorgefallen, und Tante Lucia hatte die Bodenklappe zugemacht, weil sie die Schreie beim Gemüseputzen störten, so war Marco allein mit seinem Peiniger. Im Licht der nahezu heruntergebrannten Laterne wirkte Lorenzo Malespina wie ein Dämon aus der Hölle. »Wo ist das Buch?«, fragte der Herr der Nacht und unterstrich seine Worte mit einem neuerlichen Hieb der Angelrute. »Möchtest du in die Folterkammer? Nein? Dann gestehe!«

Marcos Wange brannte, ebenso die schlecht verheilte linke Hand. Sein Körper war ein einziger Klumpen Schmerz. Lorenzo Malespina hatte mit den Füßen begonnen und sich systematisch nach oben vorgearbeitet, »um die behandelten Gliedmaßen nicht taub werden zu lassen«. Marco schmeckte Blut. Er war sich im Klaren darüber, dass er von niemandem Hilfe erwarten konnte, nicht von Angelo, erst recht nicht von seinem Onkel oder seiner Tante. Niemand würde kommen und ihn retten. Er war auf sich allein gestellt.

Und aus dieser Einsamkeit heraus kam ihm plötzlich ein Gedanke. Ein Plan, simpel und in jeder Hinsicht unsicher, aber immerhin etwas, an das er sich halten konnte und das aus einem wehrlosen Opfer einen Handelnden machte. »Genug«, bettelte er, »ich sage Euch, was Ihr wissen wollt.«

»Du hättest dir viel Leid ersparen können, wenn dir das früher eingefallen wäre. Also, wo ist das Buch?«

»Ich habe es versteckt.«

»Wo?«

Marco tat, als koste es ihn Überwindung weiterzusprechen. »In der Ca' Eternità.«

»Warum ausgerechnet da?«, fragte Lorenzo Malespina misstrauisch.

»Ich musste doch meinen Bruder warnen, das Buch hätte mich nur behindert. Die Ca' Eternità ist mein Versteck. Ich gehe oft dahin. Ich wollte später zurückkehren und mir das Buch wiederholen.«

Der Herr der Nacht fragte weder nach dem Inhalt des Buches noch warum Marco es gestohlen hatte. Wie es schien, hatte der Rat der Zehn deutlich gemacht, dass diese Dinge ihn nichts angingen. Vielleicht sagte ihm auch nur ein Instinkt, was das Beste für ihn war. »Wo genau befindet sich das Buch?«

»Es ist gut versteckt. Ich führe Euch hin, wenn Ihr wollt.«

»Falls du hoffst, unterwegs zu entkommen, lass dir gesagt sein, dass wir dich nicht aus den Augen lassen. Und sollte sich herausstellen, dass du mich belogen hast …«

»Ich sage die Wahrheit.«

»Gut für dich.« Lorenzo Malespina legte die Angelrute beiseite, stieg die Treppe nach oben und klappte die Falltür auf. Das Poltern von Stiefeln hatte Marco bereits verraten, dass Soldaten zur Verstärkung gekommen waren. »Holt ihn rauf!«, hörte er den Herrn der Nacht sagen.

Zwei Uniformierte kamen herunter, einer von ihnen grinste höhnisch. »Ich sagte dir ja, dass wir uns wiedersehen«, meinte er.

Marco blinzelte, um das Blut abzuschütteln, das in sein Auge zu laufen drohte, und mühte sich, den Sprecher zu erkennen. Es war der Jüngling, den er daran gehindert hatte, Signor da Vinci zu bestehlen. Marco schloss die Augen. *Es gibt immer eine Steigerung.*

Ohne Vorwarnung erhielt er einen Schlag in die Magengrube. Marco japste und knickte zusammen. Die Soldaten lachten.

»Was treibt ihr da unten?«, rief die barsche Stimme des Herrn der Nacht. »Bringt ihn rauf!«

»Merk dir meinen Namen«, sagte Marcos Peiniger. »Ich heiße Luigi Ruffolo. Ich bin dein schlimmster Albtraum.«

Unsanft banden die beiden ihn los. Marco wäre gestürzt, wenn sie ihn nicht gehalten hätten. Seine Beine gehorchten ihm im ersten Moment nicht mehr. Rücksichtslos schleiften ihn die Soldaten zur Treppe. »Ich hoffe, du versuchst abzuhauen«, flüsterte Luigi ihm ins Ohr.

Oben warteten zwei weitere Soldaten. Unter strenger Bewachung wurde Marco durch die Gassen geschleppt. Jeder Schritt war eine Qual. Seine linke Hand pochte immer noch wie verrückt. Wenn er eine falsche Bewegung machte oder ihn einer der Soldaten zu hart anfasste, fuhr ihm eine Feuerlanze durch den Körper.

Tauwetter hatte eingesetzt. Schnee und Eis waren dabei, sich in schmutzige Pfützen zu verwandeln. Auch der fließende Frost in den Kanalbetten wurde allmählich wieder zu Nebel.

Auf den Brücken standen Wachtposten, um die letzten Ausläufer der Rebellion niederzuschlagen. Wer die Brücken beherrschte, beherrschte Venedig. Der Plan des Zehnerrates hatte nahezu perfekt funktioniert, fast alle Aufständischen waren während der Nacht verhaftet worden, meist sogar ohne Blutvergießen. Nur einige wenige konnten entkommen, unter ihnen Jacopo Villani. Nach ihnen wurde nun fieberhaft gesucht.

In der Ferne erklang Glockenläuten. Marco erstarrte. Das war die Maleficio, die Glocke des schlimmen Omens im Campanile von San Marco. Der Zehnerrat ließ Rebellen auf der Piazetta hinrichten! War sein Bruder unter denen, die gehängt wurden? Das durfte nicht sein. Es durfte einfach nicht sein!

»Nicht stehen bleiben.« Lorenzo Malespina gab ihm einen

Stoß in den Rücken, der ihn weitertaumeln ließ.

Sicher galt das Läuten nicht Angelo. Er war kein Rädelsführer, und sie konnten doch nicht alle ermorden. An diesen Gedanken klammerte sich Marco, während er die Brücke über den Canale de la Giudecca betrat.

Giudecca verdankte seinen Namen den Giudicati, den wegen kleinerer Vergehen verurteilten Sträflingen, die hierher verbannt worden waren. Davor hieß die Insel Spinalonga, lange Fischgräte. Die Zeit als Sträflingsinsel war vorbei, heute bestimmten Gerbereien und Abdeckereien das Straßenbild. Anstelle von Straftätern wurde Gestank hierher verbannt.

Die Ca' Eternità hatte sich nicht verändert, der Garten war so verwildert und von Unkraut überwuchert wie eh und je. Vielleicht blätterte die Farbe an den Wänden des Hauses stärker ab, und die Fensterläden wiesen noch mehr Risse auf, ansonsten war es das gleiche Haus wie bei Marcos letztem Besuch. Hoffentlich.

Der Herr der Nacht rüttelte an der verschlossenen Tür, und wieder wurde sein Blick misstrauisch. »Wie bist du reingekommen?«

»Durchs Fenster.« Marco führte sie zur Seite des Gebäudes.

»Steig ein und öffne die Tür!«, befahl Lorenzo Malespina einem Soldaten.

»Könnte das nicht der Junge machen?«

»Warum?«

»Na ja, es heißt, in dem Haus gehen seltsame Dinge vor.«

Luigi lachte.

»Abergläubischer Unsinn!«, rief der Herr der Nacht. »Los, rein mit dir!«

Furchtsam gehorchte der Mann.

»Hast wohl gehofft, wir lassen dich allein rein, was?«, zischte Luigi.

Marco beachtete ihn nicht.

Sie gingen zur Eingangstür des Hauses, die kurz darauf von dem bleichen Soldaten geöffnet wurde.

»Also gut«, sagte der Herr der Nacht zu Marco, »wir sind da. Und was jetzt?«

»Ich brauche die Hände frei.« Er hielt ihm die gebundenen Handgelenke hin.

»Es genügt, wenn du uns sagst, was zu tun ist.«

Marco zuckte die Achseln. Ohne die Fesseln wäre es einfacher, aber es musste auch so gehen. Vielleicht war es sogar gut, dass er gefesselt blieb, so wurden die Wachen unachtsamer und ließen ihm mehr Bewegungsfreiheit. Wo sollte er schon hin, innerhalb des Hauses?

Luigi Ruffolo grinste ihn wieder wissend an, aber Marco ignorierte ihn auch diesmal. Wichtiger war, dass Lorenzo Malespina keine Wache draußen zurückließ. Bei dem Mangel an Soldaten hatte Marco allerdings auch nicht damit gerechnet. Und wenn, dann hätte er sich eben das Überraschungsmoment zunutze gemacht. Flüchtig fragte er sich, wo sich das gebrochene Siegel befinden mochte. Im Keller? Im Brunnen? War es möglich, es zu erneuern? Aber er hatte keine Zeit, sich mit diesen Fragen auseinanderzusetzen. Er betrat das Warenlager im Erdgeschoss und machte sich an den Fenstern zu schaffen, bis alle außer dem dritten und fünften geöffnet waren.

»Was machst du da?«

»Licht, damit wir besser sehen.«

»Keine Verzögerungstaktik. Führ uns sofort zu dem Buch.«

Marco begab sich in die Küche und öffnete die Ofenklappe. Ein Luftzug fuhr durch seine Haare. Marcos Herz machte einen Sprung. Es schien alles in Ordnung.

»Da drin?«, fragte der Herr der Nacht.

Marco schüttelte den Kopf.

»Keine Verzögerungstaktik, hast du nicht gehört?«, zischte Luigi und quetschte seinen Arm.

»Ist ja schon gut.« Marco machte sich los und unterdrückte einen Aufschrei, als eine angeschlagene Rippe ihm vorübergehend die Luft zum Atmen raubte. Während er tat, als müsse er seine Kleider richten, achtete er auf jede Veränderung. Er konnte spüren, wie sich der Energiefluss verschob, wie die Härchen auf den Oberarmen sich aufrichteten und feiner Wind um ihre Beine strich.

Die Soldaten merkten es auch.

»Das verdammte Haus ist voller Löcher«, brummte der Herr der Nacht.

»Aber draußen ist es windstill«, wandte der Soldat ein, der ihnen die Tür geöffnet hatte.

»Die Lagune hat ihre eigenen Gesetze. Los, weiter!«

Marco öffnete die Hoftür und wollte hinaus, doch Lorenzo Malespina hielt ihn fest.

»Wo willst du hin?«

»Zum Brunnen.«

»Ist das Buch da drin?«

»Nein, aber der Brunnen muss offen sein, sonst kommen wir nicht an das Versteck heran.«

Der Herr der Nacht drückte zu. »Wenn du mich verschaukeln willst, Bürschchen ...«

Wieder musste Marco einen Schmerzensschrei unterdrücken. »Ich sage Euch, wie es ist, Herr. Ich behaupte nicht, dass ich die Gesetze der Lagune verstehe, aber wenn der Deckel nicht vom Brunnen entfernt wird, kann ich Euch das Buch nicht geben.«

Lorenzo Malespina suchte den Hof mit den Augen ab, um einen verborgenen Fluchtweg zu finden. Als er nichts entdecken konnte, durchbohrte er Marco mit Blicken. Sein Misstrauen hatte nicht nachgelassen. Er wäre allerdings auch nicht in diesem Amt, besäße er nicht eine angeborene Vorsicht. »Du gehst!«, befahl er Luigi.

Der Soldat salutierte und marschierte mit gezogenem Degen hinaus, als würden jeden Augenblick Ungeheuer über ihn herfallen. Wäre die Situation nicht so brenzlig gewesen, hätte Marco lachen müssen.

Luigi erreichte den Brunnen und sah sich wachsam um, ehe er zaghaft den Deckel berührte.

»Nun mach schon, wir haben nicht den ganzen Tag Zeit«, blaffte der Herr der Nacht.

Beherzt griff der Soldat zu und löste den Deckel vom Brunnen.

Ein Sog erfasste die Kleidung der Männer und zerrte daran.

»Was, zum …«, setzte Lorenzo Malespina an.

Marco beeilte sich, einen etwaigen Verdacht zu zerstreuen. »Ich glaube, es gibt einen unterirdischen Luftkanal im Brunnen, durch den der Wind pfeift.«

Offenbar schluckten die Männer seine Erklärung, jedenfalls wirkten sie nicht alarmiert. Bestenfalls mutmaßten sie, dass Marco durch diesen Kanal hatte fliehen wollen, und das konnte ihm gleichgültig sein.

Vom Sog gezogen stiegen sie die Treppe zum ersten Stock hinauf und betraten den Bankettsaal. Die Skulptur stand unter einem morschen Tisch, wo Marco sie beim letzten Mal zurückgelassen hatte. Er nahm sie mit seinen gefesselten Händen und trug sie zu dem bewussten Punkt im Zentrum des Raumes.

»Was wird denn das schon wieder?«, polterte der Herr der Nacht.

»Wir sind gleich am Ziel«, beschwichtigte Marco.

»Wäre auch besser für dich.«

Marco setzte die Skulptur ab und zählte im Stillen seine Herzschläge. *Eins.* Staub und Blätter wirbelten empor und umkreisten die Skulptur. Er ahnte mehr, wie sich das Gleichgewicht der Kraftlinien veränderte, als dass er es spürte. *Zwei.* »Die Blätter sinken gleich zu Boden«, sagte er, um die Männer davon abzulenken, dass er sich an das Nebenzimmer heranschob.

Wie gebannt verfolgten die Soldaten, wie Marcos Voraussage sich bewahrheitete, und beobachteten die zu Boden schwebenden Blätter in Erwartung irgendeiner Magie.

Vier … fünf … sechs … jetzt!

Mit gefesselten Händen riss Marco den Riegel hoch, sprang in den Raum nebenan und warf die Tür hinter sich zu. Im Laufen strich der bekannte Luftzug über seine Haut, und noch bevor der Knall vom Zuschlagen verhallte, sackte sein Magen weg.

Marco schnappte nach Luft und riss die Tür wieder auf, das Kribbeln in seinen Beinen ignorierend. Einen Augenblick lang befürchtete er, dem wütenden Gesicht des Herrn der Nacht gegenüberzustehen, dann erblickte er den Fuß der Treppe und hörte aufgeregtes Gepolter über sich, als die Soldaten die Küche durchsuchten, die nun an Stelle des Zimmers angeschwemmt worden war. Lorenzo Malespina zeterte wie ein Rohrspatz, Luigi Ruffolo fluchte.

So leise wie möglich huschte Marco zur Eingangstür und nach draußen. Bis die Männer begriffen, was los war, wäre er längst verschwunden. Er war wieder frei.

19

Oder doch nicht?

Es gab nur eine Brücke über den Canale de la Giudecca, der Herr der Nacht und seine Schergen konnten sich also ausrechnen, wohin er wollte. Und auf der Uferpromenade war er schon aus weiter Entfernung zu sehen. Trotzdem konnte Marco nicht auf dem schnellsten Weg zur Brücke, zunächst einmal musste er seine Fesseln loswerden. Wenn die Brückenwächter ihn mit gebundenen Händen sahen, wussten sie sofort Bescheid.

Noch war kein Verfolger in Sicht, also schlug Marco sich in eine Seitengasse und schlüpfte in einen Hinterhof. Hier scheuerte er die Schnüre, die ihn banden, an einer scharfen Hauskante. Immer wieder versuchte er, seine Handgelenke auseinanderzudrücken und die Stricke zu sprengen, aber das Seil hielt dem Druck lange Zeit stand. Endlich, nach einer Ewigkeit fielen die Fesseln von ihm ab.

Marco schlich zur Uferpromenade zurück und blickte um die Ecke. Wie befürchtet hatten der Herr der Nacht und seine Soldaten ihn mittlerweile überholt und strebten der Brücke zu. Die düpierten Männer kochten vor Wut. Sollten sie ihn je erwischen, würde es ihm schlecht ergehen.

Auf den Wegen herrschte reger Betrieb: Händler verkauften kümmerliche Kohlköpfe und ranziges Fett zu exorbitanten Preisen, Kinder bettelten, arbeitslose Fischer und Gondolieri lungerten auf den Plätzen herum oder suchten in den Abfallbergen nach Lebensmitteln, Frauen zogen leere Eimer aus den Brunnen, und am Campo San Giacomo beschimpfte die Menge einen Acquarolo als Wucherer und Halsabschneider, verprügelte ihn und verschüttete dabei sein Wasser.

Das Tauwetter verminderte die Rutschgefahr, ließ dafür aber den Dreck in den Gassen zu einem umso größeren Ärgernis werden. Kot und Abfall, nicht länger hart gefroren, verbreiteten einen unangenehmen Geruch, verteilten sich auf dem Pflaster und verwandelten die Wege in das reinste Schlammbad. Ein Nobile zu Pferd galoppierte über die Fondamenta, dass der Dreck nach allen Seiten spritzte. Flüche wurden ihm nachgesandt.

Ärzte in Schnabelmasken sperrten mithilfe von Soldaten Erkrankte in ihren Häusern ein und kennzeichneten diese mit gekreuzten Balken. Aus anderen Häusern trugen Totenträger mit schwarzen Kreuzen auf der Kleidung die Opfer des Schwarzen Todes heraus. Scheu machten die Menschen ihnen Platz. Wer mit anderen beisammenstand und über die Rebellion sprach, dämpfte seine Stimme und behielt mit argwöhnischen Blicken die Umgebung im Auge, um Spitzeln des Rates keinen Anlass für eine Verhaftung zu liefern. Nicht umsonst lautete ein geflügeltes Wort: »Was drei Venezianer wissen, weiß der Rat der Zehn.«

Der Geruch von Kohlsuppe erinnerte Marco daran, wie hungrig er war. Seit gestern, seit er dem Rat auf die Schliche gekommen war, hatte er nichts mehr gegessen, aber darauf konnte er jetzt keine Rücksicht nehmen, ebenso wenig wie auf seine schmerzenden Glieder. Im Schutz der Menschenmenge wagte er sich weiter vor.

Der Herr der Nacht hatte die Brücke über den Canale de la Giudecca erreicht und befragte anscheinend die Wächter nach ihm. Die Antwort schien ihn nicht zufriedenzustellen, denn er gestikulierte heftig und machte aus seinem Unmut kein Hehl. Dann drehte er sich um und suchte das Ufer mit den Augen ab. Marco duckte sich hinter dem Rücken eines Seemannes. Lorenzo Malespina blickte erst in die eine Richtung, dann in die andere, und als er nirgends entdeckte, wonach er suchte, erteilte er Befehle. Drei Soldaten machten kehrt und durchkämmten die

Gassen, unter ihnen Luigi Ruffolo. Mit dem letzten Uniformierten überquerte der Herr der Nacht die Brücke und verschwand im Gewimmel von Dorsoduro. Er konnte es sich nicht leisten, hier festzusitzen und darauf zu hoffen, dass ein entflohener Junge ihm in die Arme lief, mochte der für den Zehnerrat auch noch so wichtig sein.

Jetzt kam es vor allem darauf an, den Soldaten, die die Gassen durchstreiften, zu entwischen. Nicht auszudenken, was Luigi mit ihm anstellen würde, wenn er das Pech hatte, ihm in die Hände zu fallen. Alle Vorsichtsmaßnahmen ergreifend, näherte sich Marco der Brücke. Zwei Wachen waren dort postiert, eine auf jeder Seite. Er traute sich zu, den ersten Posten zu überraschen und durchzuschlüpfen, ohne dass der Mann ihn zu fassen bekam, aber der zweite würde durch den Tumult gewarnt werden und ihn festhalten, so ging es also nicht. Sollte er versuchen, sich in einem der Karren zu verstecken, die von Zeit zu Zeit die Brücke passierten? Ein dummer Plan. Abgesehen davon, dass er schwerlich ungesehen hineinkam und somit jemanden überzeugen musste, ihn zu verstecken, waren die Wächter gründlich und durchsuchten jeden Wagen, ehe sie ihn durchließen.

Noch immer stand Marco ratlos zwischen den Passanten, als Geschrei einsetzte. Ein entkommener Aufständischer hatte offenbar versucht, die Brücke zu überqueren, war erkannt worden und nun in ein Handgemenge mit einem der Wächter verstrickt. Der andere eilte ihm zu Hilfe, aber der Rebell wehrte sich aus Leibeskräften und beschäftigte die beiden Soldaten. Jetzt oder nie. Zusammen mit anderen Schaulustigen betrat Marco die Brücke, das Gesicht halb abgewandt, und schob sich Stück für Stück an den Kämpfenden vorbei.

Plötzlich fiel ihm auf, dass sich nur ein Teil der Umstehenden für die Auseinandersetzung interessierten, die anderen blickten in das Kanalbecken. Unwillkürlich sah auch er nach unten.

Strudel hatten sich in der Strömung gebildet, knackend und

knirschend veränderte sich die Konsistenz der Kristalle. In rasender Geschwindigkeit verwandelte sich der fließende Frost in dunkle Schwaden, die sich um die Brückenpfeiler ringelten und an der Uferbefestigung leckten. Der schwarze Nebel war zurück!

Aus den Augenwinkeln bemerkte Marco, dass der Lärm Luigi Ruffolo angelockt hatte. Ihre Augen trafen sich.

»Haltet ihn!«, brüllte der Soldat.

Marco rannte. Die Wachtposten waren mit dem Aufständischen vollauf beschäftigt und hätten ihn nicht festhalten können, selbst wenn sie die Rufe in dem Chaos gehört und begriffen hätten, wer gemeint war, aber Marco ließ es nicht darauf ankommen. Er stieß einen im Weg stehenden Kaufmann beiseite, der mühsam das Gleichgewicht bewahrte und beinahe in den Kanal gestürzt wäre, und erreichte das Ende der Brücke. Hinter ihm kämpfte sich Luigi durch das Gewühl, doch da war Marco bereits in den Gassen Dorsoduros untergetaucht.

Er hielt sich nicht damit auf, sich nach seinem Verfolger umzusehen. Die ganze Stadt war für ihn gefährlich: Luigi auf seinen Fersen, irgendwo vor ihm der Herr der Nacht, überall Soldaten, die nach ihm suchten. Marco brauchte ein sicheres Versteck. Aber vorher musste er Leonardo da Vinci sprechen und sehen, ob der etwas über Marco Polos Haus herausgefunden hatte. Es war vermutlich seine letzte Gelegenheit, solange die Soldaten noch damit beschäftigt waren, nach entflohenen Verschwörern Ausschau zu halten. Das konnte sich schon morgen ändern, wenn die Aufregung über den missglückten Ausgang der Revolte sich abschwächte und der Rat der Zehn jeden verfügbaren Mann auf seine Spur schickte.

Marco jagte durch die Gassen und pochte schließlich an die Tür des Malers. Wie immer öffnete Salai. Diesmal sagte er jedoch nichts, verzog nur verächtlich das Gesicht, drehte sich um und ließ die Tür offen.

Marco trat ein. Es stank nach Verwesung. Am liebsten hätte

er sich die Nase zugehalten, aber er wollte nicht unhöflich erscheinen, deshalb beherrschte er sich und folgte dem Lehrling in die Küche. Salai war damit beschäftigt, Leinwand auf einen Rahmen aus Lindenholz aufzuziehen, während er das Kochen von Firnis beaufsichtigte. Er würdigte Marco keines Blickes.

»Wo ist dein Meister?«

Salai ließ sich zu einer kaum wahrnehmbaren Kopfbewegung Richtung Arbeitszimmer herab.

Marco begab sich nach nebenan und wunderte sich über die abgedunkelten Fenster. Zuerst sah er niemanden, bis eine Bewegung seine Aufmerksamkeit zum Bett zog. »Ihr schlaft ja noch«, entfuhr es ihm.

»Mhm, wer stört?«, grummelte die Gestalt unter der Decke, wälzte sich herum und blinzelte unter einem Augenlid hervor.

»Ich bin es, Marco. Ich muss Euch dringend sprechen.«

»Mmpf, immer ist alles dringend.« Er drehte sich zurück und zog die Decke über seine Schultern.

»Es ist beinahe Mittag«, wandte Marco ein.

»Und? Gibt es einen Grund anzunehmen, der Vormittag sei wertvoller als der Abend?« Leonardo da Vinci vergrub sich unter der Decke.

»Bitte, ich bin in Gefahr. Soldaten sind hinter mir her, der Herr der Nacht, der Rat …« Eigentlich gab es niemanden, der nicht hinter ihm her war.

Leonardo lugte unter einem Deckenzipfel hervor. »Wegen des Buches?«

Marco nickte.

»Was für ein Gewese wegen eines kleinen Diebstahls.«

»Ich muss irgendwo untertauchen. Wahrscheinlich kann ich Euch eine ganze Weile nicht mehr aufsuchen, sobald ich ein Versteck gefunden habe, deshalb … Habt Ihr etwas herausgefunden?«

»Das will ich meinen.«

»Wirklich? Verratet es mir!«

»Bernstein ist der Latex der Zypressen, man muss ihn im April oder Mai sammeln, um einen perfekten Firnis zu erhalten«, meinte Leonardo und drehte sich auf die andere Seite.

»Ich meine doch das Buch! Marco Polos Haus!«

Schwerfällig setzte sich Leonardo auf, gähnte ausgiebig, reckte sich und schlug die Decke zurück. Während er etwas vor sich hin murmelte über Leute, die glaubten, sie wären etwas Besseres, nur weil sie in der Frühe arbeiteten statt in der Nacht, schwang er seine Beine aus dem Bett und tappte in seinem Nachthemd umher auf der Suche nach der Bettpfanne, die er schließlich unter dem Tonmodell einer Kirchturmglocke fand. Ungeniert pinkelte er hinein und dozierte dabei: »Tagträume sind eine Quelle der Erkenntnis. Gott spricht zu uns, wenn wir tagträumen. Er raunt uns seine Geheimnisse ins Ohr, aber um ihn zu hören, müssen wir uns in einem Stadium der Schläfrigkeit befinden.«

Marco fühlte sich bemüßigt, etwas zu seiner Entschuldigung vorzubringen. »Bei all meinen Schwierigkeiten will ich wenigstens wissen, ob es sich gelohnt hat. Seid Ihr vorangekommen?«

Leonardo stellte die Bettpfanne beiseite. Er schlurfte zu einer Schüssel mit Wasser und wusch seine Hände darin. »Ich hätte mir ein Destillat aus Rosenwasser abfüllen sollen«, sinnierte er. »Ich habe mal Zypressenöl destilliert und in einen Wasserbehälter gegeben, damit es bernsteinfarben wird. Man muss den Behälter bedecken, weißt du, damit sich nichts verflüchtigt, und dann – aber das interessiert dich nicht, ich sehe schon.«

Er wanderte wieder suchend durch den Raum, bis er ein Futteral fand, dem er seine Augengläser entnahm, die er sodann auf seine Nase setzte. Jetzt bemerkte er die Striemen auf Marcos Wange, enthielt sich aber eines Kommentars. »Was meinst du«, sagte er stattdessen, »sollte ich mir lieber ein Gestell aus Elfenbein oder Gold machen lassen und dieses schäbige Horn zum Abfall werfen? Jaja, das Buch, ich weiß schon. Keine leichte Lektüre, muss ich sagen. Es gibt ein Muster, natürlich, es gibt immer ein Muster, aber es ist durch derart viele Einflüsse verändert, dass es darunter beinahe unkenntlich ist. Beinahe, sage ich«, fuhr er fort, weil Marco zu einer Erwiderung ansetzte, »natürlich habe ich es im Groben bereits entschlüsselt. Für die Feinabstimmung ist noch eine Menge Arbeit vonnöten.« Während dieser Worte hatte er die Blenden vor dem Fenster geöffnet. Tageslicht erhellte den Raum, draußen zeigte sich ein wolkenloser Himmel. »Im Augenblick kann ich nicht mehr sagen, als dass das Haus schon bald wieder angetrieben wird, noch diesen Monat. Und, wenn mich nicht alles täuscht, im Süden von Venedig. Die Berechnungen sind kompliziert, überaus kompliziert.«

»Was ich nicht verstehe –«

»– ist vermutlich eine ganze Menge. Ich würde es dennoch vorziehen, wenn du mir die Zeit ließest, meine Pantoffeln zu finden, ehe du fortfährst, mich mit deinen Fragen zu belästigen. Es ist kalt.« Missgelaunt durchsuchte Leonardo den Arbeitsraum und entdeckte seine Pantoffel schließlich im Helm einer halb bemalten Ritterrüstung. Sobald er mit den Füßen hineingeschlüpft war, seufzte er behaglich. »Ah, eine Wohltat!« Er setzte sich aufs Bett und fing an, sich gründlich die Fingernägel zu säubern. »Was war nun deine Frage?«

»Ihr müsst wissen, der Rat hat nach dem Haus von Marco Polo gesucht.« Marco berichtete dem Toskaner, was er im Sitzungssaal des Zehnerrates erlauscht und was zu erzählen er noch keine Gelegenheit gehabt hatte.

Leonardo war mit einem Mal hellwach. »Unglaublich«, sagte er immer wieder. »Unglaublich. Hatte ich schon erwähnt, dass du ein ungewöhnlicher junger Mann bist?«

»Was ich daran nicht verstehe, ist … also, das Buch war doch die ganze Zeit im Besitz des Rates, die Gelehrten beschäftigen sich seit Langem damit. Warum haben sie nicht vorausgesehen, wo das Haus beim letzten Mal angetrieben wurde?«

»Wahrscheinlich haben sie den Einfluss des Saturn unterschätzt«, sagte Leonardo mit einer wegwerfenden Handbewegung. »Das tun sie immer, diese Narren. Und natürlich den Pollenflug. Sag mir noch einmal – wo wurde das Siegel gebrochen?«

»In der Ca' Eternità. Ist das wichtig?«

»Überaus wichtig. Die Ca' Eternità beeinflusst sämtliche Strömungen der Lagune, somit auch den Nebel und das Haus von Marco Polo. Es müssen mächtige Kraftlinien dort zusammenlaufen.«

»O ja, das tun sie.«

»Und woher will ein Dummbart wie du das wissen?«

»Es ist der einzige Ort in Venedig, in dem man die Strömung direkt beeinflussen kann. Ich habe es ausprobiert.« Stolz erzählte Marco, wie er das Arbeitszimmer verschoben hatte.

»Woher wusstest du davon?«

»Ich habe es entdeckt, als ich zehn war. Eigentlich bin ich zufällig drauf gestoßen.«

»Zufällig, so.«

Leonardo dehnte die letzte Silbe und betrachtete ihn dabei auf eine Weise, dass Marco unbehaglich zumute wurde. »Was habt Ihr?«

Der Toskaner ging nicht auf die Frage ein. »Erzähl mir von dem Augenblick, als du das erste Mal dort warst. Was hat dich hingeführt?«

»Nichts. Wir waren zu Besuch bei Onkel Aldo und Tante Lucia, und ich habe mich gelangweilt. Chiara – das ist die Tochter des Maskenmachers aus der Calle Calergi – hatte keine Zeit für mich, da bin ich durch die Gassen gestreunt und habe Venedig erkundet. Und dabei traf ich auf die Ca' Eternità.«

»Ein weiter Weg für einen Zufall. Die Ca' Eternità liegt in Giudecca, nicht wahr? Und dein Onkel lebt in Cannaregio? Das ist am anderen Ende der Stadt.«

Marco zuckte die Achseln. »Ich hatte den ganzen Tag Zeit.«

Leonardo sah ihn unverwandt an. »Ich hörte, du hast Glück beim Fischfang.«

»Was hat denn das damit zu tun?«

»Ja oder nein?«

»Manchmal. Gelegentlich. Woher wisst Ihr davon?«

»Ich hatte ein aufschlussreiches Gespräch mit deinem Bruder, als ich die Linsen bei ihm in Auftrag gab. Aber zurück zu deinem angeblichen Zufall. Schließ die Augen. Denk an jenen Tag. Versuch dich zu erinnern, auf welchen Wegen du dorthin gelangt bist. Beginne mit dem Haus deines Onkels.«

Marco tat, wie ihm geheißen, auch wenn er den Grund nicht begriff. »Na ja, es war noch früh. Erst bin ich zu Chiara, aber sie war nicht da, sie hat Masken ausgetragen. Dann bin ich ein bisschen in der Gegend herumgestromert, am Rio de la Misericordia, auf der Fondamente Nove … ich habe mir die Wellen angeguckt. Vor mich hin geträumt, nehme ich an. Dann hatte ich Lust, mir die Stadt anzusehen, und endete schließlich in Giudecca.«

»Und wenn du darüber nachdenkst, wirst du feststellen, dass du auf direktem Wege dorthin gegangen bist, stimmt's?«

»Ich … na ja, mehr oder weniger. Ja, ich denke schon. Aber es war keine Absicht. Es war Zufall.«

»Vielleicht.« Leonardo strich sich über den Bart.

»Ich verstehe immer noch nicht …«

»Das tut nichts. Solange ich verstehe.«

»Und wann könnt Ihr mir endlich sagen, wo ich Marco Polos Haus finde?«

»Sobald ich fertig bin. Drängeln beschleunigt gar nichts.«

»Ihr arbeitet reichlich langsam. Ich meine«, stotterte Marco, als ihm aufging, wie unhöflich das klang, »mit dem Bild da kommt Ihr nicht weiter, und der Helm ist auch erst halb fertig. Ihr fangt alles an, aber vollenden tut Ihr kaum etwas.«

»Weil die Vorstudien das Entscheidende sind, Dummbart.

Der Entwurf, das Konzept, verstehst du? Natürlich nicht. Du bist wie alle Nichtsnutze, von denen am Ende doch nur volle Latrinen übrig bleiben. Lass dir gesagt sein: Erhabene Geister schaffen bisweilen umso mehr, je weniger sie zu arbeiten scheinen. Ich konzipiere meine Werke im Kopf, sodass meine Hände anschließend nur noch ausführen müssen, was in der Idee bereits vollendet ist.«

»Wenn ich mich so umschaue, macht es nicht den Eindruck, als würdet Ihr viel ausführen«, wagte Marco einzuwenden.

»Nachdenken ist ein edles Werk, ausführen ein unterwürfiges«, brummte Leonardo. Unvermittelt sprang er auf und schrie: »Salai! Salai, hierher, schnell!«

Mit genervtem Gesichtsausdruck kam der Lehrling herein. »Was gibt's?«

»Die Echse! Fang mir die Echse!« Leonardo deutete auf das Fensterbrett, auf dem sich eine Eidechse mit smaragdgrün gemusterten Schuppen zum Sonnen niedergelassen hatte. »Fang sie mir, schnell! Aber lebend, ich brauche sie lebend.«

Fielen Eidechsen nicht in Winterstarre? Marco war sich nicht sicher. Vielleicht lebte das Tier in dem baufälligen Gemäuer des Hauses, und die Wärme des Ofens hatte es hervorgelockt.

Salai nahm einen bauchigen Krug vom Boden, pirschte sich an die Eidechse heran, und – schwupp! – stülpte er den Krug über sie.

»Ich habe sie.«

»Gut gemacht«, rief Leonardo.

Aus dem Inneren des Kruges drang Kraspeln und Scharren, der Krug wackelte. Salai beeilte sich, ihn festzuhalten, ehe er womöglich umkippte und die Eidechse entkam. Geschickt brachte er eine Hand ans Fensterbrett, hob mit der anderen blitzartig den Krug und griff zu. Die Eidechse zappelte zwischen seinen Fingern und fauchte ihn an. Salai ließ sie in den Krug plumpsen und verschloss den Deckel.

»Gut gemacht«, wiederholte Leonardo.

Marco fragte sich, wofür der Toskaner wohl eine Eidechse brauchte. War er hinter dem Knochenmark her zur Herstellung einer geheimnisvollen Rezeptur, wollte er die Gestalt des Tieres zeichnen oder seinen Körperbau studieren?

Leonardo klatschte in die Hände und freute sich wie ein Kind. »Das wird die Krönung.«

Marco wagte nicht nachzufragen. Er wollte schließlich nicht dastehen wie einer, der keinen Respekt vor anderer Leute Berufsgeheimnisse hatte, auch wenn er zugeben musste, dass ihn die Neugier quälte.

Salai verschwand mit dem Krug nach draußen. Entweder wusste er, was sein Meister plante, oder er hatte gelernt, dass fragen nichts brachte. Vielleicht war es ihm auch gleichgültig.

»Das erinnert mich …«, murmelte Leonardo, ging zu einer Kiste in der Ecke, holte einen Keramikkrug heraus und öffnete ihn.

Der Gestank, der ihnen entgegenschlug, war bestialisch. Marco hatte geglaubt, der Firnis in der Küche sei daran schuld, aber anscheinend war dies die Quelle des unerträglichen Geruchs.

»Bald ist es so weit«, kicherte der Toskaner.

Mit zugehaltener Nase näherte sich Marco dem Krug. »Was ist das?«

»Fischabfälle und andere tierische Substanzen, die verrotten. Das wird meine Überraschung für … ach nein, das verrate ich nicht. Du wirst es erleben.« Er kicherte, verschloss den Krug und verstaute ihn wieder in der Kiste. »So. Wo waren wir? Ach ja, beim Zufall.«

Marco hielt sich immer noch die Nase zu. »Ich muss gehen. Ich bin schon viel zu lange hier. Je länger ich warte, desto mehr Soldaten wissen, dass ich gesucht werde. Ich muss einen Ort finden, an dem ich mich verstecken kann.«

»Aber du musst wiederkommen, ich habe viele Fragen an dich.«

»Ich gebe Euch Nachricht, sobald ich kann. Bitte versucht derweil, das Rätsel der Strömung zu lösen.«

»Nur Mut, junger Freund! Nichts liebe ich so sehr wie Rätsel. Wo willst du hin? Kennst du jemanden, der dir helfen wird?«

Marco schüttelte den Kopf. Onkel Aldo war ein Verräter, Angelo im besten Fall gefangen, die halbe Stadt suchte nach ihm. Er war auf sich allein gestellt.

Es sei denn …

20

Manchmal war das Gefährlichste zugleich das Sicherste. Mit großer Wahrscheinlichkeit schwärmten zu dieser Zeit überall Soldaten aus und durchkämmten die Stadt, um nach ihm zu suchen. Wer käme da auf den Gedanken, er würde sich ausgerechnet nach Cannaregio flüchten, wo ihn jeder kannte? Von Leonardo da Vinci hatte sich Marco einen Umhang geliehen, dessen tief herabgezogene Kapuze sein Gesicht verbarg, besser gesagt: Salai hatte trotz heftigen Protestes seinen Umhang hergeben müssen. Zum Glück schneite es wieder, wenn auch nur fein, sodass ein Vermummter nicht weiter auffiel. Dennoch mied Marco belebte Plätze und näherte sich seinem Ziel auf Umwegen. Seine Füße waren mittlerweile wie rohes Fleisch, jeder Schritt eine Qual, aber er biss die Zähne zusammen und marschierte weiter.

Seltsamerweise fühlte er sich überhaupt nicht wie ein Mensch auf der Flucht, im Gegenteil, er war regelrecht euphorisch. Das lag an Signor da Vinci. Eine Begegnung mit ihm war wie ein Sonnenstrahl im tiefsten Unwetter. Mit seiner Überspanntheit brachte er einen dazu, die Dinge aus einer neuen Perspektive zu sehen. Wenn man von Signor da Vinci kam, hielt man alles für möglich.

Der Nebel in den Kanälen war auf denselben Umfang wie vor Einsetzen des Frostes angeschwollen. Die ersten Boote trieben bereits wieder mit der Strömung, einige davon mit Waren beladen. Marco hatte darauf gehofft. Wenn Boote fuhren, konnte man auch aus der Stadt entkommen.

In der Calle Calergi war es ruhig. Ein Kunde verließ die

Werkstatt des Besenbinders, am Rio de la Sensa machte jemand sein Boot fest. Marco blickte durchs Fenster des Maskenladens, um herauszufinden, ob Chiara da war. Zunächst konnte er niemanden entdecken, dann tauchte Bianca Amorese, ihre Mutter, auf und sprach mit jemandem im Hinterzimmer. Kurz darauf wurde auch Chiara sichtbar. Marco fiel ein Stein vom Herzen. Er hatte schon befürchtet, dass sie Masken austrug. Trotzdem konnte er nicht zu ihr. Schlimm genug, wenn er sie in die Sache hineinzog, auf keinen Fall durfte er riskieren, von jemandem dabei gesehen zu werden. Wo sollte er hin? Wenn er vor der Tür herumlungerte, würde er über kurz oder lang auffallen.

Während er noch überlegte, kam Bianca Amorese heraus, einen Korb in der Hand. »Ich bin bald wieder zurück«, rief sie nach hinten.

Geistesgegenwärtig tat Marco, als wolle er zu dem Mann, der das Boot festband, und hielt sein Gesicht im Schatten. Chiaras Mutter war zu sehr damit beschäftigt, in ihrem Korb nachzusehen, ob sie auch alles dabei hatte, um sich nach ihm umzudrehen.

Sobald sie um die Ecke verschwunden war, eilte Marco in den Laden.

Chiara hielt ihn für einen Kunden und kam mit freundlicher Miene nach vorn, doch sobald er die Kapuze zurückschlug, erlosch ihr Lächeln. »Welch seltener Gast«, sagte sie frostig.

»Bist du allein?«, flüsterte Marco und hielt sich so, dass sie nur seine unversehrte Wange zu sehen bekam.

Chiara nickte.

»Dein Vater? Deine Brüder?«

»Niemand da. Und, werde ich heute die Ehre haben, zwei oder gar drei Sätze mit dir wechseln zu dürfen? Oder verschwindest du gleich wieder?«

»Tut mir leid, dass ich neulich so kurz angebunden war, aber du weißt nicht, in was ich hineingeraten bin.«

»In einen Haufen Ärger, soviel steht fest. Wenn man bedenkt, wer alles auf der Suche nach dir ist, musst du mindestens den Dogen bestohlen haben.«

»Schlimmer.«

»Wir sollten deinen Onkel benachrichtigen, er ist außer sich vor Sorge um dich.«

»Auf keinen Fall. Seinetwegen bin ich doch in dieser Lage.«

Chiara sah ihn an, als hielte sie ihn für übergeschnappt.

»Es ist wahr. Ich kann es ja selbst kaum glauben. Er spioniert für den Rat. Er hat mich verraten. Und Angelo und meinen Vater.« Marco konnte immer noch Unglauben in ihren Augen lesen, also erzählte er ihr alles, angefangen bei seinen Erlebnissen im Palazzo Ducale. »Und jetzt sind sie hinter mir her«, endete er. »Wegen dem Buch, vor allem aber wegen dem, was ich gehört habe.«

»Du hast den Rat der Zehn belauscht, ich fasse es nicht.«

»Das war doch keine Absicht. Ich wollte mich ja nur verstecken.«

»Wie schaffst du es bloß immer, dich in solche Schwierigkeiten zu bringen?«

»Bist du mir noch böse?«

»Ich hätte dir geholfen, deinen Bruder und die anderen zu warnen, wenn du mir gesagt hättest, was los ist.«

»Ich weiß. Ich wollte dich nicht noch tiefer in die Sache reinziehen. Schlimm genug, wenn der Rat dich verdächtigt, mich in den Palazzo Ducale geschmuggelt zu haben. Aber jetzt … Ich weiß nicht, wo ich hin soll. Jeder lügt. Alle sind etwas anderes, als sie vorgeben. Du bist die Einzige, der ich noch traue.«

Jetzt lächelte sie wieder, und Marco war so erleichtert, dass sein Herz einen Sprung machte. Er nahm den Umhang ab und zuckte zusammen, weil seine geschundenen Rippen aufbegehrten.

»Was hast du? Bist du verletzt?« Sie zog ihn ins Licht, bemerkte das getrocknete Blut auf seiner Wange und die Blutergüsse auf dem Arm und sog erschrocken die Luft ein.

»Es ist nichts«, sagte er. »Der Herr der Nacht hat versucht, mir ein paar Geheimnisse zu entlocken.« Er grinste mit schmerzverzerrtem Gesicht. »Es ist ihm nicht gelungen.«

»Setz dich hin. Wir müssen das behandeln. Vielleicht ist etwas gebrochen.«

»Ist es nicht. Ich habe mich schon untersucht.«

»Trotzdem. Mach dein Wams auf.«

Widerwillig gehorchte Marco.

Chiara entfuhr ein Schrei, als sie seinen misshandelten Oberkörper sah, aber dann holte sie Kräuter und Stoffreste und legte ihm einen fachgerechten Verband an, auch wenn sie verlegen wurde, als sie ihn berührte. »So, das müsste genügen«, meinte sie betont burschikos. »Morgen wirst du dich fühlen, als habe dich jemand durch den Fleischwolf gedreht.«

»Das tue ich jetzt schon.« Marco schloss sein Wams. »Ich, äh, wie gesagt, du bist die Einzige, der ich noch traue, und …«, sagte er und wusste nicht weiter.

Chiara drehte die übrig gebliebenen Stoffreste in ihrer Hand und atmete schwer. Dann nickte sie. »Ich verstecke dich hier im Haus.«

»Auf keinen Fall, das ist viel zu gefährlich. Ich wollte nur … ich dachte, ich könnte mir vielleicht euer Boot leihen und mich zu einer der Inseln treiben lassen.«

Auf Chiaras Gesicht spiegelte sich eine Vielzahl widerstreitender Gefühle, die Marco nicht zu deuten vermochte. Am Ende schüttelte sie den Kopf. »Rede keinen Unsinn. Die Strömung ist vorhersagbar, die können dich überall abfangen, ohne dass du in der Lage wärst, ihnen davonzurudern. Du bleibst hier. Aber wo? In den versunkenen Stockwerken holst du dir eine Erkältung. Außerdem lagern da unsere Farben und Leimtöpfe, da geht dauernd jemand runter. Ich hab's. Komm mit!«

Sie eilte in die Werkstatt, und als er ihr nachging, hatte sie bereits eine Leiter hervorgeholt. »Da oben«, sagte sie und deutete auf die Zwischendecke im hinteren Teil des Raumes. »Ich bringe dir Decken rauf und von Zeit zu Zeit etwas zu essen.« Sie duldete keinen Widerspruch, sondern kletterte als Erste hoch und räumte die herumliegenden Masken und Kostüme beiseite.

Er folgte ihr. Natürlich war es beengt, gerade eben genug Platz, um gebückt zu sitzen oder zu liegen, aber für kurze Zeit würde es gehen. Nur so lange, bis die Aufmerksamkeit seiner Verfolger nachließ.

»Pass auf, dass du die Masken nicht kaputt machst, sonst wird's teuer«, sagte Chiara und rutschte an der Leiter wieder nach unten. Sie verschwand in einem Zimmer und kam kurz darauf zurück. »Fang!«, rief sie, warf ihm ein Kissen zu und lachte, als er zu spät reagierte und es ins Gesicht bekam.

Er richtete einen Lagerplatz her, während Chiara Brot, Käse und Oliven besorgte. Einmal musste Marco seine Tätigkeit unterbrechen und sich still verhalten, weil ein Kunde den Laden betrat, ansonsten blieben sie ungestört.

Schließlich standen beide am Fuße der Leiter und blickten nach oben. Wenn er sich an die Wand legte, konnte man ihn von unten nicht sehen. Vielleicht sollte er zusätzlich ein paar Kostüme als Sichtschutz aufbauen. »Chiara, ich …«, setzte er an.

»Was?«, fragte sie und stemmte die Fäuste in die Hüften. »Fang nicht wieder an, mit mir zu streiten.«

»Ich wollte doch nur … danke.«

21

Wenn ein Körper keine Nahrung bekommt, beginnt er, vorhandene Reserven zu verdauen. Ähnlich verhält es sich mit dem Verstand: Sobald Außenreize fehlen, fängt er an, Erinnerungen aus den Tiefenschichten der Seele hervorzukramen, sie zu drehen und zu wenden und von jedem Blickwinkel aus zu betrachten.

Kurz bevor Chiaras Vater von einer Besprechung mit Luciano Donati über die Lieferung von Grüner Erde aus Verona zurückkehrte, war Marco in sein neues Versteck geklettert. Hier lag er nun, starrte die Decke an und musste sich mucksmäuschenstill verhalten, weil die Tür zum Laden offen stand. Dort ließ sich Giuseppe Amorese nieder und sah die Geschäftsbücher durch. Bis auf das gelegentliche Geräusch einer umgeblätterten Seite oder dem Kratzen von Feder auf Papier blieb es still. Die einzige Abwechslung kam von den wenigen Kunden, die den Laden betraten. Chiara war fort, Masken austragen.

Die erzwungene Ruhe fiel Marco nicht leicht. Lieber wäre er weiter durch die Stadt gehetzt, hätte irgendwas getan statt dazuliegen, dem Pochen seiner Verletzungen zu lauschen und Maserungen von Holzbalken zu zählen. Da es keine Ablenkung gab, fing sein Verstand an, sich mit den Dingen zu beschäftigen, die seit gestern über ihn hereingebrochen waren. Die belauschte Sitzung vom Rat der Zehn, der Diebstahl des Buches, die Verfolgung. Sein vergeblicher Versuch, Angelo zu warnen, der Kampf in der Glasbläserwerkstatt, der fließende Frost. Onkel Aldos Verrat, die Schläge, die Ca' Eternità. Sein Verstand quälte ihn mit Wenns und Abers, mit Selbstvorwürfen und Überlegungen, was er hätte besser machen können.

Von Chiara hatte er erfahren, dass seine Vermutung hinsichtlich des Glockenläutens richtig gewesen war: Der Senat hatte heute Morgen mit den Rädelsführern der Verschwörung kurzen Prozess gemacht. Sie waren auf dem Markusplatz öffentlich hingerichtet worden, einige von ihnen hatte man zur Abschreckung in Käfigen am Kirchturm hochgezogen, wo sie qualvoll verhungern und verdursten würden. Ihre Namen waren verlesen und dann verbrannt worden, um sie für immer aus dem Gedächtnis der Stadt zu löschen. Soweit Marco wusste, befand sich Angelos Name nicht darunter. War sein Bruder beim Kampf auf Murano verletzt worden? Vielleicht gar getötet? Nein, so etwas durfte er nicht einmal denken. Angelo lebte, daran musste er glauben. Natürlich lebte er. Er hatte es ihm doch versprochen!

Aus dem Laden drangen Stimmen herüber, Chiaras Mutter kam vom Einkaufen. Marco hörte, wie sie sich mit ihrem Mann darüber unterhielt, dass die Hirse in den Speichern der Stadt zur Neige ging, und Mehl hatte sie auch nicht bekommen, sodass sie nun gezwungen war, die spärlichen Reste mit Farnkrautwurzeln zu strecken. Giuseppe wollte am nächsten Morgen versuchen, noch ausstehende Schulden in Form von Lebensmitteln einzutreiben. Und sie mussten so bald wie möglich nach Großmutter Antonia sehen, jetzt, da wieder Gondeln fuhren.

Bald darauf kehrten Tommaso und Chiara zurück, etwas später Alessandro, der den großen Tisch in der Werkstatt von Leim und Farben befreite und eine Decke ausbreitete. Chiara legte Schalen und Besteck aus Fichtenholz zurecht und entzündete billige Talgkerzen, dann brachte Bianca Amorese das Abendessen. Der Geruch von Rüben und Kohl kroch in Marcos Nase. Leise zog er ein Stück trockenes Brot hervor und biss hinein, um seinen Magen zu beruhigen.

»Die ganze Stadt ist in Aufruhr«, erzählte Alessandro. »Die Leute sind gereizt.«

»Wundert dich das?«, fragte Tommaso. »Wann hat es das je

gegeben, dass der Senat die halbe Stadt nachts aus ihren Betten holen und abschlachten lässt?«

»Übertreib nicht so maßlos. Es handelt sich bei den Aufrührern um einzelne Unzufriedene, die auch nur dann zu Schaden gekommen sind, wenn sie sich der Gefangennahme widersetzt haben.«

»Einzelne Unzufriedene? Dass ich nicht lache. Alle denken wie wir.«

»Ah, ›wir‹ heißt es jetzt, ja? Zählst du dich mittlerweile zu diesen Mordbrennern, die mit ihrem verantwortungslosen Verhalten eine schwierige Situation noch schwieriger machen?«

»Du meinst: statt stillzuhalten und zuzusehen, wie die Regierung es sich hinter den Mauern ihrer Paläste gut gehen lässt oder feige auf die Terra Ferma flieht?«

»Einzelne faule Äpfel bedeuten noch lange nicht, dass die ganze Ernte verdorben ist. Die Mehrzahl der Senatoren sucht fieberhaft nach einer Lösung der Probleme.«

»Die Lösung deiner feinen Freunde besteht darin, friedliche Bürger zu überfallen und jeden, der nicht ihrer Meinung ist, auf der Piazetta aufzuhängen.«

»Friedliche Bürger gehen nicht bewaffnet auf die Straße. Ohne drastische Maßnahmen würde diese Stadt ins Chaos stürzen, weil *deine* feinen Freunde plündernd und brandschatzend durch die Pfarrgemeinden ziehen.«

»Schluss mit dem Unsinn«, rief Bianca Amorese. »Ich will nicht, dass ihr so miteinander redet, schon gar nicht beim Essen.«

»Eure Mutter hat recht«, meinte Giuseppe, »es führt doch zu nichts. Gebt euch die Hand und vertragt euch.«

»Vertragen, mit diesem Opportunisten? Seit er bei den Soldaten ist, rechtfertigt er selbst die abscheulichsten Verbrechen.«

»Ich tue wenigstens etwas Sinnvolles. Ich versuche, meinen Teil dazu beizutragen, um ein gewisses Maß an Ordnung aufrechtzuerhalten, während du nur herumsitzt und jammerst wie ein verwöhntes Balg.«

Tommaso sprang auf. »Ich tue auch etwas Sinnvolles, sinnvoller jedenfalls als deine Katzbuckelei. Ich schließe mich Jacopo Villani an.«

»Bist du von allen guten Geistern verlassen?«

»Überleg dir, was du tust, Junge! Du könntest gefangen genommen werden oder noch schlimmer.«

»Ich werde nicht tatenlos zusehen, wie uns unsere eigene Regierung meuchelt. Wir fegen dieses korrupte Pack hinweg und setzen eine menschenwürdige Regierung an ihre Stelle.«

»Das sieht dir ähnlich, auf das romantische Geschwätz dieser Verbrecher hereinzufallen. Glaubst du im Ernst, diesem Jacopo Villani geht es um etwas anderes als um seinen eigenen Vorteil? Du bist ja so naiv.«

»Natürlich, ein Zyniker wie du glaubt immer, alle Menschen sind so korrupt wie er selber.« Tommaso warf sein Besteck hin. »Ich habe mich entschieden. Der Widerstand braucht Leute, die noch an etwas glauben. Wenn du mich an den Senat verraten willst – tu es!« Er schnappte seinen Mantel und stürmte hinaus, ohne auf die Worte zu achten, die seine Eltern ihm nachriefen.

»Der verdammte Narr«, fluchte Alessandro. »Wie konnte er sich nur den Aufrührern anschließen!«

»Wie konntest du dich nur den Soldaten anschließen?«, fragte Chiara leise.

»Das ist etwas anderes. Die Soldaten versuchen, die Stadt zu schützen.« Er sah von seiner Schwester zu seinen Eltern und warf ebenfalls das Besteck hin. »Ihr versteht das nicht. Aber wenigstens einer aus dieser Familie muss tun, was nötig ist, wenn schon niemand sonst es begreift.« Er stand auf, nahm seinen Mantel und verließ ebenfalls das Haus.

Giuseppe und Bianca Amorese schwiegen betreten. Chiara weinte. Marco war schlecht. Er hätte gern etwas für sie getan, sie getröstet, aber er durfte sich nicht rühren.

»Sie werden schon zur Besinnung kommen«, meinte Giuseppe

mit einer Zuversicht, von der man hören konnte, dass er sie nicht empfand.

Sie setzten ihr Mahl fort, aber die Stimmung am Tisch war gedrückt. Marco musste dringend austreten. Chiara hatte ihm eine Bettpfanne nach oben gestellt, aber die konnte er schlecht benutzen, solange die Familie in Hörweite am Tisch saß.

Die Tür zum Laden wurde geöffnet. Marco dachte, einer der Brüder hätte sich besonnen, doch als er »Hallo? Jemand zu Hause?« hörte, erkannte er die Stimme seines Onkels. Entsetzt zog er sich tiefer in die Ecke zurück.

»Immer nur herein«, rief Giuseppe.

»Buona sera«, sagte Aldo. »Ich hoffe, ich komme nicht ungelegen. Ihr esst gerade, wie ich sehe.«

»Wenn Ihr einen Happen mitessen möchtet, seid Ihr herzlich eingeladen.«

»Nein, danke, ich wollte mich nur erkundigen, ob jemand von euch Marco gesehen hat. Ich mache mir große Sorgen um den Jungen. Er ist spurlos verschwunden.«

»Hier ist er nicht aufgetaucht«, erwiderte Giuseppe. »Oder hast du ihn gesehen, Chiara?«

Marco konnte einfach nicht anders, er schob sich nach vorn. Es war eine Dummheit, natürlich, es genügte, dass er ein Geräusch machte oder Onkel Aldo zufällig nach oben blickte, und schon wäre er verloren, aber er musste einfach sehen, was vor sich ging.

Sein Onkel stand vor dem Tisch und beobachtete Chiara, die sich bewundernswert im Griff hatte. Sie schüttelte den Kopf und versagte sich, dabei nach oben zu blicken. Sie schaffte es sogar, Onkel Aldo anzusehen.

»Warum ist er verschwunden?«, wollte Giuseppe wissen. »Hat er etwas ausgefressen? Die Nachbarn erzählen, der Herr der Nacht hätte ihn heute früh abgeholt. Ist das wahr?«

»Leider.«

»Hat es mit der Sache im Palazzo Ducale zu tun? Chiara ist nämlich gestern dort verhört worden, müsst Ihr wissen. Eine unangenehme Sache, das Ganze.«

»Ach ja, ich hörte Gerüchte darüber in der Kanzlei. Worum ging es denn?«

Die Frage sollte harmlos klingen, aber Marco sah, wie sein Onkel Chiara mit den Augen durchbohrte.

»Genaues weiß ich auch nicht«, antwortete sie mit fester Stimme. »Marco bot sich an, mir beim Tragen der Masken zu helfen. Im Palazzo Ducale sagte er, er wolle Euch in den Kanzleiräumen aufsuchen, und dann wimmelte es plötzlich von Soldaten, und jeder fragte mich nach Marco. Ich verstehe das alles nicht. Was hat er getan?«

Wäre die Situation nicht so ernst, hätte Marco gelacht. So naiv, wie Chiara sich gab, war sie in ihrem ganzen Leben nicht gewesen. Aber Onkel Aldo schien es zu schlucken, denn er fixierte sie nicht länger mit seinem Blick.

»Eine Bagatelle«, erwiderte er, »ein Dummejungenstreich. Anscheinend geht es um ein Buch, das er aus dem Archiv des Palazzo Ducale gestohlen hat.«

»Gestohlen? Marco?«, wunderte sich Giuseppe. »Ich kann nicht glauben, dass der Junge ein Dieb ist.«

»Er denkt anscheinend, es könne ihm dabei helfen, seinen Vater wiederzufinden. Er hat diese verrückte Idee, dass Matteo noch lebt, der Ärmste. Von diesem Gedanken ist er geradezu besessen. Aus irgendeinem Grund glaubt er, der Senat halte ihn gefangen. Lucia und mir hat er neulich sogar vorgeworfen, am Unglück seines Vaters Schuld zu sein, weil ich für den Senat arbeite. Das hat meine Frau tief getroffen, nachdem sie ihn all die Jahre wie ihr eigenes Kind angenommen hat.«

»Wie furchtbar!«, rief Bianca. »Ich kann gut nachfühlen, wie es ihr geht.«

»Er kann ja nichts dafür. Er leidet unter dem Verlust, das muss man ihm zugute halten.«

»Ja, Kummer verändert die Menschen«, nickte Giuseppe.

»Ihr sagt es. Und Marco hat sich sehr verändert – nicht wahr, Chiara?«

»Das hat er«, entfuhr es ihr, »und nicht erst, seit sein Vater verschwunden ist. Er lässt niemanden mehr an sich heran.« Jetzt blickte sie doch nach oben, direkt in Marcos Augen.

Der Schreck fuhr ihm durch die Glieder, aber zum Glück hatte Onkel Aldo sich schon wieder ihren Eltern zugewandt. »Richtig. Erst der Tod seiner Mutter, dann das Unglück mit seiner Schwester, das Verschwinden seines Vaters … und jetzt hat man, wie ich hörte, seinen Bruder als Verschwörer verhaftet. Kein Wunder, dass Marco seltsam wird.«

Angelo lebte! Marco biss sich ins Handgelenk, um keinen Seufzer der Erleichterung auszustoßen. Solange sein Bruder nicht hingerichtet wurde, bestand Hoffnung. Aber – sagte sein Onkel die Wahrheit?

»Verhaftet?«, hakte Giuseppe nach.

»So heißt es im Palazzo Ducale. Schon aus diesem Grund wäre es gut, wenn Marco zurückkäme. Wenn er Reue zeigen würde, würde das seinem Bruder sicher helfen. Ich habe im Palazzo Ducale ein gutes Wort für Marco eingelegt. Sobald er das Buch zurückgibt, kommt alles wieder in Ordnung. Der Senat wird ihn natürlich zu den Vorgängen befragen und verwarnen, aber mehr hat er nicht zu befürchten. Schade, dass Ihr nicht wisst, wo er sich aufhält.«

Onkel Aldo machte eine Pause, um Familie Amorese Gelegenheit zu geben, sich zu äußern. Marco hielt den Atem an. Chiara würde doch nicht darauf hereinfallen? Nein, natürlich nicht. Sie zuckte bedauernd die Achseln.

»Tut mir leid«, sagte Giuseppe, »wir würden gern helfen, wenn wir könnten.«

»Nun ja, ich hatte auch keine allzu große Hoffnung, als ich herkam. Zuletzt ist er anscheinend in Dorsoduro gesehen worden, der Senat konzentriert seine Suche vor allem dort.«

»Was will er denn in Dorsoduro?«

»So weit wie möglich von zu Hause weg sein, schätze ich. Hier kennt ihn schließlich jeder. Wie auch immer: Falls Ihr ihn seht, gebt mir bitte Bescheid. Lucia kommt um vor Angst.«

»Natürlich«, sagte Bianca, »ich werde die Augen offenhalten. Die arme Lucia! Es muss schrecklich sein, nicht zu wissen, ob das Kind wohlauf ist.«

»Bitte teilt uns mit, wenn Ihr etwas Neues hört«, sagte Chiara mit treuherzigem Augenaufschlag. »Ich mache mir ebenfalls Sorgen.«

Es wirkte sehr überzeugend. Marco hätte sie küssen mögen.

»Das werde ich«, nickte Aldo. »Tja, dann will ich mal wieder. Bitte entschuldigt die Störung.«

Giuseppe brachte den Gast zur Tür.

Marco drehte sich lautlos auf den Rücken und dachte über das Gehörte nach. Angelo lebte, hatte Onkel Aldo gesagt, aber das war nur ein Vorwand gewesen, um ihn zum Aufgeben zu bewegen. Bedeutete das, dass er gelogen hatte? Dass Angelo tot war? Unmöglich zu entscheiden. Onkel Aldo verstand es, selbst die Wahrheit für eine Lüge zu nutzen.

22

Erst am folgenden Nachmittag, als Chiara vom Einkaufen zurückkam, konnte Marco aus seinem unbequemen Versteck heruntersteigen. Ihr Vater zog Erkundigungen nach verhafteten Freunden ein, ihre Mutter sah nach einer bettlägerigen Verwandten. Alessandro und Tommaso hatten sich seit dem Streit nicht mehr blicken lassen.

Als Erstes leerte Marco den Nachttopf, dessen Gerüche ihn die halbe Nacht wach gehalten hatten. Die Gerüche, die Schmerzen und die Gedanken, die ihm durch den Kopf gingen. Er streckte seine verspannten Glieder. Chiara stellte Wasser, Brot und einen kümmerlichen Rest Marmelade auf den Tisch und setzte sich zu ihm, um gemeinsam mit ihm zu essen. Auch sie sah übernächtigt aus.

»Wie geht es dir?«, wollte sie wissen.

»Einigermaßen. Deine Kräuter haben geholfen«, erwiderte Marco und trank einen Schluck. Das Wasser schmeckte nach Sand und Pflanzenresten. »Das mit deinen Brüdern tut mir leid.«

»Seit Alessandro sich den Soldaten angeschlossen hat, ist es unerträglich mit den beiden. Sie giften sich an, wo sie nur können. Und wenn Tommaso wirklich zu den Aufständischen geht …«

»Findest du das falsch?«

»Ja. Nein. Ich weiß nicht. Ich weiß nur, dass ich Angst um ihn habe. Dieser Jacopo Villani … nach allem, was ich höre, ist ihm nicht zu trauen. Ein Mann, der für eine Idee bereit ist, jeden zu opfern.«

»Ja, so kam er mir auch vor, damals, auf der Friedhofsinsel.

Auf jeden Fall solltest du deinen Bruder vor Onkel Aldo warnen. Sonst glaubt er womöglich noch, dass der einer von ihnen ist.«

»Daran habe ich auch schon gedacht. Gestern Abend bin ich übrigens noch in der ›lachenden Koralle‹ gewesen und habe herumerzählt, was du über den Rat der Zehn und das gebrochene Siegel erfahren hast. Es macht jetzt die Runde.«

Marco nickte. Die Venezianer sollten die Wahrheit kennen. Er schnitt sich einen Kanten Brot ab. »Das war ein schöner Schreck gestern«, sagte er.

»Wie konntest du dich nur so weit vorwagen! Ich dachte, mein Herz bleibt stehen, als ich dich über den Rand gucken sah. Wenn dein Onkel nun zufällig nach oben gesehen hätte?«

»Ich musste es einfach tun. Du warst wunderbar. Wie du ihn an der Nase herumgeführt hast …« Er imitierte ihre Stimme: »›Bitte teilt uns mit, wenn Ihr etwas Neues hört. Ich mache mir ebenfalls Sorgen.‹«

Sie musste lachen. »Ja, ich glaube, er hat es geschluckt.«

Sie war süß, wenn sie lachte; es war eine Freude, sie dabei anzusehen. Sie bemerkte seinen Blick, daraufhin senkte er hastig die Lider und biss in sein Brot. Es schmeckte fade wegen des gestreckten Mehls, aber er war zu hungrig, um darüber nachzudenken. »Onkel Aldo hat gesagt, dass Angelo am Leben ist«, überlegte er.

»Du denkst doch hoffentlich nicht daran, dich zu stellen, oder?«

»Ich weiß, dass es ein Trick ist, um mich in eine Falle zu locken. Aber vielleicht hat er trotzdem die Wahrheit gesagt. Hast du nichts gehört?«

Chiara schüttelte den Kopf. »Hab Vertrauen, Marco! Vielleicht ist dein Bruder schon wieder in der Werkstatt. Der Senat hat etliche Aufständische freigelassen.«

»Tatsächlich?« Marco dachte nach. »Na ja, sie können schlecht die halbe Bevölkerung einsperren, oder? Ich meine, wer backt dann die Brötchen und besohlt die Schuhe? Vor allen Dingen können Sie es sich nicht leisten, sämtliche Glasbläser festzuhalten, schließlich verdient die Stadt nicht schlecht an ihnen.« Er ließ die Hand mit dem Brot sinken. »Ich Idiot! Das ist also der Grund.«

Chiara sah ihn verständnislos an.

»Ich habe mich die ganze Nacht gefragt, warum Onkel Aldo sich keine Sorgen über einen Vergeltungsschlag der Rebellen macht. Denen muss doch klar sein, dass sie verraten wurden, und sie werden sich rächen wollen. Aber wenn der Senat mehrere Verschwörer laufen lässt, wissen sie nicht, wer der Schuldige ist. Der eine oder andere mag Onkel Aldo verdächtigen, andererseits hat er eine bessere Ausrede als so mancher, immerhin ist er Schreiber in der Dogenkanzlei mit guten Beziehungen. Dass der Senat ihn verschont, klingt glaubwürdig.«

»Und wenn dann noch entsprechende Gerüchte gestreut werden … Die Leute erzählen sich nämlich, Leon Ruggieri sei der Verräter.«

»Das ist doch absurd! Er hasst den Rat der Zehn.«

»Es sät jedenfalls Misstrauen und macht die Aufständischen uneins.«

»Du könntest recht haben.« Marco schob seinen Teller beiseite.

»Bist du satt?«

»Ja, danke.«

Chiara stellte das Essen zurück und wischte die Teller mit einem Tuch ab, damit niemand auf den Gedanken kam, dass sich ein zusätzlicher Gast im Haus verbarg. Marco beobachtete sie dabei. Alles, was sie tat, machte sie mit ganzem Herzen, selbst alltägliche Dinge wie Saubermachen oder Essen.

»Hast du gestern Nacht gefroren?«, fragte sie. »Ich gebe dir ein altes Wams meines Vaters mit hoch. Er trägt es schon lange nicht mehr, er wird es nicht vermissen.«

Jetzt kam der schwierige Teil. »Äh, hör zu, Chiara«, begann

Marco, »ich danke dir für alles, was du getan hast, aber … ich muss gehen.«

»Die suchen dich überall. Ich bin mehrmals angehalten und nach dir gefragt worden. Jetzt, wo der größte Teil der Aufständischen im Gefängnis sitzt, konzentrieren sich die Soldaten auf dich.«

»Eben deshalb muss ich fort. Ich habe die ganze Nacht darüber nachgedacht, und … es war falsch von mir herzukommen. Ich bringe euch in Gefahr, das Auftauchen von Onkel Aldo hat mir das klar gemacht. Wenn ich entdeckt werde und herauskommt, dass du mich versteckt hast, sperren sie euch auch ein.«

Sie sah zu Boden. Sah wieder auf. »Sei nicht dumm. Niemand vermutet dich hier. Wenn du dich vorsichtig verhältst, kann weder dir noch uns etwas geschehen.«

Marco schüttelte den Kopf. »Ich habe dich schon genug in Schwierigkeiten gebracht, wegen der Sache im Palazzo Ducale. Ich könnte es mir nie verzeihen, wenn sie dich meinetwegen verhaften. Nein, ich muss gehen, mein Entschluss steht fest.« Er sah sie bei diesen Worten nicht an, sondern erhob sich vom Tisch.

Chiara stellte sich vor ihn und funkelte ihn an. »Dann lass dich doch in den Kerker werfen«, rief sie. »Zum Teufel mit dir, Marco Stefano Manardi.« Sie versuchte, wütend auszusehen, doch ein Schluchzer mogelte sich in ihre Stimme.

Unglücklich stand Marco vor ihr und wusste nicht, was er machen sollte. »Es tut mir leid, Chiara. Siehst du denn nicht, dass es besser so ist?«

»Nein. Wie kann es richtig sein, den Soldaten geradewegs in die Arme zu laufen?«

Er wollte etwas erwidern, schüttelte den Kopf und ging mit hängenden Schultern zur Tür. Dort blieb er stehen und drehte sich um. »Hast du das ernst gemeint, gestern?«

»Was?«

»Dass ich keinen an mich heranlasse?«

»Früher hast du alles mit mir geteilt, deine Geheimnisse, deine Sorgen. Du hast mir die Ca' Eternità gezeigt und mich mitgenommen, wenn du heimlich auf den Campanile gestiegen bist.«

»Das würde ich immer noch tun.«

»Aber du verschließt dein Herz. Sogar vor deinen Freunden.«

»Gerade weil wir Freunde sind, darf ich dich nicht in Gefahr bringen.“

Chiara trat zu ihm. »Und wenn ich dich bitte zu bleiben?«

Marco wollte ihr erklären, dass es manchmal eben wichtig war, auf die Stimme der Vernunft zu hören. Stattdessen – küsste er sie. So erschrocken war er über sich selbst, dass er hastig einen Schritt zurück trat, auf jede mögliche Reaktion von ihr gefasst.

Sie sog tief den Atem ein und berührte ihre Lippen mit dem Zeigefinger, als wolle sie sich überzeugen, dass wirklich geschehen war, was sie eben erlebt hatte. Ein Lächeln erblühte um ihre Mundwinkel herum, ein kleines nur. Dann küsste sie ihn zurück.

Die Eingangstür klappte. »Chiara? Warum bist du nicht im Laden?«

Schuldbewusst fuhren die beiden auseinander.

»Mein Vater«, wisperte sie. »Was macht er hier? Er ist viel zu früh zurück.«

Wie der Blitz kletterte Marco die Leiter nach oben und flüchtete in den hintersten Winkel der Zwischendecke, gerade noch rechtzeitig, ehe Giuseppe Amorese in die Werkstatt kam.

»Ich habe nur ein paar Kostüme verstaut«, sagte Chiara und beeilte sich, die Leiter beiseite zu stellen.

Marco rutschte tiefer in sein Versteck. Hier lag er und zählte wieder die Maserungen des Holzes, aber dabei war ihm so leicht zumute, als würde er fliegen.

23

Venedig besteht nicht aus Primärfarben, nicht mal aus Sekundärfarben. Selten findet man etwas anderes als Türkis- und Ockertöne. Aber auf halben Weg zwischen stofflicher Existenz und dem Auge des Betrachters verwandeln sich diese Töne in das vielschichtige Mosaik eines Kirchenfensters, so leuchtend, so klar, ein Rausch aus Farben. Doch jetzt hatten Gassen und Plätze, Häuser und Kirchen nahezu unmerklich den Nebel in sich aufgesogen. Zuerst war es niemandem aufgefallen, weil die Veränderung schleichend voranschritt, inzwischen ließen sich die Auswirkungen jedoch nicht länger übersehen: Venedig bleichte aus. Ockerfarbene Tonziegel, braune Dachschindeln, grüne Algen in den Mauerritzen – alles wurde zu schmutzigem Grau. Selbst die Blätter der Bäume nahmen einen verwaschenen Farbton an. Die äußere Schicht der Stadt zerfloss förmlich unter den Augen ihrer Bewohner.

Handwerker gingen mit gesenktem Blick ihrem Tagewerk nach, Kaufleute schlichen durch die Gassen, Kinder warfen sich lustlos Bälle zu und verloren schnell das Interesse an ihrem Spiel. Kein Lachen erhellte die Plätze. Es war, als wäre mit den Farben auch die Freude verschwunden.

Chiara mit ihrem hopsenden Schritt und dem Strahlen auf ihrem Gesicht wirkte wie ein Fremdkörper in diesem traurigen Einerlei. Acht Soldi, summte sie. Acht Soldi plus ein Soldi vier Piccoli plus sieben Piccoli, das machte … äh, neun Soldi neun Piccoli. Neun, neun, neun, neun Piccoli. Gar nicht wahr: neun Soldi elf Piccoli. Und Meister Uccello schuldete ihnen immer noch fünf Soldi, das machte …

Chiara gab auf. Sie konnte sich einfach nicht konzentrieren, dazu war sie zu glücklich. Marco, der schüchterne Marco hatte sie geküsst! Konnte das wahr sein? Oder hatte sie das alles nur geträumt? Sie blieb stehen, berührte ihre Lippen mit dem kleinen Finger und lächelte. Nein, sie spürte noch immer seinen Kuss, obwohl es nahezu einen vollen Tag her war. Die Stadt wurde grau, aber sie sah alles in bunten Farben.

Dabei gab es wahrlich Sorgen genug. Lebensmittel und Wasser wurden immer knapper. Aufständische griffen jeden an, der entfernt wie ein Kanzleibeamter aussah, während die Soldaten unter dem Vorwand einer Durchsuchung Läden plünderten. Die Bevölkerung wusste nicht, wer schlimmer war. Und die Opfer des Schwarzen Todes häuften sich. Erst heute früh war Pietro Mosca auf der Quarantäneinsel gestorben. Der kleine Pippo Latini dagegen war unerwartet genesen. Chiara hatte schon von zwei, drei solcher Wunder gehört. Manche Leute besiegten die Krankheit, und keiner wusste, warum. Doch auf einen, der dem Tod von der Schippe sprang, kamen Hunderte, die starben.

Überall in der Stadt standen Männer und Frauen mit hoffnungslosen Gesichtern herum und träufelten sich das Gift böswilliger Verdächtigungen in die Ohren. »Die Lubriche sind an allem Schuld«, hörte sie in der Ruga dei Spezieri. »Sie haben das Meer vertrieben und uns den Schwarzen Tod gebracht«, hieß es auf dem Campo de le Becarie. »Sie töten kleine Kinder und opfern sie bei ihren blutigen Ritualen«, wisperte es in der Calle dei Boteri. Mit einem Mal war Chiara überhaupt nicht mehr nach Singen zumute. Sie konnte spüren, wie sich etwas Dumpfes in den Gassen niederließ und den Geist der Menschen infizierte, etwas Böses.

Unvermittelt blieb sie stehen. Schwarzer Dunst stieg aus dem Pflaster des Campo San Cassan, arbeitete sich durch die Ritzen, kroch über Steine und Moos und breitete sich auf dem Platz aus. Die Schwaden kräuselten sich, wo sie auf Widerstand trafen, schlängelten sich um Leitern und Treppen und setzten sich überall da fest, wo der Lackanstrich von Türen und Fensterläden abblätterte. Aus Kanälen und Abflüssen quollen sie nach oben, reckten sich nach Balkonen und rankten sich an Putz und Efeu entlang, ehe sie sich auf halber Höhe verflüchtigten. Einer der Tentakel griff nach der Wäsche auf einer Leine und drang in Ärmel und Hosenbeine ein.

Die Glocken, die üblicherweise vor Acqua alta warnten, dem Hochwasser, das Venedig regelmäßig heimsuchte, wenn sich der regenschwere Scirocco über Venedig entlud oder die Bora das Meer peitschte, fingen an zu läuten und rissen Chiara aus ihrer Erstarrung. Sie drehte sich einmal um sich selbst. Der Weg zurück durch die Calle dei Cristi war ihr ebenso verwehrt wie der Weg nach Santa Croce. Vor ihr floss ein Schwall schwarzer Luft durch das Fenster eines eingesunkenen Hauses, dem ein Entsetzensschrei aus dem Inneren folgte. Hinter ihr eroberte der Dunst Schritt um Schritt den Boden der Stadt.

Wohin?

Sie hatte zu lange gezögert, nun kreiste die tödliche Substanz sie ein. Von überallher schoben sich Nebelfinger auf sie zu, die ersten Ausläufer berührten ihre Schuhe. Mit einem Schrei sprang Chiara zurück. Sie musste zur Brücke, auf höhergelegenes Terrain, sonst war sie verloren! Doch der Weg dorthin war ihr bereits abgeschnitten. Rechts schien der Dunst dünner als anderswo, dorthin rannte sie, ohne sich zu besinnen. Ihre Füße wirbelten Nebel auf, ließen ihn hochspritzen wie das Wasser einer Pfütze, dann erreichte sie die steinernen Stufen. Andere hatten den gleichen Gedanken, so drängten sich im Nu mehr als ein halbes Dutzend Flüchtlinge auf der geländerlosen Brücke.

Chiara atmete schwer. Ihre Füße fühlten sich klamm und klebrig an. Sie versuchte, nicht daran zu denken, dass der Nebel möglicherweise in ihre Poren gedrungen war und dort den Keim des Schwarzen Todes verbreitete, sondern sah sich stattdessen ihre Schicksalsgefährten an. Ein drahtiger Mann stieß einen ohnmächtigen Schrei aus und schleuderte einen losen Stein in die Schwaden. Eine hagere alte Frau lachte hysterisch. Eine dicke Matrone richtete sich auf den Stufen auf eine längere Wartezeit ein. Ein Acquarolo beobachtete angespannt, ob der Ton hielt, mit dem er einen ihm unterstellten Brunnen versiegelt hatte. Eine Dienstmagd steckte sich den Zeigefinger in den Mund und saugte daran wie ein kleines Kind. Am vorderen Ende der Brücke trat ein Werftarbeiter von einem Bein aufs andere. Sie alle saßen hier fest wie auf einer Insel. Vom Straßenpflaster war nichts mehr zu erkennen. Nur ein einsamer Baum ragt aus dem schwarzen Dunst, und seine Rinde sah blass und kränklich aus. Es war mehr als eine Naturkatastrophe, die sich Venedigs bemächtigte: Verzweiflung stieg aus Abflüssen und Pflasterritzen, drang in jedes Haus und setzte sich in den Ecken fest.

Der Werftarbeiter versuchte, in der Mauer eines angrenzenden Hauses Halt für Stiefel und Hände zu finden.

»An Eurer Stelle würde ich das lassen«, sagte die Dicke. »Setzt Euch und wartet ab. Das Zeug da ist gekommen, es wird auch wieder verschwinden.«

»Mein alter Vater braucht mich«, erwiderte der Arbeiter. »Er ist allein und kann sich kaum bewegen.«

»Es wird ihm auch nicht helfen, wenn Ihr Euch den Schwarzen Tod einfangt.«

»Der Schwarze Tod«, lachte die Hagere, »wir werden sterben.«

»Hört auf damit«, fuhr der Drahtige sie an.

»Wir werden sterben, allesamt. Der Schwarze Tod holt uns.«

Die Dienstmagd fing an zu schluchzen.

»Nimm dir das Geschrei nicht so zu Herzen«, meinte die dicke Frau. »Sobald die Ebbe kommt, sinkt der Pegel, wirst sehen.«

»Der Schwarze Tod hat mir mein Kind genommen.«

»Meine Nichte ist auch erkrankt. Die arme Cecilia.«

Chiara zuckte zusammen. Ihr Herz raste. Hör auf damit,

befahl sie sich, es gibt bestimmt Dutzende Cecilias in der Stadt.

»Cecilia Fanti«, fuhr die Dicke fort. »Sie hat es nicht leicht gehabt in ihrem Leben, und jetzt das.«

Chiara schloss die Augen. Man konnte noch so sehr versuchen zu vergessen, die Schuld holte einen immer ein. *Warum hast du mir nicht geholfen?* Nein, nein, damit hatte sie nichts zu schaffen, das war doch alles lange her! Es tut mir leid, Cecilia, verzeih mir!

»Mein Bruder liegt auf der Quarantäneinsel«, sagte der Werftarbeiter. »Ich bete jeden Tag für ihn. Es heißt, Gott verschont die Gläubigen.«

»Senfsamen«, meinte die Dicke, »nehmt Senfsamen, das hilft. Ich habe eine Tante, die –«

»Das Lazarett ist die Hölle«, kreischte die Hagere. »Die Insel der Verdammten, so nennen sie sie. Mein Mann hat es mir erzählt, ehe sie ihn wieder einfingen. Kranke kriechen durchs Hospital auf der Suche nach einem Schluck Wasser. Es stinkt nach Schweiß und offenen Wunden, nach Exkrementen und mit Essig begossenen Kleidern. Sie verbrennen Wacholder und Rosmarin, um die Luft zu säubern, aber sie verbrennen auch die Toten, den ganzen Tag. Man kann kaum atmen vor Rauch. Und erst der Lärm! Kinder wimmern, Erwachsene rufen nach Mutter und Vater. Überall schreien sie vor Schmerz oder im Todeskampf, man kann es bis zum Lido hören –«

»Genug«, brüllte der Drahtige, »behaltet Eure Schauergeschichten für Euch!« Seine Kiefer mahlten vor Wut.

»Das ist die Strafe Gottes für die Sittenlosigkeit der Stadt«, erklärte die Matrone. »Venedig ist durch und durch verderbt. – Passt doch auf!« Die letzten Worte galten dem Werftarbeiter, der die ganze Zeit über nervös auf und ab gelaufen war und sie dabei beinahe von der Brücke gestoßen hätte.

»Setzt Euch«, sagte der Acquarolo, »Ihr macht alle verrückt. Am besten versuchen wir, ruhig zu bleiben.«

»Ausgerechnet Ihr wollt mir vorschreiben, was ich zu tun und zu lassen habe? Euch und Euresgleichen kommt unsere Not doch sehr gelegen, nicht wahr?«

»Allerdings«, hakte der Drahtige ein, »während wir hier sterben wie die Fliegen, bereichert ihr euch hemmungslos am Wassermangel.«

»Ich versichere Euch –«

»Vielleicht habt ihr selbst dafür gesorgt, dass das Wasser knapp wird, he? Vielleicht seid ihr ja mit den Fischmenschen im Bunde.«

»Natürlich«, stimmte die Dicke zu, »das weiß doch jeder. Die Lubriche opfern kleine Kinder, um den Teufel zu beschwören.«

Chiara verfolgte die Auseinandersetzung mit wachsendem Entsetzen. Sag etwas!, befahl sie sich. Erzähl ihnen vom Siegel und vom Rat der Zehn! Aber ihre Kehle war wie zugeschnürt.

»Das sind doch Ammenmärchen«, verteidigte sich der Acquarolo. »Fischmenschen – so ein Unsinn! Wir bringen das Wasser unter Einsatz unseres Lebens nach Venedig, dafür –«

»Mir kam er gleich verdächtig vor«, kreischte die Hagere. »Er hat sich am Brunnen zu schaffen gemacht. Hat irgendwas reingeworfen, und dann kam der Nebel, ich hab's genau gesehen.«

»Vielleicht Kinderknochen«, mutmaßte der Werftarbeiter.

Die anderen bildeten jetzt einen Halbkreis um den Acquarolo, der zusehends panischer wurde. »Die Glocken haben Acqua alta gemeldet«, rief er aus, »darum habe ich den Brunnen verschlossen. Das ist meine Aufgabe.«

»Vergiften wollte er uns.«

»Aufhören«, flüsterte Chiara, aber sie sagte es so leise, dass nicht einmal die Dienstmagd neben ihr es hörte.

»Lubrichefreund!«

»Ich bin kein –«, begann der Acquarolo und sprang auf.

Der Drahtige hielt die plötzliche Bewegung für einen Angriff und schlug zu, der Acquarolo setzte sich zur Wehr, und im Nu entbrannte auf der Brücke ein Kampf. Die hagere und die dicke

Frau hielten die Arme des Brunnenwächters fest, während nun auch der Werftarbeiter herbeisprang und seiner Wut freien Lauf ließ. Fäuste flogen, Füße traten, Knochen knackten; ein Handgemenge, so wild, dass sich nicht länger erkennen ließ, welche Hand zu wem gehörte.

Chiara wollte eingreifen, die Kämpfenden zur Besinnung bringen, aber irgendein niederer Instinkt befahl ihr, sich klein zu machen und still zu verhalten. Sie vergrub den Kopf in den Händen, zitterte, betete, aber sie unternahm nichts, um dem Wahnsinn Einhalt zu gebieten.

Wie besessen prügelte der Drahtige auf seinen Gegner ein, und dann stürzten er, der Acquarolo und die hagere Frau in den Kanal. Chiara schrie auf, als der Nebel die drei verschlang.

Der Acquarolo tauchte als Erster wieder auf, die Augen vor Entsetzen geweitet.

Der Kopf der Hageren reckte sich aus dem Dunst. »Mörder!«, schrie sie.

Mit blutunterlaufenen Augen tauchte nun auch der Drahtige auf. So sehr schäumte er, dass er sich nicht darum scherte, dass er in tödlichem Nebel steckte, sondern auf den Acquarolo zuhechtete, um den unterbrochenen Kampf fortzusetzen.

Der Brunnenwächter warf sich herum und rannte, so schnell er konnte.

Zunächst lief ihm der Drahtige nach, gab jedoch bald auf. Erst jetzt kam ihm zu Bewusstsein, wo er sich befand. Er starrte auf die Nebelfinger, die ihn bis zu den Achseln einhüllten, auf die kreischende Hagere, auf die Brücke, wischte sich die Hände am Wams ab, wieder und wieder, und stapfte schließlich mit angriffslustig gesenktem Kopf die Kaitreppe hinauf und Richtung Rialto davon.

Danach war es still auf der Brücke. Niemand sagte ein Wort. Die ganzen fünf Stunden nicht, bis sich der Nebel verzog und die Übriggebliebenen nach Hause schlichen, durch eine Stadt, in der sich mit den Fassaden zugleich der letzte Rest Menschlichkeit aufgelöst hatte.

24

Ein Brett knarrte unter Marcos Füßen, als er sich von seinem Versteck über der Zwischendecke herabfallen ließ, aber es würde sich niemand deswegen Gedanken machen. Das Haus von Familie Amorese barg zahllose Geräusche, vor allem des Nachts, da knackte und knisterte es in allen Ecken. Marco zog seine Stiefel an und setzte sich an den Tisch, um auf Chiara zu warten.

Seit ihrem ersten Kuss hatten sie keine Gelegenheit zu einer Aussprache gehabt, deshalb fieberte Marco dem Augenblick entgegen, da sie endlich aus ihrem Zimmer kam. In einem unbeobachteten Moment hatte sie ihm zu verstehen gegeben, dass sie mit dem Boot in die Lagune wollte, um nach ihrer Großmutter zu sehen, und Marco war fest entschlossen, sie nicht allein fahren zu lassen.

Im oberen Stockwerk war unterdrücktes Husten zu vernehmen, dann öffnete sich eine Tür, und Chiara kam die Treppe heruntergeschlichen. Erleichtert sprang Marco auf. Sie lächelten sich an, mehr durften sie nicht wagen, nicht jetzt und hier. Aber draußen, im Boot, hatte er alle Zeit der Welt, um ihr seine Gefühle zu offenbaren, alles, was ihm in den endlosen Stunden des Wartens durch den Kopf gegangen war.

Chiara drückte seine Hand und zog sie hastig zurück, als habe sie sich einen Nerv gequetscht. Ihre Haut war heiß und feucht, er schrieb es der Aufregung über das nächtliche Abenteuer zu. Sie schlich in die Küche, um Wurzelbrot und einen Rest Käse zu holen, für alle Fälle. Wer konnte schon sagen, ob ihre Großmutter nicht Hunger litt? Wieder hustete sie unterdrückt, und diesmal hatte sie Mühe, den Reiz unter Kontrolle zu bekommen.

Marco beobachtete sie besorgt, als sie zurückkehrte. Sie sah gar nicht gut aus. Hohlwangig, als hätte sie nicht genug Schlaf bekommen. Was vermutlich der Fall war. Bei all der Aufregung der letzten Tage war wohl niemand viel zum Schlafen gekommen.

Chiara gab ihm die Lebensmittel, holte einen wollenen Umhang und schlüpfte in ihre Schuhe. Ihre Bewegungen waren fahrig. Auf dem Weg zur Ladentür taumelte sie plötzlich. Geistesgegenwärtig ließ Marco Brot und Käse fallen und fing sie auf. Ihr Körper glühte wie der Brennofen einer Glasbläserwerkstatt. »Chiara!«

»Es ist nichts«, murmelte sie, »geht gleich wieder.« Aber sie schaffte es nicht, von allein auf die Beine zu kommen.

Marco brachte sie zu einem Stuhl. »Deine Haut ist ganz heiß«, flüsterte er.

Sie reagierte mit Verzögerung auf alles, was er sagte oder tat. »Mein Mund ist so trocken«, erwiderte sie nach einer viel zu langen Pause.

Er eilte in die Küche, fand einen Rest Trinkwasser und brachte ihn ihr. Sie war zu schwach, den Krug zu halten, er musste ihn an ihre Lippen setzen und ihr die Flüssigkeit Schluck für Schluck einflößen.

»Besser«, sagte sie und versuchte ein Lächeln, das so schrecklich misslang, dass Marco es mit der Angst bekam.

»Was ist mit dir?«

»Nichts.« Sie atmete schwer. »Nur einen Moment ausruhen.«

Erschöpft lehnte sie sich an seine Schulter, und Marco war hin und her gerissen zwischen der Freude, sie halten zu dürfen, und dem Erschrecken über ihren Zustand. Durst, Schwäche, Fieber – das konnte alles Mögliche bedeuten. Vielleicht einfach nur ein Schnupfen. Oder sie hatte etwas Verdorbenes gegessen. Man musste nicht immer gleich das Schlimmste annehmen, nicht wahr? Chiara war jung und stark. Ihr konnte doch nicht etwas so Furchtbares widerfahren wie … wie …

»Chiara!« Marco schüttelte sie heftiger als beabsichtigt. »Was ist mit dir?«

In diesem Moment wurde oben die Tür einer Schlafkammer aufgestoßen. Chiaras Vater kam herunter, eine Laterne in der Hand. »Was ist das für ein Gepolter, mitten in der Nacht?«, fragte er und hob die Laterne höher. »Marco? Was machst du denn hier?«

»Signor Amorese, Chiara, sie hat … sie ist … es geht ihr nicht gut.«

Die Angst in seinen Augen musste sich Giuseppe Amorese mitgeteilt haben, denn er stellte keine weiteren Fragen, sondern setzte die Laterne auf dem Tisch ab und beugte sich über seine Tochter.

»Du darfst Marco nicht verraten«, flüsterte sie. »Auch seinem Onkel nicht.«

Giuseppes Blick wanderte kurz zwischen Marco und Chiara hin und her. »Ach so«, sagte er. Ein schwaches Lächeln überdeckte einen Herzschlag lang die Sorge in seinem Gesicht. »Mach dir keine Gedanken, Liebes. Marco ist bei uns in Sicherheit.«

Sie wollte sein Lächeln erwidern, bekam jedoch einen Hustenanfall, der ihren Körper schüttelte und nicht enden wollte.

»Es ist doch nichts, nicht wahr?«, fragte Marco bang. »Eine Erkältung vielleicht, nicht mehr, oder?«

Giuseppe antwortete nicht, aber seine Augen waren Antwort genug. »Hol meine Frau«, befahl er knapp, legte einen Arm um Chiaras Schultern, den anderen unter ihre Kniekehlen und hob sie hoch, um sie ins Bett zu tragen.

»Nicht«, murmelte sie, »ich muss zu Großmutter Antonia.«

»Mach dir keine Gedanken, Kind. Wir werden nach ihr sehen, versprochen. Das hätten wir längst tun sollen.«

Auf zittrigen Beinen stolperte Marco die Treppe hinauf zur Schlafkammer und klopfte. »Signora Amorese«, flüsterte er durch die geschlossene Tür, »bitte kommt heraus!«

Die fremde Stimme und der verzweifelte Tonfall brachten

Bianca Amorese schneller nach draußen als eine Feuersbrunst. Ein Blick streifte Marco, dann folgte sie ihrem Mann, der beruhigend auf seine Tochter einredete, während er sie in ihr Zimmer trug und aufs Bett legte.

»Mama«, hauchte Chiara, »mein Kopf tut weh.«

»Ich bin ja da, mein Schatz.« Bianca Amorese befühlte Puls und Stirn und tastete sie ab. »Ihr Herz rast«, sagte sie, mehr zu sich selbst.

»Sie reagiert empfindlich auf Berührungen«, stellte ihr Mann fest.

»Was soll denn dieser – he, was tust du hier?« Tommaso Amorese steckte den Kopf durch die Tür eines angrenzenden Zimmers und sah Marco verdutzt an.

»Chiara … es geht ihr nicht gut.«

Tommaso kam näher und beugte sich über seine Schwester.

Chiara krümmte sich unter einem Hustenschauer, der nicht enden wollte.

Giuseppe sah ernst aus, als er sich erhob. »Wir müssen entscheiden, was wir tun«, sagte er. Seine Stimme war fest, nur am Ende des Satzes zitterte sie kaum merklich. »Wir könnten einen Dottore holen, der Chiara den Behörden melden wird. Wahrscheinlich bringt man sie dann zum Lazzaretto Vecchio.«

»Nicht zum Lazarett!« Chiaras Augen waren aufgerissen. »Da riecht es nach Verbrannten, und alle schreien vor Schmerz. Sperrt mich ein, damit ich niemanden anstecke, aber bringt mich nicht fort.«

»Das sind doch alles Quacksalber«, sagte Tommaso. »Was tun die schon? Kräuter verbrennen, Blutegel zum Aderlass ansetzen – davon werden die Kranken nur noch kränker.«

»Ich will nicht, dass mein Kind fortgebracht wird«, sagte Bianca. Ihre Unterlippe zitterte.

Giuseppe nickte, als habe er es nicht anders erwartet. »Dann sind wir uns einig: Chiara bleibt hier. Aber du, Marco, du solltest besser gehen. Der Schwarze Tod ist ansteckend.«

»Ich lasse Chiara nicht im Stich.«

Der alte Amorese sah ihn auf sonderbare Weise an. Dann nickte er und wandte sich wieder den anderen zu. »Bianca, Liebes, wir müssen die Hitze aus ihrem Körper treiben.«

Seine Frau nickte, kämpfte die Tränen nieder und suchte nach Tüchern für Kompressen.

»Tommaso, geh vor die Tür und hol Schnee und Eis zum Kühlen. Marco, ich brauche deine Hilfe. Wir müssen Chiara so betten, dass es ihr möglichst wenig Schmerzen bereitet.«

Marco war dankbar, dass er einbezogen wurde. Nichts hätte er weniger ertragen, als jetzt, da Chiara um ihr Leben kämpfte, fortgeschickt zu werden. Denn sie kämpfte gegen den Schwarzen Tod, daran gab es keinen Zweifel.

Zu zweit brachten sie sie in eine bequemere Position, und obwohl sie dabei mit aller Behutsamkeit zu Werke gingen, bereitete ihr jede Bewegung Schmerzen. Als sie endlich wieder lag, hatten alle Schweißperlen auf der Stirn.

»Papa«, flüsterte Chiara, »glaubst du, dass ich schlecht bin? Dass Gott mich strafen will?«

Jetzt liefen dem alten Amorese Tränen über die Wangen. »Niemals glaube ich das, mein Schatz. Und ich würde mich mit ihm persönlich anlegen, wenn er es wagen würde, so etwas über dich zu sagen.«

Sie lächelte und ließ ihre schlaffen Finger auf seine Hand sinken.

Ihre Mutter kehrte mit einem wassergetränkten Lappen zurück und legte ihn ihrer Tochter auf die Stirn. »Sie wird doch durchkommen?«, fragte sie ihren Mann.

»Manche Menschen überstehen die Krankheit. Pippo Latini hat sie überstanden.«

»Und Paolo Accorsi, der Fischer«, sagte Tommaso, der mit einem Eimer Schnee zurückkehrte.

»Am Ende liegt es in Gottes Hand.«

»Nein. Es liegt auch in unserer.« Marco richtete sich auf. »Ich weiß jemanden, der uns vielleicht helfen kann.«

25

Nichts ist so schlimm wie das Gefühl der Ohnmacht. Dabeistehen und zusehen zu müssen, wie sich etwas Furchtbares ereignet, auf das wir keinen Einfluss haben, widerspricht unserer Natur. Angriff oder Flucht, darauf gründen sich unsere Reflexe. Passiv abzuwarten, wie eine höhere Macht über unser Schicksal entscheidet, bedeutet, die Kontrolle über unser Leben zu verlieren.

Etwas tun zu können, so gefährlich es auch sein mochte, kam für Marco einer Erlösung gleich. Der Rat der Zehn ließ unvermindert nach ihm suchen, deshalb mied er die Hauptwege. Vermutlich war das Risiko, entdeckt zu werden, in der Nacht geringer als am Tage, ohnehin standen nicht genug Soldaten zur Verfügung, um die Brücken zu bewachen. Doch selbst wenn ihm in jeder Gasse jemand aufgelauert hätte, wäre er nicht umgekehrt. Für Chiara würde er gegen sämtliche Soldaten der Stadt kämpfen und gegen den Rat der Zehn obendrein. Aber wie kämpfte man gegen einen Feind, der sich heimtückisch in ihrem Inneren versteckte und sie Stück für Stück aussaugte?

Auf der Rialtobrücke kam ihm eine Prozession schwankender Menschen entgegen, von Soldaten bewacht und von Männern mit weißen Stäben angeführt; Infizierte auf dem Weg zu den Booten zum Lazzaretto Vecchio. Marco blickte in die andere Richtung, um nicht in die hoffnungsleeren Augen sehen zu müssen, und rannte schneller.

Am Campo de le Becarie musste er einen Umweg machen, weil der Mob auf dem Platz wütete. Die Leute hatten Wasserverkäufer und Fischer aus den Häusern geholt und beschimpften sie als

Freunde der Lubriche. Fackeln erhellten den Campo, Scheiben klirrten, Fensterläden gingen zu Bruch, es wurde geplündert und gejohlt. Die gewalttätige Stimmung machte Marco Angst. Sobald die Menschen eine Legitimation fanden, einem anderen das Recht auf menschenwürdige Behandlung abzusprechen, und sei sie noch so dünn, ließen sie die Maske fallen und entblößten die darunter verborgene Fratze des Raubtieres.

Erst in den frühen Morgenstunden erreichte Marco den Campo San Giacomo da L'Orio. Signor da Vinci würde zweifellos verärgert sein, wenn er ihn um diese Zeit aus dem Bett holte, doch jetzt war nicht der Augenblick für falsche Rücksichtnahme. Marco pochte an die Tür, und als nicht gleich geöffnet wurde, pochte er lauter. Erst nach dem vierten Mal öffnete ein schlaftrunkener Salai.

»Ich muss zu Signor da Vinci, sofort.«

»Es ist mitten in der Nacht.«

»Trotzdem. Es ist dringend.«

Man sah dem Lehrling an, dass er ihm am liebsten die Tür vor der Nase zugeschlagen hätte. »Der Meister ist nicht da«, nuschelte er ungnädig.

»Nicht da? Um diese Zeit?«

»Er betreibt Studien.«

»Nachts?«

»Es ist nicht an dir, die Entscheidungen des Meisters zu kritisieren.«

»Wo kann ich ihn finden?«

»Zwei Gassen weiter, auf dem Campiello de le Strope, im Haus neben dem Barbierladen. Der Senat hat vorübergehend die Leichen derer hineinwerfen lassen, die bei den Kämpfen mit den Aufständischen ums Leben gekommen sind.« Salai feixte. »Es stinkt dort schlimmer als in einer Jauchegrube.«

»Was will Signor da Vinci denn ausgerechnet da?«

»Finde es heraus«, erwiderte Salai und schlug die Tür zu.

Marco blieb nichts anderes übrig, als genau das zu tun. Er begab sich zum Campiello de le Strope und musste dabei dem Herrn der Nacht von Santa Croce ausweichen, der mit seinen Gehilfen über die schlafenden Venezianer wachte. Die Hälfte aller Gebäude auf dem Platz war verwüstet, Türen standen offen, zerbrochenes Mobiliar lag auf dem Pflaster. Anscheinend hatten entweder die Soldaten oder die Rebellen die Gelegenheit genutzt und zwischen den Kämpfen geplündert, wo immer es sich lohnte.

Die Tür des angegebenen Hauses war nur angelehnt. Marco schob sie auf und trat ein. »Hallo?«, flüsterte er.

Auf dem Boden hatte man die erstarrten Leichen von Soldaten und Aufständischen übereinander geworfen. Der Schein einer Laterne drang aus einem hinteren Zimmer durch die Türritzen und schälte offene Stichwunden aus dem Halbdunkel, verrenkte Glieder und abgetrennte Finger. Irgendeine makabre Seele hatte drei Tote um einen Tisch gesetzt, als stünden sie im Begriff, Karten zu spielen. Ihre blicklosen Augen schienen Marco anzustarren. Der Mann in der Mitte hatte seinen Mund mit den verfaulten Zahnstummeln aufgerissen, als lache er ihn aus.

Marco schob sich an den Körpern vorbei, darauf bedacht, ihnen nicht den Rücken zuzuwenden. Sie sind tot, sagte er sich, sie können dir nichts tun. Doch sie wirkten überhaupt nicht, als seien sie tot, eher, als hielten sie den Atem an. Als warteten sie nur darauf, dass er sich weit genug von der Tür entfernte, um nicht mehr fliehen zu können.

Bewegte sich nicht einer von ihnen? Gewiss bildete er sich das nur ein. Oder? Doch, da war es wieder. Der Mann rechts von ihm, der mit dem entblößten Oberkörper … er zitterte, als friere er. Wie unter Zwang trat Marco näher. Der blutverkrustete Bauch des Toten hob sich, schien zu atmen. Dann durchstieß plötzlich eine Rattenschnauze die Wunde. Marco unterdrückte einen Schrei und stolperte rückwärts. Er stürzte über einen

Arm und lag plötzlich Auge in Auge neben einem abgetrennten Kopf. Hastig sprang er auf und presste sich mit dem Rücken an die Wand. Ohne den Blick von der vollgefressenen Ratte zu wenden, bewegte er sich auf das Licht aus dem hinteren Raum zu und öffnete die Tür.

Weitere Tote erwarteten ihn. Leonardo da Vinci stand mit dem Rücken zu ihm über einen Tisch gebeugt und hantierte mit Werkzeugen, und erst, als Marco näher kam, entdeckte er das Ungeheuerliche seines Tuns. »Ihr schneidet die Toten auf!«, keuchte er.

Leonardo wirbelte herum. »Junger Mann, man schleicht sich nicht an jemanden heran; um das zu wissen, solltest du eigentlich alt genug sein.«

»Ich habe gerufen, am Eingang.«

»Nun, du kommst gerade richtig. Halt mal die Lungenflügel beiseite!«

Entsetzt wich Marco an die Wand des Zimmers zurück.

»Hast du Angst vor den Toten? Torheit! Es sind die Lebenden, die du fürchten solltest. Die Toten schneiden dir nicht für ein paar Piccoli oder den rechten Glauben die Kehle durch.« Er beugte sich wieder über den geöffneten Brustkorb des Leichnams und verschob mit einer Pinzette Organe, um besser sehen zu können.

Neben dem leblosen Körper, den anscheinend mehrere Degenstiche durchbohrt hatten, lag Leonardos Arbeitsheft, darin hatte er unter einer Liste auszuleihender Bücher und zwei Entwürfen von Zahnradgetrieben säuberlich Form, Lage und Beschaffenheit der inneren Organe gezeichnet, so kunstvoll, so klar, dass Marco trotz seines Grauens nicht anders konnte, als das Bild zu bewundern.

»Halt wenigstens die Lampe, damit ich etwas sehe«, brummte der Toskaner.

Marco hob die Laterne in die Höhe, wandte dabei aber das

Gesicht ab. »Warum tut Ihr das?«, wollte er wissen.

»Ist das nicht offensichtlich? Um zu verstehen, natürlich.«

»Aber tote Menschen aufzuschneiden …«

»Es gibt keinen Unterschied zwischen dem Stamm eines Baumes und dem Körper eines Toten. Alles ist Gottes Werk und als solches wert, studiert zu werden. Wissen ist das wertvollste Gut auf der Welt, und ich will alles wissen: warum man Muscheln auf Berggipfeln findet, woher Tränen und Wahnsinn kommen, wie man die Quadratur des Kreises bewerkstelligen kann.« Er nahm seine Feder, tunkte sie in ein Tintenfass und ergänzte seine Zeichnung um eine filigrane Blutader.

Marco sah den Toskaner an, um nicht auf die Leiche achten zu müssen. Leonardo war wie aus dem Ei gepellt: Über einem neuen Wams trug er als Übergewand eine Cotardie aus Samt mit Blumen- und Granatmuster, dazu hatte er seine Haarsträhnen mit Gummi arabicum gefestigt. Der Gegensatz zwischen der grausigen Tätigkeit und dem herausgeputzten Äußeren des Toskaners war grotesk.

»Genug für heute.« Leonardo schmirgelte seine Zangen, Sägen und was er sonst noch an Werkzeug herumliegen hatte in einem Eimer Sand ab und säuberte anschließend seine Fingernägel.

Scheu stellte Marco die Laterne auf den Tisch, dabei warf er doch einen Blick auf den Leichnam. Das also war ein Mensch, wenn er tot war: eine Ansammlung steifer Organe. So würde Chiara in wenigen Tagen aussehen, wenn nicht ein Wunder geschah. Er schluckte und schluckte, doch der Kloß in seiner Kehle wollte einfach nicht verschwinden.

»Du hast Kummer. Wenn es wegen des Buches ist – ich versichere dir, ich habe es nicht vergessen. Tatsächlich arbeite ich nahezu den ganzen Tag daran und vernachlässige darüber alle anderen Arbeiten. Die Marquise Isabella sitzt mir wegen eines Porträts im Nacken. Alberne Person. Jedenfalls, ich habe etliche Anhaltspunkte gefunden und auf ihre Richtigkeit hin verifiziert und stehe kurz vor dem Durchbruch. Was noch aussteht, ist die Überprüfung aktueller Einflüsse, die … – du hörst mir nicht zu.«

»Verzeiht! Ich bin Euch wirklich dankbar für Eure Mühe.«

»Das ist ja wohl das Mindeste. Es erfordert schließlich all mein Wissen und all meine Kunst.« Leonardo packte seine Utensilien zusammen. »Komm, begleite mich nach draußen. Lass uns die Wunder und Schrecken der Nacht entdecken. Bei der Gelegenheit kannst du mein Werkzeug tragen.«

Nur zu gern folgte Marco ihm vor die Tür.

Hier breitete Leonardo die Arme aus, atmete tief durch und legte den Kopf in den Nacken. »Siehst du die Sterne?«, fragte er. »Warum leuchten sie? Was ist die Natur ihres Lichts?« Er ließ die Arme sinken und sah Marco an. »Was immer es ist, ich glaube, es zittert und breitet sich zitternd aus. Wie die Wellen eines Sees, verstehst du?« Er schlug gemächlich den Weg zum Campo San Giacomo da L'Orio ein. »Also, was bereitet dir Kummer?«

»Kennt Ihr ein Mittel gegen den Schwarzen Tod?«

»Junge, wenn das der Fall wäre, hätte ich mein Wissen längst dem Senat zur Verfügung gestellt, meinst du nicht?«

»Aber wenn nicht Ihr, wer weiß es dann?«

»Ich fürchte, niemand.«

Marco blieb stehen. »Soll das heißen, dass wir diesem … diesem abscheulichen, widerlichen Teufelsnebel wehrlos ausgeliefert sind?« Ohne es zu merken, hatte er zu schluchzen begonnen.

»Wen hat es erwischt? Deine Familie?«

Marco schüttelte den Kopf und rang um Fassung. »Chiara. Die Tochter des Maskenmachers aus der Calle Calergi.«

»Verstehe.«

»Sie hat mich bei sich versteckt. Weil doch die Soldaten hinter mir her sind, wegen dem Buch.«

»Ich konnte nicht umhin, das zu bemerken. Sie behelligen jeden mit ihren kindischen Fragen nach dir.«

Leonardo ging weiter, und Marco schloss sich ihm an. »Ihr

habt den Nebel studiert wie kein anderer. Ich hatte gehofft …«

»… dass ich eine Lösung weiß? Nun, ich weiß keine, so ärgerlich ich es finde, dies eingestehen zu müssen. Zumindest keine, die gelehrten Ansprüchen genügt.«

»Ich bin nicht sicher, ob ich Euch folgen kann. Wollt Ihr damit sagen, es gibt eine Möglichkeit, ihr zu helfen?«

»Ich würde es eher einen Strohhalm nennen, an den sich jemand klammern mag, der verzweifelt genug ist. Jemand wie du, also. Tatsächlich glaube ich, dass auch nur jemand wie du dazu in der Lage wäre.«

»Wie meint Ihr das?«

»Das Siegel, das gebrochen wurde und den Nebel und damit den Schwarzen Tod nach Venedig gebracht hat, bestand aus uralter Magie. Kein Mensch unseres Zeitalters versteht genug davon, um sie zu begreifen. Das kann nur jemand, der selbst uralt ist. Ein Lubrica, zum Beispiel. Vielleicht – nur vielleicht – kennen die Fischmenschen ein Mittel, um deine Chiara zu heilen.«

»Aber sie verstecken sich vor uns.«

»Nun, es ist natürlich nur eine Theorie, aber ich würde mein kostbares Wams, das mich, nebenbei gesagt, dreiundzwanzig Dukaten gekostet hat, darauf verwetten, dass sie weniger Scheu gegenüber jemanden an den Tag legen, der wie sie mit dem Wasser kommuniziert.«

»Ich verstehe Euch nicht. Von wem sprecht Ihr?«

»Von dir natürlich, du einfältiger Knabe.«

Marcos Kehle schnürte sich zu. »Wie kommt Ihr darauf, dass ich mit dem Wasser kommunizieren könnte?«

»Es hat dich zur Ca' Eternità geführt.«

»Ich sagte doch schon: Es war reiner Zufall, dass ich dort gelandet bin. Ich hatte es nicht geplant.«

»Eben. Es war keine Absicht. Und auch kein Zufall. So wenig wie dein Glück beim Fischfang. Du spürst es, nicht wahr?«

»Was?«

»Das Meer. Die Lagune.«

»Nein!«, schrie Marco, noch ehe Leonardo geendet hatte. »Ich hasse das Wasser! Ich spüre nichts, gar nichts!«

»Wirklich?« Mitten auf dem Campo San Giacomo da L'Orio blieb Leonardo stehen und deutete auf den verschlossenen Brunnen. »Du willst mir erzählen, du hörst nichts, nicht das kleinste bisschen? Du willst mir weismachen, die Lagune spricht nicht zu dir, hier heraus?«

Dunkel, dunkel, flüsterte es aus der Tiefe.

Marco presste die Hände auf seine Ohren. »Da ist nichts. Ich hasse das Wasser. Ich hasse das Meer. Ich hasse die Lagune.«

»Warum hasst du das Wasser?«

»Weil es grausam ist. Weil es tötet. Weil es keine Gnade kennt und kein Mitleid.«

»Das sind menschliche Maßstäbe.«

»Es ist gierig. Es hat immer Hunger. Und es stillt seinen Hunger mit Menschenblut.« Marco schrie es heraus, und die Tränen liefen ihm ununterbrochen über das Gesicht.

Leonardo nickte. »Das Meer kann furchtbare Zerstörungen anrichten, das ist wahr. Es lässt Flüsse über die Ufer treten, überschwemmt Felder und raubt den Menschen die Grundlage ihres Lebens. Es reißt kräftige Männer, Vieh und Häuser mit sich, verwandelt Land in fieberbringende Sümpfe und nagt an den Gebirgen. Wenn es könnte, würde es die Welt zu einer Kugel formen. Nichts vermag seiner Kraft zu widerstehen. Ja, das Meer nimmt, du hast recht, doch es gibt auch. Es raubt ganze Küstenstriche, aber es hinterlässt dafür fruchtbares Land. Es schenkt Venedig das Salz, das einen beträchtlichen Teil eures Reichtums ausmacht.« Der Toskaner ließ sehnsüchtig seine Hände über den Brunnenrand gleiten. »Ich würde die Hälfte meines Lebens dafür geben, wenn ich hören könnte, was du hörst.«

Marco weinte still vor sich hin, aber er widersprach nicht mehr.

»Es ist eine seltene Fähigkeit. Ein Talent. Menschen, die am

Meer leben, besitzen es alle bis zu einem gewissen Grade. Vielleicht ist es auch umgekehrt: Jene mit diesem Talent werden vom Meer angezogen. Es spricht zu ihnen, in ihren Träumen. Dein Namensvetter, der große Marco Polo, hat es auch gespürt. Es weckte sein Fernweh. Hat dir das Meer nie von fremden Ländern erzählt?«

Ozeane aus Sand, die flüstern und singen, ich habe sie gesehen. Schleier aus Farben am Firmament, grün und violett – über dem Reich des ewigen Winters tanzt der Himmel.

»Doch«, gab Marco zu.

Leonardo legte die Hände auf seine Schultern. »Ich frage dich nicht nach dem Grund für deinen Hass auf das Meer. Was immer es war, das ist etwas, mit dem du selbst ins Reine kommen musst. Aber bedenke eines: Das Heute ist nicht der Sklave des Gestern. Die Vergangenheit darf nicht die Gegenwart beherrschen. Und noch etwas: Man kann keine größere Herrschaft besitzen als die Herrschaft über sich selbst.« Seine Hände lasteten schwer auf Marco. »Jemand ist in Gefahr. Jemand, für den du viel übrig hast. Du musst dich entscheiden. Vielleicht, nur vielleicht, können die Lubriche helfen. Ich kann es nicht. Und die Ärzte noch viel weniger.«

Folge mir, flüsterte es aus dem Brunnen.

Marco zitterte.

26

Als er die Fondamenta dei Ormesini erreichte, wurde es bereits hell. Es erwies sich als schwierig, unbemerkt zur Calle Calergi zu gelangen. Etliche Frühaufsteher waren unterwegs, und auf den letzten Schritten musste ihm auch noch Oretta Mosca entgegenkommen. Marco schlüpfte in den Maskenladen und hoffte, dass sie ihn nicht bemerkte.

Chiaras Zustand hatte sich verschlechtert. Sie klagte über Schmerzen, an den Armen, an den Beinen, im Bauch, am ganzen Körper. Berührungen ertrug sie nur unter Qualen. Zweimal musste sie sich übergeben und würgte alles heraus, was ihre Mutter ihr zuvor mühsam eingeflößt hatte. Die meiste Zeit jedoch war sie nicht einmal ansprechbar, redete wirres Zeug und fantasierte.

Giuseppe und Bianca Amorese sahen Marco derart hoffnungsvoll entgegen, dass er sich wie ein Verräter vorkam, als er ihnen berichten musste, dass auch Signor da Vinci kein Heilmittel kannte.

»Du hast es versucht, Marco, dafür sind wir dir dankbar«, sagte Chiaras Vater.

»Wir müssen abwarten und Vertrauen haben«, meinte seine Frau, »mit Gottes Hilfe gesunden manche Kranke von allein.«

Sie verließen Chiaras Zimmer, um ihr Ruhe zu gönnen, und setzten sich mit Tommaso, der sich um den Laden kümmerte, an den Tisch in der Werkstatt.

»Signor da Vinci meint, dass es vielleicht etwas gibt, was wir tun können«, sagte Marco. Er hatte den ganzen Weg über Zeit gehabt, darüber nachzudenken. Wenn es Chiaras Leben rettete, wäre er sogar bereit, noch einmal das Haus in der versteckten Bucht aufzusuchen.

Er setzte eben an, seine Worte zu erklären, als die Ladentür geöffnet wurde. Ehe Marco aufspringen und sich verstecken konnte, betrat Alessandro bereits die Werkstatt.

»Was machst du denn hier?«, fragte er. Und dann, an seine Eltern gewandt: »Wisst Ihr nicht, dass Marco gesucht wird? Er hat den Senat bestohlen.«

»Das sieht dir ähnlich, verleumderische Anschuldigungen aus dem Palazzo Ducale nachzuplappern«, zischte Tommaso.

»Zufällig weiß ich, dass es die Wahrheit ist. Der Rat der Zehn leitet persönlich die Suche, es muss also wichtig sein. Sämtliche Soldaten der Stadt sind seinetwegen auf den Beinen.«

»Dann richten sie wenigstens keinen Schaden an.«

Alessandro warf ihm einen vernichtenden Blick zu. »Ihr könnt Marco nicht hier lassen«, sagte er zu seinen Eltern. »Wenn man ihn bei euch findet, riskiert ihr den Kerker oder Schlimmeres.«

»Ich fasse es einfach nicht, dass du immer noch dieser Verbrecherbande dienst«, unterbrach Tommaso. »Dem Rat verdanken wir Hunger, Durst und den Schwarzen Tod. Er hat die Seuche in die Stadt geholt, du musst doch davon gehört haben!«

»Was kümmert mich der Klatsch des Pöbels? Die einen erfinden Gerüchte über den Rat, die anderen behaupten, die Lubriche seien an allem schuld. Glaubst du etwa all diese Märchen?«

»Marco hier hat es selbst gehört. Aus dem Mund des Rates. Deswegen verfolgen sie ihn nämlich: weil er eine ihrer Sitzungen belauscht hat.«

»Lächerlich! Er käme nie an den Wachen vorbei. Ich weiß nicht, Marco, weshalb du dir so etwas ausdenkst. Du scheinst nicht zu begreifen, was du damit anrichtest.«

»Natürlich, wer etwas sagt, das dir nicht in den Kram passt, ist ein Lügner, so einfach ist das. Ich jedenfalls glaube ihm. Und wenn du dir ernsthaft einredest, der Rat würde einen solchen

Aufstand machen wegen eines Buches, bist du noch dümmer, als ich dachte. Marco hat meine Unterstützung. Jeder, der den Rat der Zehn bekämpft, ist mein Freund.«

»Von dir habe ich nichts anderes erwartet. Aber du, Vater, ich begreife nicht, wie du so unvernünftig sein kannst.«

Giuseppe erhob sich langsam und trat vor seinen ältesten Sohn. »Wen ich in meinem Haus beherberge, geht nur mich und deine Mutter etwas an. Oder willst du das infrage stellen?«

Alessandro versuchte, dem Blick seines Vaters standzuhalten. »Es ist gefährlich«, beharrte er. »Wenn man euch erwischt …«

»Ihr redet über Politik, während mein Engel im Sterben liegt«, schluchzte Chiaras Mutter.

Giuseppe legte den Arm um ihre Schultern. »Du hast recht, Bianca. Verzeih!«

»Wovon redest du?«, fragte Alessandro. »Was ist mit Chiara?«

Tommaso antwortete an ihrer Stelle. »Wenn du es mit deinen Beschuldigungen nicht so eilig gehabt hättest, hätten wir es dir längst gesagt. Chiara … der Schwarze Tod steht an ihrem Bett.«

Sein Bruder sah ihn an, als wolle er sich auf ihn stürzen und mit den Fäusten zwingen, die Worte zurückzunehmen. Stattdessen rannte er nach oben.

Giuseppe setzte sich wieder an den Tisch. »Du wolltest uns eben etwas mitteilen, Marco«, sagte er.

»Signor da Vinci glaubt … er sagt, der Zauber, der den Nebel nach Venedig gebracht hat, ist alt, so alt wie die Lubriche. Vielleicht kennen sie einen Weg, um die Krankheit zu heilen.«

»Was soll uns das helfen? Niemand hat sie je zu Gesicht bekommen. Vielleicht sind sie nichts als eine Legende.«

»Ich glaube, ich weiß, wo ich sie finden kann. Sicher bin ich mir nicht, aber … es ist einen Versuch wert.«

»Wo?«, fragte Bianca.

»In dem Haus in der versteckten Bucht auf der anderen Seite des Canale di Cannaregio.«

Das Schweigen, das darauf folgte, war beredter als Worte. Marco wusste, jeder am Tisch dachte an Francesca und die Umstände ihres Todes. »Ich habe ihre Schuppen gesehen«, plapperte er, um dieses Schweigen nicht länger ertragen zu müssen. »Sie waren einmal dort, vielleicht sind sie es immer noch. Wir könnten Chiara zu ihnen bringen. Es ist nur eine winzige Chance, zugegeben, aber es ist eine Chance.«

»Verrückt«, sagte Tommaso. Es klang nicht ablehnend.

»Die Lubriche mögen die Menschen nicht«, gab Giuseppe zu bedenken.

»Es ist einen Versuch wert.«

»Ja, das ist es. Wie denkst du darüber, Bianca?«

»Ich würde auch den Teufel um Hilfe bitten, wenn er mir mein Kind wiedergibt.«

»Dann ist es beschlossen.«

Giuseppe und Bianca erhoben sich und trafen Vorbereitungen, trugen Kissen und Decken zusammen.

Tommaso blieb sitzen. »Ich möchte mich für meinen Bruder entschuldigen«, sagte er zu Marco. »Er ist ein verbohrter Idiot. Ich glaube dir.«

»Danke.«

»Ich habe gehört, dein Bruder war auch bei den Aufständischen. Tut mir leid, dass es so enden musste. Hast du Nachricht von ihm?«

Marco schüttelte den Kopf.

»Ich bin sicher, dass er noch lebt. Unter den zum Tode Verurteilten war er nicht, das hätten wir erfahren.«

»Ja.«

Tommaso stand auf, um seinen Eltern zu helfen. Dann grinste er plötzlich. »Und du hast wirklich ein Buch aus dem Palazzo Ducale geklaut, mitten unter den Augen des Rates? Alle Achtung!« Immer noch grinsend verschwand er, um die Gondel bereit zu machen.

Als sich alle wieder in der Werkstatt versammelten, wurde oben behutsam eine Tür geschlossen. Ungewöhnlich leise kam Alessandro die Treppe herunter. Seine Augen waren gerötet, als habe er geweint. »Wir müssen sie zum Lazzaretto Vecchio bringen«, sagte er.

»Ich lasse mein Kind nicht im Stich«, erwiderte Bianca.

»Dort würde sie ärztliche Hilfe bekommen.«

»Es gibt nichts, was die Ärzte tun können«, meinte Giuseppe. »Sie würde nur unnötig leiden unter all den Verzweifelten.«

»Es ist nicht richtig«, erwiderte Alessandro. »Kranke müssen in Quarantäne gehalten werden, sonst breitet sich die Seuche aus.« Aber er sagte es kraftlos, als glaube er selbst nicht daran. Plötzlich bemerkte er die Decken. »Was habt ihr vor?«

»Wir bringen Chiara zu den Lubriche und bitten sie um Hilfe«, erwiderte seine Mutter, als sei es die natürlichste Sache der Welt.

Alessandro sah offenen Mundes von einem zum anderen, um herauszufinden, ob seine Familie sich einen Scherz mit ihm erlaubte. Dann schloss er seinen Mund wieder. »Wenn du meinst, dass es das Richtige ist«, murmelte er.

Sie brachten Chiara zur Gondel, was nicht leicht war, weil man sie einerseits kaum berühren konnte und andererseits die Nachbarn nicht mitbekommen durften, dass der Schwarze Tod im Haus von Familie Amorese Einzug hielt. Alessandro und Tommaso inszenierten ein Ablenkungsmanöver, indem sie eine lautstarke Auseinandersetzung anfingen, was ihnen nicht sonderlich schwer fiel. So gelang es Chiaras Eltern, ihre Tochter unbemerkt ins Boot zu verfrachten und, in eine Decke gewickelt, auf Kissen am Boden der Gondel zu betten. Tommaso hatte den Felze, den Baldachin, hochgestellt und die seitlichen Vorhänge heruntergelassen, sodass Chiara neugierigen Blicken verborgen blieb.

Erst als Alessandro sie vom Ufer abstieß, stellte sich Marco die Frage, ob der Nebel sie überhaupt an der versteckten Bucht entlangführen würde. Giuseppe, der den Strömungsplan des Senats im Kopf hatte, bestätigte es.

Die Fahrt wurde zu einer Tortur. Chiara stöhnte vor Schmerzen. Alessandro saß abseits und warf Marco von Zeit zu Zeit prüfende Blicke zu. Marco hatte bisher nichts zu seiner Verteidigung vorgebracht, und er beabsichtigte auch nicht, es zu tun. Es gab keinen Beweis für die ungeheuerlichen Verbrechen des Zehnerrates, im Grunde genommen konnte er es Alessandro nicht einmal verdenken, dass er ihm keinen Glauben schenkte.

Als sie die offene Lagune erreichten, begegnete ihnen ein Dutzend mit weißen Tüchern bedeckter Gondeln auf dem Weg zum Lazzaretto Vecchio, überladen mit Kranken in allen Stadien der Austrocknung. Manche kauerten apathisch auf den Planken, andere schrien und mussten von Soldaten festgehalten werden, wieder andere stierten über die Bordwand in den Nebel. In den letzten drei Booten waren Leichen übereinandergeschichtet, die auf der Quarantäneinsel verbrannt werden sollten. Marco zitterte, Bianca Amorese schluchzte, die anderen pressten die Lippen aufeinander. Aber niemand vermochte den Blick abzuwenden. Erst, als die letzte Gondel hinter einer Landzunge verschwunden war, befahl sich Marco weiterzuatmen. An Bord herrschte bedrückte Stille. Selbst Tommaso enthielt sich im Gegensatz zu seiner sonstigen Gewohnheit jeden Kommentars.

Die Landung in der versteckten Bucht gestaltete sich schwierig, weil es keinen Anlegeplatz gab und niemanden, der ihnen vom Ufer aus hätte helfen können, die Gondel an Land zu ziehen. Tommaso löste das Problem, indem er unter dem Angstschrei seiner Mutter auf die Insel sprang. Alessandro warf ihm ein Seil zu, und mit vereinten Kräften vertäuten sie die Gondel.

Dann halfen sie Chiara nach draußen, doch so vorsichtig sie dabei auch vorgingen, es bereitete ihr unverkennbar Schmerzen. Marco konnte ihr Wimmern und Schluchzen kaum ertragen. Wenn er doch wenigstens ihre Hand halten könnte, um ihr zu zeigen, dass er für sie da war! Aber sie ertrug ja nicht einmal das Scheuern der Kleider auf ihrer Haut.

Mit gemischten Gefühlen näherte sich Marco der Backsteinmauer des Hauses und dem Fenster, durch das er damals hereingekrochen war. Unkraut überwucherte es, und Alessandro musste ihnen mit seinem Degen den Weg freihacken, ehe sie den behelfsmäßigen Eingang nutzen konnten. Drinnen verstärkte sich das Gefühl der Vertrautheit noch. Die zerbrochenen Dachschindeln, die Falltür mit dem eisernen Ring – alles war wie damals. Selbst der Geruch vom nassen Fell streunender Katzen fehlte nicht.

»Da runter?«, fragte Tommaso.

Marco nickte, zu mehr war er nicht in der Lage.

Mit vereinten Kräften öffneten Tommaso und Alessandro die Falltür. Der Geruch, der heraufstieg, weckte Erinnerungen, die Marco zittern ließen. Es ist nichts, versuchte er sich einzureden, nur feuchter Lehm und Algen. Aber es half nichts, das Zittern wollte einfach nicht aufhören.

Der Weg nach unten war eine Tortur, sowohl für Chiara wie auch für die anderen. Die engen Falltüren, die schmalen Treppen, das Dämmerlicht – jeder Schritt wurde durch die Umstände erschwert. Dass sie überhaupt vorankamen, grenzte an ein Wunder. Insgeheim war Marco froh, dass er nicht allein in die tiefer gelegenen Stockwerke musste. Mit jeder Stufe wurde sein Zittern stärker. Halb hoffte er, niemals unten anzukommen.

Schweben, flüsterte es aus der Tiefe. *Dahingleiten*.

Endlich erreichten sie das Stockwerk mit dem eingebrochenen Fußboden. Nur dass das Stockwerk nicht mehr existierte. Das morsche Holz musste irgendwann nachgegeben haben, denn bis auf ein paar Dielen um die Treppe herum und einen Stützbalken, der sich quer durch sämtliche Räume von einer Außenwand des Hauses zur anderen zog, war der Boden verschwunden. Sogar der größte Teil der Zwischenwände lag vermutlich in den Tiefen des dunklen Sees, der das Stockwerk ausfüllte und sich sanft hin und her wiegte.

Licht, flüsterte es.

Es traf Marco wie ein Schlag mit dem Hammer. Zum ersten Mal seit jenem schrecklichen Tag, der seine Schwester das Leben gekostet hatte, stand er wieder hier unten und vernahm das Flüstern, das so verführerisch sein konnte und dabei so grausam war.

Warm!

Er versuchte, an nichts anderes zu denken als an Chiara. Ihr Leben war in Gefahr, sie war der Grund, warum er diese Tortur auf sich nahm. Mit zitternden Händen half er, ein Lager aus Decken und Kissen zu bereiten und sie darauf niederzulegen, nachdem Alessandro sich davon überzeugt hatte, dass der stehen gebliebene Rest des Fußbodens ihr Gewicht trug.

Dann wandte sich Marco an Giuseppe Amorese. »Ich, äh, ich glaube, ich sollte allein sein«, sagte er verlegen.

»Was soll das? Wir sind ihre Familie, nicht du«, begehrte Alessandro auf.

Giuseppe hob die Hand und gebot ihm zu schweigen. »Warum?«, fragte er Marco.

»Signor da Vinci ist der Meinung, dass ich … also, dass ich eine Art … Talent besitze. Etwas, das die Lubriche vielleicht ihre angeborene Scheu überwinden lässt. Es hat mit dem Wasser zu tun.«

»Du willst Chiara doch nicht hier allein lassen, oder?«, fragte Alessandro seinen Vater. »Wenn es die Lubriche wirklich gibt … was ist, wenn sie uns feindlich gesonnen sind? Wie können wir Chiara beschützen, wenn wir irgendwo da oben herumstehen und nicht wissen, was los ist?«

Giuseppe dachte nach. »Wenn wir das annehmen, hätten wir gar nicht erst herkommen sollen.«

Alessandro antwortete nicht, aber sein Nicken verriet, dass er sich zurückhalten musste, um nicht deutlich zu machen, dass das in der Tat besser gewesen wäre.

»Wir sind hier, weil uns nichts anderes übrig bleibt, als auf die schwache Hoffnung zu bauen, dass die Lubriche irgendwo hier unten leben und dass sie bereit und imstande sind, Chiara zu helfen. Sollten wir uns irren, ist es ohnehin zu spät.« Giuseppe legte einen Arm um seine Frau und drängte sie sanft zur Treppe.

Bianca mochte nicht fortgehen und tat es dennoch, sah sich allerdings auf jeder Stufe nach ihrer Tochter um. Tommaso folgte ihnen, und auch Alessandro fügte sich dem Beschluss seines Vaters, nicht ohne Marco noch einmal einen drohenden Blick zuzuwerfen, ehe er durch die Falltür in die oberen Stockwerke verschwand.

Die Klappe fiel zu. Marco war allein mit Chiara und den Gespenstern seiner Vergangenheit.

Das Licht der zurückgelassenen Laterne warf Reflexe auf die schwarze Oberfläche des Sees, aber Marco sah überall nur Eis und hörte wieder das Knacken und Knirschen und das Frohlocken des Wasser, wie es ihm zuflüsterte: *Komm! Werde ein Teil von mir!* Er spürte die Strömung unter dem Eis, die seine Schwester nach unten zog, fühlte seine Knochen brechen, während er auf die Eiskruste einschlug, Francesca, pass auf!, ihre aufgerissenen Augen, ihr Mund, der sich mit Wasser füllte, und dann das Geräusch ihrer Fingernägel unter dem Eis, *Wehr dich nicht!*, keine Luft, Francesca, halt dich fest! wo bist du? Francesca! Francesca!, und dann ihr Körper, der an ihm vorbeitrieb, kalt und leer und reglos.

Marco unterdrückte den Schrei, der aus seiner Kehle hervorbrechen wollte, und zwang sich, in die Gegenwart zurückzukehren. Es war nicht seine Schwester, die neben ihm lag, wie er einen entsetzlichen Moment lang glaubte, sondern Chiara, die um ihr Leben rang. Ihretwegen war er hier. Ihretwegen musste er sich zusammenreißen.

Er richtete sich auf, erschöpft wie nach einem Wettlauf von einem Ende Venedigs zum anderen. Auf zittrigen Beinen wankte er zum Rand des Fußbodens und suchte nach einer Möglichkeit herauszufinden, ob es im Nebenraum frische Spuren der Fischmenschen gab. Wenn er es schaffte, auf den stehen gebliebenen Stützbalken zu gelangen, konnte er von da aus zur anderen Seite des Stockwerks balancieren. Wenn das Holz hielt. Wenn er nicht strauchelte.

Warm. Lebendig.

Marco wagte es und schob sich ans Ende des Bodens. Es knirschte, doch das Holz hielt. Sich mit den Händen an der Wand abstützend, setzte er erst einen Fuß auf den Balken, dann den anderen. Er verlagerte sein Gewicht und testete die Stabilität. Holzmehl rieselte nach unten und traf auf die Wasseroberfläche. Mit ausgestreckten Armen ging er los. Zwei Schritte, drei, vier …

Komm! Kehre zurück zu deinem Ursprung!

Wieder rieselte Holzmehl nach unten, der Balken gab bedenkliche Geräusche von sich. Marco blieb stehen. Die Reste der Zwischenwand versperrten ihm nicht länger die Sicht, von hier aus sah er gerade genug vom Nebenraum, um zu erkennen, dass auch dort der Boden weggebrochen war. Nirgends lagen Schuppen, und auch die sternförmig zusammenlaufenden Algen waren fort. Nichts deutete darauf hin, dass sich hier jemals Lubriche aufgehalten hätten. Enttäuscht schob sich Marco zur Wand zurück. Gegen jede Wahrscheinlichkeit hatte er gehofft, Spuren zu finden, vielleicht sogar die Lubriche selbst anzutreffen.

Er stieg vom Balken auf den Fußboden und blickte ins Wasser. Läge er auf dem Bauch, könnte er es mit seinen Händen erreichen. Ohne den Entschluss dazu gefasst zu haben, hockte er sich hin. Schwarz war die Oberfläche, schwarz und undurchdringlich. Er konnte fühlen, wie sich das Blut in seinen Adern den Gezeiten anpasste, auf und ab, auf und ab …

Folge mir, folge mir! Siehst du, was ich sehe? Gefiedertes, Flatterndes. Dickes, Behäbiges und Huschendes, Leichtfüßiges. Schlüpfriges, Wendiges.

Reflexartig wehrte er die Berührung durch die Stimme ab, aber das Flüstern machte ihn trunken. Sein Geist trieb davon, in die Tiefe. Etwas dort unten zog ihn an. Seine Lider wurden schwer, sanken herab, gerade so weit, dass er seine Umgebung noch schemenhaft wahrnehmen konnte.

Überall wimmelt es von Leben. Vierbeiner mit Streifen und solche, die ihre Farbe ändern. Kleine Vierflügler, bunt und flatterhaft.

Da waren Lichtpunkte in der Tiefe, oder bildete er sich das ein? Nein, es stimmte. Erst ein Fünkchen, dann zwei, dann sieben, dann Hunderte, die größer und größer wurden und dabei umeinander tanzten. Medusen. Marcos Augenlider flatterten. Vielleicht dauerte es nur wenige Herzschläge, vielleicht eine halbe Ewigkeit, irgendwann jedenfalls trieben die Quallen knapp unter der Oberfläche des Sees und tauchten den versunkenen Raum in ein bläuliches Licht. Das Wasser schien von innen heraus zu leuchten und warf zitternde Reflexe an die Wände.

»Wie schön«, hauchte es hinter ihm.

Die Worte brachen den Bann. Das Flüstern und Singen verblasste, als Marco herumwirbelte.

Chiara lag mit offenen Augen auf dem Deckenlager und staunte die schimmernde Wasseroberfläche an. »Du hast es wieder getan«, flüsterte sie. »Wie damals.«

»Ich habe nicht … ich kann nicht … es war nicht ich«, stammelte er. Vielleicht bildete er sich auch nur ein, es zu sagen. Er wusste weder, was mit ihm geschah, noch wie er es lenken konnte. Am allerwenigsten wusste er, was er tun sollte, um die Lubriche herbeizurufen.

Ein verzückter Ausdruck lag auf Chiaras Gesicht. »Bin ich tot?«, hauchte sie.

»Nein, Chiara, du lebst. Wie geht es dir?«

Aber sie hatte die Augen schon wieder geschlossen. »Gott straft mich für meine Feigheit«, murmelte sie.

»Was redest du da? Chiara! Chiara!«

»Du musst gehen, Marco. Sonst wirst du auch krank.«

»Wir gehören zusammen. Ich lasse dich nicht im Stich.«

Jetzt weinte sie.

»Chiara, was ist mit dir? Chiara!«

Aber sie war schon wieder im Delirium. »Senfsamen«, rief sie. »Kinderknochen. Vorsicht, ihr fallt!«

»Chiara, komm zu dir!«

»Hat er ihn geholt, der Schwarze Tod? Den Wasserträger?«

Marco musste sich niederbeugen, um ihre Worte zu verstehen. »Ich weiß nicht, wovon du sprichst«, rief er.

»Cecila, verzeih mir!« Ihre Worte verloren sich im Fieberwahn. Sie stöhnte vor Schmerz.

Er wollte seine Hand auf ihre Stirn legen, um ihre Temperatur zu prüfen, erinnerte sich aber im letzten Moment an ihre Berührungsempfindlichkeit. »Bitte«, flüsterte er, »du darfst nicht sterben, Chiara! Bitte!« Er kämpfte gegen die Tränen an, die sich seiner zu bemächtigen drohten.

Als er sich wieder dem Wasser zuwandte, waren die Lichter verschwunden.

Er wartete. Lange. Die Verletzungen durch die Schläge des Herrn der Nacht meldeten sich zurück. Aus irgendeinem Grund dachte er an seine Mutter. Hier hätte auch sie keinen Rat gewusst.

Er legte sich ans Wasser, tauchte seine Hände hinein und versuchte, die Lubriche mit der Kraft seiner Gedanken zu rufen. Mit zusammengebissenen Zähnen ertrug er die Berührung des Teiches, ließ sich vom Singen in die Tiefe ziehen, lockte und schmeichelte. Einen Augenblick lang schien sich ihm das Wasser entgegenzurecken, berührte seine Fingerspitzen wie eine fremde Hand, doch er konnte es nicht festhalten, und so sank es zurück und wurde glatt und passiv wie ein toter Gegenstand.

Er wartete wieder.

Als er endlich einsah, dass alles vergebens war, dass niemand kommen würde, um Chiara zu retten, erhob er sich wie ein alter Mann, nahm die Laterne und kroch die Stufen der Treppe hinauf, um Chiaras Eltern und ihre Brüder zu holen. Er wagte nicht, sich auszumalen, wie sie seinen Fehlschlag aufnehmen würden. Er hatte Hoffnung in ihre Herzen gepflanzt, nur um sie ihnen wieder zu rauben.

Kraftlos schlug er die Falltür zurück und kletterte durch das Loch. Oben war alles still. Wie verabredet hatte sich Familie Amorese ins oberste Stockwerk begeben, um die Lubriche nicht zu verschrecken. Wusste man denn, über was für Kräfte sie verfügten? Vielleicht konnten sie Menschen durch eine Holzdecke hindurch spüren.

Er fand sie oben, und die Begegnung war so schlimm wie befürchtet. Sie lasen den Fehlschlag in seinen Augen und reagierten auf unterschiedliche Weise. Bianca fing an zu weinen, Tommaso fluchte, Alessandro beschimpfte ihn für seinen törichten Vorschlag. Aber am unerträglichsten war, dass Chiaras Vater ihn mit brechender Stimme in Schutz nahm. »Marco hat getan, was er konnte, mehr kann man von niemandem verlangen.«

Nein, dachte Marco, die Wahrheit ist: Ich habe schon wieder versagt.

Als sie nach unten stiegen, war es, als würden sie den Leichenzug vorwegnehmen, der sie unzweifelhaft in zwei oder drei Tagen erwartete. Niemand sagte ein Wort, nur Biancas Schluchzen durchbrach von Zeit zu Zeit die Stille.

Ein intensiver Fischgeruch, der Marco vorher nicht aufgefallen war, empfing sie. Er stellte seine Laterne ab, um den anderen zu helfen, Chiara in die Decke zu wickeln, dabei entfuhr ihm ein Laut der Überraschung. Auf dem Boden schimmerten zwei grünliche Schuppen. Marco riss die Laterne wieder hoch. Da war sie, die Schleifspur aus Tang und Algen, feuchtglänzend, als habe sich jemand aus dem Wasserloch geschleppt. »Sie waren hier!«, rief er.

Laternen fuhren in die Höhe. Wirklich, es gab noch mehr Spuren, Schuppen und Algenreste überall. Die Lubriche mussten um Chiara herumgestanden haben, fünf, sechs, sieben von ihnen.

»Sie waren hier«, wiederholte er.

»Wenn es denn die Lubriche waren«, meinte Alessandro.

»Sie waren es. Siehst du denn nicht ihre Spuren?«

»Tang und Algen? Das kann alles Mögliche bedeuten. Vielleicht ein Tier.«

»Es waren die Lubriche, ich weiß es.«

Chiaras Eltern knieten bei ihrer Tochter und untersuchten sie. »Sie reagiert nicht«, sagte Bianca verzweifelt. »Ihr Zustand hat sich nicht verändert.«

»Es war töricht, darauf zu hoffen. Selbst wenn das hier die Spuren der Glitschigen sein sollten und sie um Chiara herumgestanden haben, dann war es bestenfalls Neugier, mehr nicht. Wir können von Glück reden, dass sie ihr nichts zuleide getan haben.«

Marco hörte Alessandro nicht zu. Er kniete am Rand des Wasserlochs und leuchtete in die Tiefe. »Kommt zurück«, rief er, »wir brauchen eure Hilfe!«

Schweben. Dahingleiten.

»Kommt zurück!«

27

Hatte Marco insgeheim die Hoffnung genährt, die Lubriche hätten irgendeinen Zauber gewoben oder Chiara ein Mittel zur Heilung eingeflößt, so sah er sich grausam enttäuscht. Im Verlauf des Tages verschlechterte sich ihr Zustand dramatisch. Sie wehrte sich, wenn jemand versuchte, ihr zu trinken zu geben, litt unter Atemnot und schrie vor Schmerzen. Von Zeit zu Zeit überfielen sie Muskelkrämpfe, und wenn sie dann um sich schlug und jemand sie festhalten musste, damit sie sich nicht verletzte, schrie sie umso lauter, weil sie die Berührung kaum aushielt. Selbst wenn bei einer unbedachten Bewegung das Leintuch über ihre Haut scheuerte, wimmerte sie.

Marco weinte, als er sie so in Qualen sah. Er versuchte, beruhigend auf sie einzureden, aber sie erkannte ihn nicht und fantasierte wieder. Was sie sah oder fühlte, war nicht auszumachen, denn wenn sie sprach, sprang sie ohne erkennbaren Zusammenhang von einem Wort zum nächsten, und ihre Sätze ergaben keinen Sinn. »Die Deichsel tut weh«, sagte sie zum Beispiel, »ist das stachlig? Herrje! Vierzehn Piccoli. Wo warst du?« Und dann schrie sie wieder, und ihr Schmerz löschte alles andere aus.

Dazu magerte sie ab, und zwar in einem solchen Tempo, dass man dabei zusehen konnte. Ihre Wangenknochen traten hervor, die Handknochen, die Rippen. Ihr Gesicht fiel ein, Falten bildeten sich. Sie sah aus wie eine alte Frau. Gegen Abend wurden ihre Lippen blau, und ihre Haut nahm eine wächserne Bleiche an. Hätte sie sich nicht von Zeit zu Zeit herumgewälzt, hätte man sie für eine aufgebahrte Leiche halten können.

Marco wachte den ganzen Tag bei ihr, tupfte ihr von Zeit zu

Zeit Schweiß von der Stirn und flüsterte ihr unermüdlich etwas zu, aber er konnte nicht aufhalten, was sich in ihr ausbreitete. Sie würde sterben, das erkannte er mit grausamer Deutlichkeit. »Bitte, geh nicht fort«, flüsterte er. »Du darfst nicht sterben, Chiara. Ich … ich liebe dich.«

Er hatte es nie zuvor ausgesprochen, ja, nicht einmal zu denken gewagt, aber jetzt, wo sie dem Tod entgegendämmerte und vermutlich ohnehin nichts von dem verstand, was er sagte, schien es ihm plötzlich das Wichtigste auf der Welt, sie wissen zu lassen, was sie ihm bedeutete. Er bettete seinen Kopf neben ihren, so nah, dass er die Hitze spüren konnte, die ihrem Körper entströmte, und ließ seinen Gefühlen freien Lauf.

»Du hattest recht, ich habe mich abgesondert und niemanden mehr an mich herangelassen. Ich wollte am liebsten tot sein, damals, als Francesca … Es war meine Schuld, verstehst du? Ich hätte sie nie mit da runter nehmen dürfen. Ich wollte mich am liebsten in mir selbst verkriechen. Zuerst … zuerst habe ich gar nicht gemerkt, wie viel du mir bedeutest, und dann … dann *wollte* ich nicht, dass du mir soviel bedeutest, und dann … o bitte, Chiara, stirb nicht! Wie soll ich das aushalten, wenn du stirbst?«

So redete er sich seine Gefühle von der Seele, aber sie zeigte durch keine Reaktion, dass sie ihn hörte, sondern wälzte sich nur stöhnend von einer Seite auf die andere, ohne das Bewusstsein zu erlangen. Ihre Eltern kamen immer wieder herein, um nach ihr zu sehen oder die Stroheinlage der Matte aufzuschütteln, mussten jedoch nach außen hin Normalität demonstrieren und den Maskenladen offen halten, damit niemand Verdacht schöpfte.

Nach Einbruch der Dunkelheit versammelte sich die Familie wieder um Chiara. Tommaso brachte wohlriechende Kräuter mit, die er in Körben um das Bett aufstellte, Alessandro hatte frisches Wasser besorgt. Ihre Mutter legte ihr behutsam die

Hand auf die Stirn, um sich einen Eindruck von der Höhe des Fiebers zu verschaffen, und fuhr mit einem Entsetzensschrei zurück. Marco konnte sich denken, warum. Er hatte selbst den Nachmittag über mehrmals ihre Temperatur kontrolliert und dabei jedes Mal das Gefühl gehabt, als läge Chiaras Haut lose über ihrem Schädel. Diesmal war es noch schlimmer: Ihre Mutter hatte durch ihre Berührung eine Hautfalte unter Chiaras Haaransatz geschoben, und diese Falte war auf der Stirn stehen geblieben.

»Mein Täubchen, mein Engel, was ist mit dir?«, schluchzte Bianca.

Giuseppe drückte die Falte mit zitternden Fingern beiseite. Über Chiaras rechter Augenbraue blieb sie stehen. Niemand musste aussprechen, was das bedeutete, es war allen nur zu gut bekannt: das Endstadium des Schwarzen Todes. Benedetto Ruggieri war einen Tag nach dieser Phase gestorben, Pietro Mosca zwei. Chiaras Vater vergrub das Gesicht in den Händen und weinte wie ein Kind.

Bianca hörte auf zu schluchzen, trocknete ihre Tränen und stand wie betäubt auf. »Ich gehe und hole einen Arzt«, sagte sie. »Es sind Scharlatane, ich weiß, aber alles ist besser als hier zu sitzen und zuzusehen, wie mein Engel stirbt.«

Ihr Mann nickte nur, ohne die Hände vom Gesicht zu nehmen.

Kerzengerade stakste Bianca aus dem Raum, gleich darauf klappte die Ladentür.

Marco bekam kaum etwas davon mit. Es fiel ihm schwer, einen klaren Gedanken zu fassen, sein Kopf war wie im Nebel. Dass etwas mit ihm nicht stimmte, hatte er bereits am Nachmittag gespürt, als er sich zunehmend ausgelaugt fühlte und alle Glieder begannen, wehzutun. Einmal hätte er beinahe das Wasser für Chiaras Kompressen verschüttet, so unsicher war er auf den Beinen. Hinzu kam ein ungewohnt starker Durst. Aber aufgrund seiner Sorge um Chiara hatte er nicht weiter darauf geachtet. Mittlerweile jedoch verursachte die geringste Berührung Schmerzen, als sei sein Körper von Kopf bis Fuß wund, und er musste sich eingestehen, dass er sich angesteckt hatte. Wären noch irgendwelche Zweifel geblieben, so bewies die schier unerträgliche Hitze, die seine Organe zu verbrennen schien, dass der Schwarze Tod auch ihn von innen auffraß. Er hatte es bisher geheim gehalten, weil er bei Chiara bleiben wollte, doch jetzt fragte er sich, ob er nicht besser gehen sollte, ehe die Krankheit auf den Rest der Familie übergriff.

Er wurde einer Entscheidung enthoben, denn Bianca kam hereingestürzt, die Augen in Panik geweitet. »Der Herr der Nacht mit seinen Soldaten«, keuchte sie. »Sie sind schon auf der Fondamenta und riegeln die Fluchtwege ab. Sie wissen, dass Marco hier ist.«

»Woher …?«

»Jemand hat die Löwen gefüttert, einer der Soldaten hat darüber gesprochen.«

Wer? Wer wusste von Marcos Anwesenheit? Wer konnte Familie Amorese denunziert haben?

Tommaso reckte seinen Hals. »Wo steckt eigentlich Alessandro?«

Die anderen sahen sich an.

Giuseppe fasste sich als Erster. »Du musst verschwinden, Marco, schnell!«

»Sie werden Chiara mitnehmen, wenn sie herausfinden, dass der Schwarze Tod in ihr steckt.«

»Werden sie nicht.« Tommaso raffte Überkleid und Umhang zusammen und warf beides seiner Mutter zu. »Kleide sie an, schnell! Färb ihre Wangen rot, sie muss gesund aussehen. Wir schaffen Chiara an den Tisch und setzen uns so um sie herum, dass sie verdeckt ist. Hilf mir, den Tisch tiefer in den Schatten zu schieben.« Die letzten Worte waren an seinen Vater gerichtet. »Du musst sie ablenken, wenn sie kommen, protestieren, sie beschimpfen, was weiß ich. Sie suchen nach Marco, nur dafür haben sie Augen. Wenn Chiara stöhnt, sagen wir, wir sind in Trauer wegen … wegen … ach, wir hätten eben einen Trauerfall in der Familie. Auf dem Festland, irgendwo, wo sie es nicht nachprüfen können.«

»Los, los, Marco, worauf wartest du!«, rief Giuseppe und drängte ihn aus dem Zimmer.

Hinter ihnen schrie Chiara vor Schmerz, als ihre Mutter sie aus dem Bett zog und ihr Kleidung überwarf. Marco wäre lieber bei ihnen geblieben, um Chiara gegen die Soldaten zu verteidigen, aber wenn er hier gefunden wurde, wanderten alle in den Kerker, also fügte er sich und taumelte benommen zur Ladentür.

Noch war es ruhig draußen, doch aus der Ferne hallten Stiefelschritte und barsche Befehle wider. Anwohner mit Laternen standen am Eingang der Calle Calergi und blickten um die Ecke zur Fondamenta, um die Ursache für den Lärm herauszufinden.

Marco war nicht unvorbereitet. Mehr als einmal hatte er darüber nachgedacht, was zu tun sei, wenn die Soldaten kamen. Der Fluchtweg zu Land war versperrt, und sich zu verstecken, würde nichts nützen, denn die Herren der Nacht waren für ihre Gründlichkeit bekannt. Also blieb nur der Kanal. Giuseppe Amoreses Gondel lag noch da, wo sie nach dem Fehlschlag mit den Lubriche vertäut worden war, darauf wankte er zu. Ihm war heiß, so heiß, dass die Hitze jeden Gedanken in seiner Stirn verbrannte. Zudem ließ die Überempfindlichkeit seiner Haut die Schmerzen der erlittenen Folter zurückkehren. Nur das Bewusstsein, dass Chiaras Familie es büßen musste, wenn die Soldaten ihn hier fanden, hielt ihn aufrecht.

Er stolperte ins Boot, löste das Haltetau, stieß sich ab, kauerte sich am Boden zusammen und warf eine Plane über sich. Er spürte, wie die Gondel von der Strömung des Nebels erfasst wurde und in den Kanal hinausglitt. Ein abgetriebenes Boot, das sich losgerissen hatte, so musste es von außen scheinen. Es wäre nicht das erste.

Gedämpft hörte er Stiefelschritte in die Calle Calergi einbiegen und hoffte, dass er bereits außer Sicht war. Eine Tür wurde gewaltsam aufgestoßen, von Giuseppe Amoreses Stimme übertönt, der lautstark zu wissen verlangte, was dieser Auftritt zu bedeuten habe. Marco fragte sich, ob sein Onkel wohl bei den Soldaten war, aber dann entglitt ihm auch dieser Gedanke, und er trieb im Strom des Nebels durch die Kanäle der Stadt davon.

28

Blauer Himmel. Eine Möwe kreiste und stieß von Zeit zu Zeit einen heiseren Schrei aus. Marco streckte einen Finger aus, um sie zu berühren, aber er reichte nicht hinauf, so ließ er seine Hand wieder sinken. Die Wintersonne, die ihren Tageslauf begann, stach ihm in die Augen und kochte seine Eingeweide. Er ließ es geschehen.

Unter sich: Leere. Löcher in der Wahrnehmung, als würde man in der Ferne einen Musikanten spielen hören, dessen Melodie an bestimmten Stellen durch im Weg stehende Häuser verschluckt wurde. Sanft schaukelte die Gondel auf diesem Ozean aus Nichts, wiegte ihn wie eine Mutter ihr Kind. Von Zeit zu Zeit tauchte über dem Rand des Bootes der Horizont auf und ging wieder unter, zogen Sandbänke vorbei, eingehüllt in Nebelschwaden. Der Geruch vom Holz der Gondel mischte sich mit etwas Ranzigem.

Die Möwe zeterte. Marco kam es vor, als riefe sie ihm etwas zu in einer Sprache, die er nicht verstand. Sie war kaum zu erkennen, nur ein dunkler Schemen vor einer Scheibe flüssigen Goldes. Er blinzelte, aber das grelle Licht wollte nicht aus seinen Augen verschwinden. Seine Arme schmerzten. Seine Beine kamen ihm aufgedunsen vor. Hinter seiner Stirn pochte etwas dumpf und gleichmäßig.

Er versuchte, der Möwe zu antworten. Sein Krächzen ähnelte ihrem Rufen, aber sie schien ihn trotzdem nicht zu verstehen, denn sie drehte ab und verschwand aus seinem Blickfeld. Bleib!, rief er, aber das, was aus seinem Mund kam, hatte nicht die geringste Ähnlichkeit mit dem, was sein Hirn geformt hatte.

Durst. Marco bewegte die Lippen und stieß mit der Zungenspitze gegen seine Schneidezähne. Der Speichelfluss blieb aus. Seine Zunge fühlte sich an wie Leder. Pelzig. Runzlig.

Einmal sang jemand, vielleicht er selbst. Es war ein schönes Lied, auch wenn er nicht wusste, wovon es handelte.

Wieder schrie die Möwe, diesmal klagender. Der Schrei schwoll an wie eine Schweinsblase, die sich aufblähte und mit Lärm füllte, dickem schwarzem Lärm. Aus dem Lärm wurde ein trockenes Knirschen, das ihm eine Gänsehaut verursachte. Das Geräusch befand sich erst innerhalb seines Kopfes, dann merkte er, dass es in Wahrheit von außerhalb des Bootes kam.

Marco bewegte wieder seine trockenen Lippen und versuchte, sich am Rand der Gondel aufzurichten. Der Nebel hatte sich verzogen, stattdessen quollen Knochen aus dem Bett der Lagune empor, Millionen bleicher Knochen, die aneinanderrieben, sich türmten und mit hohlem Knacken brachen, wenn der Druck zu groß wurde; die sterblichen Überreste derjenigen, die der Schwarze Tod geholt hatte: Pasquino Campo und Benedetto Ruggieri und Pietro Mosca und all die anderen. Wahn oder Wirklichkeit? Die schwarzen Augenhöhlen vorüberziehender Totenschädel starrten ihn an. Die Gebeine gerieten in einen Knochenstrudel, der sich enger und enger drehte, eine unsichtbare Mühle, die Schädel und Rippen und Becken unter grässlichem Getöse zu Staub zermahlte.

Marco fiel auf die Planken zurück. Sein Herz schlug die Pauke einer Strafgaleere und trieb die Ruderer zu irrwitzigem Tempo an. Schlaff lag er auf dem Boden der Gondel und konnte spüren, wie er langsam von innen her austrocknete.

Die Möwe war zurückgekehrt. Sie schrie nicht mehr, beobachtete ihn nur aus großer Ferne, als wolle sie ihn prüfen. Die Knochen waren zu Pulver geworden, das sich wieder in schwarzen Nebel verwandelte und das Boot einem unbekannten Ziel entgegentrug. Marco versuchte, sich an das Lied von vorhin zu erinnern, aber es gelang ihm nicht. Seine Augäpfel brannten, weil die Tränenflüssigkeit verdunstete, dennoch ließ er die Möwe nicht aus den Augen.

Als er das Flüstern hörte, hielt er es im ersten Moment für Einbildung.

Das große Geheimnis, im Gesang der grauen Riesen, im Geruch der Xocolatl, im Leuchten am Ende der Welt, ich habe es gesehen.

Unter Aufbietung all seiner Kräfte richtete er sich auf.

Grün. Glitzernde Juwelen, die auf Wellenkämmen tanzten und sich jauchzend in die Täler stürzten. Es musste die Adria sein. Der Nebel hatte ihn zu jener schmalen Stelle getrieben, an der der Magnetismus der Lagune endete und das Meer begann. Ein Traum? Marco konnte das Geräusch hören, das die Wellen machten, wenn sie gegen die Ufer der Lidi schlugen, und es schien ihm das köstlichste Geräusch der Welt. Nur eine Handbreit trennte ihn jetzt noch vom Meer. Er beugte sich über den Rand seines Bootes.

Ein Gesicht blickte ihm entgegen, alt und ausgetrocknet. Um den Mund herum hatten sich Kerben eingegraben, Wunden gleich, die sich über den Hals fortsetzten und den Körper überzogen. Blut tropfte von seiner Stirn, ein grausiges Mal.

Folge mir! Werde ein Teil von mir! Unten herrscht Dunkelheit und eine Schwere, mächtiger als alles, was du dir vorstellen kannst. Aber darin gibt es Echojäger und graue Riesen und rosa Schwärme, die die Sonne in sich tragen.

Marco beugte sich weiter aus dem Boot. Im selben Maße, in dem er sich auf die Wasseroberfläche zubewegte, reckte sich ihm das Meer entgegen. Es reagierte auf jedes Zucken seiner Muskeln, seine Muskeln reagierten auf die Strömung unter der Oberfläche, und so tanzten sie umeinander, berührten sich … und dann ließ er sich durch das Gesicht auf der Wasseroberfläche in die Tiefe fallen, obwohl er immer noch das Holz der Gondel gegen seinen Körper drücken fühlte und kein bisschen nass wurde. Tiefer, tiefer. Tiefer.

Folge mir! Kehre zurück zu deinem Ursprung! Was wirst du finden?

Sein Vater war da und seine Mutter, die ihn ermahnte, einen Fisch nicht gleichzeitig ausnehmen und braten zu wollen, und Francesca spielte mit den Medusen und lachte, als wolle sie sagen: Sieh mal, Marco, was ich kann! Angelo formte Glas mit Hilfe von Feuer zu einer Skulptur, und er, er stand daneben und formte Wasser zu einer Gondel, zu Chiaras Gesicht, zur Ca' Eternità.

Francesca streckte ihm ihre Hand entgegen, berührte ihn am Kopf. Er hielt still. Mit einer leichten Bewegung wischte sie das Blut fort und nahm das Mal von seiner Stirn, und plötzlich wurde er wieder ganz und spürte, wie der Brennofen in seinem Herzen alle unreinen Bestandteile verglühte und das Meer sie fortspülte.

Fünf

29

Manchmal muss man ganz unten sein, um neuen Mut zu schöpfen. Manchmal genügt es nicht, in die Knie zu gehen, da muss man erst am Boden liegen, um wieder aufstehen zu können. Schicksalsschläge tragen den Keim der Veränderung in sich. Ausweglose Situationen zwingen uns, gewohnte Pfade zu verlassen und unser Leben zu überdenken.

All die Jahre hatte Marco lediglich reagiert und anderen das Handeln überlassen. Sein Onkel erkundigte sich in den Gefängnissen nach seinem Vater – zumindest dachte er das damals –, nicht er. Angelo entschied für sie beide, wie es nach dem Verlust ihrer Eltern weitergehen sollte. Signor da Vinci versuchte herauszufinden, wann und wo Marco Polos Haus an Land treiben würde. Manches davon war sinnvoll, schließlich war Marco kein Gelehrter, und sein Onkel besaß Zugang zu Informationen, an die er nie herangekommen wäre, aber Tatsache war auch, dass er die Verantwortung für sein Leben abgegeben hatte. Sogar als Angelo verhaftet wurde, Onkel Aldo sich als Verräter entpuppte und Soldaten ihn jagten, war ihm nichts Besseres eingefallen, als sich zu verstecken in der Hoffnung, die Gefahr würde irgendwann von selbst vorüberziehen. Zeit seines Lebens war er davongelaufen, vor den schrecklichen Erinnerungen an den Tod seiner Schwester, vor den Häschern des Zehnerrates, vor seinem Talent, vor sich selbst. Aber damit war nun Schluss. Als Marco wie aus einem langen Traum erwachte, schwach und erschöpft, doch zum ersten Mal seit langer Zeit wieder mit klarem Kopf, geschah das in dem Bewusstsein, dass er nicht länger nach den Spielregeln anderer spielen würde. Es war an der Zeit, das Laufen hinter sich zu lassen und zu fliegen.

Wie viele Tage hatte er im Delirium gelegen? Er wusste es nicht. Seine Erinnerungen waren wie die Mosaiksteine aus Glas, die Angelo herstellte: bunte Scherben ohne Zusammenhang. Er meinte sich zu erinnern, dass jemand versucht hatte, das Boot einzuholen, und es entsetzt wieder fahren ließ, als er den Schwarzen Tod darin fand. Er wusste noch, dass er an das Ufer einer verlassenen Insel getrieben und mehr aus Instinkt als aufgrund einer bewussten Entscheidung an Land gekrochen war. Immerhin gab es einen intakten Brunnen mit Wasser, mit dem er seinen Durst stillen konnte.

Doch es war nicht die Insel oder der Brunnen, denen er seine Rettung verdankte. Es war das Meer. Das Meer hatte ihn geheilt, nicht nur von den Auswirkungen des Schwarzen Todes, mehr noch von der Krankheit seiner Seele. Das Meer hatte ihn gereinigt, wie es das seit Jahrhunderten mit der Lagune tat. Wie konnte er sich nur einreden, es zu verabscheuen? In Wahrheit hatte er es vermisst, jeden einzelnen Tag, an dem er sich vor ihm verschloss.

Marco setzte sich aufrecht und machte eine Bestandsaufnahme. Er befand sich anscheinend immer noch auf der verlassenen Insel. Irgendwie musste es ihm gelungen sein, die Gondel festzubinden, denn sie schaukelte an einer verwitterten Palina auf dem Nebel. Aber das Beste: Mit dem Fieber waren auch die Schmerzen der Folter abgeklungen.

Er fühlte sich zuversichtlich, als er sich erhob. Er hatte den Schwarzen Tod besiegt, und wenn ihm das gelungen war, konnte es auch Chiara geschafft haben. Schließlich gab es einige, die die Krankheit überlebten. Kein Arzt konnte erklären, weshalb, abgesehen von schwammigen Hinweisen auf Gottes Hand oder den Lebenswandel des Gesundeten, aber es kam vor. Ja, Marco war sicher, dass Chiara noch lebte. Müsste er nicht ihren Verlust spüren, wenn es anders wäre?

Neben ihm stand der halbvolle Schöpfeimer des Brunnens.

Marco hob ihn an seine Lippen und trank ihn aus, ohne ein einziges Mal abzusetzen. Auf noch wackligen Beinen, doch mit zunehmend sicherer werdendem Schritt ging er zur Gondel, löste die Leine und ließ sich mit der Strömung treiben, die ihn, wie er wusste, irgendwann nach Venedig zurückbringen würde.

Die Fahrt nahm weniger Zeit in Anspruch als befürchtet. Schon am selben Abend näherte er sich den Lichtern der Lagunenstadt. Der Anblick erfüllte ihn mit Dankbarkeit. Da er den Strömungsverlauf des Nebels nicht im Kopf hatte, ließ er sich einfach treiben, um Giudecca herum zum Westende Venedigs und durch den Canale de la Giudecca zurück. Mehrmals fuhr er an Häusern vorbei, in denen Opfer des Schwarzen Todes eingesperrt waren, die mit Winken und Rufen auf sich aufmerksam machten und um etwas zu essen und zu trinken bettelten. Nicht weit vom Markusplatz entdeckte er rauchende Trümmer, Zeugen eines fehlgeschlagenen Rebellenangriffs auf den Palazzo Ducale und die Gefängnisse, wie er später erfuhr. Noch immer schwelte es in einem der Häuser, zahllose Helfer bemühten sich, die immer wieder auflodernden Flammen zu löschen, ehe sie auf andere Gebäude übergriffen, was bei dem herrschenden Wassermangel nicht eben einfach war. Besonders gespenstisch wurde all dies durch die kostümierten Menschen, die den übermorgen stattfindenden Beginn des Karnevals nicht abwarten konnten und singend durch die Gassen zogen.

Es wurde Mitternacht, ehe Marco sein Boot in Cannaregio festmachte und zum Haus von Familie Amorese rannte. Die Calle Calergi war voll schwarz gekleideter Menschen mit Fackeln, hundert oder hundertfünfzig an der Zahl, deren Widerschein die Gasse erhellte. Eine Totenprozession! Und die Menschen kamen aus dem Maskenladen. Das konnte nicht sein! Das durfte nicht sein!

Ein Rest Selbsterhaltungstrieb hinderte Marco daran, mitten in die Menge zu laufen und Chiaras Namen zu schreien.

Stattdessen versteckte er sich hinter einem Stapel Ziegel, die jemand achtlos abgeladen hatte, und wartete darauf, dass der Leichenzug an ihm vorüberzog. Vielleicht handelte es sich ja gar nicht um Chiara, vielleicht ... wenn sich jemand bei ihr angesteckt hatte, so furchtbar das auch war ...

Eine Turmuhr schlug die siebte Stunde nach dem abendlichen Ave Maria. Der Zug setzte sich in Bewegung, vorweg der Gemeindepfarrer, dann die Angehörigen mit dem Leichnam. Alle trugen schwarze Umhänge mit Kapuzen, zudem wurde Marcos Sicht durch die Beine der Trauergäste verdeckt, es gelang ihm nicht, jemanden zu erkennen. Doch, da war Bianca Amorese, die in ein Taschentuch schnäuzte und ihre verweinten Augen rieb, daneben ihr Mann. Sie schienen soweit wohlauf, offenbar hatte der Herr der Nacht bei seiner Hausdurchsuchung nichts entdeckt, was eine Folter gerechtfertigt hätte.

Nur wenige Schritte hinter ihnen tauchten Onkel Aldo und Tante Lucia auf. Sie hielten den Kopf gesenkt und taten, als ob sie trauerten. Marco ballte die Fäuste. Ihre bloße Gegenwart verhöhnte Chiara. Am liebsten hätte er sich auf sie gestürzt und ihnen mit den Fingernägeln die Haut vom Schädel gekratzt.

Die Prozession begab sich zur Chiesa di Sant' Alvise, wo der Leichnam aufgebahrt wurde. Die Angehörigen würden hier die Totenwache halten bis zur Seelenmesse am nächsten Tag. Marco sah den Fackelschein hinter den Kirchenfenstern und wartete ungeduldig, dass die Trauergäste nach Hause gingen. Doch die schienen sich nicht losreißen zu können. Seine Füße waren fast erfroren, als endlich die ersten Schwarzgekleideten die Kirche verließen und sich nach kurzer Verabschiedung in alle Himmelsrichtungen zerstreuten.

»... ihr Gesicht war ganz ausgemergelt«, hörte er jemanden sagen.

Ihr Gesicht! Marco zitterte am ganzen Körper und stand kurz davor, in Tränen auszubrechen. Außer Chiaras Mutter gab es keine andere weibliche Person im Haus, und Bianca Amorese hatte er gesehen. Er biss sich auf die Finger, um nicht loszuschreien. Chiara!

Als niemand mehr aus der Kirche kam, verließ Marco sein Versteck und betrat das Gotteshaus. Drinnen war es genauso kalt wie draußen. Kleine Wolken machten jeden Atemzug sichtbar. Vor dem Altar war ein Leichnam aufgebahrt, je zwei Fackeln brannten an Kopf- und Fußende. Die Mitglieder der Familie standen beieinander und spendeten sich gegenseitig Trost. Marco versuchte, das Gesicht der Toten mit den Augen zu sich heranzuziehen, während er auf sie zustolperte. Seine Füße schleiften über den Kirchenboden. Eine der Trauernden hob bei dem Geräusch ihren Kopf.

Für einen Moment setzte sein Herz aus. »Chiara!«, rief er.

»Marco!«

Und dann lagen sie sich in den Armen und hielten sich so fest, als wollten sie einander nie wieder loslassen.

»Ich dachte, du bist …«, begann er.

»Ich fürchtete schon …«, unterbrach sie.

Und dann lachten sie und weinten und lachten erneut.

Chiaras Vater lächelte. »Geht für eine Weile in die Sakristei, dort könnt ihr euch unterhalten«, flüsterte er.

Betreten lösten sich die beiden voneinander.

»Verzeiht«, erwiderte Marco, und Chiara verneigte sich eilig vor dem aufgebahrten Leichnam.

In der Sakristei fielen sie sich erneut in die Arme, und diesmal küssten sie sich. Es war ein gieriger Kuss, der so gar nichts Kindliches hatte, ein Kuss, den man für jemanden reserviert, den man für immer verloren glaubt, ein Kuss, in den ein ganzes Leben ungelebter Küsse untergebracht war.

»Ich dachte, sie hätten dich gefangen«, meinte Chiara atemlos.

Marco erzählte ihr, wie es ihm ergangen war. »Und du?«, wollte er dann wissen. »Als ich den Leichenzug sah … ich dachte …«

»Es ist meine Großmutter.« Chiara wischte sich eine Träne aus den Augenwinkeln.

»Der Schwarze Tod?«

Sie schüttelte den Kopf. »Sie ist einfach eingeschlafen und nicht mehr aufgewacht. Ein friedlicher Tod, sagt mein Vater. Er hat sie gefunden, in ihrem Haus.«

»Aber du, als ich dich zuletzt sah … du lagst im Sterben. Wie bist du … wie hast du …«

»Ich weiß es nicht. Ich weiß überhaupt nicht mehr viel, nur an eins erinnere ich mich: dass ich immer wieder dachte, ich will noch nicht sterben. Deinetwegen. Ich habe dich gespürt, deine Angst um mich. Ich habe geträumt, du hättest mir gesagt, wie sehr du mich liebst. Es hat mir Kraft gegeben.«

»Und die Soldaten haben nichts gemerkt?«

»Einer, meint meine Mutter. Pasquale Gianmarino. Er kennt unsere Familie, er hat uns nicht verraten.« Sie fasste aufgeregt seine Hand. »Ich habe sie gesehen, Marco.«

»Wen?«

»Die Lubriche. Unten, im Haus in der versteckten Bucht. Sie standen um mich herum und beugten sich über mich. Ich konnte sie riechen. Sie waren so … anders. Überhaupt nicht, wie ich sie mir vorgestellt hatte.«

»Vielleicht haben sie dir geholfen, den Schwarzen Tod zu besiegen.«

»Nein, sie haben nur zugesehen. Sie waren … abwartend. Ja, das ist das richtige Wort: abwartend. Ich erinnere mich nicht gut an die letzten Tage, aber ein paar Bilder sind seltsam klar: Treppenstufen, Wasser …« Ihre Stimme sank zu einem Flüstern herab. »Du hast die Lichter gerufen, nicht wahr? Die Medusen. Ich habe sie gesehen. Ich habe sie doch gesehen? Oder gehört das zu dem Fiebertraum?«

»Sie waren da«, gab er zu.

»Das Wasser hat auf dich reagiert. Du … du kannst irgendwas

machen, dass es dich versteht. Du hast diese besondere Fähigkeit, nicht wahr? Von der die Legenden erzählen. Das Wasserraunen.«

»Es ist mir unheimlich.«

»Es sah wunderschön aus. Ist es wie Sprache? Verstehst du, was das Meer denkt?«

Er schüttelte den Kopf. »Ich weiß nicht, wie es geschieht. Irgendwie spricht es zu mir, ja. Ich … ich kann es fühlen. Auch seine Abwesenheit. Der Nebel ist ein finsteres Loch für mich. Nicht, weil er schwarz ist, sondern auf eine unheimlichere Weise finster. Weil er das Nichts ist. Weil überall da, wo der Nebel hinkommt, die Welt verschwindet.« Er schauderte.

Chiara schlang ihre Arme um ihn. Er hielt sie fest, und für einen Augenblick spielte nichts anderes eine Rolle, der Nebel nicht und auch nicht Onkel Aldo, sein Vater, Angelo oder Francesca. Ein paar Herzschläge lang herrschte Frieden in seinem Herzen.

»Wir sollten wieder zurück«, sagte Chiara.

Er nickte.

Hand in Hand verließen sie die Sakristei. Chiaras Eltern sahen ihnen entgegen, und Bianca Amorese nahm ihre Tochter in den Arm.

Marco trat näher an den Altar und betrachtete Chiaras Großmutter. Sie sah aus wie eine Frau, die gern und viel gelacht hatte. Von ausgemergelt konnte keine Rede sein, die Worte der Trauergäste mussten jemand anderem gegolten haben. Er neigte den Kopf und bat Antonia Amorese im Stillen um Verzeihung. Sie schien eine freundliche alte Frau gewesen zu sein. Dennoch war er froh, dass nicht Chiara dort lag. Vergebt mir, Großmutter Antonia, aber wenn ihr einmal die Liebe gekannt habt, versteht Ihr meine Gefühle.

Die Tür klappte. Instinktiv zog sich Marco in den Schatten einer Säule zurück. Im Halbdunkel der Kirche war zunächst nicht zu erkennen, wer da näher kam, und als es offensichtlich wurde, breitete sich eisiges Schweigen im Altarraum aus.

»Chiara! Es ist also wahr, du lebst!«, rief Alessandro. »Pasquale hat mir erzählt, er hätte dich auf der Straße gesehen, ich konnte es kaum glauben.« Er blieb vor ihr stehen, schien nicht zu wissen, ob er sie umarmen sollte, und entschied sich dafür, unbeholfen ihre Schulter zu berühren. Dann erinnerte er sich, wo er war. »Ich bin so schnell gekommen, wie ich konnte, als ich davon hörte«, sagte er und beugte den Kopf vor den sterblichen Überresten seiner Großmutter, um ein stilles Gebet für sie zu sprechen.

Niemand sagte etwas.

Nach einer Weile richtete sich Alessandro auf und trat an die Tote heran. »Sie sieht friedlich aus«, meinte er. »Wie ist sie gestorben?«

Tommaso konnte nicht länger an sich halten. »Was willst du hier?«, zischte er.

»Großmutter die letzte Ehre erweisen, natürlich. Was ist los?« Erst jetzt schien er die frostigen Mienen zu bemerken. »Es tut mir leid, ich konnte einfach nicht früher kommen. Der Hauptmann wollte mir überhaupt nicht frei geben, es hat mich einiges an Überredungskraft gekostet.«

»Wie konntest du nur«, flüsterte seine Mutter. »Wie konntest du uns so etwas antun?«

»Wovon sprichst du?«

»Von deiner Denunziation, natürlich«, fauchte Tommaso. »Ist dir nie der Gedanke gekommen, in welche Gefahr du uns bringst, von Marco mal ganz abgesehen? Um ein Haar hätten sie Papa in die Folterkammer verschleppt.«

»Augenblick mal.« Alessandro hob die Hände, als wolle er so die Kälte abwehren, die ihm entgegenschlug. »Wenn ich euch recht verstehe, hat jemand Marco denunziert, ja?«

Er sah ehrlich überrascht aus, aber so hatte auch Onkel Aldo ausgesehen, nachdem Marcos Vater verschwunden war. Marco wusste nicht, was er glauben sollte. Er erinnerte sich an Alessandros verweinte Augen, als er aus Chiaras Zimmer kam. War das alles gespielt gewesen?

»Tu nicht so unschuldig«, gab Tommaso zurück. »Es hat dir nicht gepasst, dass wir einen Flüchtigen bei uns verstecken.«

»Das ist richtig, aber das bedeutet noch lange nicht, dass ich –«

»Dann ist es purer Zufall, dass du dich verdrückt hast und kurz danach die Soldaten kamen, ja? Und dass du dich seither nicht nach Hause getraut hast?«

»Ich bin fortgegangen, weil ich nachdenken wollte. Ich fand es unverantwortlich, Chiara zu Hause zu verstecken, und das finde ich immer noch. Unverantwortlich gegenüber der Stadt, aber auch dir gegenüber, Chiara. Selbst im Lazzaretto Vecchio hättest du bessere Hilfe bekommen als durch Ammenmärchen über Fischmenschen.«

»Du hast also nachgedacht,«, spottete Tommaso, »drei Tage lang, ununterbrochen.«

»Ich bin auf einen Trupp Soldaten gestoßen, der mich mitnahm. Wir mussten den Palazzo Ducale verteidigen. Die Aufrührer haben den Versuch unternommen, das Gefängnis zu stürmen, das werdet ihr ja gehört haben.«

»Allerdings. Und wenn mich meine Familie nicht gebraucht hätte, hätte ich an ihrer Seite gekämpft.«

»Da wärst du in der richtigen Gesellschaft gewesen. Dein Held Jacopo Villani hat ein wahres Gemetzel veranstaltet. Erst heute Morgen konnten sie zurückgeschlagen werden.«

»Du hast es demnach vorgezogen, weiter den Büttel für den Senat zu machen, während deine Schwester im Sterben lag.«

»Ich hatte eine Pflicht zu erfüllen. Nicht jeder läuft davon wie du, wenn es unangenehm wird.«

»Hört auf damit«, befahl Giuseppe. »Dies ist nicht der Ort für Zank.«

Betreten beugten alle ihre Häupter vor dem Leichnam von Antonia Amorese.

»Ich habe euch nicht verraten«, beteuerte Alessandro.

»Niemand wusste von Marcos Anwesenheit außer uns«, erwiderte Tommaso.

»Es könnte ihn jemand gesehen haben, als er kam.«

»Gib dir keine Mühe. Mir war immer klar, dass du ein Kriecher bist, aber ich hätte nie gedacht, dass du so weit gehen würdest.«

Alessandro drehte sich um. »Glaubst du das auch, Chiara?« Er sah seine Eltern an. »Mutter? Vater?«

Niemand antwortete.

»Verstehe«, sagte er. Ohne ein weiteres Wort drehte er sich um und schritt mit durchgedrücktem Rücken davon.

30

Wenn Not und Entbehrungen am größten sind, feiern die Menschen die ausgelassensten Feste. Trotz oder wegen der deprimierenden Bilanz der letzten Wochen – Zehntausende hinweggerafft durch den Schwarzen Tod, blutig niedergeschlagene Aufstände, Hunger und Misstrauen – liefen immer mehr Vermummte durch die Stadt und trieben ihre Späße mit den Passanten. Dabei würde der Karneval offiziell erst morgen eröffnet werden. Aber man konnte nun mal nicht monatelang in Sack und Asche gehen, jeder Mensch brauchte ab und zu etwas Freude. Der Senat, hin und her gerissen zwischen dem Wunsch, das Fest werde die Bevölkerung von ihren Sorgen ablenken, und dem Wissen, dass die Masken den Aufständischen einen perfekten Schutz boten, hatte sich zu einem Verbot des Karnevals durchgerungen, dem allerdings niemand Beachtung schenkte. Die Soldaten standen dem bunten Treiben machtlos gegenüber.

Seit Tagen schon waren die Aufträge für Masken kaum zu bewältigen, Chiara und ihre Familie arbeiteten unter Hochdruck. Dies war ihre beste Geschäftszeit, in diesen Wochen musste das Geld erwirtschaftet werden, das zu anderen Zeiten Durststrecken überbrücken half. Wegen der Todesfälle hatten sie erwartet, dass die Nachfrage in diesem Jahr zurückging, doch das Gegenteil war der Fall: Die Leute kauften, als gelte es ihr Leben. Und ausgerechnet jetzt blieb ihren Eltern nichts anderes übrig, als sich mit der Gondel zum Haus ihrer Großmutter treiben zu lassen, bevor Plünderer auf den gleichen Gedanken kamen und alles von Wert mitnahmen.

Chiara vermisste Marco. Vorsichtshalber hatte er sich ein

anderes Versteck gesucht, nur für den Fall, dass Alessandro ihn erneut verriet. Sie ließ den Pinsel sinken und betrachtete die Farbkleckse auf ihren Händen. Nach wie vor wusste sie nicht, was sie von ihrem ältesten Bruder denken sollte. Er hatte die Politik des Senats immer verteidigt, aber er war auch jemand, auf den man sich verlassen konnte. Und jetzt sollte er sie denunziert haben? Ja, er konnte rigoros in seinen Ansichten sein, Prinzipien bestimmten sein Handeln, nicht Gefühle. Wenn es nach ihm gegangen wäre, läge sie heute im Lazzaretto Vecchio. Dennoch ...

Sie tunkte den Pinsel in den Topf mit blauer Farbe, um einen Schmetterling auf der Wange der Maske anzubringen. Die Soldaten waren nicht zurückgekommen, um nach Marco zu suchen, Alessandro hatte ihn offenbar nicht verraten. Bedeutete das, dass seine Unschuldsbeteuerungen echt waren? Oder nur, dass er ein schlechtes Gewissen hatte? Oder sich ausrechnen konnte, dass Marco nicht darauf warten würde, dass die Schergen des Rates ihn holten? Sie wusste es einfach nicht, und es gab keine Möglichkeit, die Wahrheit herauszufinden.

Eine Bewegung vor dem Fenster lenkte ihre Aufmerksamkeit auf sich. Draußen stand ein Mann mit buntbesticktem Umhang, einer Art Turban mit herabhängender Sendelbinde und dreifarbigen Langstrümpfen, der sich mit einer Hand an den Hals fasste und seinen Kehlkopf schüttelte, während er rhythmisch Laute ausstieß.

Er bemerkte ihren Blick, verbeugte sich würdevoll und betrat den Laden, wobei er immer noch mit seinen Fingern die Luftröhre bearbeitete. »Buon giorno«, sagte er, weil er dabei jedoch an zwei Stellen zudrückte, fiel sein Gruß reichlich gequetscht aus.

»Buon giorno. Was macht Ihr da?«

»Ich bereite eine Abhandlung über die Erzeugung von Lauten im Kehlkopf vor«, erklärte der Mann. »Seid Ihr die junge Dame, um deren Schicksal sich unser gemeinsamer Freund so besorgt zeigte? Es freut mich zu sehen, dass Ihr wohlauf seid. Wo steckt er eigentlich?«

»Wer – Marco?« Ihr ging ein Licht auf. »Ah, Ihr seid Signor da Vinci.«

»Derselbe.«

»Marco ist nicht hier. Er musste sich anderswo verstecken. Aber es geht ihm gut.«

»Das will ich hoffen. Irgendwie habe ich einen Narren an dem Tunichtgut gefressen.«

»Er ist kein Tunichtgut, er ist mutig und tapfer, er hat ein gutes Herz, und er riskiert alles für die Menschen, die er liebt.«

Leonardo schmunzelte. »Sollte mir das entgangen sein?«

»Ihr nehmt mich auf den Arm.«

»Tue ich das? Nun, ich gebe zu: ein erstaunlicher Bursche, alles was recht ist. Mit Euch hat er anscheinend eine gute Wahl getroffen.«

Chiara senkte verschämt den Blick. Ihr Glück war noch so neu, dass es ihre Ohren glühend rot färbte, wenn andere es ihr ansahen. Zu ihrer Erleichterung kam in diesem Augenblick ihr Bruder in Kostüm und Maske des Arlecchino herein. »Äh, Tommaso, dies ist Signor da Vinci. Signor da Vinci: mein Bruder Tommaso.«

»Ich bin erfreut, Eure Bekanntschaft zu machen.« Tommaso führte eine Verbeugung aus, die jedem Hofstaat zur Ehre gereicht hätte. Dann nahm er seine Verkleidung ab, unter der ein jungenhaftes Grinsen zum Vorschein kam. »Marco hat mir viel von Euch erzählt.«

»Eine erstaunliche Maske tragt ihr da, kunstvoll gearbeitet. Und, bei aller Bescheidenheit, ich kenne mich in dergleichen aus.«

»Meine Schwester hat sie gemacht. Niemand stellt so schöne Masken her wie sie. Sogar der Sohn des Dogen kauft bei uns.« Tommaso überreichte Leonardo die Maske, der sie vorsichtig in die Hand nahm und von allen Seiten begutachtete. »Morgen, beim Karneval auf der Piazza werde ich sie tragen, und ganz

Venedig wird neidisch sein.« Impulsiv drückte er Chiara an sich. »Mit diesem Geschenk hast du mir eine Riesenfreude gemacht.«

Chiara strahlte. Sie hatte gewusst, dass der Arlecchino ihm gefallen würde. Tommaso liebte es, sich zu verkleiden.

Signor da Vinci hatte derweil ein Heft hervorgeholt und angefangen, den Ausdruck der Maske zu übertragen. »Wo wir gerade vom Karneval reden«, meinte er, »habt Ihr zufällig Quecksilber im Haus? In Form von Zinnober, möglicherweise?«

»Nein.«

»Zu dumm. Dann muss ich einen Alchemisten aufsuchen. Oder einen Quacksalber.« Er kicherte. »Quecksilber vom Quacksalber.«

»Wozu braucht Ihr Quecksilber?«

»Für meine Eidechse.«

Chiara und Tommaso sahen sich befremdet an. »Für Eure – Eidechse?«

»Das wird *meine* Überraschung zum Maskenfest. Ich freue mich schon auf die Gesichter.« Leonardo stieß ein meckerndes Lachen aus.

Chiara amüsierte sich über den sonderbaren Mann, der tausend Gedanken gleichzeitig im Kopf zu haben schien und dabei unentwegt zu Albereien aufgelegt war. Sie verstand, was Marco an ihm gefiel. Neugierig warf sie einen Blick in das Heft. »Ihr scheint Euch für viele Dinge zu interessieren, Signor da Vinci.«

»Ich halte alles fest, was mir bemerkenswert erscheint.«

Chiara sah geometrische Figuren und komplizierte Berechnungen, aber auch Überlegungen, wie man Branntwein parfümieren und durch Zugabe von Kornblumen und Klatschmohn eine blaue Farbe verleihen konnte, außerdem in Spiegelschrift hingekritzelte Bemerkungen und eine Einkaufsliste. »So viele gelehrte Betrachtungen, und dazwischen so viel …« Sie ließ den Rest des Satzes unvollendet.

»Unwichtiges, wollt Ihr sagen?« Leonardo schüttelte den Kopf.

»Es gibt nichts Unwichtiges. Warum erscheinen Euch Gedanken zur Geometrie wichtiger als ein Rezept für ein Enthaarungsmittel auf der Basis von Kalk und Auripigment? Alles ist Teil von Gottes herrlicher Welt.« Er klappte sein Heft zu und gab Tommaso die Maske zurück.

Der bedankte sich, als sei die Maske ein Geschenk von ihm, und erkundigte sich: »Da Ihr hier seid – dürfen wir hoffen, dass Ihr etwas über das Haus von Marco Polo herausgefunden habt?«

»Ah, Ihr wisst davon. Nun, tatsächlich liegt die Lösung in greifbarer Nähe. Möglicherweise weiß ich schon morgen mehr.« Mit einem Ruck schlug er seinen Umhang über den Arm, um seine Aussage zu unterstreichen, dummerweise verhakte er sich dabei an einem Eisenständer zum Aufhängen von Masken. Krachend stürzte der Ständer auf seine Segeltuchtasche. Man konnte hören, dass etwas darin zu Bruch ging. Ein bestialischer Gestank erfüllte den Laden.

Chiara würgte. »Was ist das?«

Auch Tommaso hielt sich die Nase zu. »Gott steh uns bei! Es riecht wie der Eingang zur Hölle.«

»Wart Ihr etwa schon mal dort, dass Ihr das beurteilen könnt?« Leonardo kicherte. Ungerührt öffnete er seine Tasche und sah hinein. »Da ist wohl nichts mehr zu retten.«

»Was habt Ihr da drin? Jauche?«

»Fischabfälle, Exkremente und ein paar Dinge, die Ihr nicht wirklich wissen wollt. Eigentlich hatte ich vor, diese Mischung morgen beim Karneval herauszulassen. Vom Spaß abgesehen, würde es mir in dem Gedränge Platz verschaffen. Zu schade. Die Herstellung ist eine delikate Angelegenheit, bis morgen kann ich unmöglich eine neue Mixtur zubereiten. Aber das mit der Jauche ist eine gute Idee. Ich könnte einen Latrinenreiniger bitten, mir etwas aus den Gruben abzufüllen.« Er notierte den Gedanken gewissenhaft in seinem Heft und nahm dann die Tasche auf. Eine schwarze Pfütze hatte sich darunter gebildet. »Nun, da mit unserem gemeinsamen Freund anscheinend alles in Ordnung ist und Ihr kein Quecksilber habt, will ich Euch nicht weiter stören. Es sei denn, Ihr möchtet einen Blick auf meine unnachahmliche Mixtur werfen.«

»Danke, zu freundlich, aber wir wollen Euch nicht aufhalten.«

»Dann mache ich mich auf den Weg. Richtet dem jungen Marco meine Grüße aus und sagt ihm, des Rätsels Lösung sei nicht mehr fern.« Leonardo schulterte seine Segeltuchtasche und verschwand mit einem »Ciao« nach draußen.

Sobald er fort war, rissen Chiara und Tommaso Fenster und Türen auf, trotz der winterlichen Temperaturen. Lieber erfrieren, als an dem Gestank zugrunde gehen! Tommaso verzog sich nach oben, um Maske und Kostüm in Sicherheit zu bringen, während Chiara die Pfütze mit einem Wischlappen entfernte und den Boden mit Sand scheuerte.

»Die schönsten Blumen blühen auf dem Mist«, sagte jemand vom Eingang her. »Bei diesem Gestank müsst Ihr ohne jeden Zweifel die liebreizendste Frau der Welt sein.«

Chiara richtete sich hastig auf und verneigte sich vor dem Sohn des Dogen. »Ich … verzeiht, ein Missgeschick.«

Giacomo Querini lachte, während er sich die Nase zuhielt. »Irgendwie scheint ihr Missgeschicke anzuziehen.« Er trat näher. Draußen in der Gasse lümmelte seine Leibwache herum; offenbar hatten die Soldaten Order, vor der Tür zu warten.

»Wollt Ihr etwas kaufen?«

»Ich will mich davon überzeugen, dass es Euch gut geht. Immerhin habt Ihr in letzter Zeit einiges durchgemacht, nicht wahr? Erst die Befragung durch den Rat der Zehn, die böse für Euch hätte ausgehen können, und jetzt sollt Ihr, wie ich höre, einem Dieb und Verbrecher, einem Feind der Republik Unterschlupf gewährt haben. Aber das kann ich nicht glauben. An diesem Gerücht ist sicher nichts dran. Obwohl Ihr ja in der Tat nicht immer die beste Wahl in Eurem Umgang zeigt.«

Chiara musste sich zusammenreißen, um nicht zu einer Verteidigungsrede für Marco anzusetzen. »Kein Wort davon ist wahr«, sagte sie. »Mit seinem Diebstahl hat Marco meine Familie in Gefahr gebracht, wie könnte ich ihm da helfen?«

»Es freut mich, das zu hören. Aber wie leicht kann sich so ein hässlicher Verdacht wiederholen. Und ich kann nicht immer zur Stelle sein, um Euch zu retten.« Giacomo Querini ergriff ihre Hand. »Kommt mit mir in den Palazzo Ducale, da seid Ihr sicher.«

Sie machte sich vorsichtig, aber bestimmt los. »Was soll ich im Palazzo? Ich bin nur ein einfaches Mädchen.«

»Umso geschmeichelter solltet Ihr Euch fühlen, dass ich Euch mein Heim anbiete.«

»Das, äh, ist in der Tat großzügig von Euch. Aber ich teile lieber das Schicksal meiner Familie.«

»Wie ungewöhnlich. Glaubt Ihr wirklich, Euer Vater oder Eure Mutter würden zweimal über ein solches Angebot nachdenken? Wenn Leib und Leben bedroht sind, denkt doch jeder zuerst an sich.«

»Ich habe andere Erfahrungen gemacht.«

»Nun, vielleicht lässt sich auch für Eure Familie ein Platz finden. In der Küche brauchen sie immer Hilfe.«

Chiara sah ihn an, als sähe sie ihn zum ersten Mal. Was hatte sie nur je an ihm gefunden? Wenn sie ihn mit Marco verglich, der vielleicht nicht in goldbestickte Gewänder gehüllt, aber dafür bei ihr geblieben war, als der Schwarze Tod sie in den Fängen hielt … »Bitte, geht«, sagte sie. »Es ist kein schickliches Angebot, das Ihr mir macht.«

Eine Zornesfalte bildete sich zwischen seinen Brauen. Grob griff er nach ihr. »Wie könnt Ihr ein solches Geschenk ablehnen? Begreift Ihr nicht? Ich biete Euch Sicherheit, Wärme, genug zu essen und zu trinken.«

Er war ihr jetzt so nahe, dass sie seinen Atem spüren konnte, trotzdem empfand Chiara nichts als Zorn. »Während draußen auf der Straße die Leute sterben«, rief sie und versuchte, sich zu befreien. »Ihr seid wie alle Nobili nur um Eure eigene Sicherheit besorgt. Die Menschen, die zu schützen Eure Pflicht ist, kümmern Euch nicht.«

»Wenn ich Ihr wäre, würde ich nicht meinen Unmut herausfordern, das könnte Euch schlecht bekommen.«

»Droht Ihr mir? Ja, Ihr habt die Macht, mir übel mitzuspielen. Ihr könnt Eure Schergen rufen und mich gefangen nehmen, wenn Euch danach ist. Aber Ihr bringt mich nicht dazu, freiwillig mit Euch zu gehen.«

Er stieß sie von sich. »Da steckt dieser Dieb dahinter, nicht wahr?« Er nickte langsam, als ginge ihm ein Licht auf. »Gut«, sagte er, »ich weiß, woran ich bin. Und Ihr werdet noch einsehen, wie töricht es war, mich zurückzuweisen. Ihr werdet mich auf Knien anflehen, Euch bei mir aufzunehmen, stolze Prinzessin!« In einem Anfall von Jähzorn fegte er die ausgestellten Masken vom Tisch und stürmte hinaus. Chiara hörte, wie er draußen seine Untergebenen zusammenstauchte und mit ihnen davoneilte.

Zitternd sank sie auf einen Schemel. Der Zorn, der ihr Kraft gegeben hatte, löste sich in Nichts auf, darunter kam nackte Angst zum Vorschein. Sie hatte sich den Sohn des Dogen zum Feind gemacht, wie dumm von ihr! Er konnte sie verhaften lassen. Er konnte ihrer Familie schaden. Er konnte ihr schreckliche Dinge antun. Aber … zum ersten Mal in ihrem Leben hatte sie sich nicht von ihrer Feigheit beherrschen lassen. Wie fühlte sich das an? Sie horchte in sich hinein, vorsichtig, wie man mit der Zunge einen faulen Zahn betastet. Es war … beängstigend. Machtvoll. *Richtig.* Sie versuchte ein Lächeln, versuchte, stolz auf sich zu sein, doch es gelang ihr nur halb. Giacomo Querini würde ihr die Zurückweisung nicht vergeben. Welche Gedanken, welche Rachefantasien mochten ihn wohl jetzt bewegen?

31

Luigi Ruffolo vermied einen allzu offensichtlichen Blick auf den schwarzen Tintenfleck an der Wand des Arbeitszimmers, der langsam eintrocknete. Man musste nicht besonders helle sein, um darin den Überrest eines der Wutausbrüche zu sehen, für die der Sohn des Dogen berüchtigt war.

Giacomo Querini seinerseits begutachtete den Soldaten ausgiebig von oben bis unten, um sich ein Urteil zu bilden. Was er sah, fiel zu seiner Zufriedenheit aus. »Mir ist zu Ohren gekommen, dass du nicht gut auf diesen Marco Manardi zu sprechen bist«, sagte er ohne lange Vorrede.

»Nun, äh, das ist richtig, Herr. Er ist ein Verbrecher der übelsten Sorte. Ein Dieb und Vaterlandsverräter, ein Feind unserer Nation.«

Ungeduldig winkte der Sohn des Dogen ab. »Jaja, schon gut. Deine Gründe interessieren mich nicht. Entscheidend ist, dass du ihn dir nicht durch die Lappen gehen lassen würdest, wenn du ihn zu fassen bekämst, nicht wahr? Du würdest nicht versagen wie der Herr der Nacht von Cannaregio.«

»O nein, Herr, da könnt Ihr sicher sein. Habe ich ihn erst in meinen Händen, bleibt er auch dort.«

»Gut. Ich entbinde dich von deinen anderen Pflichten. Deine einzige Aufgabe wird es sein, nach diesem Marco zu suchen. Nimm dir ein paar Männer deiner Wahl, die dich unterstützen.« Giacomo Querini drehte einen Briefbeschwerer hin und her. »Vielleicht solltest du den Maskenladen der Familie Amorese im Auge behalten. Es ist nicht unwahrscheinlich, dass der Gesuchte dort auftaucht.«

»Amorese, verstehe.« Luigi gestattete sich ein Grinsen, zu flüchtig, um Unmut zu erregen. »Ich werde tun, was Ihr mir auftragt.«

»Wenn du erfolgreich bist, soll es dein Schaden nicht sein. Hier hast du eine Anzahlung, für deine Ausgaben.« Er warf ihm einen Beutel zu, in dem es verlockend klimperte. »Kann ich mich auf dich verlassen?«

»Selbstverständlich, Herr. Ich werde alles tun, was in meinen Kräften steht, um ihn Euch zu bringen, diskret und … unversehrt?«

»Ja, tut das.« Giacomo Querini trat ans Fenster und kehrte dem Soldaten den Rücken zu. »Sollte dem Burschen natürlich etwas zustoßen, weil er sich zum Beispiel einer Gefangennahme widersetzt, so wäre das bedauerlich, aber nicht zu ändern. Niemand würde ihm eine Träne nachweinen. Man kennt ja dieses aufrührerische Gesindel. Gefährlich wie Vipern.«

Luigis Grinsen wurde breiter.

32

Die Luft schien rein, trotzdem wartete Marco noch eine Weile und behielt das Haus im Auge, ehe er näher schlenderte. Um diese Zeit musste sein Onkel im Palazzo Ducale sein, und seine Tante besorgte sicher Gemüse. Vorsichtshalber warf er noch einen Blick durch die Fenster. Nichts rührte sich.

Gestern hatte er den ganzen Tag darüber nachgedacht, ob es das Risiko wert war, aber wenn einem nur eine einzige Chance blieb, alles zum Guten zu wenden, fragte man nicht lange nach den Umständen. Entweder man schaffte es, oder es war sowieso gleichgültig.

Sein Plan war weit davon entfernt, perfekt zu sein, tatsächlich wies er etliche Unwägbarkeiten auf, die einen vernünftigen Menschen dazu bringen würden, das Ganze als aussichtslos zu verwerfen. Aber Vernunft half einem in dieser Situation nicht weiter. Vernunft war ein Luxus für Leute mit Optionen. Er konnte sich nicht ewig verstecken. Vor allem *wollte* er sich nicht ewig verstecken. Die Zeit des Weglaufens war vorbei, das hatte er sich geschworen.

Ein letztes Mal sah Marco nach rechts und links, dann öffnete er die Tür und huschte in die Wohnung. Drinnen nahm er seine Karnevalsmaske ab und lauschte. Alles blieb ruhig. Ein Blick in die Küche: niemand da. Ein Blick ins Arbeitszimmer: frei. Auf leisen Sohlen schlich er die Treppe hinauf und betrat den Raum am Ende des Ganges.

Es war ein befremdliches Gefühl, wieder in seinem alten Zimmer zu stehen, inmitten der abgetragenen Kleidungsstücke seines Bruders und dem angestoßenen Bambusbehälter, den ihm der Kaufmann Luciano Donati geschenkt hatte, Relikte eines anderen Lebens, eines Lebens vor dem Nebel, vor Verrat und Bürgerkrieg. Sein Bett war gemacht und schien auf ihn zu warten, als sei er nur kurz mit Vincenzo Marzoli zum Fischen rausgefahren. Traumverloren berührte Marco die Decke, die grob geschnitzte Spielzeuggondel auf dem Tischchen, den Stoffhund, für den er schon seit Jahren zu alt war.

Was er suchte, befand sich in der Holzkiste unter seinem Bett, vergraben unter dem abgebrochenen Zacken vom Bugeisen einer gekenterten Gondel und alten römischen Münzen. Ganz unten, bei den unangenehmen Erinnerungen wie seiner ersten missglückten Glasbläserarbeit, lag die Muschel der Lubriche. Einen Augenblick lang hatte er befürchtet, Onkel Aldo oder Tante Lucia hätten seine Habe weggeworfen, aber die Sorge war unbegründet. Erleichtert nahm Marco die Muschel heraus und drehte sie in seiner Hand. Vielleicht war sie der Schlüssel zu allem. Vielleicht.

Er verstaute sie in seinem Wams, packte die herausgenommenen Gegenstände in die Kiste zurück und schob diese an ihren alten Platz, damit sein Eindringen unbemerkt blieb. So leise, wie er gekommen war, schlich er wieder die Treppe hinunter.

Auf der dritten Stufe hörte er ein Geräusch und hielt inne. Es hatte geklungen, als ob jemand röchelte. Unschlüssig sah Marco zur Haustür. Er sollte machen, dass er von hier fortkam. Was kümmerte ihn, was in diesem Haus vorging?

Das Geräusch kam aus der Schlafkammer, dorthin zog es ihn. Vor der Tür hielt er den Atem an und hob den Riegel. Die Tür öffnete sich einen Spalt und gab den Blick frei auf das Bett. Seine Tante lag darin, weiß wie die Kalktünche an der Decke, knochig und voller Falten, als habe jemand alles Wasser aus ihrem Körper gesogen. Der Schwarze Tod war zuletzt auch in dieses Haus gekommen.

Marco betrat das Zimmer. Onkel Aldo hatte Tante Lucia nicht

ins Lazarett gebracht. Und wenn man die Schüssel mit Wasser neben dem Bett berücksichtigte, den zu Boden gefallenen Lappen, die Kräuter und Gewürze, die überall im Raum aufgehängt waren, dann musste er sie eigenhändig gepflegt haben, ungeachtet der Ansteckungsgefahr. Doch jetzt war er fort. Wohin? Zur Arbeit, um keinen Verdacht aufkommen zu lassen? Die Schergen des Senats waren rigoros: Wenn sie jemanden verdächtigten, einen Kranken zu verstecken, wurde das Haus durchsucht, und wenn sich der Verdacht bestätigte, wurden sämtliche Bewohner ins Lazzaretto Vecchio verfrachtet oder, schlimmer, im versiegelten Gebäude dem sicheren Tod überlassen.

Marco wagte sich einen Schritt näher. Und noch einen. Dann stand er neben dem Bett.

Tante Lucia sah aus wie eine Puppe, klein und schrumpelig. Als wäre sie ausgestopft. Sicher wog sie nicht mehr als das Daunenkissen, auf dem sie lag. Hitze entströmte ihrem Körper wie Wasser einem porösen Schlauch. Sie erkannte ihn nicht. Mit glasigen Augen blickte sie zur Decke, leckte sich über die aufgesprungenen Lippen und stöhnte. Die Wasserschüssel war zu weit entfernt, als dass sie sie hätte erreichen können.

Marco hob den Lappen auf, säuberte ihn, tauchte ihn ins Wasser und benetzte ihre Lippen damit. Sie leckte nach den Tropfen, murmelte Unverständliches und hustete wieder. Er tauchte den Lappen erneut ins Wasser und wollte ihn an ihre Lippen führen, da packte ihn seine Tante plötzlich mit unerwarteter Kraft am Handgelenk.

»Bist du wieder da, missratenes Balg!«

Vergeblich versuchte Marco, sich aus ihrem Griff zu befreien. Wenn sie auch nur annähernd so berührungsempfindlich war wie die anderen Opfer des Schwarzen Todes, musste die Umklammerung ihr höllische Schmerzen bereiten, aber sie schien es nicht zu merken. »Aldo hätte dich aus dem Weg räumen sollen, dich und deine ganze Brut.« Sie hustete wieder und spuckte Blut.

Endlich gelang es Marco, sich loszureißen. Sein Herz raste, als er an die Wand des Zimmers zurückwich.

»Komm her, du Satansbraten!«

Der Hass verlieh ihren Augen eine Lebendigkeit, die umso gruseliger wirkte, als der Rest ihres Körpers schon dem Tod gehörte. Tante Lucia streckte die Hand nach ihm aus, doch ihre Bewegung war kraftlos, und sie wimmerte, als ihr Arm auf die Bettkante fiel. Trotz ihrer Bosheit tat sie ihm leid. Er hatte das Bedürfnis, etwas Tröstliches zu sagen. »Ich glaube, ich weiß, wie wir das Meer zurückholen können«, meinte er.

»Wag es ja nicht«, zischte sie, »oder ich prügele dich grün und blau.« Sie machte den Versuch aufzustehen, fiel aber schon nach zwei Herzschlägen in die Kissen zurück. »Warte nur, wenn ich erst wieder gesund bin, dann wirst du was erleben.«

Marco sah ihre eingefallenen Wangen, hörte den rasselnden Atem und spürte die entweichende Hitze. Seine Tante lag im Sterben. Wie konnte sie nur glauben, wieder gesund zu werden? Sicher, auch Chiara hatte sich von der Krankheit erholt. Es gab Menschen, die dem Schwarzen Tod entkamen. Aber irgendwie zweifelte er daran, dass Tante Lucia zu ihnen gehörte. »Bist du nicht froh, wenn der Nebel verschwindet?«, flüsterte er. »Vielleicht verschwindet dann auch der Schwarze Tod.«

»Lass die Finger vom Schatz!«, kreischte sie. »Er gehört uns, hörst du? Niemand wird ihn uns wegnehmen.« Sie lachte hysterisch und bewegte ihre Finger, als zähle sie Perlen und Edelsteine.

Meinte sie den Schatz des Marco Polo? Woher wusste sie davon? Hatte Onkel Aldo in der Dogenkanzlei etwas aufgeschnappt? Hatte der Rat der Zehn ihm gar eine Belohnung versprochen, wenn er Marco einfing und das gestohlene Buch zurückbrachte?

»Das ist kein Hering, bloß ein Stichling«, plapperte Tante Lucia. »Mach das Feuer aus! Keine Gondel? Ihr werdet euch noch umgucken. Gräten, ha!« Der kurze Augenblick der Klarheit war vorüber, ihr Geist begann wieder, sich zu verwirren.

Marco stahl sich aus dem Zimmer. Noch nie war er so froh gewesen, dieses Haus zu verlassen.

33

Chiara amüsierte sich über ihren Bruder. Tommaso war so aufgeregt wie ein Achtjähriger. Ständig posierte er mit der Arlecchino-Maske vor dem Spiegel und konnte es kaum erwarten, endlich zur Piazza zu gehen.

»Was meinst du, soll ich einen Degen tragen?«, fragte er. »Sieht das nicht fescher aus?«

»Du stellst Arlecchino dar. Arlecchino soll nicht ›fesch‹ aussehen.«

Er nickte bedauernd und verschwand, nur um kurz darauf zurückzukehren. »Aber vielleicht einen Dolch um die Hüfte, ja? Nur einen kleinen.«

Sie gab es auf. Er würde ja doch tun, was er wollte. Und insgeheim freute es sie, dass ihr Geburtstagsgeschenk ihm so viel bedeutete.

»Ich gehe mal ein bisschen vor die Tür, um zu sehen, wie die Leute reagieren«, meinte er, und schon war er draußen.

Ihr Vater runzelte die Stirn. »Er soll bei der Arbeit helfen, nicht Unsinn machen.«

Wie in jedem Jahr riss der Kundenstrom zu Beginn des Karnevals nicht ab. Die Menschen suchten nach einem Halt in der Krise, einem Stück Normalität. Giuseppe und Bianca Amorese bedienten im Laden, während Chiara in der Werkstatt verspätete Aufträge ausführte. Natürlich hatten sie auf Vorrat produziert, aber es gab immer den einen oder anderen, der kurz vor Toresschluss noch eine Sonderanfertigung wünschte.

Eben war sie damit beschäftigt, einen neuen Topf Gips anzurühren, als Tommaso hereinstürmte. »Ich muss weg«, rief er und riss sich die Maske vom Gesicht. »Die Revolution ist ausgebrochen.«

»Was redest du da?«

»Die ganze Stadt ist in Aufruhr. Jacopo Villani hat die Republik Santa Margarita ausgerufen und mit seinen Anhängern den Campo besetzt, ich habe es eben gehört. Ich muss dorthin.« Er schleuderte seinen Umhang auf einen Ständer.

»Aber der Karneval …«

»Dazu ist jetzt keine Zeit, die Revolution braucht mich.« Mit drei Sprüngen verschwand er in den oberen Räumen, um sich umzuziehen.

Chiara wischte sich den Gips von den Händen und ging ihm nach. »Tu das nicht«, bat sie. »Es könnte gefährlich werden. Der Senat wird Soldaten ausschicken.«

»Genau deswegen brauchen sie mich. Sie brauchen jeden, der an die gerechte Sache glaubt. Wir müssen die Lakaien des Rates zurückschlagen.«

»Und wenn du plötzlich Alessandro gegenüberstehst?«

»Dann wird er entweder seine Waffen niederlegen oder sich verteidigen müssen. Er hat seine Seite gewählt, ich die meine.«

Chiara wusste genau, dass er es nicht so meinte. Oder? Konnte sie sicher sein, dass die beiden Sturköpfe einander schonen würden, wenn sie sich in der Hitze eines Gefechts gegenüberstanden? »Bitte, geh nicht«, versuchte sie es noch einmal.

»Ich muss. Was für ein ehrloser Mensch steht daneben, während seine Brüder und Schwestern die Freiheit verteidigen?«

»Ich traue diesem Jacopo Villani nicht.« Eigentlich hatte sie etwas anderes sagen wollen, es war ihr einfach so herausgerutscht. Aber es stimmte: Was sie über den Kopf der Rebellen gehört hatte, machte ihn ihr unsympathisch.

»Er ist ein großer Führer. Immerhin hat er es geschafft, den Campo zu besetzen, unter den Augen des Senats.«

»Ich habe Angst um dich, Tommaso.«

Er umarmte sie. »Sorg dich nicht, Schwesterchen. Es wird alles gut. Wir fegen die Feudalknechte hinweg, und mit ihnen die korrupten Nobili und das ganze morsche System.«

Seine Zuversicht war es, die Chiara am meisten ängstigte. Schwärmerische Geister wie Tommaso glaubten sich unbesiegbar. Dabei brauchte es nur einen Moment der Unachtsamkeit, und dann …

»Ich muss los.« Er schlüpfte in seine Stiefel, griff nach seinem Messer und rannte hinaus.

Sie hörte ihren Vater hinter ihm herrufen, aber Tommaso stürmte bereits zur Fondamenta, so wild war er darauf, sich den Aufständischen anzuschließen. Chiara ließ die Hände sinken. Sie wünschte, es gäbe etwas, das sie tun könnte. Aber man konnte Tommaso nicht aufhalten, wenn er sich einmal etwas in den Kopf gesetzt hatte.

Neue Kunden betraten den Laden. Meister Uccello wollte seine bestellte Maske abholen, und Ambrogio Cocchi kam auf ein Schwätzchen vorbei. Chiara hörte dem Gerede nur mit halbem Ohr zu. Das Lieblingsthema des alten Fischers waren die neuesten Opfer des Schwarzen Todes, und daran hatte sie nun wirklich kein Interesse.

»Die halbe Calle Zoccolo hat's erwischt«, sagte er, »die Soldaten haben zwei Häuser versiegelt. Cecilia Fanti ist gestorben.«

Der Schlag traf Chiara unvorbereitet und deshalb bis ins Mark. Kraftlos sank sie auf einen Stuhl. Cecilia Fanti, die Tochter des Latrinenreinigers. Ihre Freundin. Deutlich sah sie das Gesicht des Mädchens vor sich.

Weißt du noch? Weißt du noch, wie alle immer »Du stinkst!« riefen, wenn sie auftauchte? Erinnerst du dich, wie die anderen sie in das Jauchefass steckten? Den Deckel zumachten? Sich oben drauf setzten? Und wie du danebenstandst, ohne einen Finger zu rühren? Und betetest, dass sich niemand daran erinnert, dass ihr beide befreundet seid? Weißt du noch, wie die Kinder schließlich den Deckel öffneten, als keine Reaktion mehr aus dem Fass kam? Wie Cecilia über und über mit Exkrementen bedeckt herauskroch, nachdem sie beinahe in der Jauche ertrunken war, und dich dabei aus verwundeten Augen ansah? *Warum hast du mir nicht geholfen?*

Chiara vergrub ihr Gesicht in den Händen. Tagelang hatte sie auf ihre Strafe gewartet, eine Strafe wäre ihr willkommen gewesen. Aber nichts dergleichen geschah. Cecilia verriet keinen ihrer Peiniger. Nur ihre Freundschaft war daran zerbrochen. Ob sie ihr in ihrer letzten Stunde vergeben hatte?

Chiara blinzelte, weil die Tränen ihr die Sicht nahmen. Sie war feige, darauf lief es letzten Endes hinaus. In ihrem ganzen Leben hatte sie noch nie etwas riskiert. O ja, sie tat gern so, als könne nichts sie beeindrucken. Wegen ihrer forschen Art glaubten die Leute, dass sie sich nicht einschüchtern ließe. Sogar Marco glaubte, dass sie ihn mutig bei sich aufgenommen hatte, als er in Not war. Ach, Marco, wenn du wüsstest! Ich habe gehofft, du würdest meine Hilfe ausschlagen und fortgehen. Ich habe mich dafür geschämt, aber ich habe es trotzdem gehofft. Nur, dass ich gleichzeitig Angst hatte, du könntest sterben, und ich würde dich nie wiedersehen, weil ich dich im Stich ließ, als du mich am nötigsten brauchtest. In Wahrheit war es nur eine andere Art von Angst, als ich dir half. Ist es das, was Liebe in Wahrheit ist – Angst um einen anderen?

Sie wischte sich mit dem Ärmel über ihre Augen und griff mechanisch nach der Schüssel mit Gips, der natürlich längst gehärtet war. Nie wieder, hatte sie sich nach dem Vorfall mit Cecilia geschworen. Nie wieder würde sie es so weit kommen lassen. Nie wieder würde sie ihrer Feigheit nachgeben. Nie wieder jemanden im Stich lassen. Aber das erwies sich als schwerer als gedacht. Sobald sie etwas riskieren musste, versagte sie, wie neulich auf der Brücke.

Chiara löste die bröckelige Masse und trug sie zum Abfalleimer.

Dann rührte sie neuen Gips an und träufelte ihn über das Tonmodell einer Maske. Nach einer Weile gelang es ihr sogar, sich zu konzentrieren.

Als der Kundenstrom allmählich versiegte, kam unerwartet Marco in seiner Verkleidung als Pantalone herein. Sein Anblick versetzte ihr einen Stich. »Was tust du hier?«, fragte sie entgeistert. »Wenn man dich erkennt?« Und dann fiel sie ihm um den Hals und küsste ihn. Sie spürte seine Lippen, seine Hände, und von ihr aus hätte jetzt die Welt untergehen können.

»Ich laufe nicht länger davon«, sagte er, als er wieder zu Atem kam. »Mir ist eingefallen, was Signor da Vinci gesagt hat, über die Lubriche: Sie sind so alt wie das Siegel, das der Rat der Zehn gebrochen hat. Vielleicht können sie das Meer zurückholen.«

»Warum haben sie es dann noch nicht getan?«

»Was weiß ich. Um die Menschen zu bestrafen, vielleicht.«

»Das Wasser ist ihre Heimat. Das Verschwinden des Meeres muss für sie noch schlimmer sein als für uns.«

»Sie wissen etwas«, beharrte er. »Vielleicht ist es schwierig umzusetzen. Vielleicht ist ihnen einfach nicht klar, dass ein gebrochenes Siegel den Nebel herbeigerufen hat. Wie auch immer, wir können weiter hier herumsitzen und darauf warten, dass der Schwarze Tod einen nach dem anderen holt, oder wir können eine Lösung suchen. Und so, wie ich die Sache sehe, sind die Lubriche unsere einzige Hoffnung.«

Das war eben Marco. Marco hatte keine Angst. Oder vielleicht hatte er doch Angst, aber er ließ sich von ihr nicht beherrschen. Marco riskierte etwas.

»Sie sind menschenscheu«, fuhr er fort, »aber ich könnte mir vorstellen, dass das hier sie umstimmt.« Er holte eine Muschel aus seinem Wams und gab sie ihr. »Ich fand sie damals, als ich mit Francesca … als wir in dem verlassenen Haus waren. Ich glaube, sie haben sie für eine Zeremonie benutzt. Bestimmt bedeutet sie ihnen etwas.«

Chiara drehte die Muschel in ihren Händen. Die Höcker fühlten sich pelzig an. Sie dachte an das verlassene Haus, an den See im eingebrochenen Stockwerk. An Marco, wie er neben ihr saß, als sie im Sterben lag. *Wir gehören zusammen. Ich lasse dich nicht im Stich.*

Entschlossen gab sie ihm die Muschel zurück und schlüpfte aus ihren Pantoffeln. Der Sohn des Dogen hatte unrecht: Auch wenn Leib und Leben bedroht waren, dachte noch lange nicht jeder nur an sich.

»Was machst du?«

»Na, was wohl? Ich komme mit.« Sie hatte erwartet, dass er ihr widersprechen würde, stattdessen zeigte sein Gesicht einen Ausdruck grenzenloser Erleichterung. »Marco Stefano Manardi, merk dir eins: Du wirst mich in deinem Leben nicht mehr los.«

Jetzt war er es, der sie küsste, so fest, dass sie kaum Luft bekam. Und dann berührte seine Zunge ihre Lippen, ihr Mund öffnete sich ihm von selbst, ihre Zunge berührte seine, und plötzlich verschlang sie ein Strudel aus Gefühlen.

Als sie wieder zu Atem kamen, sahen sie sich an, als hätten sie einander noch nie gesehen.

Sie nahm seine Hand. Seltsamerweise fürchtete sie sich kein bisschen vor dem, was vor ihr lag. Geradezu beschwingt verließ sie mit Marco die Werkstatt. »Wir müssen kurz weg«, sagte sie zu ihrem Vater, »wir nehmen das Boot.« Besser, ihre Eltern wussten nicht, was sie vorhatten. Sie würden sich nur Sorgen machen.

»Chiara, du kannst jetzt nicht …«, rief ihre Mutter ihnen nach, aber da waren sie schon draußen.

Hand in Hand liefen sie zur Gondel und stiegen ein. So glücklich waren sie, dass Marco vergaß, seine Maske wieder aufzusetzen. So berauscht von ihren eigenen Gefühlen, dass sie die Gestalt im Schatten einer Hauswand nicht bemerkten, die sich überrascht aufrichtete und Marcos Namen zischte. Und ihnen mit weiteren Schatten am Ufer folgte, einen Ausdruck von Häme und Hass in den Augen.

34

Wenn es nach Marco gegangen wäre, hätte er für alle Ewigkeit in der Gondel gesessen und Chiaras Hand gehalten. Immer wieder sah er sie an, manchmal verstohlen, manchmal offen, und es erschien ihm wie ein Wunder, dass sie und er hier vertraut beisammen saßen und etwas miteinander teilten, das alle Zauberkraft der Alten und ihre magischen Siegel in den Schatten stellte.

»Achtung, wir sind gleich da!«

Ihre Worte rissen ihn aus seiner Verzauberung. Notgedrungen ließ er ihre Hand los und machte sich bereit, an Land zu springen, ehe die Strömung sie an der Bucht vorbeiführte. Im richtigen Augenblick stieß er sich vom Rand der Gondel ab und setzte sicher auf dem Ufer auf. Chiara warf ihm das Tau zu, das er an einem wild wachsenden Wacholderbusch befestigte. Dann zog er das Boot zu sich heran und half ihr heraus.

Wieder einmal stand er hier, an diesem Ort, der der letzte war, den er zu sehen wünschte. Warum nur zwang ihn das Schicksal, sich immer und immer wieder seinem schlimmsten Albtraum zu stellen? »Vielleicht ist es doch keine so gute Idee, wenn du mitkommst«, sagte er. »Wenn die Lubriche nun wütend sind, weil ich die Muschel damals mitgenommen habe? Wenn es gefährlich wird? Wenn ich im entscheidenden Moment nicht weiß, wie ich mit dem Wasser raunen kann?«

»Ich vertraue dir.«

»Nein, sag das nicht!« Er machte einen Schritt von ihr fort. »Francesca hat das auch gesagt«, flüsterte er. »Man kann mir nicht vertrauen.«

Chiara trat hinter ihn und legte ihre Arme um ihn. »Ich vertraue dir«, wiederholte sie. »Ich weiß, dass du immer tun wirst, was in deinen Kräften steht, um den richtigen Weg zu gehen. Mehr kann man von niemandem verlangen.«

Er legte seine Arme auf ihre und hielt sie fest. So standen sie eine ganze Weile und sagten kein Wort, bis er schließlich ihre Hand nahm. Gemeinsam schritten sie auf das verfallene Haus zu.

Der Weg hinein und in die versunkenen Stockwerke hinunter war ihm mittlerweile so vertraut, dass er sich blind zurechtgefunden hätte. Dennoch fühlte er sich fremd in diesem Haus. Unerwünscht. Schließlich standen sie vor dem eingebrochenen Fußboden und blickten in den schwarzen See zu ihren Füßen.

Warm, wisperte es. *Licht.*

Sie hängten ihre Laternen an zwei Haken in der Wand und erhellten damit die Räume notdürftig. Marco holte die Muschel aus seinem Wams. Er trat an den Rand des Fußbodens und setzte sie dort ab. Dann kniete er nieder und stellte sich vor, er würde seine Gedanken ins Wasser schicken. Wir brauchen eure Hilfe, dachte er. Wir wollen euch nichts Böses. Wir kommen als Freunde.

Unschlüssig stand er auf und machte einen Schritt zurück. »Und jetzt?«

»Warten wir.« Chiara setzte sich auf die Treppe, und er ließ sich neben ihr nieder.

Sie warteten. Von Zeit zu Zeit knackte es irgendwo im Gebälk, ansonsten geschah nichts. Nach einer Weile wurde Marco ungeduldig. Wie beim letzten Mal versuchte er, die Lubriche mit der Kraft seines Geistes zu rufen, und wie beim letzten Mal hatte er keinen Erfolg. Im Stillen war er sicher, dass die Fischmenschen genau wussten, dass sich jemand hier aufhielt. Sie wollten ihnen einfach nicht begegnen.

»Zeig ihnen, wie du mit dem Meer sprichst«, schlug Chiara vor.

Widerwillig beugte Marco sich vor und ließ sich auf den Gesang ein, der durch sein Blut strömte und ihn mit dem uralten

Rhythmus von Ebbe und Flut erfüllte.

Folge mir, zu den leuchtenden Krabblern. Zu den zirpenden Grünlingen. Zu den Achtarmen in der Tiefe.

Er öffnete sich dem Flüstern, sträubte sich jedoch gegen die Sehnsucht, die es in ihm weckte. Er wollte dem Wasser keine solche Macht über sich zugestehen. Dann dachte er daran, wie er fiebrig zur Adria getrieben war und das Meer ihn geheilt hatte, und ließ zu, dass es tiefere Schichten in ihm berührte.

Folge mir ins Dornenland. Zur großen Mauer. Zu den Gefiederten, die in der Luft stehen.

Ohne es zu merken, hatte sich sein Atem dem Rhythmus der Gezeiten angepasst. Was jetzt? Wie konnte er mit dem Meer in Verbindung treten? Vielleicht musste er es rufen, wie es ihn rief. Komm, dachte er versuchsweise. Folge mir.

Folge mir zu den Korallenwäldern. Zum flüssigen Feuer. Zur Sonne, die nie untergeht.

Mit Wucht brach eine Flut von Eindrücken über ihn herein, füllte ihn aus und wich dann langsam zurück, nur um sich von Neuem mit der Gewalt einer Welle in jeden Winkel seines Bewusstseins zu drängen. Marco zuckte zusammen, doch er verschloss sich nicht länger, sondern ließ sich tiefer sinken und tiefer und tiefer. Komm, dachte er.

Die eben noch glatte Oberfläche des Sees kräuselte sich, bog sich ihm entgegen, griff nach seinem Zeigefinger. Marco zuckte vor der Berührung zurück und versuchte gleichzeitig, die Wölbung mit der Kraft seiner Gedanken zu halten, doch die Anstrengung hatte den gegenteiligen Effekt und ließ die Welle in sich zusammensinken.

Frustriert stieß er den angehaltenen Atem aus. Als er im Fieber lag, hatte er es doch auch gekonnt! Da hatte das Meer auf ihn reagiert, er wusste es genau. Es war nicht bloß Einbildung gewesen. Er versuchte es ein weiteres Mal, doch auch jetzt fiel die Welle wieder in sich zusammen und die Verbindung, die er zwischen sich und dem Wasser zu spüren glaubte, versickerte. Marco gab auf. »Es geht nicht«, rief er und vergrub das Gesicht in seinen Armen. Signor da Vinci hatte sich geirrt. Er besaß kein Talent, jedenfalls keins, das der Rede wert war.

Chiara legte ihren Arm um ihn, und so saßen sie wieder auf der Treppe und warteten. Einmal meinten sie, ein Plätschern zu hören, als sei irgendwo etwas untergetaucht.

»Vielleicht ein Frosch«, mutmaßte Chiara.

Hier? Um diese Jahreszeit? Marco hielt das für unwahrscheinlich. Er schnupperte. Roch es nicht nach Fisch? »Sie verstecken sich vor uns.«

»Dann müssen wir sie hervorlocken. Die Muschel scheint ihnen nicht wichtig genug zu sein. Oder sie erkennen sie nicht. Was meinst du, ob sie gute Augen haben? Die würden ihnen da unten im Dunkeln doch nichts nützen, oder? Vielleicht riechen sie eher, ob jemand in guter Absicht kommt.«

»Ich weiß es nicht«, gab er zu. Dann fiel ihm etwas ein. »Es ist der falsche Raum«, meinte er.

»Wie – der falsche Raum?«

»Da drüben haben sie ihre Zeremonien abgehalten, von dort habe ich die Muschel mitgenommen. Vielleicht muss ich sie an derselben Stelle ablegen, damit sie verstehen, was für eine Muschel das ist.«

»Könnte sein. Vielleicht ist es die Geste, die für sie wichtig ist. Verstehst du, dass du ihnen irgendwie Achtung bezeigst, wenn du die Muschel da hinlegst, wo du sie herhast.«

»Probieren wir's aus.« Marco nahm die Muschel und sprang auf.

»Wie kommen wir rüber?«

»Hier lang.« Er deutete auf den stehen gebliebenen Balken, der einen Schritt über der Wasseroberfläche von einer Außenwand des Hauses zur anderen reichte.

»Hält das?«

»Es hat gehalten, als ich das letzte Mal hier war.«

Er setzte seine Füße auf den Balken und testete die Stabilität. Auch diesmal schien das Holz zu tragen, obwohl es wie damals knirschte und Holzmehl nach unten rieselte. »Warte, bis ich drüben bin«, sagte er.

»Sei vorsichtig«, bat Chiara.

Das Beben in ihrer Stimme tat ihm wohl. Marco machte einen weiteren Schritt und vermied es, nach unten zu sehen. Das Flüstern, das ihm von dort entgegenschlug, war schlimm genug. Es war nicht der Sturz, vor dem er sich fürchtete – im Wasser würde er weich landen –, auch nicht die Strömung, nicht einmal die Tatsache, dass er nicht wusste, wer oder was möglicherweise dort unten lauerte, um ihn in die Tiefe zu ziehen. Es war die Berührung des Wassers, die er nicht ertragen konnte. Wieder sah er vor sich, wie es mit krakenartigen Armen nach Francesca griff und sich in ihre Kehle saugte. *Wehr dich nicht! Kehre zurück zu deinem Ursprung!*

Die Ränder des Balkens verschwammen. Marco riss sich zusammen und konzentrierte sich. Du kriegst mich nicht, dachte er grimmig. Heute war heute, die Vergangenheit hatte keine Gewalt über ihn.

Weiter schob er sich vorwärts, vor jedem Schritt die Tragfähigkeit des Balkens prüfend, an der gebrochenen Zwischenwand vorbei zum anderen Ende des Stockwerks. Er hatte vergessen, dass auch hier der Boden weggebrochen war, besser gesagt: Er hatte gehofft, dass er sich beim letzten Mal in dem schummrigen Licht geirrt hatte. Doch das war nicht der Fall.

»Was ist? Kann ich kommen?«, rief Chiara.

»Es geht nicht. Der Fußboden ist weg.« Er stützte sich an der Mauer ab, drehte sich um und arbeitete sich Stück für Stück zurück.

Gib mir deine Wärme! Werde ein Teil von mir!

Hier, an dieser Stelle war Francesca unter das Eis gezogen

worden. Marco blieb stehen. Er zitterte. Hier hatte sie nach ihm gerufen. Spürte er nicht ihre Anwesenheit, ihren Atem, ihre Persönlichkeit?

Folge mir hinab zu den Echojägern und den grauen Riesen! Kehre zurück zu deinem Ursprung! Erfahre das große Geheimnis!

Er schwankte.

Chiara rief ihm eine Warnung zu.

Im letzten Augenblick fing er sich ab, taumelte zwei, drei Herzschläge lang und stand wieder sicher. Das Gefühl, beobachtet zu werden, brachte ihn dazu, sein Gesicht zur Seite zu wenden. Aus dem Schatten einer teilweise stehen gebliebenen Zwischenwand blickten ihn seelenlose Augen an, nur einen flüchtigen Moment lang, dann zogen sie sich tiefer ins Dunkel zurück. Hatte er sich das Ganze eingebildet? Oder war der Lubrica immer noch da, verborgen in der Dunkelheit? Fischgeruch, jetzt konnte er ihn deutlich wahrnehmen.

»Wir wollen euch nichts tun«, rief Marco. »Wir … wir haben etwas für euch.« Er holte die Muschel aus seinem Wams und hielt sie dem Schatten hin. Die Bewegung brachte ihn wieder gefährlich ins Schlingern.

Keine Reaktion verriet, ob sich jemand in der Finsternis aufhielt.

»Komm zurück«, rief Chiara. »Ich habe Angst.«

Marco zögerte, dann steckte er die Muschel wieder ein und ging weiter.

Chiara umarmte ihn, sobald er sicheren Boden unter den Füßen hatte. Eine Weile hielten sie sich aneinander fest.

»Es hat keinen Zweck«, sagte er. »Sie wollen einfach nicht mit uns reden.«

»Also war alles umsonst?«

»Ja. Es tut mir leid.«

»He!« Sie nahm sein Gesicht in beide Hände und zwang ihn, sie anzusehen. »Erinnere dich, was ich dir gesagt habe, ja? Du hast getan, was in deinen Kräften stand. Mehr kann man nicht verlangen.«

Er küsste sie. Dann holte er die Muschel aus seinem Wams und betrachtete sie ein letztes Mal.

»Was hast du vor?«

»Sie gehört ihnen, sollen sie sie haben.« Mit Schwung warf er sie in den unterirdischen See.

Marco und Chiara sahen zu, wie die Muschel auf der Wasseroberfläche aufschlug und versank. Ringe breiteten sich aus, stießen an eine Mauer, wurden schwächer und verschwanden.

»Da!«, rief Chiara und deutete nach unten.

Ein Schädel tauchte auf, geschlitzte Ohren. Ein Augenpaar blickte sie an.

Sie hielten den Atem an.

Die Augen blieben unverwandt auf sie gerichtet. Eine mit Schwimmhäuten versehene Hand wurde sichtbar. Sie umschloss die Muschel.

»Wir sind Freunde«, rief Chiara.

Marco schickte Gefühle ins Wasser in der Hoffnung, die Lubriche könnten sie wahrnehmen. Frieden. Hilfe.

Über ihnen polterte es. Marco wirbelte herum, und ein Schrei entrang sich seiner Kehle. Zwei, drei, vier Soldaten stiegen die Treppe hinunter, angeführt von Luigi Ruffolo.

»Was, zum …«, rief der beim Anblick des Meerwesens. Augenblicklich riss er ein Messer heraus, stürmte vor und schleuderte seine Waffe.

»Nein!«, schrie Marco und warf sich auf ihn.

Der Anprall veränderte die Flugbahn des Messers, das den Lubrica nicht mehr wie geplant zwischen die Augen traf, sondern eine Wunde in seiner Schulter riss. Mit einem Platschen verschwand der Fischmensch in den Fluten.

Luigi versetzte Marco einen Schlag in die Magengrube, zog seinen Degen und hieb nach dem entflohenen Lubrica. Chiara wollte ihn daran hindern und rang mit ihm um die Waffe. Zwei Soldaten packten sie und zerrten sie fort, was Marco veranlasste, sich trotz seiner Schmerzen auf sie zu stürzen. Die übrigen beiden Soldaten knieten sich an den Rand des Fußbodens und rissen mit ihren Degen sinnlos Furchen ins Wasser.

Heiß, wisperte der See.

Die Männer beugten sich nach vorn und versuchten zu erkennen, ob sie irgendetwas getroffen hatten. Hände mit Schwimmhäuten schossen plötzlich aus der schwarzen Oberfläche, packten einen von ihnen und zogen ihn in die Tiefe. So schnell war das geschehen, dass die übrigen Soldaten nicht einmal Zeit fanden, einen Schrei auszustoßen. Wasser wirbelte auf, Luftblasen blubberten, Strudel kündeten von einem lautlosen Kampf unter der Oberfläche.

Der andere Mann robbte entsetzt rückwärts. An seiner Statt eilten die beiden Soldaten, die Chiara von Luigi gepflückt hatten, mit gezogenem Degen zur Unglücksstelle, um ihrem Kameraden zu Hilfe zu kommen. Doch die Wellen hatten sich bereits wieder beruhigt. Still und schwarz lag der See vor ihnen, nur an einigen Stellen färbte er sich langsam rot. Dann tauchte ein Körper auf und trieb mit dem Gesicht nach unten auf dem Wasser.

Die Soldaten brüllten vor Wut und fuchtelten mit ihren Degen herum, auf der Suche nach einem Ziel. »Zeigt euch!«, schrie einer von ihnen, legte sich auf den Bauch und durchpflügte mit der Spitze seines Stahls die Wasseroberfläche.

Marco und Chiara, beiseite geschleudert, rappelten sich auf und rangen mit den Männern um die Waffen. »Tut ihnen nichts!«, rief Chiara, aber die Soldaten beachteten ihre Rufe nicht, sondern drehten ihr den Arm auf den Rücken. Bei dem Gerangel fiel einer der Degen zu Boden, Marco nutzte die Gelegenheit und beförderte ihn mit einem Tritt in den See, was ihm Schläge eintrug, die seinen Kopf nach hinten schleuderten und seine Lippe aufplatzen ließen. Mit Fäusten und Stiefeln zwangen die Soldaten Marco und Chiara nieder.

Das alles war in Bruchteilen von Augenblicken geschehen. Luigi trat zu seinen Kameraden und suchte mit ihnen das Wasser ab. Doch alles blieb still, die Lubriche hatten sich zurückgezogen. Der Fischgeruch war verschwunden.

Mühsam kamen Marco und Chiara auf die Beine. Marcos linke Hand pochte wie verrückt, der Kampf hatte dem schlecht verheilten Bruch nicht eben gutgetan. Ein rascher Blick zur Falltür belehrte ihn, dass sie es nie dort hinauf schaffen würden. Er ergriff Chiaras Hand und taumelte mit ihr in die andere Richtung. Der Balken war ihre einzige Chance. Er setzte seinen Fuß auf das Holz, dann den zweiten. Chiara hielt sich dicht hinter ihm. Wieder rieselte Holzmehl nach unten. Würde der Balken das Gewicht von zwei Menschen aushalten?

»He, wo wollen die hin?«, rief einer der Soldaten.

Luigi fluchte. »Hinterher!«

Marco sah nicht zu ihnen hinüber, er konzentrierte sich auf seine Schritte. Chiaras Hand umfasste seine fest und warm.

Luigi war der erste ihrer Verfolger, der den Balken erreichte, zwei der drei verbliebenen Soldaten dichtauf, während der letzte zögernd zurückblieb. Konnte der Balken sie alle tragen? Marco ging schneller, obwohl er damit die Gefahr erhöhte, seine Balance zu verlieren. Noch zehn Schritte … fünf … zwei … dann hatte er die jenseitige Mauer erreicht. Unten war ein kleiner Vorsprung stehen geblieben, dorthin setzte er vorsichtig seinen Fuß. Der Boden brach, morsche Holzreste plumpsten ins Wasser. Hätte Chiara ihn nicht gehalten, wäre er ihnen gefolgt. Marco richtete sich auf. Es hatte keinen Zweck, ihre Flucht war hier zu Ende. Hier würden sie sich verteidigen müssen.

Er drehte sich herum, zog Chiara an sich und half ihr, sich ebenfalls umzudrehen, sodass sie ihren Verfolgern ins Gesicht sehen konnten. Die waren bereits bis zur Mitte des Balkens vorgerückt, der wider Erwarten das Gewicht all der Menschen trug. Immerhin, versuchte Marco sich Mut zu machen, ihre Chancen standen gar nicht schlecht. Auf dem schmalen Balken konnte sie nur einer attackieren. Dass dieser eine einen Degen in der Hand hielt und vor Wut schäumte, darüber wollte er lieber nicht nachdenken.

»Wenn ich euch zu fassen kriege, werdet ihr euch wünschen, an seiner Stelle zu sein«, knirschte Luigi und deutete auf die Leiche des Soldaten, die unter ihm im Spiel der Wellen schaukelte.

»Das wird dem Rat nicht gefallen«, erwiderte Marco in der Hoffnung, ihn zur Besinnung zu bringen.

»Den Rat interessiert nur das Buch. Aber jemand anderes will deinen Tod. Und diesen Wunsch werde ich ihm mit Freuden erfüllen.«

Es war ihm ernst, Marco konnte es in seinen Augen lesen, die hasserfüllt funkelten, während er Schritt um Schritt näher kam.

»Fass ihn nicht an!«, schrie Chiara.

Luigi grinste schmierig. »Was wir mit dir machen, überlegen wir uns noch. Ich bin sicher, uns wird etwas Nettes einfallen.«

Sechs, vielleicht sieben Schritte trennten sie voneinander. Luigi ließ seinen Degen durch die Luft pfeifen. Dicht hinter ihm balancierten seine Kameraden, ebenfalls mit gezogenem Degen. Marco spannte seine Muskeln. Wenn es ihm gelang, Luigis Handgelenk zu packen … Ein nahezu aussichtsloses Unterfangen, natürlich, aber welche Alternative hatte er? Er zog Chiara näher heran, setzte einen Fuß vor, damit er besser nach vorn springen konnte, und achtete auf Luigis Augen. Das Überraschungsmoment, vielleicht … wenn er eine andere Bewegung antäuschte …

Neben den Männern brodelte der See. Unter Kaskaden von Tropfen, die nach allen Seiten spritzten, barsten Schatten durch die Wasseroberfläche und schienen schwerelos durch die Luft zu fliegen, auf die überraschten Soldaten zu. Schaum flockte von stromlinienförmigen Körpern, als sie ihre Hände ausstreckten. Schwimmhaut traf auf Brustkorb, Schuppen trafen auf Stoff.

Mit einem Schrei stürzten die beiden Soldaten hinter Luigi ins Wasser, die Körper zweier Lubriche über sich, deren Münder geöffnet waren und nadelspitze Zähne entblößten. Dann schlugen die Wellen über ihnen zusammen.

Das unerwartete Auftauchen der Fischmenschen hatte Luigi aus dem Gleichgewicht gebracht, nur mühsam gewann er die Balance zurück. Entsetzt starrte er auf den Punkt, an dem seine Kameraden verschwunden waren. Sein Degen zielte nicht länger auf Marco und Chiara, sondern zuckte bald auf dieser, bald auf jener Seite über das Wasser hin.

In angemessener Entfernung, sodass sein Degen sie nicht erreichen konnte, tauchten Lubriche auf, vier, acht, zwölf, bildeten einen Kreis um ihn und sahen ihn aus ihren Fischaugen an. Einer von ihnen hatte ein blutiges Maul.

»Was wollt ihr von mir?«, schrie Luigi. »Lasst mich in Ruhe, ihr verdammtes Fischpack! Schert euch zurück in die Hölle, wo ihr hingehört!« Sein Degen zappelte nutzlos auf und ab.

Ein seltsames Geräusch erfüllte das unterirdische Stockwerk, mit nichts vergleichbar, das Marco je gehört hatte, und erst nach einer Weile begriff er, dass es aus den Mündern der Lubriche kam, eine Art Knurren, rau, als reibe man zwei Raspeln aneinander.

Luigi geriet in Panik und versuchte, sich zurückzuziehen, während er weiter mit seinem Degen fuchtelte und die Meerwesen damit auf Abstand hielt. Doch er konnte nicht überall zugleich sein. Wenn er sich nach links wandte, schwammen die Lubriche auf der rechten Seite näher, drehte er sich nach rechts, schwammen sie zurück, und ihre Artgenossen auf der linken Seite formierten sich zum Angriff. Immer wilder hackte Luigi nach den Köpfen, die seinem Degen mühelos auswichen, immer gellender spuckte er seine Flüche über sie, während er Stück um Stück zurückwich, und so kam es, wie es kommen musste: Der Schwung seiner Bewegungen brachte ihn aus dem Gleichgewicht, sein

Fuß verfehlte den Balken, und er stürzte ins Wasser.

Im gleichen Moment verwandelte sich das Knurren in ein Zischen, die Leiber der Fischmenschen kippten und tauchten ab. Erneut schien das Wasser zu kochen, Strudel bildeten sich. Einmal noch tauchte Luigi auf, einen Schrei auf den Lippen, doch wurde er augenblicklich wieder hinabgezogen.

Der letzte Soldat, der auf sicherem Boden zurückgeblieben war, schlotterte vor Angst. Langsam setzte er einen Fuß rückwärts, dann noch einen, schließlich floh er Hals über Kopf aus dem Haus.

Marco und Chiara konnten sich nicht rühren, so sehr entsetzte sie das Geschehen. Aneinander geklammert beobachteten sie die Oberfläche des Sees, dessen undurchdringliches Schwarz nun überall mit roten Schlieren durchzogen war. Die Strudel lösten sich auf, an ihrer Stelle erschien zuerst der Hinterkopf, dann der Rest von Luigi Ruffolo. Aus seiner aufgerissenen Halsschlagader flossen noch immer Ströme von Blut und mischten sich mit dem Wasser. Um ihn herum tauchten die Lubriche auf und blickten mit empfindungslosen Augen auf den Toten in ihrer Mitte. Marco und Chiara krallten sich so fest ineinander, dass es schmerzte.

Dann wandten sich die Augen ihnen zu.

35

Nur das Notwendigste: sein Messer, Geld, die Gürteltasche, ein zweites Paar Stiefel. Nicht mehr, als er tragen konnte. Keine Erinnerungen, alles Verzichtbare würde er zurücklassen. Vielleicht noch das Kästchen, in dem er seine Vogelpfeife und die Würfel aufbewahrte, auch wenn Chiara es mit orientalischen Ornamenten bemalt hatte. Er strich über die Maserung des Holzes. Besser nicht. Ein glatter Schnitt war weniger schmerzhaft.

Alessandro stopfte alles in einen Sack und band ihn zu. Er beeilte sich, obwohl er allein war. Niemand zu Hause, wie vorgesehen. Es war richtig gewesen abzuwarten, bis seine Eltern den Laden schlossen, um am Karneval teilzunehmen. Er wollte niemandem aus seiner Familie begegnen, wenn er seine Habseligkeiten holte.

Die Turmuhr schlug Mittag. In einer Stunde musste er auf dem Markusplatz sein, um mit seinen Kameraden für die Sicherheit des Dogen und des Senats zu sorgen. In Verkleidung, hatte der Hauptmann befohlen, mischt euch unter die Menge, tut, als gehörtet ihr dazu. Er hätte lieber geholfen, den Campo Santa Margarita zurückzuerobern, aber Befehl war Befehl.

Alessandro warf sich den Sack über die Schulter. Auf dem Weg zur Tür kam er an einem Eisenständer vorbei. Das Kostüm des Arlecchino hing darüber, Chiaras Geburtstagsgeschenk an Tommaso. Anscheinend war sein Bruder nicht zum großen Fest gegangen. Sah ihm gar nicht ähnlich. Vielleicht hatte er sich Jacopo Villani angeschlossen, der Narr. Alessandro stellte den Sack wieder ab. Es wäre eine gute Verkleidung. Niemand würde darunter den Soldaten erkennen. Er berührte die Maske. Sie würde passen, schließlich hatte er selbst dafür Modell gestanden. Kurzerhand setzte er sie sich auf und warf sich den dazugehörigen Umhang über.

Als Arlecchino verließ er den Laden und begab sich zum Markusplatz.

36

»Heureka«, rief Leonardo da Vinci, »ich bin ein Genie! Was bin ich?«

»Ein Genie«, gähnte Salai.

»So ist es, du Ignorant. Ich weiß wirklich nicht, warum ich dich all die Jahre durchfüttere.«

»Weil Ihr zu faul seid, Eure Werkzeuge allein zu schleppen, und Euch gern mit hübschen jungen Männern umgebt.«

»Jetzt, wo du es sagst …« Leonardo kritzelte das Ergebnis einer Berechnung in sein Arbeitsheft, klappte es höchst befriedigt zu und schnappte sich das Buch, das Marco aus dem Palazzo Ducale entwendet hatte. »Ich muss noch etwas erledigen, bevor ich zur Piazza komme, geh du ruhig schon vor. Ich gebe dir den Rest des Tages frei, damit du deinen Vergnügungen nachgehen kannst, die ohne Zweifel die Grenzen des Schicklichen überschreiten werden.«

»Danke, Meister.« Und ehe der Maler es sich noch anders überlegen konnte, machte sich Salai davon.

Leonardo ging zur Tür, kehrte noch einmal um und stopfte verschiedene Utensilien in seine Segeltuchtasche. Vor dem Käfig mit der Eidechse blieb er stehen, wiegte den Kopf hin und her und entschloss sich, das sperrige Gestell ebenfalls mitzunehmen. »Ich hätte dem Jungen nicht so voreilig frei geben sollen«, murmelte er. Da ihm nichts anderes übrig blieb, fügte er sich achselzuckend in sein Schicksal und verließ die Wohnung.

Die Fährleute hatten den Betrieb wieder aufgenommen, weil sie jedoch auf Gedeih und Verderb der Strömung des Nebels ausgeliefert waren, dauerte das Übersetzen über den Canal

Grande beinahe so lange, als wäre Leonardo zu Fuß über die Rialtobrücke gegangen. Er bereute den Piccolo, den er dafür zahlen musste, und kam schlecht gelaunt in der Calle Calergi an. Seine Laune sank weiter, als er feststellte, dass der Maskenladen verschlossen und die Bewohner nicht zu Hause waren. »Soll sie doch alle der Teufel holen«, brummte er. »Wenn sie das Ergebnis meiner Untersuchungen nicht interessiert, behalte ich es eben für mich.«

Er machte auf dem Absatz kehrt und marschierte vor sich hin schimpfend Richtung Markusplatz. Undankbare Bande! Ließen ihn schuften, während sie sich dem Vergnügen hingaben. Moment mal! Hatte der Sohn – wie hieß er noch gleich? Tommaso, nicht wahr? – hatte dieser Tommaso nicht erwähnt, dass er heute am Fest auf der Piazza teilnehmen wollte? Richtig. Das traf sich gut, da musste er keinen weiteren Umweg machen. Er würde dem Jungen das Resultat seiner Forschung in die Hand drücken, und dann mochte der sich darum kümmern, wie es in Marcos Hände gelangte.

Mit sich zufrieden überquerte Leonardo die unsichtbare Grenze, die Cannaregio von San Marco trennte. Je mehr er sich dem Markusplatz näherte, desto unmöglicher wurde es voranzukommen. Die Wege glichen einem Tollhaus, in San Marco brodelte und kochte es. Maskierte schoben und drängten sich auf jedem Quadratmeter Boden, überall wurde getanzt, geküsst, gegessen. In den engen Gassen drängten sich die Leiber aneinander, auf den Plätzen warfen sie ihre Glieder wie die Wahnsinnigen nach allen Seiten.

Ein Rausch hatte die Einwohner Venedigs erfasst, doch wenn man genauer hinsah, dunkelte das Bild gehörig nach. Zu wild waren die Tänze, zu irre das Gelächter, um lediglich Ausdruck unverfälschter Freude zu sein. Die Frau, die sich unentwegt um sich selbst drehte und dabei von Zeit zu Zeit einen heimlichen Blick über ihre Schultern warf, der Mann, der sich nicht schnell genug betrinken konnte, das Pärchen, das sich ineinander krallte – sie alle stürzten sich ins Vergnügen, als hätten sie nicht mehr viel Zeit. Hin und wieder taumelte jemand und stürzte zu Boden, und wenn man hilfreich hinzueilte und die Maske des Unglücklichen lockerte, um ihm Luft zu verschaffen, fand man nicht selten statt des erwarteten Betrunkenen einen vom Schwarzen Tod Gezeichneten darunter. Wie viele Sterbende versteckten sich wohl hinter der Maske des Vergnügens, um nicht zum Lazzaretto Vecchio zu müssen?

Am Campo San Zulian brachen Totenträger ein versiegeltes Haus auf, dessen Bewohner seit zwei Tagen kein Lebenszeichen mehr von sich gegeben hatten, und die Feiernden umtanzten die Tür, als sei das Leben ein einziger Spaß, umtanzten Leichname, Kranke auf dem Weg zum Lazarett und Ärzte mit ihren Schnabelmasken. In der Spadaria schleppten drei Totenträger Kochgeschirr und eine Truhe aus einer Wohnung, plünderten unverhohlen unter den Augen der Feiernden. Ein Kranker, der mit schwacher Stimme gegen den Diebstahl protestierte, wurde herausgeschleift und mitleidlos auf den Totenkarren geworfen, auf dem es hier und da noch zuckte. Und die Venezianer tanzten weiter, als gäbe es kein Morgen.

Endlich gelang es Leonardo, sich zur Piazza vorzukämpfen. Hier tobte der Karneval in vielfacher Stärke. Die Stadt hatte alles aufgeboten, was in ihren Kräften stand: Es gab Gaukler und Musikanten, menschliche Pyramiden, Jongleure und Feuerschlucker. Am Campanile wurde das traditionelle Marionettentheater geboten, nicht weit davon gab es exotische Tiere zu bestaunen. Ein Seiltänzer lief über den Köpfen der Menge hin und her und verspottete die Venezianer, die sich revanchierten, indem sie mit Gegenständen nach ihm warfen. An den zahlreich vorhandenen Buden wurde alles Mögliche verkauft, von Fleischpasteten bis zu Keramikwaren. Auf einem Karren bot ein Quacksalber Heilmittel gegen den Schwarzen Tod an: Kreuze,

Fläschchen mit stinkenden Tinkturen und Pulver, die verdächtig nach Sand aussahen. Nicht weit davon entfernt ließ sich jemand einen Zahn ziehen und schrie dabei wie am Spieß.

Und dann die Masken! Da waren Ritter und Drachen, Burgfräulein und Sarazenen, dazu Hunderte von Arlecchini, Pantaloni und Colombine. Sogar die Bettler an den Straßenecken trugen eine Maske oder wenigstens Farbe im Gesicht. Zwanghaft drehten und amüsierten sich die Menschen, niemals stehen bleiben!, niemals innehalten!, abgezehrte Gestalten schleppten sich mit letzter Kraft hinter den Feiernden her, um sich bei ihnen einzureihen, zwischen ihnen echte Verrückte, die somnambul umhertaumelten. Wildfremde warfen sich einander an den Hals, und je verzweifelter sie waren, desto ekstatischer schrien und lachten sie. Schrill, laut und bunt ging es zu, doch unter der Maske des Vergnügens lugte die nackte Angst hervor.

Leonardo ließ sich vom Strom der Menge treiben und sah sich nach dem jungen Amorese um. Es konnte nicht allzu schwer sein, ihn zu finden, trotz der zahllosen Arlecchini auf der Piazza. Seine Maske unterschied sich von den anderen wie Gold von Katzenpisse. Leonardo kicherte in sich hinein. Eine begabte Maskenmacherin, die kleine Amorese.

In der Ferne erkannte er den Dogen auf der Ehrentribüne, neben ihm seine Frau, die Dogaressa, und seinen Sohn. An einer dicht umlagerten Lotterie fing er Gerüchte auf, die über die Piazza schwappten wie das Wasser der Lagune bei Acqua alta. Soldaten und Rebellen hatten sich auf dem Campo Santa Margarita eine blutige Schlacht geliefert, die Soldaten hatten wahllos auf die Menge eingehauen und sich einen Spaß daraus gemacht, Gefangene zu verstümmeln, die Rebellen hatten unterdes die umliegenden Läden geplündert und die Anwohner terrorisiert.

Plötzlich entdeckte Leonardo die Maske, nach der er Ausschau gehalten hatte. »Signor Amorese!«, rief er.

Der Angesprochene drehte sich um.

»Endlich finde ich Euch«, keuchte Leonardo. »Ihr erinnert Euch an mich? In aller Bescheidenheit: Meinem Genie ist es gelungen, das Geheimnis um das Haus von Marco Polo zu lüften. Unweit von Santa Maria de la Salute wird es angeschwemmt werden, heute noch. Wenn Ihr die Gefangenen befreien wollt, müsst Ihr Euch beeilen. Hier habe ich alles aufgeschrieben.« Er drückte ihm ein Stück Papier in die Hand und fügte das Buch über den Magnetismus der Lagune hinzu. »Ihr wisst doch, wo sich der junge Marco aufhält, nicht wahr? Seid so gut und bringt es ihm, jetzt gleich.«

Der Angesprochene deutete eine stumme Verbeugung an.

Leonardo kicherte. Ja, so erging es ihm oft: Die Menschen waren wie geblendet von seinem Genie. Nun, jedenfalls hatte er seiner Pflicht Genüge getan und konnte sich ins Getümmel begeben, um den einen oder anderen Schabernack auszuprobieren. »Ich sehe Euch später«, sagte er und tauchte im Gedränge unter.

Alessandro Amorese betrachtete das Buch und das Stück Papier, das der kauzige Toskaner ihm gegeben hatte. Wie seltsam das Leben doch die Karten mischt, dachte er. Ohne es zu wollen, hielt er plötzlich das Schicksal Venedigs in seiner Hand.

37

Wir kommen alle aus dem Meer. Unser Körper erinnert sich daran, auch wenn unser Gehirn es vergessen hat. Vor der Geburt schweben wir schwerelos im Mutterleib in einem Ozean aus Fruchtwasser, während wir die Evolutionsgeschichte im Schnelldurchlauf nachvollziehen und als Embryo mit unseren kiemenartigen Öffnungen einer Fischlarve gleichen. Den Gezeiten ähnlich pumpt das Herz Blut durch unsere Adern, ein fortwährendes Fließen und Strömen, das dem Leben Rhythmus gibt. Unsere Augen müssen stets mit Salzwasser benetzt sein. Auch in unserem Anpassungsvermögen, in der Grenzenlosigkeit unserer Fantasie, in der Fähigkeit zur Veränderung haben wir mehr mit dem Wasser gemein, als uns bewusst ist. Die Stimme des Meeres ist lebendig in uns.

Irgendetwas von diesem Erbe musste wohl eine Saite in Marco zum Klingen gebracht haben, denn er wagte es, den Platz am Ende des Balkens aufzugeben und mit Chiara auf festen Boden zurückzukehren, im Vertrauen darauf, dass die Lubriche ihnen nichts zuleide tun würden. Nach und nach entstiegen die sonderbaren Wesen dem Wasser und umringten sie. Der Fischgeruch, der von ihnen ausging, war überwältigend. So manchem lief noch das Blut der getöteten Soldaten aus den Mundwinkeln. Marco war sich ihrer nadelscharfen Zähne nur allzu bewusst. Er glaubte nicht, dass sie böse Absichten hegten, aber sicher war er sich nicht. Sie schienen sein Unbehagen zu spüren, denn sie achteten darauf, ihm und Chiara genug Raum zu lassen.

Zum ersten Mal hatte er nun Gelegenheit, die Lubriche genauer in Augenschein zu nehmen. Sie waren von unterschiedlichem

Körperbau, manche schlank, manche gedrungen, aber durchweg kleiner als Menschen. Schuppen bedeckten ihre Haut, an einigen Stellen silbern schillernd, meist grün in allen Schattierungen, außerdem hing da und dort Tang an ihnen herunter. An der Körperseite zogen sich schleimgefüllte Kanäle entlang, an der Kopfunterseite und den Armen kleine Warzen. Zwischen Fingern und Zehen saßen ledrig aussehende Schwimmhäute, vielleicht der faszinierendste Teil ihrer Anatomie, robust und filigran zugleich, mit feiner aderartiger Zeichnung und lichtdurchlässig, jedenfalls schimmerten sie hell, wenn der Schein der Laterne sie von hinten traf. Am unheimlichsten waren die Gesichter mit den Kiemen, dem Fischmaul, an dem Barteln herabhingen, und den großen Augen mit ihren kugelförmigen Linsen. Unheimlich vor allem, weil sich an ihnen kein Mienenspiel ablesen ließ, jedenfalls keines, das ein Mensch zu deuten wusste.

Sie schienen außerhalb des Wassers atmen zu können, wenigstens für eine gewisse Zeit. Ihre Geschlechter waren nicht voneinander zu unterscheiden, allerdings vermutete Marco, dass sich Kinder unter ihnen befanden, weil einige nur halb so groß waren wie die anderen und sich durch besondere Neugier auszeichneten. Sie berührten ihre Kleider und vollführten dabei seltsame Verrenkungen. Erst nach einigem Nachdenken kam er darauf, dass sie ihn beschnüffelten. Unter den Augen befanden sich nämlich Vertiefungen, vermutlich Riechgruben wie bei Fischen, und die Lubriche fächelten sich dort Luft hinein, um die darin befindlichen Geruchsstoffe wahrzunehmen.

Eines der Meerwesen hielt die Muschel in seiner Hand, die Marco ihnen zurückgegeben hatte, und sah ihn und Chiara unverwandt an.

»Ich, äh, es tut mir leid, dass ich sie damals mitgenommen habe«, sagte Marco. »Es war keine böse Absicht.«

Verstand der Fischmensch ihn überhaupt? Laute wahrnehmen konnte er zumindest, das sah man an der Art, wie er seinen Kopf drehte, wenn Marco sprach. Als ob er versuchte, den Ursprung der Geräusche zu orten.

»Wir müssen ihnen zeigen, dass wir als Freunde kommen«, meinte Chiara.

Wie auf Kommando ruckten die Köpfe der Meerwesen zu ihr herum.

»Wir … wir wollen euch nichts tun. Frieden.« Sie hob die Arme und drehte ihre leeren Hände nach außen.

Ohne dass jemand ein Zeichen gegeben hätte, jedenfalls konnte Marco keines erkennen, wechselten die Fischmenschen ihre Plätze und formierten sich neu. Sie bildeten eine Art Keil, an dessen Spitze nun ein anderer Lubrica stand, nur einen Schritt von Chiara entfernt. Seine Schuppen waren gelblicher als die der meisten, und die Barteln reichten ihm bis auf die Brust. Langsam streckte er den Zeigefinger aus und berührte Chiaras Handfläche. Dann wandte er sich zu seinem Schwarm um und gab einen Laut von sich, der entfernt an das Zirpen von Grillen erinnerte. Als Reaktion darauf hoben die Lubriche ihre Hände und bewegten ihre Finger hin und her, was ein klackendes Geräusch der Schwimmhäute zur Folge hatte.

Marco und Chiara sahen sich fragend an und zuckten mit den Schultern.

»Ähm«, räusperte sich Marco, mit dem Effekt, dass die Köpfe der Lubriche wieder zu ihm herumfuhren. »Es geht um den Nebel, versteht ihr? Das Meer ist verschwunden. Meer, da.« Er deutete auf den See im eingebrochenen Stockwerk. »Wir lieben das Meer, so wie ihr. – Verflixt, wie mache ich ihnen das nur begreiflich?«

»Zeig ihnen, wie du mit dem Wasser sprichst.«

Marco trat an den Rand des eingebrochenen Stockwerks und öffnete seine Sinne. Der See lag träge da und träumte vor sich hin, von fernen Inseln und schwerelosem Schweben. Er versuchte, seinen Herzschlag dem Schaukeln der Oberfläche anzugleichen und sich auf das Flüstern einzustimmen. Die Sehnsucht, die es in ihm weckte, machte ihn immer noch nervös, aber er ließ zu, dass die empfangenen Eindrücke sein Innerstes berührten. Komm!, dachte er. Ein Wellenberg krümmte sich ihm entgegen.

»Ruf die Medusen«, flüsterte Chiara.

»Ich kann ihnen nichts befehlen.« Sie waren einfach seiner Sehnsucht gefolgt oder was immer er damals empfunden hatte.

»Versuch es.«

Bewusst passte er seinen Atem den Bewegungen des Wassers an und ließ sich von dem Singen, das ihn erfüllte, fortziehen. Hinab. Tiefer. Tiefer. Seine Gesichtsmuskeln erschlafften, er gab jedes zielbewusste Denken auf. Der Gesang lullte ihn ein, bis nur noch das Sehnen übrig blieb, das Sehnen, eins zu werden mit dem Meer.

Sie kamen. Ein Lichtfunke glomm in der Dunkelheit unter ihm auf, dann ein zweiter, dann vier, zehn, zwanzig. Sie wurden größer und größer, während das Wasser sich reckte und in seine Hände schmiegte wie eine zahme Katze.

»Du hast es geschafft«, rief Chiara.

Hinter ihm zirpte und klickte es aufgeregt. Es roch verstärkt nach Tang. Verständigten sich die Lubriche mit Duftstoffen?

Beinahe bedauernd ließ Marco die geistige Verbindung los. Die Lichter trieben noch eine Weile orientierungslos hin und her und sanken wieder nach unten. Marco erhob sich und ging zu seinem Platz zurück. Respektvoll gaben die Meerwesen eine Gasse frei. Zahllose Augenpaare blickten auf ihn. Verlegen kratzte sich Marco am Hals. »Ein Siegel wurde gebrochen«, sagte er, »dadurch kam es zu der Katastrophe.« Hilfe suchend sah er Chiara an. Das hier war schwerer als gedacht. »Wie sieht so ein magisches Siegel aus?«

»Ich weiß nicht.« Chiara überlegte. »Machen wir es anders.« Sie befeuchtete ihren Zeigefinger und zeichnete mit einer Handvoll Striche eine Silhouette von Venedig in den Staub des

Fußbodens, umgeben von ein paar Wellenlinien.

»Du kannst das richtig gut«, sagte Marco. »Ich erkenne alles: den Markusplatz, Santa Maria de la Salute, alles.«

Wieder bewegten sich die Lubriche wie ein Körper und wechselten ihre Position, ohne sich ins Gehege zu kommen. Wieder war es ein anderer, der vorn zu stehen kam, einer mit breiten Kiemen und kleinen Barteln. Er trat einen Schritt näher und ging in die Knie. Seine Hand berührte die Silhouette der Stadt, wanderte weiter zu den Wellenlinien. Ein Finger tauchte in den Staub, imitierte Chiaras Bewegung und hinterließ einen ungelenken Strich, der von der Schwimmhaut verwischt wurde. Es war offensichtlich, dass die Meerwesen so etwas nie zuvor gesehen, geschweige denn selbst gemacht hatten. Die anderen Lubriche wechselten mehrfach ihre Position und gaben dabei ein Geräusch von sich, das an Schnalzen erinnerte.

»Venedig war geschützt, versteht ihr?« Chiara hielt ihre Hände wie einen Schirm über die Zeichnung. »Dann wurde das Siegel gebrochen.« Sie machte eine Handbewegung, als breche sie ein Stück Holz durch. »Das Meer ging. Der Nebel kam.« Sie wischte die Wellenlinien fort und hauchte, um Nebel anzudeuten.

Ob die Lubriche sie verstanden, war schwer zu beurteilen. Die Zeichnung der Stadt hatten sie interessiert verfolgt, doch jetzt sahen sie Chiara nur wieder mit ihren starren Augen an.

Marco sprang in die Bresche. »Menschen wurden krank. Der Schwarze Tod kam.« Er hustete und röchelte, tat ein paar Schritte und knickte ein, als sei er erschöpft.

Die Lubriche rührten sich, deuteten alle zugleich auf Chiara und dann auf einen Punkt nahe dem Loch im Fußboden.

»Sie meinen deinen Versuch, mich zu retten«, rief Chiara. »Ja, ich lag hier.« Sie ging zu dem Platz, auf den die Fischmenschen zeigten, und legte sich dort genau so hin wie sie beim letzten Mal gelegen hatte. »Ihr seid gekommen«, sagte sie. »Ihr habt mich gesehen.«

Lautlos stellten sich die Lubriche um sie herum, blickten auf sie herab. Marco vermutete, dass sie ihnen ihre Sicht der Geschehnisse vor einigen Tagen vorführten, und verhielt sich abwartend. Die Meerwesen rührten Chiara nicht an, sie taten gar nichts, standen nur da und beobachteten sie. Dann fingen sie an, sich in einer Art Froschquaken zu unterhalten. Marco konnte sehen, wie die Haut an ihren Hälsen vibrierte.

Verlegen stand Chiara wieder auf und stellte sich neben ihn.

Einer der Fischmenschen, derjenige, der die Muschel besaß, sah sie eindringlich an, als wolle er ihre Aufmerksamkeit auf sich ziehen. Urplötzlich lösten die Lubriche ihre Formation auf und taten etwas, für das Marco keine bessere Bezeichnung als Zickzacktanz einfiel. Nur wenige Herzschläge dauerte diese sonderbare Bewegung, dann schwärmten sie aus, ohne zu einer Formation zu finden, als ob … ja, als ob sie in Panik wären. Gleichzeitig erzeugten sie ein Geräusch, das wie Zähneknirschen klang.

Unvermittelt blieben sie stehen. Der Lubrica mit der Muschel berührte Marco und Chiara, zupfte behutsam an ihrer Kleidung.

»Er will, dass wir mitkommen.«

Sie folgten ihm zu einer Gruppe Meerwesen, die sich im Hintergrund gehalten hatte. Der Lubrica schob einen von ihnen, der am Hals eine kahle Stelle aufwies, vor. Die Kanäle an seiner Körperseite waren ausgetrocknet, die Schwimmhäute rissig. Aus seiner Kehle kam ein Laut, der an asthmatisches Keuchen erinnerte.

»Er ist krank«, vermutete Chiara.

Der Lubrica mit der Muschel führte sie zu einem anderen Artgenossen, der bereits die Hälfte seiner Schuppen verloren hatte, der Rest hing schrumpelig an seinem Körper. Die kahlen Stellen waren blutig.

Ein kleiner Lubrica – ein Kind? – wurde nach vorn geschoben. Abgestorbener Tang hing an ihm herunter, schwarz wie der Nebel in den Kanälen. Seine Barteln zitterten ununterbrochen. Die

Augen des bemitleidenswerten Geschöpfes waren trocken und ohne jeden Glanz.

Chiara berührte seine Wange und hatte sichtlich Mühe, ihre Tränen zurückzuhalten. »Das ist es, was der Schwarze Tod mit ihnen macht«, flüsterte sie.

»Dann haben wir das gleiche Ziel«, sagte Marco. »Ihr leidet unter dem Nebel. Wir leiden unter dem Nebel. Helft uns! Holt das Meer zurück! Könnt ihr das?« Mit einer Handbewegung umfasste Marco alle Lubriche, befeuchtete seinen Finger und erneuerte die ausgelöschten Wellenlinien um die Silhouette von Venedig.

Die Meerwesen sahen ihn an.

Er wiederholte seine Geste nachdrücklich und verstärkte die Wellenlinien.

Die Meerwesen sahen ihn an.

Begriffen sie nicht, was er von ihnen wollte? »Ihr. Hilfe. Meer. Das Siegel muss erneuert werden. Schutz, versteht ihr?« Er formte seine Hände zu einem Schirm und hielt sie über die Zeichnung, wie Chiara es getan hatte.

Die Meerwesen sahen ihn an.

»Sie wollen nicht«, sagte Marco resigniert. »Oder sie können nicht.«

Chiara hatte Tränen in den Augen. »Sie waren unsere letzte Hoffnung«, sagte sie. »Wenn nicht mal die Lubriche einen Ausweg wissen, was für eine Chance haben wir dann noch?«

Ein Herzschlag verstrich, ein zweiter. Dann setzten sich die Fischmenschen wieder in Bewegung. Ihre Formation wechselte mehrfach, als könne der Schwarm sich nicht entscheiden, wer die Spitze bilden sollte. Dabei spreizten sie ihre Kiemen und gaben Pfeiflaute von sich. Als sie endlich zum Stehen kamen, formten sie einen Halbmond um Marco und Chiara, mit einem zusätzlichen Zacken in der Mitte.

Der Lubrica, der diesen Zacken bildete, besaß doppelt so viele

Warzen wie die anderen. Er trat einen Schritt vor und forderte Marco mit einer stummen Geste auf, ihm zu folgen. Gemeinsam begaben sie sich an den Rand des Fußbodens. Der Fischmensch hielt seine Hand über das Wasser, genau wie Marco, als er versucht hatte, das Meer anzulocken, schloss die Augen und bewegte seine Finger. Gespannt beobachtete Marco den See. Würde er sich der Hand entgegenbiegen? Nichts geschah. Die Hand fing an zu zittern, als stünde sie unter Anspannung. Immer noch nichts. Doch – ein einzelner Tropfen löste sich aus der Welle, schwebte einen Hauch nach oben und fiel kraftlos zurück.

Der Lubrica öffnete die Augen und sah Marco an.

Chiara sprach es aus. »Sie haben keine Macht über das Wasser.«

Ja, so war es wohl. Marco ließ die Schultern hängen.

Der Lubrica griff nach seinem Arm und hielt ihn über den See. Die Berührung war kalt und glitschig. Marco spürte Knospen, die seine Haut kitzelten, vielleicht Organe, mit denen der Fischmensch fühlte. »Was soll ich machen? Noch mal das Meer rufen? Also schön.«

Marco konzentrierte sich wieder. Es irritierte ihn, dass der Lubrica seinen Arm nicht losließ, aber dann öffnete er sich den Träumen des Meeres. Beinahe selbstverständlich ließ er sich in die Tiefe sinken und gestattete dem Wasser, ihn zu berühren.

Felsen, die dampfen und fauchen. Aschewolken, die die Sonne verdunkeln. Schwimmende Steine, schwarz und grau und silbern.

Ein Wellenberg bog sich ihm entgegen, doch die Verbindung entglitt ihm, wie so oft. Was er auch anstellte, er konnte sie nicht halten. Der Druck auf seinem Arm verstärkte sich. Was wollte der Lubrica von ihm? Er schob ihn vorwärts, auf den abfließenden Gesang zu. Marco folgte der Ebbe in seinem Bewusstsein, griff mit seinen Gedanken aus. Komm!, dachte er, und wieder rann ihm das Meer durch die Finger. Der Lubrica verstärkte den Druck, wenn der Gesang zurückrollte, lockerte ihn, wenn die Brandung ihm entgegenschlug, und brachte Marco dazu, sich dem Rhythmus der Gezeiten anzupassen, seinen Herzschlag und seinen Atem zu nutzen, um eins zu werden mit dem Auf und Ab der Wellen. Das Meer war um ihn, in ihm, erfüllte ihn. Ihm war, als verlöre er den Boden unter seinen Füßen, doch es ängstigte ihn nicht, kein bisschen. Es fühlte sich an, als sei er plötzlich mit allem, was existierte, verbunden. Als sei er angefüllt mit … Fülle. Überfluss. Das Flüstern war jetzt überall, in jeder Faser seines Körpers, erfüllte ihn mit Sehnen.

Höhlen, gewaltiger als Städte. Wälder, schwül und üppig. Rotblättrige, so weit das Auge reicht.

Wuchtig schoss ein Wellenberg in die Höhe und bespritzte alle, die am Rand des eingebrochenen Fußbodens standen.

»*Du*«, hauchte Chiara, »*du* kannst es tun, das versuchen sie, dir zu sagen. *Du* hast die Macht, das Meer zurückzuholen.«

»Quatsch«, erwiderte Marco unsicher. »Ich kann das Wasser spüren, na gut, aber das heißt nicht … ich meine, ich bin doch nicht …« Doch die Welle war wie von einem Sturm gepeitscht auf ihn zugeschossen, daran gab es nichts zu deuteln. Und das Wasser hatte dabei zu ihm gesprochen. Auf ihn reagiert.

»Sie glauben an dich.«

»Na ja, ich kann's ja mal versuchen«, meinte Marco und hielt seine Hände wieder über das Loch im Boden.

Der Lubrica legte die Schwimmhaut auf seinen Arm und drückte ihn behutsam herunter.

»Was ist?«, fragte Marco verwirrt, als er fortgezogen wurde. Ziel war die mittlerweile getrocknete Zeichnung Chiaras.

Der Lubrica ließ ihn los, bückte sich und legte seine Hand auf eine bestimmte Stelle der Silhouette von Venedig.

»Verstehst du das?«

»Vielleicht musst du deine Kraft an einem anderen Ort einsetzen«, überlegte Chiara.

»Aber wo?« Marco hockte sich neben den Fischmenschen und versuchte zu ergründen, was dieser ihm bedeuten wollte.

»Irgendwo in der Nähe vom Markusplatz, glaube ich.«

Chiara stellte sich hinter ihn. »Aber wo genau? Direkt am Wasser? Am Canal Grande vielleicht?«

»Oder in Dorsoduro?«

»Eine der Kirchen? Santa Maria de la Salute?«

»Nein – Giudecca!« Marco sprang auf. »Die Ca' Eternità, natürlich! Da, wo das Siegel gebrochen wurde. Kannst du die Ca' Eternità zeichnen?«

»Ich versuch's.« Chiara befeuchtete ihren Finger. »Es hat zwei Stockwerke, nicht wahr? Und dann die Ecktürme und die Säulenhallen. Und den Garten, nicht zu vergessen.« Mit wenigen Strichen entwarf sie ein Bild des Patrizierhauses. »Gibt es irgendwas, was das Haus einzigartig macht?«, überlegte sie. »Es sinkt nicht, das ist es.« Kurzerhand zog sie einen Strich unter das Haus: fester Grund. Dann sah sie den Lubrica fragend an und trat einen Schritt zurück.

Der Fischmensch nahm Marcos Hände, führte sie über die Zeichnung und formte sie zu einem Schirm.

»Das ist es! Die Ca' Eternità.« Chiara klatschte begeistert.

»Also schön, ich … ich versuche es«, sagte Marco. »Ich gehe.« Er deutete auf sich, auf die Zeichnung, streckte seine Hand aus, als wolle er mit dem Meer in Verbindung treten, und deutete zum Schluss auf die Wellenlinie unter Chiaras erster Zeichnung.

Der Lubrica berührte seine Stirn mit dem Finger. Der Fischmensch mit der Muschel tat es ihm gleich, dann der Kranke mit dem schuppenlosen Bauch und das Kind mit dem abgestorbenen Tang, und nach und nach zogen alle Lubriche an ihm vorüber und berührten seine Stirn. Sicherlich wollten sie ihm damit ihre Achtung bezeigen oder gute Wünsche mit auf den Weg geben, doch Marco fühlte sich von der Last ihrer Erwartung niedergedrückt wie von einem zentnerschweren Gewicht.

38

Bianca Amorese konnte ein Schluchzen nicht unterdrücken, während sie die Stichwunde an Tommasos Brust säuberte und verband. Ein bisschen weiter links, und es hätte sein Herz erwischt. Giuseppe brachte Alkohol zum Desinfizieren, warf von Zeit zu Zeit einen Blick auf die Verletzung seines Sohnes und schüttelte den Kopf. Er verstand die heutige Zeit nicht mehr, Aufstände und Gewalt an jeder Ecke.

Tommaso verhielt sich ungewöhnlich still. Nichts war von seinem rebellischen Verhalten übrig geblieben. Hin und wieder zuckte er zusammen, wenn die Behandlung seiner Mutter besonders wehtat, doch die meiste Zeit ließ er alles klaglos über sich ergehen.

»Ich dachte, ich sehe dich nie wieder«, schniefte Bianca. »Sie haben gesagt, die Soldaten sind erbarmungslos gewesen. Ich dachte, du bist tot.«

»Vielleicht wäre das besser«, flüsterte Tommaso.

»Sag so was nie wieder, hörst du?«, fuhr sein Vater ihn an. »Nie wieder.«

»Du weißt nicht, was passiert ist. Du warst nicht dabei. Du hast nicht gesehen, was …« Tommaso fuhr sich mit der Hand über die Augen. Er sah aus, als wolle er noch etwas anfügen, doch die Worte kamen nicht über seine Lippen.

»Wir haben die Gerüchte gehört. Wir wissen, was auf dem Campo Santa Margarita los war.«

»Gar nichts wisst ihr. Er hat einem Soldaten, der sich bereits ergeben hatte, die Kehle durchgeschnitten, einem jungen Burschen von höchsten vierzehn Jahren, der sich vor Angst in die

Hosen gemacht hat. Einfach so. Und dann hat er ihn wie Abfall auf die Straße geworfen.«

»Jacopo Villani?«

»Er war wie berauscht. Er hat die Macht genossen. Nur darum ging es ihm, um nichts sonst. Und ich habe ihm vertraut. Ich habe ihm geholfen. Ich habe Dinge getan …« Tommaso brach ab.

»Du verschließt deine Augen nicht länger vor diesen Verbrechen, das ist ein Anfang.«

»Als die Schlacht verloren war, ist er geflohen und hat die Verletzten dem Zorn der Soldaten überlassen, und ich, ich bin mit ihm geflohen, wie ein Feigling. Ich bin wie er.«

»Bist du nicht. Du hast ein Gewissen«, mischte sich seine Mutter ein.

Tommaso beachtete ihren Einwand gar nicht. »Er wollte ein Haus anzünden. ›Wenn ich die Stadt nicht haben kann, soll sie auch kein anderer haben‹, hat er gesagt.« Tommasos Hand zitterte, als er einen Schluck aus der Flasche nahm, die eigentlich zum Desinfizieren gedacht war. »Erst da habe ich mich von ihm losgesagt. Alles vorher, all das sinnlose Morden und Töten habe ich mitgemacht.« Er nahm einen weiteren Schluck. »Ich wollte ihm die Hand abhauen, aber er war schneller.« Tommaso lachte. »Ist das nicht ein Witz? Bei den Kämpfen mit den Soldaten habe ich keinen Kratzer abbekommen, es war der Mann, dem ich in die Schlacht gefolgt bin, der mich beinahe getötet hätte. Wir brauchen keine Feinde, wir metzeln uns gegenseitig nieder. Am Ende sind wir alle gleich, die Soldaten, Jacopo, ich, alle sind wir Ungeheuer.«

»Halt still!«, sagte seine Mutter barsch. »Du hast Fehler gemacht, und für das, was du getan hast, wirst du dich vor Gott verantworten müssen. Aber ich werde nicht dulden, dass du dich auf eine Stufe mit diesem Mordbrenner stellst.«

Eine Diele knarrte.

Die drei fuhren herum. Sie hatten das Öffnen der Tür überhört.

Im Türrahmen stand Alessandro und nahm alles in sich auf: die Wunde, das blutgetränkte Tuch, die roten Augenränder seiner Mutter, die Furchen im Gesicht seines Vaters, den hastigen Blick zum Fenster, mit dem sein Bruder sich davon überzeugen wollte, ob er Soldaten mitgebracht hatte, um ihn zu verhaften. »Ihr werdet mir vertrauen müssen«, sagte er.

Niemand antwortete.

Alessandro hängte die Maske, die er in der Hand trug – Chiaras Arlecchino –, an den Haken eines Eisenständers und nahm den Umhang ab.

»Du bist zurückgekehrt«, stellte Giuseppe fest.

»Ihr werdet mir vertrauen müssen«, wiederholte Alessandro. »Ich weiß, wo das Haus von Marco Polo auftaucht, in nicht einmal drei Stunden. Wir brauchen jeden Mann und jede Frau, wenn wir die Gefangenen befreien wollen.«

Niemand reagierte.

Alessandro legte das aus dem Palazzo Ducale gestohlene Buch auf den Tisch und wartete.

»Wenn du mit dieser Information zum Rat der Zehn gegangen wärst, hätten sie dich mit Gold überhäuft«, sagte Giuseppe.

»Ich gebe zu, ich habe darüber nachgedacht, nachdem meine eigene Familie mich eines schändlichen Verrats bezichtigt und verstoßen hat. Aber ich habe gehört, was der Rat am Campo Santa Margarita für ein Blutbad anrichten ließ. Ich kann Recht und Unrecht unterscheiden, auch wenn du mir alles Schlechte dieser Welt zutraust.« Die letzten Worte gingen an Tommaso.

»Ich bin der Letzte, der das Recht hätte, über dich zu richten«, erwiderte der dumpf.

Überrascht hob Alessandro eine Augenbraue. »Ich habe euch nicht denunziert«, sagte er.

»Als ich vorhin nach Hause kam«, meinte Tommaso

nachdenklich, »habe ich Oretta Mosca dabei erwischt, wie sie am Fenster lauschte.«

»Wirklich?« Giuseppe sah überrascht dorthin, als hoffe er, sie auf frischer Tat zu ertappen. »Zutrauen würde ich es ihr. Sie war schon immer eine klatschsüchtige Person.«

»Wenn ich dich beleidigt haben sollte ...« Tommaso unterbrach sich. »Natürlich habe ich dich beleidigt. Ich ... was ich sagen will: Es tut mir leid. Es war nicht richtig, dir all diese Anschuldigungen an den Kopf zu werfen, als wärest du ein Fremder und nicht mein eigener Bruder.«

Bianca brach in Tränen aus.

»Ich glaube, wir haben alle etwas gutzumachen«, sagte Giuseppe rau.

Alessandro atmete tief durch. Dann machte er eine Handbewegung, als würde er alles, was gesagt worden war, beiseite wischen. »Nicht jetzt«, erwiderte er, »die Zeit drängt. Wo ist Chiara? Wo ist Marco?«

»Wir wissen es nicht«, sagte Bianca und fing erneut an zu schluchzen. »Sie haben das Boot genommen.«

»Nun, wir können nicht warten. Trommelt zusammen, wen ihr finden könnt. Die Wachtposten werden die Gefangenen nicht freiwillig herausgeben. Und die Gelehrten im Palazzo Ducale haben eigene Berechnungen angestellt. Falls sie zum gleichen Ergebnis gekommen sind wie Signor da Vinci, erwarten uns bewaffnete Truppen.«

39

Die Mauer um die Ca' Eternità zu überwinden, war kein Problem. Es gab genug eingebrochene Stellen, um ungesehen in den verwilderten Garten zu gelangen, zu viele, als dass Wachtposten sie alle unter Beobachtung halten konnten. Schwieriger war es, ins Gebäude zu gelangen. Chiara vermutete, dass der Rat der Zehn es bewachen ließ.

»Warum sollten sie das tun?« Marco war nicht überzeugt.

»Von hier nahm alles seinen Anfang. Hier wurde das Siegel gebrochen.«

»Aber als ich den Herrn der Nacht hergeführt habe, war das Haus auch nicht bewacht.«

»Seither hat sich einiges geändert. Du bist ihnen auf die Schliche gekommen, und das wissen sie. Lass uns lieber vorsichtig sein.«

»Na gut, meinetwegen.«

Sie kämpften sich durch Farne, Brennnesseln und Wacholderbüsche und gaben Acht, dass sie dabei von den Türmen des Gebäudes aus nicht gesehen werden konnten. Nach ihrem Erlebnis mit den Lubriche hatte Chiara darauf bestanden, sich aus dem Laden ihres Vaters zwei gleich aussehende Karnevalskostüme zu besorgen, unter denen sie nicht voneinander zu unterscheiden waren, nur für den Fall, dass sie entdeckt wurden. Außerdem wollte sie ihre Eltern beruhigen, die sich sicher Sorgen machten, doch leider hatte sie niemanden angetroffen. Vermutlich waren alle beim großen Fest auf dem Markusplatz.

»Sie haben nicht genug Leute, um den Garten zu beobachten«, flüsterte Marco. »Wenn es wirklich Wachen gibt, dann nur drinnen.«

Das war ein Problem. Wenn sie ins Haus wollten, mussten sie unweigerlich das Tor passieren, und dabei würden sie nicht zu übersehen sein.

»Lass uns zur Wasserseite gehen. Es gibt da Vorsprünge an der Mauer des Gebäudes, vielleicht kommen wir über den Innenhof rein.«

Geduckt arbeiteten sie sich zur Lagune vor. Der Anblick war jedes Mal wieder erschütternd. Da, wo einst blaues Wasser bis an den Horizont reichte, füllte jetzt schwarzer Nebel das Bett. Auch nach all den Monaten hatte sich Chiara nicht daran gewöhnt.

Am Uferrand blieb Marco stehen. »Es müsste gehen«, flüsterte er.

Eine Art Sims verlief in Kniehöhe um die Mauer herum, zudem gab es zahlreiche Verzierungen aus Gips, an denen man sich festhalten konnte. Probehalber stieg Marco auf den Vorsprung und testete dessen Haltbarkeit. Dann schob er sich an der Mauer entlang über das Ufer hinaus bis zur Lagunenfront des Hauses. Es beruhigte Chiara zu sehen, dass die Oberfläche des Nebels mehr als zwei Schritte tiefer lag. Selbst bei einem unerwarteten Windstoß würden die Schwaden sie nicht erreichen. Marco nickte ihr zu. Sie setzte ihren Fuß auf den Vorsprung und folgte ihm.

Feuchtigkeit und salzhaltige Luft hatten der Lagunenfront der Ca' Eternità stärker zugesetzt als der Landseite. Vom ursprünglichen Putz war nicht mehr viel erhalten, Unkraut spross zwischen den Ritzen der Steine hervor, wilder Wein wucherte entlang der Mauer. Etwa ein Dutzend Schritte entfernt führte eine Treppe ins Wasser; hier hatten früher die Schiffe geankert und ihre Waren entladen. Dahinter, im Augenblick für sie unsichtbar, lag der Innenhof. Kurz bevor sie das Ende des Simses erreichten, hörten sie Stimmen, so nahe, dass sie vor Schreck erstarrten.

»Ich halte die ganze Sache für Zeitverschwendung«, flüsterte jemand. »Er wird nicht so dumm sein, sich hier blicken zu lassen.«

»Ihr habt doch gehört, was der Soldat gesagt hat«, erwiderte ein anderer. »Die beiden waren bei den Lubriche.«

»Es will mir einfach nicht in den Kopf, dass es diese Untiere wirklich geben soll. Vielleicht hat der Mann getrunken.«

»Seine Angst war echt, und seine Kameraden sind nirgends aufzufinden. Nein, so unglaublich es auch klingt, ich bin überzeugt davon, dass es die Wahrheit ist. Also hat der Bursche, der unsere Geheimnisse kennt, mit den Lubriche Kontakt aufgenommen. Warum? Ich kann mir dafür nur einen Grund vorstellen: Er will das Siegel erneuern. Und dazu muss er hier runter.«

Chiara sah, dass Marco seinen Kopf vorschob, und hätte am liebsten geschrien. Nicht! Das Risiko, entdeckt zu werden, war zu groß! Sie streckte die Hand aus, um ihn davon abzuhalten, doch er war schon außer Reichweite. Ein kurzer Blick, dann zog er sich wieder zurück. Chiara hielt den Atem an. Kein Warnschrei, keine Stiefelschritte. Anscheinend war er unentdeckt geblieben.

»So dumm wird er nicht sein«, sagte jemand, vielleicht ein dritter Mann. »Ich stimme Euch zu: Wir verschwenden unsere Zeit, während drüben, in Dorsoduro, vielleicht schon Marco Polos Haus angetrieben wird.«

»Ich kenne den Jungen. Er wird kommen, glaubt mir. Und was das Haus betrifft, das läuft uns nicht weg. Die Gelehrten haben geschworen, dass es diesmal einige Tage bleiben wird, wenn nicht Wochen.«

»Trotzdem. Verfluchter Ärger wegen eines Bengels.«

»Das wäre alles nicht nötig, wenn Ihr zugestimmt hättet, den alten Amorese zu einer Aussage zu zwingen. Unter der Folter hätte er schon ausgeplaudert, wo sich der Junge versteckt hielt.«

»Es gab keine Beweise, die ein solches Vorgehen rechtfertigen würden«, mischte sich ein weiterer Mann ein. »Wir sind schließlich keine Despoten. Ich für meinen Teil bin stolz darauf, dass unsere Verfassung eine solche Willkür nicht zulässt.«

»Und was bringt Euch Euer Stolz ein? Nichts als Ärger.«

Chiara zitterte, ob aus Angst oder Wut wusste sie selbst nicht zu sagen. Mit welcher Beiläufigkeit der Wortführer davon sprach, ihren Vater zu foltern! Marco gab ihr ein Zeichen umzukehren. Nur zu gern kam sie dem nach. »Es ist der Rat, nicht wahr?«, fragte sie, als sie wieder an Land waren.

Marco nickte. »Du hattest recht, sie haben uns erwartet. Sie stehen alle um eine Falltür hinter dem Brunnen herum. Von alleine wäre ich nie darauf gekommen, dort zu suchen. Ich hätte vermutlich alle Zimmer durchprobiert, allenfalls noch den Brunnen selbst.«

»Hast du Soldaten gesehen?«

»Nur einen, auf dem linken Turm. Ich schätze, die anderen sind im Haus.«

»Wir müssen sie ablenken, damit du an die Falltür rankommst. *Ich* muss sie ablenken.«

»Auf keinen Fall, das ist zu gefährlich.«

Ja, das war es. Aber darüber würde sie nicht nachdenken. »Wir bringen sie dazu, mich für dich zu halten und mich zu verfolgen. Mit etwas Glück beteiligt sich der Rat daran. Wenn nicht, sorge ich für zusätzliche Aufregung, das verschafft dir einen Vorsprung. Siehst du jetzt, wie gut es war, dass wir die Kostüme geholt haben?«

»Chiara, das geht nicht. Die Soldaten werden dich erwischen. Die warten doch nur darauf, dass –«

»He!« Chiara fasste Marco bei den Schultern. »Vertrau mir.«

»Aber ich weiß doch nicht mal, was ich da unten tun muss.«

»Du vertraust mir, ich vertraue dir.«

Und damit er ihr nicht widersprechen konnte, küsste sie ihn. Vielleicht nicht nur deshalb, vielleicht war da tief in ihrem Herzen die Angst, dass dies ihr letzter Kuss sein würde, deshalb küsste sie ihn, wie sie noch nie geküsst hatte: rückhaltlos, verzweifelt, ehrlich. Er ergriff sie und hielt sie fest, so fest, dass sie glaubte, ihre Rippen würden brechen. Sollten sie doch! Um nichts in der Welt wollte sie diesen Augenblick zerstören.

Als sie sich losließen, waren beide außer Atem.

»Chiara, ich …«, setzte er an, doch sie legte ihren Zeigefinger auf seine Lippen.

»Später. Wenn alles vorbei ist. Wenn wir wieder zusammen sind.« Und das würde geschehen, daran musste sie nur fest genug glauben. Sie durfte nicht zweifeln. Nicht jetzt.

Ein letzter Händedruck, dann schlichen sie zurück zur Vorderseite des Hauses. Wenn sie unter dem Olivenbaum hervortraten und den Kopf über den Rhododendron hoben, mussten sie vom Turm aus zu sehen sein. Chiara verriet Marco ihren Plan. Es war ein riskanter Plan mit nur einer winzigen Chance auf Erfolg, aber auch Marco sah ein, dass sie keine Alternative hatten. Selbst wenn sie darauf warteten, dass der Rat der Zehn aufgab und in den Palazzo Ducale zurückkehrte, so würden doch Wachtposten dableiben. Und in der Zwischenzeit starben die Leute wie die Fliegen am Schwarzen Tod.

Chiara setzte ihre Maske auf und verbarg sich im Gebüsch. Marco holte tief Atem und trat ins Freie. Er sah sich um, geduckt, als wolle er die Lage prüfen. Er machte seine Sache gut. Für einen fernen Beobachter wirkte es bestimmt glaubwürdig. Vorsichtshalber wartete er noch ein paar Herzschläge, falls der Wachtposten gerade in eine andere Richtung blickte – zu sehen war immer noch niemand. Dann setzte er, für jedermann sichtbar, seine Maske auf, die gleiche Maske, die auch Chiara trug. Ein Teil der Bemalung war anders, aber auf die Entfernung würde das niemandem auffallen. Marco blickte nach rechts und links, bewegte sich Richtung Eingangstür und verschwand für einen kurzen Moment aus dem Sichtfeld des Beobachters. Hier duckte er sich und berührte Chiara an der Schulter. Sie spürte, wie seine Hand zitterte – um ihretwillen zitterte sie! –, schob sich nach vorn und tauchte an seiner Stelle an einem Wacholderstrauch auf. Hinter ihr machte Marco kehrt und schlich zum Mauersims zurück, um über die Wasserseite zum Innenhof zu gelangen.

Chiara hatte Angst. Natürlich hatte sie Angst, alles andere wäre Dummheit gewesen. Aber einmal, ein einziges Mal wollte sie tun, was richtig war. Aus den Augenwinkeln schielte sie zum Turm hinauf. Immer noch nichts. Hatte der Mann etwa seinen Posten verlassen? Eigentlich hätte längst Aktivität zu bemerken sein müssen. Sie hatte gehofft, dass der Rat und seine Schergen so wild darauf waren, Marco in ihre Hände zu bekommen, dass sie herausgestürmt kamen, um ihn nicht im letzten Augenblick entwischen zu lassen. Aber das war wohl naiv gewesen. Natürlich war es einfacher, ihm drinnen eine Falle zu stellen. In ihrem Herzen hatte sie es immer gewusst. Nun denn! Chiara richtete sich auf und streckte ihren Rücken. Leichtes Spiel sollten sie nicht mit ihr haben. Sie würde ihnen eine Verfolgungsjagd liefern, an die sie sich noch lange erinnern würden.

Die Tür stand einladend offen. Chiara verzog das Gesicht. Für wie dumm hielten die sie eigentlich? Das roch doch geradezu nach einer Falle. Wieder hatte sie keine Alternative. Sie warf einen Blick durch die Fenster, um sich davon zu überzeugen, dass niemand hinter der Tür auf sie wartete, und betrat das Haus. Vermutlich würden sie sie reinlassen und ihr dann den Rückweg abschneiden. Das hieß, dass jemand nebenan in der Schreibstube lauerte. Mit etwas Glück war die Treppe frei. Sie musste auf jeden Fall vom Innenhof weg, damit sich die Jagd so weit wie möglich von der Falltür entfernt abspielte.

Chiara holte Luft – und lief. Ihr Herz schlug, Fliesen sausten unter ihren Füßen davon. Hinter ihr krachte eine aufgestoßene Tür gegen die Wand; der Wachtposten, der ihr den Rückweg versperren sollte, sicherte den Eingang. Vor ihr erschien ein anderer Soldat. Chiara täuschte an, wich zur Seite aus und tauchte unter seinem Arm hindurch.

»Wir haben ihn!«, brüllte der Mann.

Noch lange nicht, dachte Chiara. Sie entwischte ins Warenlager und stürmte zur hinteren Tür. Im Laufen nahm sie die geöffneten Fenster wahr: das erste, das zweite, das vierte. Niemand schien es für nötig befunden zu haben, etwas zu verändern, seit Marco dem Herrn der Nacht entwischt war. Sollte sie wirklich so viel Glück haben?

Sie sprang durch die hintere Tür, eben noch rechtzeitig, bevor sie der Soldat aus dem Arbeitszimmer erwischte. Vom Hof kam Geschrei, die Aufforderung, Marco endlich zu schnappen. Den Stimmen nach hielten sich mindestens drei oder vier Personen dort auf. Immer noch nicht genug Ablenkung. Sie musste die Räte dazu bringen, sich an der Verfolgung zu beteiligen, damit Marco Zeit fand, zum Siegel zu gelangen. Wahllos warf sie Vasen und Möbel um, alles, was ihr in den Weg kam, und veranstaltete dabei einen Höllenlärm. Die Hindernisse machten die Soldaten wütend, steigerten das Geschrei und das Durcheinander. Gut so!

Sie jagte die Treppe hinauf, und jetzt spürte sie auch den Sog, der sie vorwärtsriss. Ihr Herz machte einen Sprung. Die Strömung im Haus floss ungehindert! Hinter ihr polterten Soldaten auf den Stufen. Von der Turmtreppe kamen ihr Wachtposten entgegen. Chiara warf sich nach rechts, in den Festsaal. Die Heiligenskulptur stand am Boden, wo Marco sie zuletzt gelassen hatte. Im Vorbeieilen warf Chiara sie um; wenn sie richtig lag, schloss dies den Energiekanal, und die beiden Räume trieben wieder zurück an ihren Ursprungsort.

Eins, dachte sie und rannte auf den Nebenraum zu. Blätter wirbelten hinter ihr empor.

Zwei. Sie riss die Tür auf: Die Küche erwartete sie, leer.

Drei. Hinter ihr stürmten Soldaten in den Saal.

Vier. Sie knallte dem ersten die Tür ins Gesicht, stemmte sich mit ihrer Schulter dagegen und hielt den Riegel fest.

Fünf. Zwei, drei schwere Körper warfen sich von der anderen

Seite gegen das Holz, das in seinen Angeln erzitterte.

Sechs. Jemand versuchte, den Riegel zu bewegen.

Sieben. Schwindel erfasste sie, ihr Magen sackte weg. Der Druck auf der anderen Seite der Tür verschwand. Den Bruchteil eines Herzschlags bekam Chiara keine Luft, dann konnte sie wieder atmen. Es hatte funktioniert. Es hatte tatsächlich funktioniert! Vielleicht hielt ihre Glückssträhne an; wenn der Soldat an der Eingangstür mit nach oben gerannt war, konnte sie entkommen und ihre Verfolger mit sich ziehen, fort vom Haus. Ja, sie konnte es schaffen!

Mit wild klopfendem Herzen riss sie die Tür auf. Der untere Teil der Treppe, das Erdgeschoss. Oben polterten die Soldaten. Gewonnen! Sie rannte los – und prallte gegen den Körper einer schwarz vermummten Gestalt. Eiserne Hände schlossen sich um ihre Arme, ein hinter einer Bauta verborgenes Gesicht beugte sich zu ihr herab.

»Glaubst du wirklich, du kannst uns zweimal mit demselben Trick reinlegen?«

40

Die Sonne stand bereits im Westen, als die Verschwörer sich am Zielort einfanden. Um nicht aufzufallen, kamen sie einzeln oder in kleinen Gruppen; in den schmalen Gassen um den Campiello Barbaro ließ sich ihre Anzahl allerdings nicht länger verheimlichen. Dreißig Männer und Frauen mochten es wohl sein, die es sich zur Aufgabe gemacht hatten, die Gefangenen zu befreien. Sie trugen Karnevalskostüme, um einen etwaigen Verdacht zu zerstreuen. Überall auf dem Weg hierher waren ihnen Soldaten begegnet, die ratlos herumstanden.

»Sie sind über den ganzen Osten von Dorsoduro verteilt«, meinte ein Steinmetz, »vom Campo Santa Margarita bis Santa Maria de la Salute.«

»Die stehen schon seit gestern da«, erklärte eine Amme.

Alessandro machte ein bedenkliches Gesicht. »Wie es scheint, haben die Gelehrten des Zehnerrates weitergearbeitet.«

»Aber ihre Berechnungen sind ungenau«, erwiderte Tommaso.

»Narren«, brummte Leonardo da Vinci, »vergessen immer den Einfluss des Saturn.«

»Und Ihr seid sicher, dass das Haus von Marco Polo hier angeschwemmt wird?«

Leonardo sah den Sprecher finster an. »Meine Berechnungen sind auf hundert Schritt präzise. Campiello Barbaro, in etwa einer halben Stunde.«

»Schon gut, ich frage ja nur.«

Leonardo brummte ungnädig etwas über Dummköpfe, die besser wissen sollten, wann sie den Mund zu halten hätten, Dummköpfe, von denen nur volle Latrinen übrig bleiben würden.

»Wir müssen wissen, wie viele Soldaten in der Nähe sind«, meinte Giuseppe Amorese. »Sobald das Haus auftaucht, werden alle hier zusammenlaufen.«

Zwei Männer erboten sich, die Gassen zum Canale de la Giudecca zu durchsuchen, Tommaso ging zur Ostspitze von Dorsoduro.

Die Landeplätze vor der Dogana da Mar, der Zollbehörde, waren bis auf zwei Koggen leer. Ein paar Matrosen und Beamte verfolgten das bunte Gewimmel auf dem Markusplatz am gegenüberliegenden Ufer. Sicher hätten auch sie lieber an den Vergnügungen teilgenommen statt hier herumzuhängen. Das gleiche galt für die drei Soldaten, die auf einem Heuballen saßen und das Treiben kommentierten. Tommaso nickte befriedigt. Die würden nicht mal etwas merken, wenn Marco Polos Haus zwischen ihren Zehen auftauchte.

Er wandte sich zum Gehen, als er ein bekanntes Gesicht entdeckte. Besser gesagt, er erkannte die Maske. Es war eine von Chiaras Arbeiten, Oretta Mosca hatte sie gekauft. Sie benahm sich irgendwie verstohlen, sah sich fortwährend nach allen Seiten um, als wolle sie sich vergewissern, dass niemand sie beobachtete. Ihr Verhalten weckte Tommasos Misstrauen, deshalb schlich er ihr nach und kam gerade noch zurecht, um zu sehen, wie sie ein Stück Papier in das Löwenmaul an der Zollbehörde schob.

Mit wenigen Schritten war er bei ihr und riss ihr die Maske vom Kopf. »Buon giorno, Signora Mosca. Na, wieder einmal die Löwen gefüttert?«

Sie wurde bleich und wich an die Mauer des Gebäudes zurück.

»Wen habt ihr diesmal angeschwärzt? Einen Nachbarn, der laut geflucht hat? Eine Nachbarin, deren Nase Euch nicht passt?«

»Ich tue nur meine Pflicht als treue Bürgerin der Stadt«, gab sie gepresst zurück.

»Ihr habt uns beim Rat denunziert, nicht wahr? Ihr habt ihnen gesteckt, dass sie Marco bei uns finden können.«

»Einen Dieb und Verräter. Einen Feind Venedigs.«

Angewidert stieß Tommaso sie von sich. »Verschwindet bloß, ehe ich mich vergesse.«

Das ließ sie sich nicht zweimal sagen. Sie schnappte sich ihre Maske und machte, dass sie davonkam, nicht ohne ihm noch einen giftigen Blick zuzuwerfen.

Bedrückt kehrte Tommaso zu den Verschwörern zurück.

»Und?« fragte Alessandro.

»Nur drei Soldaten bei der Dogana. Die kriegen nichts mit, sind viel zu sehr damit beschäftigt, zum Markusplatz rüberzusehen.«

»Gut.«

»Äh …«

»Noch was?«

»Ich traf Oretta Mosca. Sie hat die Löwen gefüttert.«

»Die alte Klatschbase. Hat sich wohl gedacht, so weit fort von zu Hause erkennt sie keiner.«

»Ich habe ihr auf den Kopf zugesagt, dass sie es war, die uns denunziert hat, und … sie hat nicht widersprochen.«

»Oh.«

Tommaso senkte die Lider. »Also, ich … es tut mir leid, dass ich dich verdächtigt habe. Ich hätte wissen sollen, dass du so etwas nie tun würdest.«

»Na ja, ich habe dafür allzu lange einem Rat vertraut, der jedes Maß und Ziel verloren hat. Wir haben uns gegenseitig nichts vorzuwerfen.«

Verlegen nickten die Brüder sich zu und beließen es dabei.

Tommaso setzte sich zu den anderen, die es sich auf dem Campo bequem gemacht hatten. Jetzt hieß es warten. Einige der Verschwörer dösten, andere tauschten Klatsch und Tratsch aus. Alessandro und Tommaso spielten eine Partie Glückshaus. Leonardo, der sich langweilte, vertrieb sich die Zeit damit, das Schattenspiel sich bewegender Zweige auf einer Mauer zu studieren.

»Was habt Ihr denn da unter dem Tuch?«, fragte der Steinmetz und deutete auf den abgedeckten Käfig.

»Geht Euch gar nichts an.« Aus seiner Segeltuchtasche holte der Toskaner ein Stück Papier, stach ein Loch hinein und bewegte es vor der Mauer hin und her.

»Und was tut Ihr da?«

»Ich untersuche die Ausbreitung der Lichtstrahlen, seht Ihr das nicht?«

Die Verschwörer schwiegen beeindruckt.

»Habt ihr nichts Sinnvolleres zu tun, als anderen Leuten bei der Arbeit zuzusehen?«, herrschte Leonardo sie an. »Wenn ihr euch nützlich machen wollt, denkt über die Probleme des Gießens nach: wie man die Ofentemperaturen überwacht, welches das beste Mischungsverhältnis für Legierungen ist, wie man zum Kupfer das Zinn dazugibt, sobald dieses sich verflüssigt.«

»Äh …«

»Achtung!«, rief die Amme.

Durch die Calle San Cristoforo näherte sich ein Trupp Soldaten.

»Das ist die Patrouille, die den Kontakt zwischen den Wachtposten aufrechterhalten soll«, flüsterte der Steinmetz.

»Verdammt! Warum kommen die ausgerechnet hier lang?«

Zum Verschwinden war es zu spät, das hätte nur Verdacht erregt, also blieben die Verschwörer, wo sie waren.

Der Anführer des Trupps befahl seinen Männern zu halten. »Was ist das für eine Versammlung?«, fragte er.

»Wir wollen zum Markusplatz«, erwiderte Alessandro und hoffte, dass niemand ihn unter seiner Maske als Soldaten erkannte. Dann hätte er sicher unangenehme Fragen beantworten müssen, beispielsweise weshalb er seinem Dienst fernblieb.

»Was steht ihr dann hier herum?«

»Wir, äh, warten noch auf zwei von uns«, warf Tommaso gedankenschnell ein.

»Hm. Seht zu, dass ihr bald verschwindet, der Weg muss frei bleiben.« Der Hauptmann gab seinen Männern einen Wink, und die Patrouille zog weiter.

»Das war knapp.«

»Was machen wir, wenn sie zurückkommen?«

»Wir gehen Richtung Fähre und lassen uns von ihnen überholen.«

»Und wenn die uns gezählt haben und wissen wollen, wo die beiden abgeblieben sind, von denen Tommaso gesprochen hat?«

»Dann sind sie eben nicht gekommen, und wir wollten nicht länger warten.«

Eine Bewegung brachte sie dazu, sich umzudrehen. Leonardo da Vinci hatte seine Hand erhoben.

»Was ist?«

»Spürt ihr das?«

»Was sollen wir spüren?«

»Das Prickeln.«

Jetzt merkten es alle. Ihre Haut fühlte sich an, als seien sie aus einem überheizten Raum in die Winterkälte hinausgetreten. Aus dem Nichts erhob sich eine Brise. Wirbel bildeten sich und trieben Blätter und Zweige vor sich her, ein warmer Luftzug drückte die Menschen nach hinten und brachte ihre Nackenhaare dazu, sich aufzurichten.

»Was ist das?«

»Ich bin nicht sicher. Ein Vorbote, glaube ich. Eine Konzentration von Energie, die vor der Strömung herläuft.« Leonardo freute sich wie ein Kind. »Es kommt.«

»Ihr meint … das Haus?«

»Natürlich meine ich das Haus, Dummbart. Worauf sonst warten wir?«

Die Versammelten drehten sich zum Campiello Barbaro um. Ein immer stärker werdender Druck lag auf ihren Ohren, das Atmen fiel ihnen schwer. Flimmerte da nicht die Luft? Schien es nicht, als würden Häuser beiseite weichen? Tatsächlich! Zwischen dem Eckhaus zur Fondamenta Ospedaleto und dem Haus daneben tat sich ein Spalt auf, der größer und größer wurde. Ein Schatten verdunkelte die freie Fläche und näherte sich wie eine Flutwelle, ein Sog zerrte an Bäumen, Mauern, Menschen. Lautlos schob sich das Haus in die entstandene Lücke, das Haus, das jeder kannte, obwohl es kaum einer je mit eigenen Augen gesehen hatte, das Haus mit den fremdartigen Schriftzeichen aus Cathay. Es rutschte ein weiteres Stück vorwärts, als spüle eine letzte Welle es auf eine Sandbank, und fügte sich genau zwischen die anderen Häuser ein. Marco Polos Haus war angeschwemmt worden.

In diesem Augenblick kehrte die Patrouille zurück.

41

Eine Ewigkeit musste Marco reglos auf dem Mauersims warten, weil die Ratsmitglieder sich nicht vom Fleck rührten, und während er keinen Schritt vorwärts machen durfte, schwebte Chiara in Gefahr. Sollte ihr Opfer etwa umsonst sein? Die Räte drehten ihm den Rücken zu; vielleicht, wenn er leise auf den Innenhof sprang und den Überraschungseffekt ausnutzte …

Jemand schrie: »Wir haben ihn.«

Marco stockte der Atem. Nein, falscher Alarm, Chiara schien noch frei zu sein. Aber es polterte und krachte, dass er um ihr Leben bangte. Die Verfolgung verlagerte sich ins obere Stockwerk, der Tumult wanderte die Treppe hinauf durch die Räumlichkeiten im ersten Stock. Jetzt hielt die Räte nichts mehr auf ihren Posten, fluchend rannten sie ins Haus, um die Soldaten zu unterstützen.

Der Weg war frei.

Einen Augenblick zögerte Marco, hin und her gerissen zwischen dem Wunsch, Chiara beizustehen, und der Erkenntnis, dass er hinunter musste, um nicht nur sie, sondern die ganze Stadt zu retten. Dann schob er sich hinter der Mauerecke hervor, sprang mit einem Satz auf den Innenhof und rannte zu dem eisernen Ring, um den die Ratsmitglieder herumgestanden hatten. Mit aller Kraft zog er daran; eine steinerne Platte gab nach und löste sich aus den Fliesen des Hofes.

Das Poltern im Haus hatte aufgehört. War das ein gutes oder ein schlechtes Zeichen? Er konnte sich nicht darum kümmern. Vor ihm lag der Weg, den er gehen musste. Eine grob aus dem Stein gehauene Treppe führte in die Unterwelt und vielleicht, hoffentlich, zum gebrochenen Siegel. Siedendheiß fiel ihm ein, dass er keine Fackel oder Laterne bei sich trug. Wie sollte er da unten sehen? Zu spät, um etwas dagegen zu unternehmen, er hatte nur diese eine Chance. Wenn er jetzt zögerte, war alles verloren. Marco bückte sich und begann den Abstieg.

Er war erst zehn oder zwölf Stufen weit gekommen, als er hörte, wie sein Name gebrüllt wurde.

»Marco!«

Er blieb stehen. Sein Puls raste. Er wusste, was jetzt kam.

»Komm rauf, Marco! Wir haben dein Mädchen.«

Marco sah nach unten. Die Treppe verlor sich in der schwärzer und schwärzer werdenden Tiefe. Irgendwo in der Dunkelheit lag das Siegel und die Rettung Venedigs. Doch was konnte er ohne Licht ausrichten?

»Zeig dich, Marco! Wir wissen, dass du da bist.«

Beklommen kehrte er um. Seine Füße stiegen von selbst die Stufen hinauf. Zögernd schob er seinen Kopf durch das offen stehende Rechteck. Der Brunnen verdeckte ihm die Sicht, deshalb kletterte er nach draußen.

Im Säulengang im ersten Stock standen die Räte in ihren schwarzen Umhängen und weißen Masken und sahen sich suchend nach ihm um. Einer von ihnen hielt Chiara im Würgegriff. Marco erkannte oberflächlich abgewischte Kalkreste auf der rechten Schulter des Mannes.

»Ah, da bist du ja. Geh von der Klappe weg. Mach schon.« Die Stimme des Mannes klang hohl unter der Maske.

Marco bewegte sich zwei Schritte zur Seite.

»Du hast uns ganz schön auf Trab gehalten, das muss ich sagen. Was hast du dir bloß dabei gedacht?«

Chiara wand sich im Griff des Mannes mit dem Kalkfleck. »Lasst ihn gehen«, sagte sie. »Er kann das Meer zurückholen. Er kann uns alle vor dem Schwarzen Tod retten.«

»Der da? Ein Junge?« Ein beleibtes Ratsmitglied lachte, zwei, drei Soldaten fielen darin ein.

»Er singt mit dem Wasser. Lasst ihn gehen, sonst müssen noch mehr Menschen sterben.«

»Schluss mit dem Palaver. Komm ins Haus, Marco, es ist vorbei.«

»Einen Augenblick.« Einer der Räte machte einen Schritt nach vorn. Sogar von hier erkannte Marco die abgeplatzte Farbe an der Maske des Mannes. »Du behauptest, er beherrscht das Wasserraunen?« Die Frage war an Chiara gerichtet.

»Die Lubriche haben ihm gezeigt, wie er seine Kräfte einsetzen muss. Ihr wisst doch, dass wir sie getroffen haben, der Soldat hat es euch erzählt.«

»Du willst uns weismachen, diese blutrünstigen Bestien hätten euch geholfen?«, rief der Beleibte.

»Die Lubriche sind nicht blutrünstig, sie haben sich nur verteidigt. Die Soldaten haben sie angegriffen.«

»Ich glaube dir kein Wort.«

»Warum sonst sollten wir hierherkommen? Warum sonst wartet Ihr hier auf uns? Lasst Marco gehen. Macht dem Schwarzen Tod ein Ende.«

Der Mann mit der beschädigten Maske kratzte sich nachdenklich am Arm. »Wasserrauner … ich habe davon gehört. Vielleicht sollten wir den Jungen wirklich gehen lassen.«

»Und den Schatz von Marco Polo zu den Fischen schicken? Seid Ihr verrückt?«, brauste der Dicke auf.

»Der Schatz hat schon zu viele Opfer gekostet. Wenn es wirklich wahr ist, was dieses Mädchen sagt, haben wir eine echte Chance, den Nebel zu besiegen. Die Gelehrten wissen keinen Weg, das Siegel zu erneuern. Vielleicht wird uns hier die Möglichkeit geboten, dem Schrecken ein Ende zu bereiten. Wir sollten es wagen.«

»Wenn wir den Schatz haben, kann er es meinetwegen versuchen. Vorher nicht. Ich habe nicht all die Monate in dieser von Gott verfluchten Stadt ausgehalten, um mich jetzt um meinen Lohn bringen zu lassen.«

Zustimmende Rufe wurden laut, auch ein oder zwei Gegenmeinungen. Die Ratsmitglieder stritten sich im Säulengang.

»Genug!«, donnerte der Mann mit dem Kalkfleck, der immer noch Chiara festhielt. »Wir haben das schon hundertmal durchgesprochen. Wir waren uns einig, dass wir erst den Schatz heben und uns anschließend um das Siegel kümmern.«

»Aber da wussten wir noch nicht, dass der Junge mit dem Meer reden kann.«

»Behauptet die da«, rief der Dicke.

»Ein Wasserrauner wäre eine echte Chance. Ich bin bereit, eine Menge zu riskieren, wenn Venedig nur wieder atmen kann.«

»Ich nicht. Nicht nach allem, was es mich gekostet hat.«

»Komm ins Haus, Marco«, befahl der Mann mit dem Kalkfleck.

»Komm nicht«, rief Chiara. »Lauf, Marco! Lauf!«

Der Mann versetzte ihr eine Ohrfeige, was heiße Wut in Marco auslöste. Sein Blick wanderte zur Falltür. Er hatte keine Fackel. Und er konnte doch Chiara nicht allein lassen. Andererseits …

Er machte einen Schritt zur Treppe.

»Marco!«

Der Schrei, ein Schrei von übermächtiger Wut, bremste ihn. Der Mann mit dem Kalkfleck hielt plötzlich ein Messer an Chiaras Kehle. »Ich töte sie, wenn du gehst.«

Selbst die anderen Räte hielten schockiert den Atem an.

»Glaub mir, ich tue es.«

»Lauf!«, rief Chiara wieder.

Marco blickte in das Loch zu seinen Füßen.

»Marco, sieh mich an!« Die Stimme des Ratsmitgliedes mit dem Kalkfleck überschlug sich, während er sich die Maske vom Gesicht riss. »Du weißt, dass ich keine leeren Drohungen mache.«

Marco glaubte, in einen bodenlosen Abgrund zu stürzen. »Onkel Aldo«, hauchte er.

»Ja, Onkel Aldo. Kapierst du endlich, dass es kein Zurück gibt?

Ich töte dein Mädchen, wenn du auch nur einen Schritt da runter machst.«

Marco taumelte. Jetzt begriff er. Durch den Verrat an seinem Vater hatte sich sein Onkel nicht nur einen guten Posten gesichert – er hatte sich in den Rat der Zehn eingekauft! Ein Spitzel im Herzen der Aufständischen, das musste dem Rat eine Menge wert gewesen sein. Marco sah, wie Chiara zitterte, und senkte den Kopf. Aus. Es war vorbei. Es gab nichts, was er tun konnte.

»Es hätte nicht so enden müssen, wenn du nicht so verdammt dickköpfig gewesen wärst«, sagte sein Onkel ruhiger. »Ich konnte dich immer gut leiden.«

Mit hängenden Schultern ging Marco auf das Haus zu.

»Nein!« Chiara bäumte sich auf. »Denk an die Toten, Marco. Lauf!«

»Verdammtes Miststück!« Unbeherrscht hob Aldo das Messer und ließ es in einem Anfall von Jähzorn niedersausen.

Marco stockte der Atem.

Eine Hand packte Aldos Arm. Mit eisernem Griff hielt das Ratsmitglied mit der beschädigten Maske ihn fest.

»Was, zum Teufel, tut Ihr?«, keuchte Aldo.

»Was ich längst hätte tun sollen. Das Ganze ist viel zu lange aus dem Ruder gelaufen. Ihr seid ein tollwütiger Hund geworden.« Er stieß Aldo beiseite und schob Chiara schützend hinter sich.

»Wir können jetzt nicht aufgeben«, sagte Aldo fassungslos, »nicht so kurz vor dem Ziel.«

»Dieser vermaledeite Schatz hat schon zu vielen Menschen das Leben gekostet.«

»Meine Frau stirbt für diesen Schatz. Glaubt Ihr, da werde ich einfach zur Tagesordnung übergehen?«

»Wir haben eine Verantwortung für die Stadt. Bisher gab es nichts, was wir hätten tun können, um unseren Fehler wiedergutzumachen. Bisher hatten wir keine Möglichkeit, das Siegel zu erneuern. Jetzt haben wir sie. Wir sind es den Menschen in Venedig schuldig, diese Möglichkeit zu nutzen.«

Die anderen Räte standen wie erstarrt und folgten dem Wortwechsel, als seien sie unbeteiligte Zuschauer. Keiner von ihnen rührte sich.

»Tut bloß nicht so verdammt selbstgerecht«, fauchte Aldo, »Ihr wart genauso hinter dem Schatz her wie wir. Ihr könnt Euch nicht reinwaschen. Eure Hände sind so blutig wie unsere.«

»Das ist wahr. Verblendet waren wir, allesamt. Aber es gibt Grenzen für das, was ich bereit bin, für Gold und Perlen zu tun. Die Ermordung von Kindern gehört nicht dazu.« Er wandte sich an Marco. »Geh, Marco«, sagte er, »rette Venedig.«

Marco sah Chiara an. Der Blick, mit dem sie ihn bedachte, das Versprechen auf ein Danach, das darin lag, löste ihn aus seiner Erstarrung. Er drehte sich zur Treppe um. Halt, er sollte nach einer Laterne fragen!

»Das lasse ich nicht zu«, heulte Aldo und schwang sich über das Gitter.

»Lauf, Marco!«, schrie Chiara.

42

Marco Polos Haus war noch nicht zum Stillstand gekommen, da wurden bereits die Klingen gekreuzt. Angesichts der zurückkehrenden Patrouille blieb den Aufständischen keine andere Wahl als anzugreifen. Stahl traf auf Stahl, Befehle wurden gebrüllt, Verwundete schrien.

Zunächst schienen die Kräfte gleichmäßig verteilt, doch dann öffnete sich die Tür des umkämpften Gebäudes, vom Lärm alarmiert strömten die Gefangenenwächter heraus und schlugen sich nach kurzer Irritation auf die Seite ihrer Kameraden. Unvermittelt waren die Soldaten in der Überzahl und bedrängten die Aufständischen hart.

Tommaso musste sich eines Mannes erwehren, der hervorragend mit dem Degen umzugehen verstand, und entging einem tödlichen Stich nur um Haaresbreite.

»Halt«, rief jemand, »nicht bewegen.«

Sowohl Tommaso als auch sein Widersacher hielten inne und warfen dem Sprecher – es war Leonardo da Vinci – einen wachsamen Blick zu.

»Was ist?«

»Seht Ihr das? Seht Ihr, welche Zartheit sich über die Gesichter legt, wenn es bei schlechtem Wetter dämmert? Genau so sollte die Haut auf einem Porträt aussehen.«

Fluchend drang der Soldat mit doppelter Wucht auf Tommaso ein.

Ein Knüppel krachte auf seinen Hinterkopf. »Haltet still, habe ich gesagt! Seid Ihr taub?«

Tommaso wusste nicht, ob er lachen oder fluchen sollte, hatte jedoch nicht die Zeit, darüber nachzudenken, weil ein weiterer Soldat die Stelle des Betäubten einnahm. »Verschwindet«, rief er Leonardo zu, »das ist kein Platz für einen Mann wie Euch.«

»Von wegen«, brummelte der in seinen Bart, »kein Platz für einen Mann wie mich, ha! Was glauben die eigentlich, wer sie sind?« Er schlurfte zu seinem Bündel, das er am Rand der Gasse abgestellt hatte, und kratzte sich am Kopf. »Eigentlich hatte ich die Überraschung ja für den Karneval gedacht«, sprach er zu sich. »Na, sei's drum, hier ist das Publikum zwar spärlicher, dafür umso erlesener.« Mit einem Schwung nahm er das Tuch vom Käfig und öffnete die Tür.

Alessandro hatte erfolgreich zwei Angreifer abgewehrt, geriet jedoch durch die Nachrückenden in Bedrängnis, als plötzlich um ihn herum Entsetzensschreie aufbrandeten.

Ein Geschöpf wie aus einem Albtraum huschte zwischen den Beinen der Kämpfenden hin und her, es hatte Flügel, Hörner und eine dämonische Fratze, war grellrot und zischte.

»Ein Drache!«

»Eine Ausgeburt der Hölle!«

»Der Teufel ist unter uns!«

Panik erfasste die Menschen. Leonardo verstärkte sie noch, indem er mit den Armen fuchtelte und Schreie ausstieß, als sei er verwundet oder, schlimmer, als bemächtige sich die Kreatur seiner Seele.

Die Soldaten nahmen Reißaus. Nicht wenige der Aufständischen wollten es ihnen nachtun, und nur mit Mühe konnte Leonardo sie daran hindern.

Sobald der Campiello Barbaro wieder ihnen gehörte, beendete der Toskaner das Schauspiel und rieb sich vergnügt die Hände. »Das hat mehr Spaß gemacht als erwartet«, sagte er.

»Ist das … Euer Geschöpf?«, fragte Bianca Amorese, die sich mit den anderen an die Mauer drängte, um dem Tier, das wie besessen im Kreis herumlief, nicht zu nahe zu kommen.

»Sagen wir: Es ist eine Kollaboration zwischen Gott und mir. Gott hat die Eidechse geschaffen, ich die Illusion. Ihr müsst zugeben, es ist die Illusion, die die Wirkung hervorruft, nicht die Eidechse.«

»Eidechse?« Zögernd kamen die Männer und Frauen näher.

Das Tier war wegen der vielen Menschen in Panik, sah, hörte und roch schlecht aufgrund der Utensilien, mit denen Leonardo es bestückt hatte, und rannte daher auf der Suche nach einem Fluchtweg immer wieder gegen eine Mauer oder ein Bein.

»Die Flügel stammen aus der abgezogenen Haut anderer Echsen«, gab Leonardo bereitwillig preis. »Sie sind mit Leim befestigt und mit Quecksilber gefüllt. Die großen Augen sind mir am besten gelungen, findet Ihr nicht? Natürlich findet Ihr das, wenn Ihr nicht völlig vernagelt seid. Der richtige Leim ist entscheidend. Früher sind die Flügel manchmal bei den hektischen Bewegungen abgefallen und haben den ganzen Effekt zunichte gemacht. Jetzt halten sie.«

»Ihr meint, Ihr habt so etwas schon öfter gemacht?«

»O ja, und immer mit Erfolg. Am schönsten ist es natürlich, das Tier in einer großen Menge auszusetzen. Wunderbar, wie sich die Menschen gegenseitig über den Haufen trampeln.«

Die Aufständischen lachten, zögerlich zuerst, nicht wenige beschämt, weil sie auf den Streich hereingefallen waren, aber doch erleichtert, so sehr, dass sie sich kaum wieder beruhigen konnten. Immer, wenn sie es geschafft hatten, ernst zu werden, fing einer von Neuem an zu kichern und riss die anderen mit.

Leonardo versuchte, die Echse einzufangen, doch es gelang ihr, die künstlichen Augen abzustreifen, so entwischte sie ihm und huschte durch die Gassen davon. In einiger Entfernung ertönte der Schrei einer Frau, was unter den Aufständischen eine erneute Lachsalve auslöste.

Alessandro wurde ernst. »Wir sind hergekommen, um die Gefangenen zu befreien«, erinnerte er die anderen.

»Dann los, worauf warten wir.«

Die Männer und Frauen näherten sich dem angetriebenen Gebäude und bestaunten die Zeichen aus Cathay. Dann betraten sie, einer nach dem anderen, Marco Polos Haus.

43

Vor ihm die Finsternis, hinter ihm sein zu allem entschlossener Onkel – Marco entschied sich für die Finsternis. Schritt um Schritt tastete er sich nach unten, die Hände an der Felswand.

»Marco! Bleib stehen!«

Die Stimme ließ ihn zusammenzucken. Früher hatte er nie Angst vor seinem Onkel gehabt. Aber Onkel Aldo hatte alles Menschliche abgeschüttelt und stürmte ohne Rücksicht auf die Dunkelheit hinter ihm her. Wenigstens hatte auch er keine Zeit gehabt, eine Laterne zu besorgen, das war das einzig Gute. Dennoch holte er auf. Marco zitterte. Er war zu vorsichtig gewesen. Sein Onkel besaß einen entscheidenden Vorteil: Er kannte sich hier unten aus.

»Gib auf, Marco. Ich kriege dich, so oder so. Mach es nicht noch schlimmer.«

Gleich hatte er ihn eingeholt! Marco tat das Einzige, was ihm übrig blieb: Er kauerte sich am Boden zusammen, presste sich gegen den Felsen und betete, dass sein Onkel an ihm vorbeilief.

»Marco!« Wut lag in dem Schrei, Hass, Wahnsinn.

Ein Körper wischte an ihm vorüber, der Luftzug bewegte seine Haare. Dann ein Aufschrei, Knirschen, der dumpfe Laut eines Aufpralls. Metall klirrte; vielleicht das Messer, das zu Boden fiel. Einen Atemzug lang herrschte Stille, und Marco begann schon zu hoffen, dass sein Onkel das Bewusstsein verloren hatte. Doch gleich darauf war Stöhnen zu hören, Leder knarrte.

»Verdammter Bengel«, fluchte Aldo.

Helles Klingen zeigte an, dass er das Messer aufhob. Zwei tastende Schritte. Stille. Er schien auf ein Geräusch zu lauern, das ihm verriet, wo sein Opfer sich befand. »Lass uns miteinander reden«, kam es plötzlich aus der Dunkelheit. Die Stimme klang freundlich, beinahe sanftmütig. »Sind wir nicht immer gut miteinander ausgekommen? Komm her zu mir, dann reden wir von Mann zu Mann. Ich habe doch gar nichts dagegen, dass du das Meer zurückholst. Meinst du etwa, ich liebe den Schwarzen Tod? Ich will doch nur ein bisschen Zeit. Komm her, ich tue dir nichts, mein Wort darauf.«

Du hast meinen Vater und Angelo verraten, dachte Marco, du wolltest Chiara töten. Dein Wort ist nichts als Hundepisse. Er musste sich zwingen, ihm diesen Gedanken nicht laut entgegenzuschleudern.

»Vertrau mir, Marco. Ich meine es ehrlich.«

Wieder Stille. Marco hielt den Atem an. Zehn Herzschläge vergingen, zwölf. Irgendwo in der Ferne tröpfelte Wasser. Achtzehn Herzschläge, zwanzig. Die Wände schienen näher zu rücken. Langsam ging Marco die Luft aus. Sechsundzwanzig, dreißig.

Ein Schrei der Frustration ließ ihn zusammenzucken. »Warte nur, Bürschchen, ich hole mir eine Lampe, und dann reiße ich dich in Fetzen.«

Die Schritte kehrten zurück. Marcos Atem setzte wieder ein. Wohin? Sicher würde sich sein Onkel nach dem Sturz an der Wand halten. Aber an welcher? Rechts oder links? Davonlaufen konnte er nicht, dann würde Onkel Aldo ihn oben stellen und kurzen Prozess mit ihm machen. Seine einzige Hoffnung war, unbemerkt zu bleiben. Aber auf welcher Seite nahte die Gefahr? Onkel Aldo war Rechtshänder, nicht wahr? Sicher würde er sich an der linken Seite nach oben tasten, um die rechte für das Messer frei zu haben. Marco schmiegte sich an die rechte Wand, kauerte sich zu einem Ball zusammen.

Schnaufen. Zwischen die Zähne gesogener Atem, der das Ausmaß der Wut verriet, die seinen Onkel erfüllte. Marco presste die Fäuste in seine Halsgrube. Näherten sich die Schritte nicht auf dieser Seite der Stufen? Schnell, fort – nein, nein, das Geräusch würde ihn verraten, er musste bleiben, wo er war. Augenblick … er hatte sich getäuscht, nicht wahr? Ja, die Schritte befanden sich drüben. Marco versuchte, mit den Augen die Finsternis zu durchdringen. Es war nichts zu erkennen, aber er spürte den Körper, der sich an ihm vorbeischob, und die Erschütterung auf den Stufen.

Dann – blieb sein Onkel stehen. Vielleicht hatte er etwas gehört, vielleicht nahm er die Wärme eines anderen Menschen wahr, vielleicht erinnerte sich ein verborgener Winkel seines Bewusstseins daran, etwas gespürt zu haben, als er nach unten gelaufen war. Vielleicht roch er Marcos Angst. Eine Hand stieß über ihm durch die Dunkelheit, wirbelte Luft hin und her. Wieder Stille. Stoff knisterte, Onkel Aldo ging in die Knie. Hände tasteten über die Stufen, nach oben, nach unten, zur Seite. Marco hörte auf zu atmen. Er existierte nicht mehr, nur noch Entsetzen war von ihm übrig. Die Hand kam auf der Stufe über seinem Kopf zu liegen. Marcos Nacken kribbelte. Jeden Augenblick erwartete er, gepackt und hochgerissen zu werden. Seine Muskeln spannten sich, bereit zu kämpfen, aufzuspringen, zu fliehen.

Schwer atmend kam sein Onkel wieder auf die Beine und stapfte weiter. Er hatte ihn nicht bemerkt! Die Erleichterung war so groß, dass Marco sich an der Wand abstützen musste, weil ihm schwindlig wurde.

Gleich darauf waren streitende Stimmen zu hören. Soldaten forderten seinen Onkel auf, das Messer beiseite zu legen und sich gefangen nehmen zu lassen. Die Worte gingen in Schmerzensschreie über. »Stellt euch mir nicht in den Weg«, brüllte Aldo. Die Schreie wurden schlimmer und endeten in einem Röcheln. Zwischendurch war Chiara zu vernehmen, die darum bettelte, jemand möge ihn aufhalten.

Marco konnte nicht länger warten. Jeder Herzschlag, den er

hier vertrödelte, nützte seinem Onkel. Wenn der erst mit einer Laterne zurückkam, war es aus. So schnell er konnte, lief Marco die Treppe hinab. Zu Anfang zählte er noch die Stufen, dann beanspruchten so viele Dinge seine Aufmerksamkeit, dass er es vergaß. Tiefer und tiefer ging es. Immer kälter wurde die Luft. Marco verlor jedes Zeitgefühl. Es kam ihm vor, als sei er seit Anbeginn der Zeit unterwegs, ohne je an ein Ende zu gelangen.

Dann erreichte er den Grund der Höhle. Marco blieb stehen. Das Tröpfeln war stärker geworden. Es roch modrig. Plätschern, als ob etwas ins Wasser gesprungen wäre. Ein Tier? Marco schauderte. Was immer hier unten lebte, hatte sich besser an die Dunkelheit angepasst als er. Er musste vorsichtig sein, allein schon wegen des unterirdischen Sees. Wenn er da hineinstürzte, ohne das rettende Ufer zu erkennen, war er verloren. Wenn er doch nur etwas sehen könnte! Wie sollte er so das Siegel finden?

Schweben. Dahingleiten, flüsterte das Wasser in der Dunkelheit.

Moment – der See könnte seine Rettung sein. Marco lauschte. Von seinem Onkel war nichts zu hören. Gut. Er tastete sich auf das Wasser zu, so weit er sich traute, und blieb stehen. Das Tröpfeln war jetzt nahe. Er ließ sich in den Rhythmus des Flüsterns fallen und folgte ihm in die Tiefe. Kommt, dachte er, helft mir. Sein Atem wurde eins mit dem Flüstern. Kommt!

Und wirklich: Aus der Tiefe stiegen Lichter empor, zehn, zwanzig, hundert Medusen, die einen bläulichen Glanz verbreiteten und den See zu einem durchscheinenden Juwel machten, glitzernd und phosphoreszierend, bis die Wasseroberfläche wie ein Spiegel schimmerte und die Wände der Höhle erhellte. Adern aus Metall zogen sich durch das Gestein und reflektierten das Licht.

Marco hatte kein Auge für die Welt, die sich vor ihm auftat. Im Licht der Medusen eilte er zwischen säulenartigen Steinformationen hin und her auf der Suche nach dem gebrochenen Siegel. Und dabei hatte er nicht die geringste

Ahnung, wie es aussah. Alles, was er kannte, waren behördliche Siegel, mit denen der Senat seine Urkunden zeichnete, und die Siegel der Zünfte.

Trotzdem bestand für ihn kein Zweifel, dass er das richtige entdeckt hatte, als er davor stand. Es war ein Anker, fest mit dem Boden der Höhle verwachsen, rostig und schartig vom Alter. Ursprünglich musste er über eine eiserne Kette mit der Felswand verbunden gewesen sein, denn dort hingen noch ein paar Kettenglieder herab. Der Rest lag, in Bruchstücke zerschlagen, über den Boden verstreut. Das umgebende Gestein war mit einer weißen Kruste überzogen, beinahe wie Salz, als habe sich etwas in den Fels geätzt. Der Anker selbst war bemalt, mit einem geflügelten Markuslöwen und Symbolen, die Marco nicht zu deuten wusste. Alt waren sie. Schwer. Wie sie sich umeinander schlangen, beinahe als ob sie lebten. Silbrig und golden und schwarz und weiß ... ringelten sich, wanden sich ... schienen zu pulsieren, zu atmen ...

Erschrocken erwachte Marco aus seiner Versunkenheit. Das Licht um ihn herum war beinahe verschwunden. Die Medusen zogen sich in die Tiefe zurück, nur ein schwacher Schimmer drang noch aus dem See und erhellte gerade genug, um den Rest der Höhle umso finsterer erscheinen zu lassen. Er musste sich beeilen. Jeden Augenblick konnte sein Onkel zurückkehren.

Rot, träumte das Meer. *Rot wie der Saft der Beeren. Rot wie Feuer, das vom Himmel fällt. Rot wie Korallen.*

Komm!, dachte Marco, doch diesmal meinte er nicht die Medusen, diesmal sprach er direkt zum Meer. Komm zurück! Vertreib den Nebel! Er folgte der Ebbe, um nach dem Singen zu greifen, wie der Lubrica es ihm gezeigt hatte, ließ sich vom Bewusstsein des Ozeans berühren und nutzte die Kraft der Flut, um seinen Gesang zu stärken, doch es war mühsam. Er fühlte sich wie ein Wal, der aus tiefem Schlaf erwacht und schwerfällig seinen gewaltigen Körper aufrichtet.

Golden wie die Sonne und das Korn und die Vierfüßler mit den langen Hälsen.

Das Meer flüsterte ihm zu, wie es das immer getan hatte, auch in Zeiten, in denen er seine Ohren davor verschlossen hatte. Es umtanzte ihn, berührte ihn, erfüllte ihn mit Sehnen. Marco folgte seinem Ruf, folgte der Strömung, die ihn durch das Bett der Lagune führte, durch Fahrtrinnen und Gräben, zwischen Sandbänken hindurch zum Herzen der Stimme. Er stellte sich vor, wie die Flut ins Bett der Lagune drängte, wie die Ebbe Krankheit, Tod und Verfall mit sich nahm und Venedig reinigte. Ohne darüber nachzudenken, legte er seine Hände auf das Siegel, eine auf den Anker, mit der anderen berührte er die Kettenglieder an der Wand. Ein Ruck ging durch seinen Körper, ein Ruck, der ihn beinahe nach vorn geschleudert hätte. Licht erglühte an den Ankerspitzen, wanderte durch seine Adern und erfüllte die Kettenglieder an der Wand mit Leuchten. Die Wirkung war ungeheuer, plötzlich dröhnte die Stimme des Meeres in Marcos Ohren, als stünde er direkt unter den Glocken des Campanile von San Marco, und auch seine eigene Stimme klang ohrenbetäubend.

Grün wie der Atem des Frühlings.

Der Gesang des Meeres erfüllte Marco mit solchem Verlangen, dass er ebenfalls zu singen begann. Grün, sang er, grün wie der Tang in der Lagune und das Moos auf den Steinen, grün wie die Fensterläden von Venedig. Niemand hatte es ihm beigebracht, niemand hatte ihm gesagt, was er tun müsse, er tat es einfach, weil es das Natürliche war, so natürlich wie Atemholen.

Bunt, dachte er, bunt wie die Wäsche auf der Leine und das Gewimmel in den Gassen. Bunt wie die Masken im Karneval und das Glas der Glasbläser und die Häuser auf Burano. Bunt wie die Paline, die nutzlos im Schlamm stecken und auf dich warten. Komm!

Bunt, ich habe es gesehen: das Glas, die Masken …

Komm, durch die Einfahrt zur Adria, an den Lidi vorbei!

»Marco!« Der Schrei irrlichterte durch die Höhle und hallte von den Wänden wieder. Onkel Aldo war zurück.

Marco gab sich Mühe, sich nicht aus der Konzentration bringen zu lassen, auch wenn es ihm schwer fiel. Er war nahe daran, das spürte er. Instinktiv schob er seine Hand auf den Markuslöwen. Die Symbole pulsierten. Seine schlecht verheilte linke Hand fühlte sich an, als flösse glühende Lava durch sie hindurch. Doch als Marco wieder seine Stimme erhob, war sie kraftvoller als je zuvor. Komm, durch die Priele, vorbei an den Bricole!

Durch die Priele.

Unmerklich veränderte sich das Raunen des Meeres. Es war, als habe Marco einen Stein ins Wasser geworfen, und nun breiteten sich Wellen unaufhaltsam aus und verursachten Störungen im Magnetismus, konzentrische Kreise, die die gesamte Lagune in Schwingung versetzten. Das Meer schwappte über die Ufer und dehnte seine Grenzen bis zum Zerreißen.

Durch die Priele, durch die Priele.

»Marco!«

Sein Onkel kam näher, aber Marco achtete nicht darauf, er verstärkte seine Aktivitäten, floss mit der Ebbe des Gesangs zum Meer und lockte es, kehrte mit der Wucht der Flut zurück und nutzte ihre Kraft, um den Ruf zu verstärken. Die Störungen, die er heraufbeschwörte, erschütterten die Leere des Nebels und rissen Löcher hinein, durch die das Meer eindringen konnte.

Ein Zittern durchlief die Erde, nicht in seinem Geist, wie Marco zuerst glaubte, sondern in der wirklichen Welt …

Durch die Priele, durch die Priele!

… und dann hatte er etwas freigesetzt, das sich nicht mehr aufhalten ließ.

44

Dafür, dass Hunderte von Menschen auf engstem Raum zusammengezwängt waren, war es erschreckend still. Die einzigen Geräusche kamen von den monotonen Schlägen der Hacken und dem Kratzen der Schaufeln, dann und wann unterbrochen von einem Hustenanfall. Alles strotzte nur so vor Dreck: die Gesichter, die Werkzeuge, die Laternen, deren dumpfes Licht die Trostlosigkeit noch verstärkte. Die Trennwände der Räume waren eingerissen, um mehr Platz zu schaffen, daher glich das Stockwerk einem Acker, der bestellt wurde. An der Nordwand zeigten sich zahlreiche Einbrüche, dort war Erdreich eingedrungen und erschwerte die Arbeit zusätzlich. Die übrigen Mauern hatte man mit Stützbalken verstärkt, um sie zu stabilisieren.

Die Gefangenen waren in einem erbarmungswürdigen Zustand: zerlumpt, verdreckt und bis auf die Knochen abgemagert. Im Licht der Laternen schaufelten sie stumpfsinnig eine Ladung Lehm nach der anderen in Eimer, ohne zwischendurch aufzusehen. Hinter einem Erdhaufen lag ein alter Mann im Sterben, niemand kümmerte sich um ihn.

Bianca Amorese schlug die Hand vor den Mund, um beim Anblick dieses Elends nicht aufzuschreien. Es kostete Alessandro alle Überzeugungskraft, seine Mitverschwörer davon abzuhalten, die Wachtposten, die sich angesichts der Übermacht kampflos ergaben, kurzerhand umzubringen.

Mit glanzlosen Augen sahen die Gefangenen zu, wie ihre Peiniger entwaffnet wurden. Giuseppe Amorese entdeckte Matteo Manardi unter ihnen. »Ihr seid frei«, rief er ihm zu.

»Frei?«, echote der alte Mann verständnislos. »Haben sie euch auch gefangen?« Und er senkte den Kopf und grub weiter.

Tommaso sprang die letzten Stufen der Treppe hinunter und nahm ihm die Schaufel aus der Hand. »Wir haben die Soldaten überwältigt. Ihr seid frei, Signor Manardi. Ihr könnt hier raus.«

Unglauben stand auf den Gesichtern geschrieben, doch hinten, in den Gruben, da, wo die Arbeit am schwersten war und die frischesten Kräfte eingesetzt wurden, brandete Jubel auf. Hacken wurden beiseite geworfen, die Männer tanzten und sangen. »Wir sind frei, Brüder! Frei!« Ihre Freude pflanzte sich fort und erreichte endlich auch die letzten Gefangenen.

»Was sagt er?«, fragte ein gebrechlicher Mann.

»Wir dürfen wieder ans Tageslicht, Signor Piranesi. Die Sonne sehen.« Matteo Manardi hatte Tränen in den Augen.

»Die Kerker verlassen? Die Treppenschluchten, die Folterkäfige?« Giovanni Piranesi drehte sich einmal um seine Achse.

»Wir dürfen wirklich raus?« Matteo konnte es kaum fassen.

»Ja. Und das habt Ihr Marco zu verdanken«, meinte Giuseppe. »Euer Sohn hat immer geglaubt, dass Ihr noch lebt.«

»Ein klein wenig hat natürlich auch mein bescheidenes Genie dazu beigetragen«, murrte Leonardo.

»Mein Sohn … geht es ihm gut? Angelo sagt …«

»Angelo ist hier? Bei euch?«

»Wo ist Marco?«

»Ich bin nicht sicher«, mischte sich Tommaso ein. »Er war nicht da, als wir erfuhren, dass das Haus von Marco Polo angetrieben wird, was wir«, er verbeugte sich vor Leonardo da Vinci, »diesem Herrn hier verdanken. Er wird sich grün und blau ärgern, dass er diesen Augenblick verpasst hat.«

Aus den Gruben krochen die jungen Männer, unter ihnen Angelo.

»Du lebst wirklich«, rief Tommaso. »Marco war außer sich vor Sorge, weil er nicht wusste, ob sie dich getötet haben.«

»Genug geschwatzt«, unterbrach Alessandro, »Geschichten austauschen könnt ihr oben, an der frischen Luft.«

Die Gefangenen beeilten sich, ihren Befreiern zu folgen. Wo einer allein zu schwach war, stützten sie sich gegenseitig. Matteo hatte Signor Piranesi untergehakt, drei, vier Gebrechliche mussten getragen werden, aber den meisten verlieh der Gedanke an Freiheit genug Kraft, dass sie auf eigenen Füßen zur Treppe taumelten.

»Augenblick«, meinte jemand, »was ist mit dem Schatz?«

»Ja, richtig, der Schatz.«

»Wir nehmen ihn mit.«

»Er gehört rechtmäßig uns, die wir ihn ausgegraben haben.«

Alessandro wandte sich an einen gefangenen Soldaten. »Wo habt ihr den Schatz hingebracht? Rede, oder muss ich nachhelfen?«

»Oben. Über uns«, beeilte sich der Mann zu sagen.

Einer nach dem anderen kletterte die Treppe hinauf. Die meisten Zimmer waren mit Erdreich gefüllt, doch dieses Stockwerk bildete eine Ausnahme. Überall stapelten sich Schiffszwieback, hartes Brot und Wasserfässer, daneben gab es Decken und sogar ein paar Kissen, die wohl den Wächtern zum Schlafen dienten.

Zitternd schloss der Soldat ein Vorhängeschloss auf. Alessandro öffnete die Tür und leuchtete in den Raum.

Vieltausendfach wurde das Licht der Laterne reflektiert: von Rubinen und Smaragden, Saphiren und Diamanten, von Perlen aus Täbris und Jade aus Khatan, von goldenen Schalen, Armreifen, Broschen und zwei kopfgroßen Leoparden mit Granataugen, all dies verstaut in Truhen mit Schriftzeichen aus Cathay.

»Genau wie die Legende sagt«, hauchte Tommaso.

»Wir sind reich«, schrie der Steinmetz, der ihnen bei der Befreiung geholfen hatte.

Alessandro stieß ihn in die Rippen. »Wir entscheiden später, was wir damit machen. Erst mal raus hier.«

»Nicht so eilig«, sagte eine Stimme.

Die Aufständischen fuhren herum. Durch die Luke der Falltür

über ihnen starrte ihnen das Gesicht des Hauptmanns der Patrouille entgegen, die Leonardo da Vincis Eidechse in die Flucht geschlagen hatte. Offenbar waren die Soldaten zur Besinnung gekommen und mit Verstärkung zurückgekehrt.

»Kommt heraus, einzeln, und gebt eure Waffen ab.«

»Das könnte Euch so passen. Wie wollt Ihr all diese Menschen hier überwältigen? Wir sind in der Überzahl.«

»Und wir blockieren den einzigen Ausgang. Wir brauchen bloß die Falltür zu schließen und euch dem Hungertod zu überlassen.«

»Wenn ich mir die Vorräte an Schiffszwieback ansehe, würde ich sagen, das ist in etwa ein, zwei Monaten der Fall. Steht das Haus so lange in Venedig?«

Unsicher sah der Hauptmann zum Vorratsraum hinüber.

Alessandro ließ ihm keine Zeit zum Nachdenken. »Die Situation ist doch so: Wir wollen raus, ihr steht uns im Weg. Ihr wollt den Schatz, dabei stehen wir euch im Weg. Ich schlage vor, ihr lasst uns durch und holt ihn euch ohne Blutvergießen.«

»Die sollen den Schatz kriegen, einfach so?«, protestierten einige Aufständische.

»Wir sind gekommen, um unsere Väter und Brüder zu befreien, nicht um uns zu bereichern«, herrschte Alessandro sie an.

Beschämt senkten die Sprecher den Blick.

»Und wer garantiert uns, dass ihr nicht draußen auf uns wartet, um uns den Schatz wieder abzunehmen?«

»Niemand. Aber ihr müsst ja nicht sofort rauskommen. Ihr habt genug zu essen für eine lange Zeit, und diese Männer hier brauchen dringend ärztliche Hilfe, ich werde also gewiss nicht wochenlang vor der Tür des Hauses herumstehen.«

»Schöne Worte. Ich glaube Euch trotzdem nicht. Aber wenn ihr euch nicht ergeben wollt, auch gut.«

Mit einem Satz sprang der Hauptmann nach unten und zog seinen Degen, hinter ihm quollen seine Männer in das Stockwerk. »Die Waffen nieder, oder ihr sterbt.«

Einige der ehemaligen Gefangenen fingen an zu schluchzen.

»Niemals«, sagte Tommaso und zog ebenfalls blank. »Wir werden nicht zulassen, dass ihr unsere Väter und Brüder wieder zu Sklaven macht.«

»So sei es denn.«

Degen wurden herausgerissen, Knüppel ergriffen, Steine erhoben. In diesem Augenblick fuhr ein gewaltiger Stoß durch das Haus und ließ es bis in die Grundfesten erzittern.

»Was war das?«

Ein zweiter Stoß, stärker als der erste. Im Stockwerk unter ihnen rutschten Stützbalken weg, die Mauer barst, Schlamm und Steine drückten durch die Lücke. Diejenigen, die noch dort waren, schrien. Auch das Stockwerk, in dem sich die Feinde gegenüberstanden, bekam Risse.

»Raus hier«, rief Alessandro.

»Ergebt Euch«, forderte der Hauptmann.

Ein dritter Stoß, Steine brachen aus der Mauer, ein Deckenbalken stürzte zwischen die Kontrahenten.

»Wenn Ihr das Gold retten wollt, solltet Ihr Euch beeilen. Viel Zeit bleibt Euch nicht.«

Der Hauptmann zögerte ein, zwei Herzschläge. Dann steckte er den Degen ein und rannte zur Schatzkammer. »Hierher, Männer!«, brüllte er.

Soldaten fluteten herunter, Gefangene hinauf, ein Gerangel, das nicht ohne Faustschläge und Fußtritte abging. Angesichts der sich anbahnenden Katastrophe verzichteten jedoch beide Seiten auf einen Kampf, und dann hatte sich das Knäuel aufgelöst, die Gefangenen strebten nach oben, dem rettenden Ausgang entgegen, während die Soldaten Truhen mit Edelsteinen auf ihre Schultern wuchteten.

Ein weiterer Stoß.

»Schneller«, brüllte Alessandro und half den Schwachen die Treppe hinauf, »klettert um euer Leben!«

45

»Maaaaarcooo!«

Schauerlich hallten die Rufe seines Onkels in Marcos Kopf. Vielleicht lag es an der übernatürlichen Verstärkung der Töne durch das magische Siegel, vielleicht auch nur an den Raumverhältnissen, jedenfalls marterten ihn die Laute und stachen ihm mit glühenden Nadeln ins Hirn.

Durch die Priele! Durch die Priele!

Windströmungen bildeten sich in der Höhle, ließen Haare und Kleidung flattern, schufen unsichtbare Kanäle.

»Was hast du getan, du dummer Bengel!«

Im Glühen des Siegels erkannte Marco die Umrisse seines Onkels, der wie ein Ungetüm aus vorzeitlicher Welt näher stampfte, ein Messer in der Faust. Mit der anderen Hand, die eine Laterne hielt, schützte er seine Augen vor einem Hagel umherfliegender Steine. Marco fiel es schwer, sich zu konzentrieren. Die Stimme des Meeres war übermächtig in ihm.

Durch die Priele, ich komme, ich jage, ich fliege!

»Lass sofort los, du Rotzbengel!« Onkel Aldo kämpfte sich Schritt um Schritt heran, Schaum vor dem Mund. Das Messer zischte durch die Luft.

Strudel bildeten sich, die Staub und Asche in sich hineinsaugten. Es knisterte, die Luft lud sich auf. Die Laterne wurde aus Onkel Aldos Hand gerissen und verkeilte sich irgendwo, ohne zu zerbrechen. Nicht einmal das Licht ging aus.

Wieder durchfuhr ein Erdstoß die Höhle. Der Sturm erreichte die Ausmaße eines Orkans. Nur noch Satzfetzen drangen an Marcos Ohr, der Rest wurde mit Sand und Steinen davongewirbelt und verschwand im gefräßigen Schlund des Windes. Sein Körper wollte sich vom Boden lösen, doch er klammerte sich an das Siegel und bot den rasenden Naturgewalten die Stirn. Er sah, wie sein Onkel strauchelte. Ein Teil von ihm hoffte, dass er davongewirbelt wurde, der andere Teil erinnerte sich daran, dass Onkel Aldo ihm gezeigt hatte, wie man eine Gondel rudert und wo man die Frösche beim Laichen beobachten konnte. »Halt dich fest!«, schrie er ihm zu.

Aldo hörte nicht. Auf Händen und Knien kroch er auf ihn zu, unempfindlich gegen die immer größer werdenden Steinbrocken, die ihn wie wütende Mücken umschwirrten, sein Gesicht eine einzige Fratze des Hasses. »Ich reiße dich in Stücke«, brüllte er gegen den Lärm an, »ich mach dich fertig!«

Schneller, schneller!

Teile des Gesteins lösten sich von der Höhlendecke und stürzten krachend auf den Boden, Splitter flogen in alle Richtungen. Die Geschosse verfehlten Marco um Haaresbreite. Wo war sein Onkel? Lebte er noch? War er getroffen worden? Einen Herzschlag lang schwebte Marco zwischen Hoffen und Bangen.

Dann hob sich eine Hand über die Überreste eines Felsens, ein Körper zog sich daran herauf und kroch über die Trümmer auf ihn zu. »Ich drehe dir den Hals um.« An einer Steinsäule neben dem Siegel stemmte sich Onkel Aldo zunächst auf die Knie, schließlich auf die Füße. Schwankend richtete er sich zu voller Größe auf, fixierte Marcos Kehle, hob sein Messer und stach zu.

Reflexartig riss Marco seinen Kopf nach hinten; der Stoß ging fehl. In ihm schrien die Stimmen von Meer, Sturm und Onkel durcheinander, dass er keinen klaren Gedanken fassen konnte, nur eines begriff er: Er durfte die Verbindung zwischen den gebrochenen Teilen des Siegels nicht abreißen lassen. So klammerte er sich an den Anker und die Kettenglieder, sah in die blutunterlaufenen Augen seines Onkels, der erneut das Messer hob, und erwartete den tödlichen Stich.

Verschlingen, was mir gehört: Erde und Häuser und Zappelndes.

Plötzlich war Onkel Aldo verschwunden, als habe eine titanische Hand ihn fortgewischt. Ein halbes Dutzend Schritte entfernt schlug ein Körper gegen die Felswand, und ein unmenschlicher Schrei erklang. Das Glühen des Siegels reichte nicht bis dorthin, Marco konnte nicht erkennen, was vorgefallen war. Hatte der Sturm seinen Onkel getötet?

Mehr! Mehr! Mehr!

Ein unerwarteter Stoß löste seine rechte Hand von den Kettengliedern der Wand, ohne dass Sturm oder Glühen nachließen. Marco stützte sich am Boden ab und löste probehalber die andere Hand vom Anker.

Kehrt zurück zu eurem Ursprung! Werdet ein Teil von mir!

Was immer er gerufen hatte, es kam jetzt von allein. Marco verkroch sich hinter dem Anker und vergrub seinen Kopf in den Händen, aber der Sturm nahm zu. Raus hier, er musste raus! Den Bauch auf den Boden gepresst, mit den Händen Halt suchend, schob er sich Richtung Treppe.

Auf halbem Weg schälte sich vor ihm ein Umriss aus den Schatten und bewegte sich auf ihn zu: Onkel Aldo. Sein linker Arm stand in unnatürlichem Winkel vom Körper ab, Blut lief ihm in die Augen – kaum vorstellbar, dass er noch etwas sah –, doch unerbittlich robbte er näher, das Messer zwischen den Zähnen. Marco wälzte sich herum und versuchte zu fliehen, doch eine Hand packte sein Fußgelenk und hielt ihn fest. Marco schrie. Der Sturm tobte. Die Höhle zitterte.

Ich komme, wisperte das Meer.

Tonnen von Gestein lösten sich von der Decke, brachen Onkel Aldos Rückgrat und begruben ihn unter sich. Marco riss sich aus dem Griff des Toten und wimmerte, während er sich auf die Treppe zuwand. Er erreichte die unterste Stufe und kroch hinauf. Der Sturm versuchte, ihn zurückzuschleudern, doch er widerstand dem Druck und kämpfte sich voran. Zehn oder zwölf

Stufen hatte er auf diese Art bewältigt, als er entsetzt feststellte, dass der Weg versperrt war. Die herabgestürzte Decke hatte den Gang verschüttet, keine Maus kam hier mehr durch.

Es blieb Marco nichts anderes übrig, als umzukehren. Ein Windstoß erfasste ihn und schleuderte ihn durch die Luft. Schreiend schlug er gegen eine Säule und schürfte sich Hände und Knie blutig. Sich überschlagend rollte er in die Nähe des Ankers. Unweit davon entdeckte er eine Nische in der Felswand, winzig nur, doch wenigstens ein Hauch von Schutz. Marco robbte dorthin und quetschte sich, so gut es ging, hinein. Um ihn tobten die Kräfte der Natur mit unverminderter Heftigkeit.

Dann stürzte die Ca' Eternità über ihm zusammen.

46

Girolamo Balbi war ein gewissenhafter Staatsbeamter. Er wusste, wie wichtig die Palisadenreihen auf den Lidi waren, um Venedig vor Stürmen und Erosion zu schützen. Mochte auch in den letzten Monaten kein Tropfen Wasser, sondern ausschließlich Nebel durch die Lagune geflossen sein, er würde dafür sorgen, dass die Palade gewartet wurde. Das war seine Aufgabe, und keine Naturkatastrophe würde ihn an deren Erfüllung hindern.

Wie jeden Tag untersuchte er die Reihen von Eichenstämmen und die Querbalken aus Lärchenholz, kontrollierte die Eisenstangen, die der Verstärkung dienten, und achtete darauf, dass die hölzernen Kästen ausreichend mit Felsbrocken, Sand und Röhricht gefüllt waren. Immer wieder versuchten dumme Menschen, die nicht begreifen wollten, welch lebenswichtige Funktion die Palade erfüllte, etwas von dem kostbaren Holz zu stehlen, und Salzwasser und Würmer verwandelten die Pfähle binnen kürzester Zeit in Schwämme.

Als zuständiger Aufseher kannte Girolamo Balbi jeden Pfeiler, der die Lagune schützte, er wusste, wo sich die Schwachstellen befanden und auf welche Teile er ein besonderes Auge haben musste. Täglich waren Ausbesserungen nötig, nach spätestens fünf Jahren musste ein Stamm ersetzt werden. Die Schäden kosteten den Senat jedes Jahr Tausende von Dukaten, umso sorgfältiger musste ein Mann in seiner Position arbeiten. Girolamo Balbi war sich der Verantwortung voll und ganz bewusst. Seiner Gewissenhaftigkeit war es zu verdanken, dass er nach der Kontrolle der Molen und der Tamariskensträucher die nördlichste Palisadenreihe am Ende der Sandbänke aufsuchte, um sich einige Stämme anzusehen, die zu korrodieren drohten. Ersatz war dringend notwendig, im Geist formulierte er bereits seine Eingabe an die zuständige Magistratur.

Beiläufig warf er einen Blick auf die Lagune, und sogleich fielen ihm die Löcher im Nebel auf, die beständig größer wurden, als würde ein unsichtbarer Riese den öligen Dunst einsaugen. Das Ächzen und Stöhnen, das den Nebel bisher begleitet hatte und so alltäglich geworden war, dass man es nicht einmal mehr wahrnahm, verstummte. Stille breitete sich aus, floss durch das Bett der Lagune wie etwas Körperliches und schmerzte in den Ohren. Dann setzte ebenso unvermutet ein neues Geräusch ein, ein quälendes Geräusch, als ob eine Windmühle unsichtbares Korn mahlte, das dabei ohne Unterlass schrie.

Girolamo Balbi blieb stehen. Wind kam auf. Wolken zogen sich über Venedig zusammen, violett, beinahe schwarz, quollen auf, kreisten umeinander und hingen schwer über der Stadt. Strudel bildeten sich darin, Kanäle, die größer und größer wurden, ein perfektes Spiegelbild des Nebels unter ihnen. Die Luft war energiegeladen. Girolamo Balbi sah auf seine Arme: Die Härchen standen kerzengerade nach oben. Jede Pore prickelte in banger Erwartung. Der Nebel hatte angefangen zu kreisen, überall, in der offenen Lagune …

… und ebenso in den Kanälen und ihren Seitenarmen. Dabei entstand ein knirschender Laut, als würde eine geheimnisvolle Kraft die Uferränder schleifen. Schneller drehte sich der Nebel, schneller, Wirbel rissen Löcher hinein, Schwaden spritzten empor wie Gischt, Windstöße rüttelten am Fundament der Rialtobrücke, die Meister Uccello eben im Begriff stand zu überschreiten, zudem verwandelte sich das Knirschen in unerträgliches Kreischen. Meister Uccello, der sich noch daran erinnern konnte, wie die Brücke in seiner Jugend zusammengestürzt war, stolperte rückwärts, um nicht in das Kanalbett zu fallen, und hielt sich die Ohren zu, doch es nützte nichts: Das Kreischen war in ihm, schien aus seinen eigenen Knochen zu kommen und versetzte ihn von innen heraus in Vibrationen. Jetzt bebte zum ersten Mal der Boden unter seinen Füßen …

… warf Menschen um wie Kegel und ließ die Stadt erzittern. Ein zweiter Stoß folgte. Lorenzo Malespina, der Herr der Nacht von Cannaregio, ließ seinen Gefangenen in den Fesseln hängen und rannte nach draußen, um zu sehen, was los war. Sein Barett wurde davongewirbelt, noch ehe er einen Fuß in die Gasse setzte. Die Glocken im Campanile von San Marco läuteten durcheinander: die Trottiera, die die Ratsherren zur Sitzung einbestellte, die Marangona, die Beginn und Ende der Arbeit einläutete, die Nona, die das Signal zur Mittagspause gab, die Pregadi, die den Senat zusammenrief, die Maleficio, die die Hinrichtung von Staatsverbrechern verkündete.

Ein dritter Stoß. Risse bildeten sich in den Mauern, die allzu nahe an einem Kanal standen, Nebelfetzen fegten durch die Flussbetten und zerrten an vorstehenden Steinen, losgerissene Gondeln überschlugen sich und wurden von der Gewalt des Sturms zermalmt. Sprachlos starrte Lorenzo Malespina in das Kanalbett: Der Pegel sank rapide, als würde die Lagune leer getrunken. Und plötzlich war der Druck, der monatelang über der Stadt gelegen hatte, verschwunden. Für die Dauer eines Vaterunsers wurde es still, der Wind sank zu einem Flüstern herab …

… nur um gleich darauf mit doppelter Stärke zurückzukehren. Und jetzt schienen die Mächte der Hölle entfesselt und zerrten von allen Seiten an der Stadt. Der Grund, auf dem Venedig stand, ächzte. Das Flussbett zwischen Giudecca und Dorsoduro riss, eine Erdspalte tat sich auf, wurde größer und größer, brachte die Lagune zum Beben und riss den Aufständischen, die Marco Polos Haus verließen, die Tür aus der Hand. Einige der befreiten Gefangenen wurden von den Füßen gefegt. Giovanni Piranesi brach sich eine Rippe, als der Orkan ihn gegen das Portal eines benachbarten Hauses schleuderte. Einer nach dem anderen kämpften sich die ausgemergelten Gestalten und ihre Befreier ans Licht, gefolgt von Soldaten, die sich nicht um die Befehle ihres Hauptmanns scherten und Gold und Silber im Stich ließen, um sich in Sicherheit zu bringen. Wer konnte, klammerte sich an eine Säule, einen Brunnen, einen Baum.

»Was, zum Teufel, geht hier vor?«, schrie Giuseppe Amorese.

»Es ist beinahe wie damals, als der Nebel kam«, schrie Tommaso zurück, »nur schlimmer.«

Leonardo da Vinci blickte sorgenvoll nach oben, als könne er im aufgewühlten Himmel etwas erkennen. »Wir haben Neumond«, sagte er. »Sonne und Mond stehen in Konjunktion.«

»Was bedeutet das?«

»Eine Springflut.«

Wie um seine Worte zu bestätigen, erklang aus der Ferne ein tiefes Grollen. Die Flüchtenden drehten sich um. Aus der offenen Lagune raste eine Welle heran …

… rumpelnd wie ein lang anhaltender Donner, jagte durch die Fahrtrinnen der Lagune und trieb die Reste des Nebels vor sich her. Das Fischernetz, an dem er gerade geknüpft hatte, entfiel Ambrogio Cocchis Händen. »Das Meer kommt zurück«, flüsterte er. Dann sprang er auf und stieß dabei seinen Schemel um. »Das Meer kommt zurück!«, schrie er, rannte durch die Gassen und rüttelte an Haustüren, als habe er den Verstand verloren. »Das Meer …

… kommt zurück«, schrien die Menschen, die aus der »lachenden Koralle« strömten. Ja, das Meer kam, ihm voraus ein Schwarm fliegender Fische, Boten gleich, die Rettung oder Untergang verkündeten. Sonnenstrahlen drangen durch die Wolkendecke und brachen sich auf ihren goldenen Schuppen. Scharen glitzernder Leiber huschten durch die Kanäle, klatschten gegen Hauswände und in Gesichter …

… und flatterten um den Turm der Ca' Eternità, in dem sich Chiara und das Ratsmitglied mit der ramponierten Maske aufhielten. Zirpend, stöhnend, kreischend, einem Heuschreckenschwarm gleich zwängten sich Tausende von Fischen durch den Turm, zwangen die Menschen dazu, sich niederzukauern, und segelten auf der anderen Seite davon.

Ein weiteres Beben erschütterte Giudecca. Der gegenüberliegende Turm der Ca' Eternità brach zusammen, riss ein Loch ins Dach des Hauses und stürzte in den Bankettsaal. Das Zentrum der Welle raste auf sie zu; gleich, gleich hatte es San Giorgio Maggiore erreicht.

»Wir müssen hier weg«, schrie das Ratsmitglied.

»Marco! Er ist noch da unten.«

Der Mann mit der lädierten Maske nahm ihre Hand und zog sie mit sich fort. »Zu spät«, sagte er.

»Lasst mich, ich muss zu ihm!« Chiara versuchte, sich loszureißen, doch der Griff des Mannes war eisern.

Unten rannten die anderen Räte und die Soldaten kopflos durcheinander. »Hier lang«, befahl der Mann und lud sich Chiara, die sich aus Leibeskräften wehrte, kurzerhand auf die Schultern. »Ich werde dich retten, ob du willst oder nicht. Das wenigstens sind wir deinem Freund schuldig.«

Er verließ den Turm und eilte die Galerie entlang zur Treppe. Ein Blick nach links: Die Woge war jetzt so nahe, dass man Einzelheiten ausmachen konnte, türkise Farbverläufe, Schaumkronen, Gischt. Nie zuvor war Chiara etwas so schön und schrecklich zugleich vorgekommen. Der Mann, der sie trug, kümmerte sich nicht um den Anblick, er stürmte die Stockwerke hinunter, wandte sich jedoch nicht zur Vorderseite des Hauses wie die anderen Mitglieder des Zehnerrates, sondern rannte auf den Innenhof zum Anlegeplatz. Nahe, schrecklich nahe, dort, wo sich San Giorgio Maggiore befinden musste, krachte es. Unsanft warf der Mann Chiara in eine Gondel, löste die Leine und sprang hinterher. Sie rappelte sich auf, um zurückzuhetzen. »Marco!«, schrie sie. Lieber wollte sie mit ihm sterben, als jetzt davonlaufen. Ihr Entführer riss sie zu Boden und hielt sie fest. Chiara strampelte, reckte den Kopf in die Höhe.

San Giorgio Maggiore existierte nicht mehr. Die volle Wucht der Welle traf Giudecca, den Punkt, an dem das magische Siegel sich befinden musste, riss die Ca' Eternità ein, als sei sie aus Papier, zermalmte die Menschen, die sich in ihrer Reichweite befanden, und überflutete den Ostteil der Insel. Chiara musste mitansehen, wie das Gewölbe, in dem sich Marco aufhielt, zusammenbrach und unter Bergen von Gestein begraben wurde, wie ganze Landmassen durch die Wucht des Aufpralls weggerissen wurden und die Flutwelle nicht den kleinsten Stein übrig ließ. Es war, als würde jemand ihr Herz zerschneiden.

»Maarcooo!«

Das Wasser erfasste die Gondel, wirbelte sie herum, begrub sie und riss wie wieder hoch wie eine Katze, die mit der Maus spielt, bevor sie sie tötet. Das Grollen, das die Naturgewalt begleitete, machte einen beinahe taub …

… doch Luciano Donati hielt sich weder die Ohren zu noch rannte er um sein Leben, er konnte einfach nicht anders, als im Hof seines Hauses stehen und der gewaltigen Welle entgegensehen, die sich das Bett des Canal Grande entlangwälzte und dabei alles mitriss, was ihr im Weg stand: Häuser, Ufer, Brücken. Er fiel auf die Knie und betete, und das tat er auch noch, als eine titanische Faust ihn packte und das Wasser über ihm zusammenschlug. Das Meer …

… überflutete die Gassen von Venedig, drang in die Häuser und reinigte sie von den Überresten des Nebels, wusch Atemnot, Krankheit und Verzweiflung fort und brachte die Fassaden zum Glänzen.

Schließlich ebbte die Gewalt der Woge ab, das Wasser beruhigte sich. Entlang der Ränder der Inseln hatte das Meer eine Schneise der Zerstörung gezogen. Der Canale de la Giudecca, ehemals ein Rinnsal, war nun breiter als der Canal Grande. Venedig war gezeichnet – aber es hatte überlebt.

Die Gondel mit Chiara und dem Ratsmitglied schlidderte auf dem letzten Ausläufer der Wellen über den Markusplatz und strandete vor dem Eingang von San Marco.

47

Marco hustete. Stunden schien es gedauert zu haben, bis der Staub sich legte. Die Erdstöße hatten aufgehört. War er erfolgreich gewesen? Er wusste es nicht. Er wusste nur, dass er noch lebte, und das war mehr, als er nach allem hätte erwarten dürfen.

Er schob Schutt und Felsbrocken beiseite und stellte fest, dass seine linke Hand nicht mehr schmerzte. Mehr noch: Es fühlte sich an, als wären die Knochen gerichtet, die Splitter entfernt. Sollte die Magie des Siegels dafür verantwortlich sein? Er murmelte ein Dankgebet zum Heiligen Markus und kroch aus der Nische. Ohne die Nische wäre er jetzt tot. Die Ca' Eternità musste zerstört sein. Hoffentlich hatte Chiara es rechtzeitig fort geschafft.

Wieder hustete Marco. Um ihn herum türmte sich Gestein, es war im Dämmerlicht mehr zu ahnen als zu sehen. Augenblick – wo kam das Licht überhaupt her? Marco sah sich um und versuchte, die Quelle ausfindig zu machen. Dort drüben, hinter dem geborstenen Stalagmiten, schien es da nicht eine Spur heller? Er kroch über die Trümmer darauf zu, wobei mehrfach Geröll unter ihm wegrutschte.

Ein Blinken lenkte ihn ab, es war das Messer, mit dem Onkel Aldo versucht hatte, ihn zu töten. Er selbst musste unter den Gesteinsmassen begraben liegen. Marco blieb stehen. Der Tag, an dem sein Onkel ihn das erste Mal allein die Gondel rudern ließ, kam ihm in den Sinn. Und Tante Lucia, wie sie ihm an jenem Abend sein Lieblingsessen kochte, zur Belohnung. All die kleinen Dinge, die dafür gesorgt hatten, dass er sich bei ihnen wohl fühlte, trotz Zank und allem. Vielleicht kam es darauf an: das Schöne nicht zu vergessen, das es auch gegeben hatte, egal, was am Ende aus seinem Onkel und seiner Tante geworden war.

Mit schwerem Herzen löste er sich vom Anblick des Trümmerfeldes und umrundete es, bis er neben den Überresten der Treppe stand. Hier fand er die Quelle des Lichtes. Wie durch ein Wunder war Onkel Aldos Laterne heil geblieben, wenngleich sie nur noch schwach leuchtete. Es genügte immerhin, um Marco die Aussichtslosigkeit seiner Lage erkennen zu lassen. Der Ausgang war verschüttet. Selbst wenn sich halb Venedig daran beteiligte, den Schutt wegzuräumen, würde es Wochen dauern. Er wäre längst verhungert und verdurstet.

Aber so schnell gab er nicht auf. Es musste eine andere Möglichkeit geben herauszukommen. Vielleicht hatte der Einsturz eine neue Öffnung freigelegt? Die Laterne in der Hand arbeitete sich Marco durch das Trümmerfeld. Immer wieder musste er stehen bleiben, um einen Hustenanfall zu überstehen. Manchmal blieb ihm nichts anderes übrig, als waghalsige Kletterpartien auf rutschigem Gestein zu unternehmen. Vergeblich. Es gab keinen Ausweg.

Entmutigt setzte er sich auf einen flachen Felsen und ließ den Kopf hängen. Das Licht wurde schwächer, die äußersten Ränder der Höhle verschwammen mit der Dunkelheit. Es gab keine Rettung für ihn, er musste den Tatsachen ins Auge sehen. Chiara – er würde sie nie wieder in seinen Armen halten, nie wieder ihre Küsse schmecken. Er schniefte, eine Träne fiel in den Staub.

Etwas berührte seinen Fuß. Hastig zog Marco die Beine hoch. Wasser! Ein Rinnsal bildete sich um den Stein, bahnte sich einen Weg durchs Geröll und bedeckte nach und nach den Boden. Stieg der Pegel etwa? Marco merkte sich einen Vorsprung im Felsen, eine Handbreit über dem Boden, und beobachtete die Stelle. Ein paar Dutzend Herzschläge später war das Wasser dort angekommen.

In Panik sprang er auf und schwenkte die Laterne nach allen Seiten auf der Suche nach einem Fluchtweg, den er übersehen hatte. »Hilfe!«, schrie er. »Hilfe!« Seine Stimme brach sich an den Felswänden und kehrte als Echo zu ihm zurück.

Als er sich wieder umdrehte, war der Vorsprung im Felsen verschwunden.

Marco krabbelte nach oben und rief dabei unentwegt um Hilfe, auch wenn er wusste, dass es nutzlos war, er konnte einfach nicht anders. Was für eine Ironie, dachte er. Anscheinend war es ihm gelungen, das Meer zurückzuholen, und nun wurde ihm genau das zum Verhängnis. Er klopfte die Wände ab, um zu testen, ob sie vielleicht irgendwo so dünn waren, dass er darauf hoffen konnte durchzubrechen, aber überall antwortete ihm der gleiche Klang massiven Gesteins.

Das Wasser stieg jetzt schneller und drohte, ihn einzuholen, deshalb kletterte er weiter, auf den höchsten Punkt zu. Von oben sah er, wie Felsen um Felsen verschluckt wurde. Und, ja, die Geschwindigkeit nahm eindeutig zu. Was würde er tun, wenn das Meer ihn einholte? Eine Weile konnte er vielleicht schwimmen, aber irgendwann würden seine Kräfte nachlassen. Oder der See würde die Höhle bis zur letzten Nische füllen und ihm die Luft zum Atmen rauben.

Zitternd ließ sich Marco auf dem Felsen nieder und stellte die Laterne neben sich. Das also war das Ende. Er barg sein Gesicht in den Armen und weinte.

Nach einer Weile versiegten die Tränen, und er sah dem Anstieg des Meeres apathisch zu. Jetzt bekommst du mich doch noch, dachte er. Aber es wird deinen Hunger nicht stillen. Nichts kann deinen Hunger stillen.

Seltsame Dinge gibt es auf der Welt. Holz, das zurückkehrt, wenn man es fortwirft, ich habe es gesehen.

Zornig nahm er einen Gesteinssplitter und schleuderte ihn ins Wasser. Augenblick mal! Der See musste einen Zugang nach draußen haben, nicht wahr? Natürlich, schließlich waren ja die Medusen hereingekommen. Wenn er nun tauchte ... Aber das Problem war: Es gab da unten kein Licht, und er hatte keine Ahnung, wo sich unter all den herabgestürzten Felsen der Ausgang befand. Vielleicht, wenn er die Medusen rief ...

Er sprang auf und streckte seine Hände aus. Kommt!, dachte er.

Häuser, die an Bergen hängen. Häuser mit Flügeln, die sich im Wind drehen.

Er versuchte, das Flüstern zu erhaschen und ihm in die Tiefe zu folgen, doch es war schwer, sich zu konzentrieren, wenn man Todesangst hatte. Bitte kommt, dachte Marco. Ohne das Licht der Medusen war er verloren.

Häuser auf Rädern. Häuser auf Stelzen. Häuser mit Wänden aus Papier.

Er versuchte es, bis sein Kopf zu platzen drohte. Aber die Quallen blieben aus. Vielleicht erreichte er sie einfach nicht, vielleicht hatte das Erdbeben sie vertrieben. Oder sie fürchteten sich. Marco gab auf und sank auf den Felsen. Jetzt war er wirklich am Ende.

Seltsame Dinge. Wundersame Dinge.

Die Laterne gab ihr letztes, flackerndes Licht. In Kürze würde sie erlöschen, dann war er allein in der Dunkelheit, mit einem gefräßigen Feind, der Stück um Stück auf ihn zurobbte und ihn zu guter Letzt verschlingen würde. Er zitterte stärker. Kalt war es geworden, seit das Wasser stieg. Kalt und nass würde sein Grab sein. Finster. Am schrecklichsten fand er die Tatsache, dass er allein sein würde, wenn er starb. Niemand, dem er Lebewohl sagen konnte. Niemand, der seine Hand hielt. Niemand, der seine letzten Gedanken hören würde. War das nicht furchtbar trostlos?

Ein Plätschern schreckte ihn auf. Marco hob den Kopf. War da etwas? Die Laterne gab nur mehr eine Ahnung von Licht. Er versuchte, die Schwärze mit den Augen zu durchdringen.

Schatten erhoben sich keine fünf Schritte von ihm entfernt aus dem inzwischen bedrohlich angestiegenen Wasser und bewegten sich auf ihn zu. Es roch nach Tang. Etwas glitt in seine Richtung und berührte seine Stirn, kalt und glitschig. Ein Zeigefinger, Schwimmhäute. Die Lubriche. Die Lubriche waren gekommen.

Keuchend entließ Marco den angehaltenen Atem. Hatten sie seine Rufe an die Medusen gehört, oder kamen sie aus eigenem Antrieb? Sie berührten seine Stirn, einer nach dem anderen, und formten mit ihren Händen einen Schirm. »Helft mir«, flüsterte Marco.

Der Schwarm veränderte seine Formation. Ein großer Lubrica kam vor ihm zu stehen, sah ihn reglos an. Eine schmale Sichel aus Licht schimmerte auf dem Marco zugewandten Auge. Die Fischmenschen taten, was sie immer taten: Sie warteten ab, beobachteten ohne Regung.

Das Wasser berührte Marcos Zeh. »Helft mir«, sagte er noch einmal.

Der Lubrica öffnete sein Maul und entließ ein Zirpen. Behutsam streckte er seine Hand aus, berührte Marcos Arm. Wieder Schweigen.

Marco war nicht sicher, was er ihm zu verstehen geben wollte. »Kennt ihr einen Weg nach draußen?« Irgendwie mussten die Wasserwesen schließlich hereingekommen sein. War es das, was sie ihm zu sagen versuchten? Dass sie ihn mitnehmen wollten?

Die Fischmenschen klackten auffordernd mit den Schwimmhäuten. Zwei, drei von ihnen berührten seinen Arm, so behutsam, wie sie es immer taten, und ließen Pfeiflaute ertönen.

Marco trat einen Schritt vor und starrte in das schwarze Wasser. Sie befanden sich ein gutes Stück unterhalb der Lagune. Zudem würden sich die Lubriche einen Weg durch die herabgestürzten Felsbrocken bahnen müssen. Konnte er überhaupt so lange die Luft anhalten?

Kurzerhand schlüpfte er aus seinen Kleidern, und während er

das tat, erlosch das Licht der Laterne. Er bibberte in der Kälte. Aufs Geratewohl streckte er seine Hände aus. Glitschige Finger berührten ihn, Schwimmhäute strichen über seine Haut. Marco tat einen Schritt nach unten und keuchte. Die Kälte des Wassers biss in seine Waden.

Spürst du den Atem, der alles durchzieht, mich, dich, die Sterne?

Marco tat drei schnelle Atemzüge, holte Luft und sprang. Die Eiseskälte brachte sein Herz für einen Augenblick zum Stocken, als das Wasser über ihm zusammenschlug. Schwimmhautbesetzte Hände griffen nach ihm, fünf, acht, zehn, zogen ihn tiefer und immer tiefer. Marco geriet in Panik. Sie wollen mich ertränken, dachte er, nach oben, wir müssen nach oben! Aber dann bezwang er sein Entsetzen und vertraute sich der Führung der Lubriche an.

Den Atem, der uns alle durchfließt, der kommt und geht, gibt und nimmt.

Er spürte Felsen an seinem Körper entlangscheuern und eine Strömung, die ihn zurückzudrängen versuchte, doch die Fischmenschen schwammen dagegen an und zogen ihn weiter vorwärts. Plötzlich waren ihre Hände verschwunden. Marco glaubte, sie würden ihn hier unten alleinlassen, und konnte nur mit Mühe einen Schrei unterdrücken. Dann schossen zwei, drei Körper an ihm vorüber, eine Hand griff ihn von vorn, ein halbes Dutzend weitere schob ihn von hinten, und er glitt durch eine Lücke im Gestein, so eng, dass die Kanten an allen Seiten Haut von seinem Körper schälten. Berge von Felsen mussten über ihm liegen. Wenn die jetzt ins Rutschen kamen …

Hindurch! Schuppige Hände griffen zu, zogen ihn mit doppelter Geschwindigkeit weiter. Sein Knie stieß gegen Holz, vielleicht ein Balken, vielleicht ein Tisch aus den Sälen der Ca' Eternità. Die Luft wurde knapp. Marco spürte einen unwiderstehlichen Drang, den Mund zu öffnen und einzuatmen. Und immer noch ging es nach unten, nicht nach oben.

Den Atem, der uns träumen lässt, der macht, dass wir mehr sein wollen als wir sind, dass wir herausfinden wollen, wer wir sein könnten, der uns über uns hinauswachsen lässt.

Ein weiteres Felsenloch, durch das er geschoben wurde, wieder drückte die Strömung gegen ihn. Allein wäre er niemals hindurchgelangt. Marco glaubte zu platzen. Jede Faser seines Körpers schrie ihm zu: Atme! Atme!

Den Atem, der uns dazu bringt, von Dingen zu träumen, von denen wir nicht einmal wussten, dass ihr Abbild in uns verborgen liegt.

Er konnte nicht länger warten. Marco öffnete den Mund, seine Lungen brüllten nach Luft.

Gib mir deinen Atem! Gib mir deine Wärme!

Das Meer zwängte sich in seine Kehle und versuchte, seinen Lebensfunken zu schlucken. Er gurgelte und schlug um sich, hustete und spuckte und gewährte dem Wasser dadurch nur stärker Einlass in seinen Körper. Francesca war plötzlich bei ihm und krallte sich ins Eis, Mund und Augen aufgerissen, wurde von der Strömung davongezerrt und wollte schreien, während das Meer ihre Schreie schon im Entstehen auffraß.

Gib mir die Flamme, die du in dir trägst!

Er wollte die Hand nach ihr ausstrecken, sie retten, sie beschützen, aber irgendetwas hielt ihn mit schuppigen Händen fest und schleifte ihn durch die Strömung. In seiner Kehle brannte es lichterloh. Francesca, dachte er, stirb nicht!

Kehre zurück zu deinem Ursprung! Wehr dich nicht!

Marcos Bewegungen wurden schwächer. In einem Augenblick war seine Schwester noch lebendig, im nächsten schaukelte sie auf den Wellen, die Augen weit geöffnet, Algen in den Haaren. Und dann überließ er sich dem Meer und den Träumen in seinem Kopf.

Jetzt singen sie wieder, die grauen Riesen. Hörst du sie? Hörst du ihre Sehnsucht?

Ja, da war etwas, eine Art Lied, das ihn dazu brachte, die Welt hinter sich zu lassen, das ihn mit sich zog, auf die Sterne zu …

… und dann durchstieß er die Wasseroberfläche, und plötzlich war da Luft, reine, klare Luft, und sein Körper versuchte gleichzeitig, die Luft einzusaugen und das Wasser auszuspucken, was zu neuerlichem Husten führte.

»Da! Da ist er!«, rief eine Stimme, nicht weit entfernt.

Unter Würgen und Röcheln vernahm Marco Ruderschläge, dann wurde er gepackt und in eine Gondel gehievt.

»Er lebt. Gott sei Dank, er lebt.«

Jemand hüllte ihn in einen Umhang, bettete seinen Kopf weich und beugte sich über ihn. Marco schlug die Augen auf und glaubte zu träumen. »Papa«, flüsterte er.

»Du bist in Sicherheit, mein Junge, alles wird gut.«

Marco spuckte erneut. »Ich konnte sie nicht retten«, krächzte er.

»Wen?«

»Ich wollte sie festhalten, aber die Strömung hat sie mitgerissen. Es tut mir leid, Papa. Ich weiß, dir wäre es lieber, Francesca wäre noch am Leben und nicht ich.«

Matteo Manardis Lippen bebten. »Was redest du für einen Unsinn«, sagte er.

»Ich habe auf das Eis eingeschlagen, immer wieder, aber es wollte einfach nicht nachgeben.«

Sein Vater legte die abgemagerten Arme um ihn und presste ihn an sich. Ein seltsamer Laut kam aus seiner Kehle. Weinte er etwa? »Ich war so mit meinem eigenen Schmerz beschäftigt, dass ich keine Augen für deinen hatte«, sagte er. »Vielleicht ist es wahr, dass ich dir insgeheim die Schuld an dem Unglück gab, obwohl ich wusste, dass du nichts dafür konntest, aber ich schwöre dir, bei allem, was mir heilig ist: Niemals – niemals! – habe ich mir gewünscht, du wärest an ihrer Stelle ertrunken.« Ja, es war eindeutig ein Schluchzen, das seinen Vater schüttelte. »Verzeih mir, Marco.«

Die Tränen und die Arme seines Vaters schenkten Marco ein

Gefühl von Geborgenheit, das er seit seiner Kindheit nicht mehr verspürt hatte. Er überließ sich ihnen und sank auf einen Grund, an dem Kälte und Schmerz keine Macht besaßen. »Wo sind die Lubriche?«, murmelte er.

»Wer?«

»Die Lubriche. Sie haben mich gerettet.« Mühsam richtete er sich auf, um über den Rand der Gondel zu sehen.

Die Lagune war unergründlich wie immer und verbarg ihre Geheimnisse neugierigen Augen. Er versuchte, das dunkle Blau zu durchdringen, doch da war nichts, keine Bewegung, kein Huschen, kein Zwinkern. Nur das Glitzern auf der Wasseroberfläche. Das Meer war zurückgekehrt. Der Anblick war so schön, dass nun auch Marco anfing zu weinen.

»Er fantasiert«, sagte sein Vater, rückwärts gewandt.

»Nein«, widersprach Marco, »sie waren da. Sie haben mich aus den Trümmern geholt und durchs Wasser gezogen. Ohne sie wäre ich tot.«

»Mir war auch so, als hätte ich etwas gesehen«, erwiderte jemand. Tommaso, es musste Tommaso sein, der da am Ruder stand. »Eine schuppige Hand.«

»Die Lubriche sind eine Legende.«

Marco erwiderte nichts. Es genügte ihm, die Arme seines Vaters um sich zu spüren, den salzigen Geruch der Lagune einzuatmen und das Spiel der Wellen zu sehen, das Ineinanderfließen von Blau und Grün, das Funkeln der Sonne auf den Wellenkämmen.

Tommaso ruderte sie zum Markusplatz. Als sie ankamen, war Marco so weit wiederhergestellt, dass er auf eigenen Beinen stehen konnte. Noch etwas zittrig stieg er aus, den Umhang seines Vaters um den frierenden Körper gewickelt.

Ein Schrei erklang, und dann warf sich Chiara in seine Arme, und auch sie schluchzte. »Ich wusste, dass du nicht tot bist. Ich wusste es.«

Er berührte sie, ihre Wangen, ihre Lippen, ihr Haar, und auch sie musste sich davon überzeugen, dass er Wirklichkeit war, und dann küssten sie sich, heftiger noch als nach ihrer Rettung vom Schwarzen Tod.

»Sieht aus, als gäbe es bald was zu feiern«, meinte Giuseppe Amorese zu Marcos Vater.

»Das sollte mich freuen.«

Marco und Chiara hatten sich so viel zu erzählen, dass sie beide gleichzeitig redeten. Marco erzählte von den Lubriche, Chiara erzählte, wie das Ratsmitglied mit der lädierten Maske sie gerettet hatte, und dann küssten sie sich und fingen wieder von vorne an.

Der Markusplatz war voller Menschen, die über die Rückkehr des Meeres reden wollten. Stimmen schwirrten um Marco herum, Neuigkeiten, Gerüchte. Der Rat der Zehn war anscheinend in den Fluten umgekommen, und damit hatten seine Mitglieder noch Glück gehabt, denn die aufgebrachte Menge, die inzwischen die Geschehnisse in der Ca' Eternità bis in die Einzelheiten diskutierte, hätte sie kurzerhand am Campanile aufgehängt, wäre sie ihrer habhaft geworden. Ein Drache hatte angeblich die Stadt heimgesucht und Hundertschaften von Soldaten in die Flucht geschlagen. Meterlange Flammenzungen seien aus seinem Maul gekommen. Marco Polos Haus war zerstört und davongetrieben mitsamt Truhen voller Gold und Edelsteine, groß wie Wagenräder, für immer verloren. Giacomo Querini, der Sohn des Dogen, würde wegen ungenannter Verfehlungen in die Verbannung geschickt werden. Jacopo Villani war erschlagen auf dem Campo Santa Margarita aufgefunden worden. Andere Gerüchte wollten dagegen wissen, dass Giacomo Querini demnächst das Dogenamt von seinem Vater übernehmen sollte – ein unerhörter Vorgang, denn das Doganat war nicht erblich – und dass Jacopo Villani, höchst lebendig, den neu entstandenen Graben genutzt hatte, um sich mit seinen Anhängern auf Giudecca zu verschanzen. Alles in allem zu viele Gerüchte auf einmal, als dass Marco sie verarbeiten konnte. Es war ihm auch egal. Chiara lebte, sein Vater lebte und …

»Angelo!«

»Na, kleiner Bruder? Wie es aussieht, habe ich nicht länger das Recht, dich zu bevormunden.« Angelo drückte ihn an sich.

»Du lebst. Du bist frei.«

»Der Doge war mehr oder weniger gezwungen, uns zu begnadigen. Das haben wir Salvatore Falier zu verdanken. Er hat das Ruder hier in die Hand genommen. Unglaublich, was dieser Mann auf die Beine gestellt hat in den paar Stunden, seit das Meer zurück ist. Die ersten Schiffe fahren bereits wieder. Und die Suchaktion nach dir hat er auch beaufsichtigt, obwohl außer Chiara und Papa keiner mehr geglaubt hat, dich lebend wiederzusehen.«

»Überlasst Ihr ihn mir, nur für einen Augenblick?« Salvatore Falier höchstselbst drängte sich durch die Menge. »Ich will dem jungen Mann, der uns die Lagune wiedergeschenkt hat, wenigstens die Hand drücken.«

Bereitwillig machten Marcos Angehörige Platz.

»Es freut mich zu sehen, dass du wohlauf bist«, sagte das Senatsmitglied und schüttelte ihm die Hände. »Worte können nicht ausdrücken, was Venedig dir schuldet, daher sage ich einfach: Danke.«

»Ohne Chiara hätte ich es nicht geschafft.«

»Keine Sorge, den mutigen Einsatz der jungen Dame haben wir bereits gebührend gewürdigt. Mir scheint, hier haben sich zwei gefunden, die gut zueinander passen.« Er zwinkerte mit den Augen.

»Ist es wahr, dass Marco Polos Haus zerstört und verschwunden ist?«

»Ja, das stimmt.«

»Also ist der Schatz verloren.«

»Das Meer ist der eigentliche Schatz, mein Junge. Ihm verdankt Venedig seinen Reichtum. Und du hast uns diesen Schatz zurückgegeben.«

»Ich habe gehört, es ist Euch zu verdanken, dass mein Bruder und die anderen begnadigt wurden.«

Salvatore Falier wehrte ab. »Es sind etliche Fehler gemacht worden, auf allen Seiten. Das Vorgehen des Rates gegen die Aufständischen war durch nichts zu rechtfertigen. Wir haben schließlich eine Verfassung, die solche Willkür verbietet, und darauf sollten wir stolz sein«, meinte er und kratzte dabei eine Schuppenflechte an seinem Arm.

Marcos Blick saugte sich an der Bewegung fest. Dann starrte er den Mann an, als sähe er ihn zum ersten Mal.

Salvatore Falier hielt im Kratzen inne. »Eine dumme Angewohnheit«, sagte er verlegen.

»Ich bemerkte sie einmal ... bei einem maskierten Mann. Er gehörte zu einer Gruppe Menschen, die Verderben über unsere Stadt brachten.« Marco hielt inne, suchte nach den richtigen Worten. »Er war der einzig Ehrenwerte unter ihnen. Und er hat gerettet, was mir das Liebste auf der Welt ist, dafür werde ich ihm ewig dankbar sein.« Marco blickte über die Lagune und zuckte die Achseln. »Aber dieser Mann ist ja mit den anderen ertrunken, wie ich hörte, also lohnt es nicht, weiter darüber nachzudenken.«

Salvatore Falier, der bei seinen Worten abwechselnd erbleicht und errötet war, lachte gekünstelt. »Du bist ein außergewöhnlicher Junge«, erwiderte er, »ganz außergewöhnlich.«

»Sag ich ja«, brummte eine Stimme. Leonardo da Vinci drängte das Senatsmitglied respektlos beiseite und wedelte mit seinem Arbeitsheft. »Ich will eine genaue Beschreibung der Lubriche, mein Junge. Kein nichtssagendes Geschwätz, keine Ahs und Ohs, sondern Einzelheiten: Beschaffenheit der Haut, Atemorgane, Blutgefäße.«

Marco musste grinsen. »Später, wenn es Euch recht ist, Signor da Vinci. Ich bin gerade erst mit dem Leben davongekommen.«

»Ausreden, nichts als Ausreden. Eisen rostet, wenn es nicht nützt, stehendes Wasser wird unrein. Untätigkeit höhlt die Kraft des Geistes aus. Na schön, ich bin ohnehin auf dem Weg in meine Arbeitskammer, um rasch ein paar Notizen zu Papier zu bringen, einen Entwurf, wie man mehr Licht in die dunklen Gassen dieser Kloake lenken kann, die ihr Stadt nennt, und wie man die Ziegenherde an Menschen, die jede Ecke mit ihrem Gestank verseucht, auf eine Weise verteilt, dass man wieder atmen kann, ach ja, und bei der Gelegenheit muss ich noch notieren, wie vertrocknete Ölfarbe mit Hilfe von Seife zu retten ist, aber wenn ich zurückkomme, will ich keine Ausflüchte mehr hören, verstanden? Faulenzer ernten keinen Ruhm.«

»Verstanden«, nickte Marco.

»Gut.« Leonardo da Vinci steckte sein Heft wieder ein. »Im Übrigen bin ich froh, dass du wohlauf bist, auch wenn von dir wie von all diesen Nichtsnutzen hier nur volle Latrinen übrig bleiben.«

Lachend sah Marco dem Toskaner nach, aber dann drängten wieder andere Leute heran, Alessandro wollte ihm die Hände schütteln und Bianca und Giuseppe Amorese, wildfremde Menschen drückten ihn an ihre Brust und ließen ihn hochleben. Der Trubel wurde ihm zuviel. In einem unbeobachteten Moment stahl er sich davon und gesellte sich zu Chiara, die ihn wohl oder übel den Venezianern überlassen und sich auf die Treppenstufen eines Anlegeplatzes gesetzt hatte. Sie griff nach seiner Hand. Schweigend saßen sie da und sahen auf die Lagune hinaus.

Salvatore Falier hatte recht: Das Meer war der größte Schatz. Ein türkises Juwel, das funkelte und glänzte und den Menschen nicht nur fruchtbares Land schenkte, sondern sie träumen ließ und machte, dass sie über sich hinauswuchsen.

Strände aus zermahlenen Muschelschalen und Korallen, flüsterte es. *Berge, die den Himmel berühren, ich habe sie gesehen.*

Marco lauschte dem Echo, das in ihm widerhallte. Vielleicht würde er dem Gesang eines Tages folgen wie sein Namensvetter, der große Marco Polo. Zu den Stränden aus Korallen. Zu den Bergen, die den Himmel berühren. Zu den Ozeanen aus Sand und dem Leuchten am Ende der Welt und dem Gesang der grauen Riesen. Zum letzten großen Geheimnis.

Nachwort

Da es sich bei »Lagunenrauner« um einen Fantasyroman handelt, habe ich mir einige Freiheiten hinsichtlich der historischen Genauigkeit erlaubt. Die offensichtlichste betrifft natürlich das Stadtbild. Dass ich dem Venedig des Jahres 1500 das Aussehen des gegenwärtigen Venedig gegeben habe, geschah nicht in erster Linie aus Faulheit (obwohl es angenehm ist, zur Abwechslung mal nicht wegen jedem Ziegelstein hundert Bücher wälzen zu müssen), sondern weil ich den Gedanken reizvoll fand, dass sich interessierte Leser vor Ort selbst ein Bild von den Lebensumständen Marcos machen und seine Erlebnisse geographisch nachverfolgen können. Die heutige Atmosphäre der Stadt einzufangen, war mir wichtiger als historische Korrektheit.

Dass Venedig damals anders aussah als heute, dürfte selbstverständlich sein. Um nur einige der gravierendsten Veränderungen zu nennen: Mit der Aufschüttung der Fondamente Nove wurde erst 1546 begonnen, manche der heutigen Kanäle waren damals versandet, manche der heute zugeschütteten Kanäle waren es damals noch nicht, und die Friedhofsinsel bestand 1500 nicht nur aus zwei Inseln, San Michele und San Cristoforo, es war auch noch keine Friedhofsinsel. Wer wissen möchte, wie Venedig zu jener Zeit wirklich ausgesehen hat, braucht nur im Internet »Venetie MD« in eine Suchmaschine einzugeben und erhält den grandiosen Holzschnitt von Jacopo de' Barbari.

Venedig ist eingeteilt in Stadtsechstel, wobei schon in der Realität seltsam anmutet, dass Giudecca als siebtes Stadtsechstel gilt, erkennbar auch am separaten Zinken des Bugeisens der Gondeln. Verwaltungstechnisch gehört Giudecca zu Dorsoduro. Aus offensichtlichen Gründen habe ich den Canale de la Giudecca für diesen Roman geschrumpft und Giudecca näher an Dorsoduro herangerückt. Ob die Insel ihren Namen von den Giudicati erhalten hat oder von den Juden, darüber sind sich die Gelehrten nicht einig. Da die jüdische Geschichte in diesem Roman keine Rolle spielt, gab ich der ersten Erklärung den Vorzug.

Auch im Detail habe ich mir einige Veränderungen erlaubt, so wurden die Statuen der Prachttreppe im Dogenpalast 1567 geschaffen, also etliche Jahre nach der erzählten Zeit. Marco Polos Haus stand fest und sicher unweit der Rialtobrücke an dem Ort, an dem es erbaut wurde, bis es 1596 abbrannte. Und die Glyzinie kam erst im 19. Jahrhundert aus China nach Europa, aber sie prägt das Stadtbild des heutigen Venedig im Frühjahr und Sommer derart, dass ich nicht darauf verzichten mochte.

Was die Namen der Plätze und Gassen betrifft, so habe ich mich an die venezianische Schreibweise auf den Schildern vor Ort gehalten, die allerdings zum Teil erheblich von der Schreibweise in Stadtplänen und Reiseführern abweicht und sich gern auch mal innerhalb eines Straßenzuges widerspricht (San Giuseppe – Sant' Isepo). Nicht nur die Lagune hat eben ihre eigenen Gesetze.

Des Weiteren habe ich mir erlaubt, die komplexe Regierungsstruktur zu vereinfachen, und z.B. den Großen Rat ebenso weggelassen wie den Rat der Vierzig. Auch beim ähnlich komplizierten Münzwesen bin ich so verfahren.

Es kann kein Zweifel daran bestehen, dass die damalige venezianische Regierung wesentlich fortschrittlicher und unserem heutigen Verständnis nach rechtsstaatlicher war als die der meisten anderen europäischen Staaten. Ebenso wenig lässt sich allerdings leugnen, dass es die Denunziationsbriefkästen gegeben hat und die Glasbläser auf Murano in einem goldenen Käfig lebten.

In Wirklichkeit bestand der Rat der Zehn aus mehr als zehn Personen, tagte auch nicht geheim und maskiert, und natürlich ist die Wahrheit über diese gefürchtete Organisation vielschichtiger und komplizierter, als sich in einem Roman darstellen lässt, zumal ihre Hauptaufgabe darin bestand, die Balance zwischen den Nobili aufrechtzuerhalten und zu verhindern, dass eine der Adelsfamilien die Macht an sich riss wie die Medici in Florenz oder die Visconti in Mailand. Ebenso unbestreitbar ist jedoch, dass die Zehn über große Macht verfügten und gerade um 1500 herum die eigentlichen Herrscher Venedigs waren. Dass sich ein einfacher Staatsbeamter auf die hier beschriebene Art in den Rat eingekauft hat, dürfte allerdings unwahrscheinlich gewesen sein.

Der Schwarze Tod, so nannte man früher die Pest, genauer gesagt zwei verschiedene Arten der Pest, die damals noch nicht unterschieden wurden. Da ich die Pest nicht erwähne und stattdessen eine erfundene Krankheit beschreibe, schien es mir legitim, diesen Begriff zu übertragen.

Das, was wir heute unter einem Degen verstehen – eine elegante und leicht zu führende Stichwaffe mit Handschutz in Form eines Korbgefäßes –, kam erst deutlich später auf. Es erschien mir jedoch unpassend, die Zeitgenossen Leonardo da Vincis mit klobigen Schwertern beziehungsweise Cinqueda, Falchion oder Katzbalger hantieren zu lassen.

Kommen wir zu den Menschen.

Der damalige Doge hieß Agostino Barbarigo, nicht Sergio Querini, und hatte, soviel ich weiß, auch keinen Sohn namens Giacomo.

Leonardo da Vinci hielt sich tatsächlich um 1500 in Venedig auf, wenngleich nur kurz (Anfang März bis Ende April). Viele der hier erzählten Details über ihn sind historisch korrekt, angefangen bei etlichen Aussprüchen und Rezepten bis hin zu seiner Variante einer Stinkbombe.

Giovanni Battista Piranesi hat eine atemberaubende Serie von Radierungen über erfundene Kerker herausgebracht. Zu schade, dass er erst zwei Jahrhunderte später zur Welt kam, nämlich 1720. Ich habe lange mit mir gerungen, ob ich ihn in meine Geschichte einbauen darf oder nicht und es am Ende nicht übers Herz gebracht, ihn ersatzlos zu streichen. Zu meiner Entschuldigung kann ich vielleicht anführen, dass er immerhin bei Venedig geboren und ins Taufregister von San Moise eingetragen wurde.

Zum Schluss noch dies: Venedig versinkt … aber nicht annähernd im beschriebenen Tempo. Zum Glück. Denn ohne Venedig wäre die Welt deutlich ärmer.

Danksagung

Ein herzlicher Dank für das Lesen einer Rohfassung des Romans geht an meine Kollegin Petra Gabriel, meinen Kollegen Wolf-Rüdiger Kuhl und »meinen« Venezianer Ugo Fazio, der mir darüber hinaus Fragen zu Venedig und zur italienischen Sprache beantwortet hat, außerdem an Franz Claas für »Mors exsiccandi«.

Literaturhinweise

Von den Büchern über die Geschichte Venedigs hat mir das Werk von Kurt Heller: *»Venedig: Recht, Kultur und Leben in der Republik, 697 – 1797«* (Böhlau, Wien, 1999) am meisten geholfen, auch Alvise Zorzi: *»Venedig: Eine Stadt – eine Republik – ein Weltreich, 697 – 1797«* (Amber-Verlag, München, 1981) und Frederic C. Lane: *»Seerepublik Venedig«* (Prestel Verlag, München, 1980) haben mir manch guten Dienst erwiesen.

Eine Fülle von Informationen zu den Problemen, die sich aus Venedigs besonderer Lage ergeben, verdanke ich dem schmalen, aber ungemein informativen Bändchen von Piero Bevilacqua: *»Venedig und das Wasser: Ein Gleichnis für unseren Planeten«* (Campus Verlag, Frankfurt/Main und New York, 1998).

Zahlreiche Biographien befassen sich mit Leonardo da Vinci, die ergiebigste ist meiner Meinung nach Serge Bramly: *»Leonardo da Vinci«* (Rowohlt, Reinbek bei Hamburg, 1995).

Glossar

Acqua alta: Hochwasser
Acquarolo, pl. Acquaroli: Wasserträger
Arlecchino: Figur der Commedia dell' arte, Spaßmacher, Stimme des Volkes

Bauta: Traditionelles Kostüm aus schwarzer Seide mit weißer Halbmaske
Bora: Kalter Fallwind aus Ost bis Nordost
Bricola, pl. Bricole: Pfähle, die Fahrrinnen im Wasser markieren
Bucintoro: Staatsbarke des Dogen

Campanile, pl. Campanili: Glockenturm
Campo, pl. Campi: Platz
Capitano: Figur der Commedia dell' arte, Maulheld und Aufschneider
Capo di Contrata, pl. Capi di Contrata: Vorsteher einer Gemeinde
Cathay: Alter Name für China
Colombina: Figur der Commedia dell' arte, lebenslustige Magd oder Köchin
Crystallo: Farbloses Glas

Doge: Oberhaupt Venedigs
Dogaressa: Frau des Dogen

Herr der Nacht: Eine Mischung aus Nachtwächter und Polizist

Krakelierung: Feine Risse auf einer Maske, um sie zerbrechlich aussehen zu lassen

Lido, pl. Lidi: Sandbank, die die Lagune vom Meer trennt

Maestrale: Warmer Wind aus Nordost

Nobile, pl. Nobili: Adliger

Ombretta: Ein Gläschen Wein (Verniedlichungsform)

Palade: Palisadenreihe
Palina, pl. Paline: Pfähle zum Anbinden der Boote
Pantalone: Figur der Commedia dell' arte, alter Geizkragen, betrogener Geck

Sandolo, pl. Sandoli: Kleiner venezianischer Bootstyp
Scirocco: Heißer Wind aus Süd bis Südost

Terra Ferma: Das zu Venedig gehörende Festland
Trippen: Stelzschuhe